月山·春晚

吴雪梅　吴严林 ◎主编

浙江工商大学出版社
ZHEJIANG GONGSHANG UNIVERSITY PRESS
·杭州·

图书在版编目（CIP）数据

月山·春晚 / 吴雪梅，吴严林主编. -- 杭州 : 浙江工商大学出版社，2025. 4. -- ISBN 978-7-5178-6524-7

Ⅰ. I267

中国国家版本馆 CIP 数据核字第 2025HG8515 号

月山·春晚

YUESHAN·CHUNWAN

吴雪梅　吴严林 主编

策划编辑　郑　建
责任编辑　高章连　徐　凌
责任校对　杨　戈
封面设计　胡　晨
责任印制　屈　皓
出版发行　浙江工商大学出版社
（杭州市教工路 198 号　邮政编码 310012）
（E-mail：zjgsupress@163.com）
（网址：http://www.zjgsupress.com）
电话：0571-88904980，88831806（传真）
排　　版　杭州浙信文化传播有限公司
印　　刷　杭州捷派印务有限公司
开　　本　710 mm × 1000 mm　1/16
印　　张　26.25
字　　数　324 千
版 印 次　2025 年 4 月第 1 版　2025 年 4 月第 1 次印刷
书　　号　ISBN 978-7-5178-6524-7
定　　价　88.00 元

序一

月山村，『廊桥王国』里的『小王国』

说起“廊桥之乡”，人们多会想到浙江省的泰顺，福建省的寿宁、屏南，但很少有人知道，偏居浙西南一隅的庆元，是中国廊桥数量最多的县。现存寿命最长的木拱廊桥、单孔跨度最大的明代木拱廊桥、廊屋最长的单孔木拱廊桥都在庆元境内（历经风侵雨蚀，庆元尚存近百座各式廊桥）。这个以宋帝年号为名的古县，这个名副其实的“廊桥王国”中，有一个神奇的“小王国”——拥有五座古廊桥的月山村。

月山村，地处庆元县东部的重山深处，与号称“八闽大地”的福建仅数山之隔。一条举溪在村前荡开优美的曲线，村后背靠的半月形山倒映溪中，形成“半月沉溪”之势。

在二里长的举溪上，曾经有十座大大小小的廊桥。历经几百年的风霜，这里依然坐落着五座形态各异的廊桥，它们或如宫殿般壮丽，或似腾龙出水，或如长虹凌空，或如缺月欲圆，与顺流而建的吴文简祠、圣旨门、复旦亭、云泉寺、马仙宫、荐元塔等古建筑交相辉映，使得小小山村隐然透着一股龙吟虎啸的气势。

如龙桥就坐落在举溪上。抬眼可见廊屋正脊上有关于明天启五年

（1625年）重修的记录——它已有四百年的历史。只见它那古老的桥身、舒缓的翘角和张开的弧度，如同一张凝重的脸在欢笑中化为灿烂。内部藻井的如意斗拱层层叠加，幻化成一朵朵盛开的青莲，造型巧夺天工。站在桥上，时间在这里仿佛是凝固的、静止的，只有桥下传来细微的“哗哗”流水声，让人觉得时间此时可以用流水来替代。

翻开明代人留下的《举溪记》，里面有文说：“由下溯上又见一桥，若飞若舞……以其从州县来，故曰‘来凤’。”来凤桥伫立在月山村进水口处，与下游的如龙桥遥相呼应。其最早与如龙桥一样，都是木拱廊桥，后遭焚毁，于清道光年间重建，改为石拱廊桥。在清澈的溪水映照下，桥拱与倒影合成一个大圆，虚虚实实，互相映衬，水从桥洞缓缓流出。这意境之美，恰如桥上对联所描绘的：“水从碧玉怀中出，人在青莲瓣上行。”在出水口位置，与如龙桥相邻不远处，有一座月山村跨度最大的廊桥——步蟾桥。步蟾，意为“步入蟾宫”，既暗合“进入月山村，必经此桥”之意，又寓意科考“蟾宫折桂”。跨出步蟾桥，沿举溪的支流云泉涧拾级而上，抬头可见一座小巧玲珑的袖珍版廊桥——白云桥，其总长度只有八米，廊屋为重檐歇山顶，四角飞翘，造型别致。出白云桥，往举溪下游走，两岸尽是水作稻田。溪水分出的涓涓细流上还矗立着一座更袖珍的廊桥——秆坑桥，其总长六米，净跨度只有两米。

月山人十分讲究风水：半月形的后山长满毛竹，寓意着“月亏即盈”；中间建有复旦亭，日出为旦，日月合一，寓意着“日月同辉”；村民居住在东边，寓意着前途兴旺，如旭日东升；荐元塔矗立在南偏东方位，主文昌，寓意着子孙后代文运昌盛；正南方五行属火，举溪从南方流出，以水镇火，庇佑村落免遭火灾；神佛住在西方，所以云泉寺坐落在村西；祠堂坐落在北边，作为村落的靠背庇佑吴氏后人。长长短短、形态各异的廊桥静卧溪中，兼具交通、宗教、景观等功能，更被视为调理风水的建筑。来凤、步蟾两桥镇守着进出水口，形成廊桥锁关格局；如龙桥如宝带束溪腰；白云桥通往云泉寺，寓意着“普度众生”。站在高山俯瞰，村落和后山合抱成一轮圆月。有古诗赞美眼前盛景：“半月烟居半月山，松篁荫翳抱东环。”

设计这一盛景的是曾任南明政权兵部司务的月山人吴懋修。在举溪西边，立着他的青石雕像。雕像上那副金榜题名的得意神情，与他在阵前冲杀的死士形象差距过大，既不像“治国平天下”的文人，也不像无欲无求的隐士，更不像眷恋故国的前朝遗民。当年吴懋修站在举溪边，心中一定升腾起比“风萧萧兮易水寒”更为悲凉的歌吟。那时，南明业已倾覆，他对光复明朝的大业失去了信心，满腔热血化作一潭冰冷的死水。他将反清复明的慷慨激昂注入故乡的规划与建设中，重新对月山村进行了规划，带领族人专心致志地营造故国遗村。

明清鼎革之际，月山村在乱世中出奇地繁荣，刀锯在树木上的砍伐声、斧凿在石头上的敲击声于深山中长鸣。重新规划村落风水布局，亲手参与设计“举溪八景”，主持营造吴文简祠，以及修缮多座廊桥，吴懋修所做的一切，直到今天依旧铺展在月山村这幅山水长卷上。不经意间，我们仍然可在月山村遇见那些苦心孤诣的设计。一跨入吴文简祠，首先可见一个由四块长条石板围成的四方形天井。天井采用的是绛色石板，而不是民间最常见的青石板，门楼柱子不用青石柱础，而用罕见的木头柱础，或许是因为“青”的读音与“清”相同，会勾起他的亡国之恨。天井中间竖铺着一块绛色的条形石板，顶端、下部与横向石板并不连接，石板四分五裂，似乎是刻意为之。这种方式在浙西南一带也非常少见。或许，这寓意着“山河破碎”。面对明朝覆灭的结局，他深感上愧对朝廷，下愧对先祖，只能以此表达自己深深的哀伤与无奈。

吴懋修只是乡绅阶层的一个代表。虽然庆元地处闭塞，当地的乡绅

却完整地承袭了朱熹的理学思想。这些乡绅大多精通儒学和风水学说，而且有很深的乡土观念。为了给家乡营造良好的风水环境，他们要么亲自参与廊桥设计，要么出资或者劝捐造廊桥，同时通过修建廊桥传导儒家思想，维护地方风气，教化民众，传递“仁义礼智信”的社会价值观。数百年来，传统价值观和审美观以廊桥为载体一直引领着普通民众，廊桥深深植入了庆元人的日常生活，这也是在浙江省最偏僻、地形最复杂的庆元县，廊桥却得以大量保存的一个重要原因。

我造访过十多个省份的数百座廊桥，很少看到一个村落的古廊桥像月山村这样类型多样。五座大小、长短、高低、形制不同的明清廊桥散布在举溪上，涵盖了木拱廊桥、石拱廊桥、木平梁廊桥、八字撑木梁廊桥。此外，还有多座没有廊屋的石拱桥、石板桥、碇步桥与它们遥相呼应。百米一桥，两百米一廊桥，石阶古道、小桥流水，伴着袅袅炊烟，合奏出一曲恬淡的田园牧歌。廊桥，将月山村的水与陆融为一体，映照出月山人浓厚的耕读情怀。这些风格各异的廊桥，在举溪上横卧了数百年，与周围的祠堂、古塔一起，见证了山村人的迎来送往、谈情说爱、祭祀祈祷、商贸交易……廊桥建造者的初衷并非单纯为了便于交通，很可能是将廊桥作为景观桥而设计建造的。孟元老的《东京梦华录》中记载，在北宋最繁华时，都城汴京东水门外七里至西水门外的汴河上有十三座桥，其分布密度竟然不如月山村。或许，月山村才是中国古廊桥分布密度最大、类型最丰富的村落。月山村，在中国廊桥的版图上可谓光彩耀眼。

鲁晓敏

2023 年 11 月

（鲁晓敏，中国作家协会会员，浙江省散文学会副会长，丽水市作家协会主席。出版《廊桥笔记》《江南之盛》等7本散文集。长期致力于传统村落、乡土建筑、廊桥文化的研究及保护工作。）

序二

传承乡村文化的『活化石』——月山春晚

农村居民在长期的生产生活中，积淀了悠久而丰富的乡村文化，并随着农村经济社会的不断发展而持续地传承与发展。近年来，快速的工业化、城镇化促使乡村社会急剧变迁、转型，大量村落也由于撤并而消失，传统村落衰落的现象日益严重。大量农村中小学撤并，传统农业被大规模工业化生产方式所取代。大量中青年农民外出进城务工，使乡村文化活动失去了很多新鲜的血液，“空心化”的村庄剩下的只是留守老人的“寂寞夕阳”、留守妇女的“阡陌独舞”和留守儿童的“别样童年”。总之，在快速的城市化和工业化进程中，乡村文化正逐渐呈现出“荒漠化”的态势。因此，2012 年，住房城乡建设部、文化部、财政部联合出台《关于加强传统村落保护发展工作的指导意见》，指出要加大中国传统村落保护发展工作的力度。

与此同时，一些地处偏远山区的传统村落，由于较少地受到工业化和城市化的影响，从而较好地保存了悠久的乡村文化，成为传承乡村文化的“活化石”。浙江省庆元县举水乡月山村的“月山春晚”就是典型例子。

月山村位于庆元县城东部，距县城五十七公里。据该村《吴氏宗谱》的记载，月山建村于宋景德元年（1004 年），时称“东庄”，距今已有一千多年的历史，是庆元县建村最早的古村落之一。月山村自古为闽浙通衢要塞，古道众多，连接福建省的寿宁、福安、政和与浙江省的泰顺、平阳等地。明清时期的月山村一度人才辈出，人口众多，经济繁荣，店铺林立。月山村是有名的历史文化名村，拥有丰富且独特的人文景观和自然景观，如名胜古迹“举溪八景”和“二里十廊桥”。长期自给自足、精耕细作的农耕生产方式培育了淳朴的乡风民俗。村民们劳作之余喜欢吹拉弹唱、举办诗歌大赛等民间文化活动，自娱自乐。逢年过节，月山村都会组织迎茶神、斗牛比赛、黄粿节、舞龙灯、燃放孔明灯等多种民俗活动。

月山春晚最初是村里爱好文艺的人们在过年时为了喜庆和热闹而举办的家庭联欢。随着村民参与人数增多和参与热情不断高涨，到 20 世纪 80 年代，每年的春节联欢晚会开始在村里的礼堂或学校举办。始自 1981 年的由村民自编自导自演的月山春晚，比 1983 年开始的央视春晚还早两年。月山春晚因举办时间的持续性、村民参与的广泛性、节目内容的乡土性和草根性，堪称中国传统民间文化的典范。2005 年 2 月 4 日的《钱江晚报》对月山春晚进行了报道，让有着浓浓乡土气息的月山春晚受到了人们的强烈关注。2010 年，月山春晚获得文化部颁发的“群星奖”。近年来，央视《新闻联播》、人民网、新浪网、《人民日报》、《浙江日报》、浙江卫视等超过 30 家国内知名媒体竞相报道月山春晚。

一个偏远小山村的村民过年时自娱自乐的联欢活动，缘何突破大山的重重阻隔，成为社会高度关注，以及各大媒体竞相报道的中国最“牛”的“山寨春晚”？其魅力就在于村民自编自导自演的节目，原汁原味地呈现了村民的生产生活，集中展现并传承了传统乡村文化。每年的春晚节

目基本上分为三个板块：记忆乡村悠久历史文化、呈现村民当下生活和展望村落未来发展。

记忆乡村悠久历史文化的节目主要有舞台情景剧《农活秀》《廊桥上的爱情故事》和小品《忖忖乌》等。尤其是《农活秀》，完整且生动地展现了传统的农耕方式和农民日出而作、日落而息的生活常态。该节目分为三个篇章，生动地展现了传统农耕生活、现代农业生产和未来农村发展的场景。参演的演员年龄跨度很大，从耄耋老者到三岁幼童，其中包括许多青春靓丽的年轻人，以及充满乡土气息的庄稼汉。他们穿蓑戴笠，肩挑背扛，表演着或插秧，或舂谷，或做糍粑，或扎草鞋，或挑担等劳动场景，其中不乏具有现代气息的农活时装秀，香菇、青菜、稻穗、灰树花等本地产农产品也都成了他们的表演道具。参演的村民用自己最常用的生产工具、最熟悉的生产方式生动地呈现了多样的乡土民俗，演绎着对美好乡村生活的向往，传承着悠久的农耕文化。《农活秀》从参演村民、演员服装、农耕工具等各个方面都充分展示了新中国成立以来月山村的巨大变迁与发展。古老的、原汁原味的农耕活动的再现，强烈唤起了人们浓厚的“记忆中的乡愁”，因此，《农活秀》成为历年月山春晚的经典保留节目。

而舞台情景剧《廊桥上的爱情故事》则是月山村民根据流传至今的关于村里的两座著名廊桥——如龙桥和来凤桥的美丽爱情传说改编而成的。相传月山村的举溪两岸，同住吴、陈（“陈”也被认为是“金”，“陈”与“金”的发音在月山方言中十分相近）两大家族，吴家有个英俊的儿子叫吴如龙，陈家有个貌美的女儿叫陈来凤。如龙、来凤常常在路上邂逅，久而久之，彼此心生好感。不料有一年大旱，吴、陈两家为了争水灌田，大动干戈，两家让自己的孩子比武夺水，这让两个心心相印的年轻人非常为难。最后他们想出了各胜一场的办法，巧妙地化解了这场纷争。为了解决村民的饮水问题，如龙和来凤携手在山中寻找新的水源，并开凿引水渠，把水引到月山村。在找水、引水的过程中，如龙和来凤相爱并共结连理，吴、陈两大家族的仇恨也最终被爱化解，山清水秀的月山村回归了和谐宁静。为了纪念这桩喜事，吴、陈两家修建了如龙桥和来凤桥。在月山春晚的舞台上表演《廊桥上的爱情故事》这个节目，有效地宣传了月山村和谐合作的民风。同时，这个节目从礼俗、服装等方面充分展现了月山村的婚嫁习俗，传承了浙南山区独特的乡村文化。

呈现村民当下生活的节目有《山乡春晚》《四大妈聊家常》《四大妈夸月山》等。其中，《山乡春晚》作为晚会的开场舞，由村里的中老年妇女跳起欢快的农家舞蹈，拉开春晚的序幕。而这些舞蹈就是妇女们根据城里市民跳的排舞，结合平时的劳动场景以及每天晚上在礼堂健身的舞蹈改编而成的。《四大妈聊家常》表现的是村里四位大妈分别夸奖自己的儿女、儿媳能干及孝顺的故事，台词朗朗上口，如："我的媳妇好，寄了一大包的年货，吃的用的什么都有。你们听我把年货说，花生栗子桂花糕，毛毡棉鞋毛外套，电磁炉儿把菜烧，还有红参一大包……"

展望村落未来发展的节目有《绿叶对根的呼唤》《烛光里的妈妈》《展望》等。这些节目主要通过舞蹈的形式，集中展现了村里的年轻人外出进城打工对家中年迈父母的挂念，对村里田园生活的怀恋，对是留在村里务农还是外出打工的迷茫，以及对月山村通过传承乡土文化、发展乡村旅游的美好未来的憧憬。

悠久丰富的乡村文化根植于农民的生产和生活，离开了农耕生产和村民生活，乡村文化将失去肥沃的土壤。在新型城镇化建设过程中，要转变观念，树立共生互补的城乡一体化协调发展理念，充分挖掘和传承乡村文化价值、社会价值和生态价值等，重塑乡村价值体系，从而促进

新型城乡关系的形成，使城里人可以“望得见山、看得见水、记得住乡愁”，“让农业成为有奔头的产业，让农民成为体面的职业，让农村成为安居乐业的美丽家园”。因此，保护与传承乡村文化，首先要保护与发展农耕文化，不断提高农民生产生活水平，促进村落的可持续发展。正如月山村民自编自导自演的月山春晚有效地延续与传承了“一个村落的集体记忆”，从而成了乡村文化传承的“活化石”。只有有效传承和发展乡村文化，彰显乡村价值，才能让我们记得住乡愁并回归记忆中的家园，才能真正实现城乡一体化协调发展，才能留住中国文化之根。

鲁可荣

2023 年 12 月

（鲁可荣，浙江农林大学文法学院教授、硕士生导师，主要从事农村社会学等领域的理论与应用研究。出版《传统乡村集体记忆与文化传承——浙江月山村的田野调查》《浙江传统村落保护与振兴研究》《农村社会组织建设与农村基层社会治理创新——基于浙江实践的研究》等专著 10 余部。）

序三

月山，尽善尽美

我有没有去过月山村？我好像是去过的，还想再去。

努力回忆，反复确认，我确实是去过庆元县月山村的，而且至少去过三次。但奇怪的是，当我努力回想时，却感觉似乎从未到过这个神奇的小山村，这个地处浙南闽北、毫不起眼的偏远山村。不，月山村因为月山春晚，已经相当有名了。

月山村，对我来说是一种模糊的记忆，似虚实存，如云似雾，缥缈不定。

努力追忆，反复搜寻，我记忆中的月山村，却无关乎春晚，无关乎文化，只关乎农耕，关乎饭碗。我想起那黄灿灿的、层层叠叠的梯田。从高处俯视，一种前所未有的开阔迎面而来。开阔的景象仿佛充满力量，重重地敲开了我的心门！ 2011 年国庆节的前一周，我第一次来到月山村，瞰望月山，豁然开朗，收获了一种从未有过的美妙体验。那一瞬间的开阔带来的触动，永存于心中。

我是地道的庆元人，因而对当地的景色，常有一份麻木与熟视无睹，且渐成习惯。不过，我生长在庆元西部的黄田，而真正给我带来心灵触

动的地方却在东部的月山村。自高处眺望远方，满目秋黄。映入眼帘的田园风光带给我一种强烈的震撼。准确地说，那是一种源自久远的农耕文明的震撼力量，或许就像陶公当年误入桃花源的感受吧。现在回忆起来，印象依然深刻。我好像感觉到一种既陌生又熟悉的无名活力，在阡陌之间流溢。

有了梯田，才有饭吃，才有人。这个简单又朴实的道理永远存在，也永远不会过时。然而，要真正读懂它，却很是不易，至于要坚守，就更难了。

爱月山，先知史。月山无言，却自带古老的气息。其实，也并非所有人都能读懂它，它也不可能为所有人所读懂。无论人们懂与不懂，这里始终存在着一种无名的地方活力，生生不息。在中国，有着无数这样的月山村，值得我们去读，去思。

在当下，该如何解读月山村和月山春晚？这是一个没有标准答案的话题，却又是一个必须直面的问题。它有趣，有意义，也很有必要。但有一点可以肯定，那就是读懂了月山村那层层的梯田，就一定能读懂这个小小的月山村，读懂名扬四海的月山春晚，以及这里的风水、廊桥、竹山、祠堂、塔寺等等。这样一个小小的月山村，便是中国传统乡村的典型代表。月山村有着独立的、完整的、富有活力的乡村文化。虽历经岁月洗礼，这些文化依然活力四射，永不过时。

站在不知名的山顶上，无论从哪个角度看月山村，蓝天白云下，星星点点的民房、弯弯曲曲的溪流、三三两两的人儿、沉默无言的群山，犹如翠绿的地毯上点缀着一抹秋黄，俨然一幅月山秋收图。这里景色宜人，活力十足，一切都刚刚好。

抱怨与庆幸，总是相伴相生。安居在月山，你虽然可能抱怨这里山路曲折、偏远难行，但是又得庆幸，或许正因山高路远、人烟稀少，方能存好这一方净土，方能保护好如龙桥与来凤桥。当然，月山村还是吸引了一批又一批研究者、写作者、观赏者前来。溪水长流，水清且浅；一路欢笑，青绿始终。一切都那么恰到好处，尽善尽美。

“慎终追远，民德归厚矣。”我们不仅应当对乡村的优秀传统文化感到自信，而且需要更好地传承那些蕴含深厚底蕴的乡土文化。“耕读传家久，诗书继世长。”这一古训，在今天的乡村依然熠熠生辉。月山，一个充满诗意与故事的山村，山水之间流淌着祖辈们的汗水，蕴藏着祖辈们的智慧。这里的每一块田地，都记录着耕作的辛勤；这里的每一座老屋，都承载着家族的兴衰。

惟愿更多的人能走进月山村，在观赏春晚的欢乐中，还能俯身捡拾起这里的一块砖、一片瓦，驻足细观一桥一木、一山一水、人来人往。月山之下，文化绵长，让我们共同书写月山新篇。

周大彬

2023 年 9 月

（周大彬，庆元黄田人，《联谊报》记者。出版《老爸，作文我不怕》《作文，我们都不怕》《作文 PK，谁怕谁》《老爸，去图书馆》《黄田故事——浙南闽北乡俗》《龙泉师范：金沙路 21 号》《城乡事——教育·司法档案寻访记》等作品。）

目录

contents

第一辑
月山春晚　中国式过年之文化样本

被誉为“中国式过年之文化样本”的月山春晚，是中国乡村春晚的源头，成为传承村落文脉、延续乡村文化的重要舞台。月山春晚，已经演绎了44轮春秋……

第二辑
美丽月山　高山峡谷里的古典中国乡村

半月形的村落，半月形的靠山，合抱成一轮满月。在二里长的举溪上，曾经横跨着十座形态各异的廊桥，加上顺流而建的圣旨门、吴文简祠、云泉寺、复旦亭、荐元塔，月山村成为遗留在高山峡谷里的古典中国乡村样本。

第三辑

读书光荣 从逢源书院到乡贤助学

在逢源书院的琅琅书声中，在民间助学小组的声声劝勉里，在国家“万人计划”领军人才吴善东“立鸿鹄之志，怀桑梓之念”的殷切期望中，我们看到了举水人“诗礼传家，注重教育”的传承，看到了乡土中国知识精英的家国情怀。

第四辑

纸短情长 说不尽道不完月山情缘

月山有一种魅力，她不仅仅是月山人的故乡，是月山游子的回望之地和精神家园，即便是那些只在这里工作过一段时间的人，也会对她深深眷恋，细细品味，寻找心底那份悠悠乡愁。

第五辑

传记传说 旧文新刊里的举水记忆

月山村始于一则传说，后经一代又一代月山人的努力，成就了今日的辉煌。在民间史料里找出的这些旧文，言简意深。这一辑，让我们一起读举水简史，赏古镇新貌，看宝塔廊桥，听人物故事，闻民间传说。

第一辑

月山春晚

中国式过年之文化样本

被誉为『中国式过年之文化样本』的月山春晚，是中国乡村春晚的源头，成为传承村落文脉、延续乡村文化的重要舞台。月山春晚，已经演绎了44轮春秋……

中国式过年之文化样本——月山村春晚

裴建林　余雯雯　鄢　鸣　范永青

庆元县举水乡月山村，从 1981 年至今，每年都要举办一次春节晚会。1 月 31 日，记者经过 10 个小时的颠簸到达这个村落……

“咚咚呛……咚咚呛……”2 月 1 日晚 6 时 15 分，月山村几乎所有的村民都聚集在了村里刚刚修建的大礼堂。村里舞狮队的锣鼓敲响，宣告了月山村新年春节晚会的演出开始。由竹子、松树、斗笠、灯笼装饰成的舞台上开始了村民们自编自演的演出，越剧、二胡、相声、双簧、舞蹈、诗歌朗诵等各种各样的表演呈现在舞台上，台上台下汇聚的欢乐气氛带来了浓浓的春节味道。

难以置信，简陋的舞台，村民们的自编自演，台下不到 40 张的坐凳，竟吸引了全村 500 多人前来看演出。瞧，老人们抱着自家的小暖炉，早早地坐到了前排，妇女们也抱着孩子来了，甚至还有拿着碗筷喂着晚饭的。孩子们最积极，从家里搬来凳子，早就占据了“有利地形”。一条

1 米长的靠背凳子竟被十几个孩子包围着，一点空间都没剩下。

第一次上台表演的吴利生唱着自己最喜欢的《洞房花烛静悄悄》，博得了台下村民的阵阵欢呼声，毫不逊色于大牌明星的出场。54 岁的吴利生外出打工多年，5 年前回到家乡，每天在家一有空就哼越剧，这次演出他说自己准备了四五年。比起吴利生的老到，同样是第一次登台的吴建伟就没有那么幸运。13 岁的他因为紧张严重抢拍，可难得的是台下并没有喝倒彩声，村民们还是很认真地听着。这个小不点不但坚持唱完长达 5 分钟的《桑圆访妻》，而且表情做足，最后成功地把拍子拉了回来。

“今年终于不用在露天看演出了。”72 岁的老人吴达隆一边听着台上吴岩淼拉的《二泉映月》，一边乐呵呵地向记者介绍，“这段二胡我每年都会听到，它是我们村的保留节目。”

除了一些每年的传统保留节目，演出大半成了年轻人的天下。一对貌似双胞胎的孩子来了段童声二重唱。8 个小姑娘穿着瑶族短袖短裙服饰跳起的《竹海琴声》算是唯一一场服装统一的表演。两名一年级小学生的相声表演逗乐效果出人意料。现代舞《婉君》《爱的主打歌》活力十足。最后，孩子们还来了一段 SHOW，台下有个小女孩一直在拼命地挣脱妈妈，想上前去一起表演。歌曲《春天在哪里》《Supper Star》《阳光大道》之后，月山村这台原生态春节晚会在《难忘今宵》的音乐声中辞旧迎新。走出礼堂的村民似乎还意犹未尽，伴着溪水声，他们一路哼着歌回家。

后记

《中国式过年之文化样本——月山村春晚》一文原载于2005年2月4日《钱江晚报》，是一篇旨在弘扬中国传统文化、充满民间气息的文化报道。这是月山村春晚首次被媒体报道，并自此受到了媒体的广泛关注。这篇报道以深刻的视角、扎实的乡土叙事受到社会各界的关注，被收录进浙江文艺出版社出版的《高中语文读本：必修一》中。

月山春晚：一个文化符号

裴建林

从1981年开始，月山村每年都要办一次春节晚会。每到年末，这台晚会便成为村民们的一项集体文化盛事。

我们的目光应该从这台晚会中抽离出来。从某种意义上来说，这台晚会的意义在于过程而不在于结果，“演员们”在舞台上的具体表演已不重要，重要的是这台晚会带给整个月山村的文化意义，以及在文化生态层面所引发的种种思考。

从村民们的话中和行动中，我们感受到，这台春晚无疑成了整合村民情感、培养下一代健全人格的一个重要平台。看着春晚长大的村支书吴德华告诉记者，这样的活动能够增强凝聚力，使村里人更加团结。“无论是大学生、中学生还是小学生，甚至是更小的孩子，这台春节晚会都会给他们带来一种积极进取的精神状态和团结精神。通过参与和观看这样的活动，他们会知道：要对家庭、村子乃至国家负责；做人要善良、乐于帮助别人；大家要团结在一起。”

确实，这台晚会已经超越了单纯的娱乐范畴，它起到了“社会水泥”的作用：团结了人心，深刻影响着月山村全体村民，特别是年轻一代的人生观和价值观。通过筹备和参加这台春晚，村民们的感情得到了进一步的维系与交融，他们的归属感、道德感、责任感和认同感等情感得到了进一步巩固。

月山村的春晚只是一个小小的个案，但它对处于社会转型期的中国社会来说，具有一种社会学意义。而在中国传统文化日益复兴的今天，这台晚会所蕴含的文化和社会张力更为明显和深刻。

近年来，随着经济的发展和社会的进步，人们开始用正确的态度对待传统文化。我们发现，延续了几千年的传统文化不仅仅是中华民族的文化之根，是民族发展的动力，还包含了许多优秀的元素。2004 年突然间兴起的传统文化复兴潮流就是一个最好的例子。

月山春晚的举办对我们来说具有启发意义。它告诉我们，应该客观看待传统文化，传统与现代是有着血肉联系的，如果能积极地改造并吸收传统文化，它绝不会成为包袱和阻力，而会成为我们的宝贵财富和积极动力。

文化是一个民族的身份标志，传统文化是一个国家和民族历史创造的集体记忆与精神寄托。在功利至上的商品社会，我们相信，许多人能从月山村的这台本土春节晚会中解读出更多独特的文化和社会意义。

（原载于《钱江晚报》2005 年 2 月 4 日，有删改）

记者生涯中难忘的采访

裴建林

2004 年底，我 26 岁，刚进《钱江晚报》文艺部不久。快过年的时候，部门策划了一场“本土春晚”，就是请在杭务工人员和杭州本土艺术爱好者，一起办一场晚会。当时我们在《钱江晚报》登载了一个电话号码，希望征集到人们生活中原生态的艺术。

这个电话号码，就是我桌上的电话号码。那几天，我坐在电话机旁等着。

接到吴艳霞的电话，好像是在一个下午。听得出，这个打电话来的姑娘很年轻，她非常激动地向我介绍，他们村——丽水市庆元县举水乡月山村——马上要举办一个村里的春晚，而且，这个“村晚”，月山村已经办了很多年了。

后来我知道，这名称自己为“山妞”的吴艳霞，当时正脱产在浙江工商大学参加自学考试，她已经向很多媒体推荐过这台月山“村晚”。但别的媒体好像都不太感兴趣，看到《钱江晚报》的征集信息，她还是想再尝试一下。

村里的春晚，没有比这更原生态的了！听了她的介绍，我也非常兴奋，虽然他们不可能来参加在杭州举办的“本土春晚”，但“村晚”这个词告诉我，这是一个很好的新闻线索。

于是，我请山妞传了一些“村晚”的照片和视频给我。拿着这些材料，我向当时的部主任汇报，大家一致觉得，这个内容非常好。领导说：“小裴，你应该去一趟。”

我也是这样想的。于是，我和山妞约好了时间，带了当时部门的实习生余雯雯，叫上报社的摄影记者李震宇，我们三人一起前往月山村，看看山妞所描述的热闹有趣的“村晚”究竟是什么样子。

纺线机都被搬到了舞台上

那天清晨，我 5 点就起床了，赶到杭州汽车南站。我们三人坐上了 7 点的班车，出发去月山村。

说实话，这段旅程实在是太长了！到庆元县城的时候，已经是傍晚。当时，从云和到庆元的这段公路正在修路，一路颠簸到庆元，我已精疲力尽。山妞在那儿等我们。当天她的一个亲戚在县城里举办婚礼，我们就在婚宴上吃了些东西当作晚饭，这个情景也挺有趣的。

山妞叫了一辆小车，我们从庆元出发去月山村。本来我以为这段路会很快，没想到开了快两个小时还没到。车在盘山公路上绕弯，晃得我头昏脑涨，心里想着：我大概是被这个山妞骗了吧！

车上有人感到不适，于是我们把车停在山路边休息一下，我摇摇晃晃下了车，吸着冬天大山里冷冰冰的空气，感觉稍微好受了些，这时我

抬了下头，人生中第一次看到了传说中的“星空”。满天亮晶晶的星星如此近地出现在我眼前，刚才的懊恼一扫而空。

晚上 8 点半，车终于开进了月山村。我惊喜地发现，在村口有一条写着“欢迎钱江晚报记者”的横幅，还有一群山里的娃娃在那儿欢迎我们。

那时候村里还没有民宿或者旅店，我们就住在吴艳霞家里。我个子比较高，她家没有长被子，所以我蜷着身子睡了一夜。

第二天很早我就起床了，在村里参观、采访。山里的空气真是好极了，耳边不是鸡叫就是鸟鸣。村民们在准备年货，打年糕、杀年猪什么的。

演出是晚上 6 时 15 分开始的，我很早就来到了村里的礼堂，看着三三两两、老老少少的村民，提着长长短短、大大小小的凳子走了进来。亲朋好友们围坐在一起，聊着天，嗑着瓜子。

月山村的春晚已经办了几十年。此前的演出基本上都在露天进行，2004 年才搬进了这个四面漏风的礼堂。

演出开始，尽管我已有所准备，但月山春晚的原生态之“原”，还是让我惊喜不已。扁担、箩筐、蓑衣，甚至连纺线机都被搬到了舞台上。很多节目的台词我都听不太清楚，但看得出，村里人非常开心，他们欢笑，拍手叫好。

他们是在展示生活和快乐

我觉得月山春晚真正吸引我的，或者说让我感动的，是那份大家族在一起的温情。台上正在表演的姑娘，正是台下某个娃娃的妈妈，或者三婶，或者二姨。而台下正在叫好的大伯，可能是台上正在表演的大妈的老伴，或者表弟，或者亲家。他们其实不是在表演，而是在展示自己的生活，展示自己的快乐。这台春晚，成了整合村民情感、培养下一代健全人格的一个重要平台。

回到杭州后，我和同事把这段经历记录下来，加上摄影记者的照片，我们写了两天，最后用了三个整版来向读者介绍这台中国最原生态、最乡土、最基层的春晚，标题就叫“中国式过年之文化样本——月山村春晚”。

这篇新闻，获得了当年的浙江省好新闻一等奖，此后，月山春晚也引起了很多兄弟媒体的关注。后面的几年里，过年的时候我都会电话采访月山春晚的情况。2005 年、2012 年，我又两次前往月山村进行采访。

这一次，因为《钱江晚报》“我们一起走过”这组报道，我第四次来到月山村，看到了一个越来越美，甚至可以说已脱胎换骨的月山村。

月山春晚的报道，是我记者生涯中最难忘的报道之一。但比起这篇报道所获得的荣誉，我更在意的是这篇报道为月山村带来的变化。月山村曾赠给我一块“荣誉村民”的牌子，我觉得，自己应该也算是月山村的村民了。

（原载于《钱江晚报》2019 年 5 月 11 日，有删改）

记得住的乡愁——月山春晚

谢正法

5月4日下午，我来到了庆元县举水乡月山村。月山村，我并不陌生。我参加工作的第一年，1980年的9月，就到过这里。之后，我陆陆续续地来了许多次。神秘的冰臼、古老的廊桥、高大的杉树王、一弯新月似的村落，至今历历在目。

让我想不到的是，在我到访后的第二年春节，即1981年春节，月山竟办起了中国最早的春晚，比央视春晚还早了两年。2007年，在浙江如火如荼的“种文化”活动中，月山以中国第一个春晚诞生地脱颖而出，扬名全国。

2013年，中央城镇化工作会议提出，以人为本的新型城镇化要“让居民望得见山、看得见水、记得住乡愁”。从此，在我脑海中不断闪现着一个名字：月山。月山，就是它，它就是我心目中“望得见山、看得见水、记得住乡愁”的风情小镇。

我终于又一次来到了让我魂牵梦萦的月山。一到月山，看到熟悉的黄泥屋，听到熟悉的方言，我立刻扑进农民家中。因为我深知：与农民聊家常，就犹如蜜蜂采蜜，越勤快，收获就越丰厚。

走进 70 多岁的“农民诗人”吴庆生家中，几位精神矍铄的老人正在聊天。看到我们，吴庆生立即拿出刚写好的诗《银屏啊，您》，大声地用方言朗诵了起来。之后他深情地说：“我生于月山，长于月山，见证了月山几十年的变迁。这首诗是我为明年春晚写的，我想用诗歌把月山的过去、现在和未来表现出来。”

走出吴庆生老人的家，迈步逢源街的青石小路上，我马上被一阵悠扬的二胡声所吸引，循声来到了胡继防家。厅堂里，两男一女围坐一圈，正面带微笑地拉着二胡，旁边站着一位女子，手持自制乐器——“竹梆”，不时敲打伴奏……一幅怡然自得、其乐融融的画面展现在我眼前。

60 岁的胡继防近来很忙，他和两位“搭档”——鲍金女和吴利生，正在挖掘、整理月山村失传已久的乐曲《渔家乐》。他们常在一起合练，准备明年春晚演出。边上的是他的妻子吴绍妫。胡继防高兴地说：“我们三家，每家有两个孩子，都在外面成家立业了。生活好了，就要找开心的事做，拉二胡、上春晚，就是我们最开心的事。”

一场又一场的春晚演出，少不了组织者的辛劳。下午 4 时 30 分，我好不容易在环月街上找到了月山春晚导演之一的吴美妫。她刚从外面回来。“6 月份，‘乡乡一台红’举水站晚会，就快要演出了。这几天我都在找人商量安排节目。”吴美妫一进家门就忙不迭地说。

从小喜欢唱歌、跳舞的吴美妫，30 多年前和拉得一手好二胡的老公开起了照相馆，之后又办起了卡拉 OK，4 年前又跳起了广场舞。这段日子，她一边请人改编节目、组织日常演出，一边练习二胡新曲、学唱越剧新段。谈到春晚，她充满憧憬地说：“等今年 8 月村文化礼堂修缮完成后，就成立月山春晚演艺协会，不但在春节演，也能一年四季演；不但

在村内演，也能到外面演。”我相信，她的这个愿望一定能实现。因为月山已有的《农活秀》已经走上了央视，在各地进行了演出。

来到小学，已是放学时间，但学校师生依然还在。他们有一个课余保留节目：让学生搭廊桥模型，学做月山旅游小导游。校长吴开明说："学校是传承文化的地方，我们就是要把月山的廊桥文化传承好。我们准备把学生的实践活动改编成情景剧，在明年春晚演出。”

半天的走访，我感悟到：乡愁就是一种追求。月山村民不仅追求物质上的改善，更在追求一种平淡、恬静、充实、快乐的精神生活。“我要上春晚”是央视的演艺秀节目，在月山几乎天天在上演着“现实版”的“我要上春晚”。农民对精神生活的追求，就是月山春晚的无穷魅力所在。

晚上，县委宣传部、文化局的文化下乡活动来到了月山。与别的乡镇不同的是，在月山演出，他们要把部分节目指标“让”出来给村民。于是，10 多个节目，村民的节目就占了一半。一场晚会，“土洋”结合，不断引发观众的阵阵欢笑。特别是由 13 名 60 至 99 岁老人演唱的《没有共产党就没有新中国》，更是让人赞叹不已。

晚会结束时，遇到了一位新娘和她的婆婆。婆婆吴常娇说，儿媳黄翠妙是越南人，去年 6 月刚过门。她起初是学跳舞，后来由学生变成了老师，教其他妇女跳舞。在今年春晚，她用越南语演唱了《爱拼才会赢》，获得了大家的一致好评。刚怀孕的黄翠妙用不太流利的汉语说："我很喜欢这个村子，生了宝宝后，还要上春晚，就唱《恭喜发财》和《开门红》。”

晚会上农民演员的激情演出，婆媳俩的简短对话，让我感悟到：乡愁就是一种体验。月山村民在春晚和平日里的文化活动中，主动参与，尽情地展示自我，享受快乐，精心地呵护和营造着一个幸福和谐的家园。

当夜，我睡在“农家乐”，辗转反侧，眼前不断浮现着月山村的三幅画面：20 世纪 80 年代初的贫穷与落后，现在的殷实与快乐，正在规划建设的风情小镇的美丽与生机。

当年住招待所，挂蚊帐，吹吊扇，抓虱子，现在住农家乐，空调、彩电、Wi-Fi 一应俱全；当年 1700 多人挤在人均不到 1 亩的田地里穷忙，现在三分之二的人外出创业、求学；当年靠卖木头、做香菇为生，现在创办了现代农业园区，兴起了山妞果蔬、农家乐、乡村文化游，引进了义乌农产品经销商……

在时空穿越中，我感悟到：乡愁就是一种进步。正是这些进步，给月山春晚提供了坚实的支撑。在梦中，我仿佛看到，一轮圆月悄悄地来到月山，来到每一户家中，来到我的身边。

第二天一早，我再一次踏上村里的游步道，登上观景台，走过如龙桥、来凤桥、步蟾桥，望着袅袅炊烟，回想着如龙和来凤的爱情故事，不禁吟起了余光中先生的《乡愁》：

“小时候，乡愁是一枚小小的邮票，我在这头，母亲在那头；长大后，乡愁是一张窄窄的船票，我在这头，新娘在那头……”

在吟诵中，我感悟到：乡愁就是根。对月山来说，无论是过去的邮票、船票，还是现在的短信、微信；无论是留在村里的人，还是外出的“月山芽儿”，都有一个共同的文化基因。月山村与月亮为伴，被誉为“月亮休息的地方”，是一个造梦、追梦和梦想成真的地方。这就是月山人和月山春晚的根。根深叶茂，有了这根，月山人和月山春晚就能走向更加美好的明天。

感谢时光老人，让我在昨天和今天，真真切切地触摸了记忆中的乡愁——月山春晚。

（原载于《浙江日报》2014 年 5 月 22 日，有删改）

一个村庄的集体记忆

张维芬

月山，位于庆元县城东南57公里处，历史上又名金乡、东庄、举溪、举水，是举水乡政府所在地。

月山村后有一片毛竹林，形如半月，月山古村也如半月依傍着竹林，村前举溪奔流环绕，形成了山环水抱的一轮圆月。“半月烟居半月山，松篁荫翳抱东环。”这，便是月山村名的由来。

月山建村已有千年历史，发祥于宋代，鼎盛于明末清初，古时曾是周边县市闻名的商贾重镇，且历史文化积淀深厚，文人辈出。自明清以来，名列仕籍者多达200余人，民间传颂的“八老爷”吴懋修就是其中的典型代表。月山村自然景观和人文景观非常丰富，有月山晚翠等“举溪八景”。历史上曾建廊桥10座，有“二里十桥”之说。历经数百年沧桑，现仍有5座廊桥保存完好，其中如龙桥是首座被列为全国重点文物保护单位的木拱廊桥。此外，还有华光庙、马仙宫、荐元塔等名胜古迹。

1981年春节，吴绍利等几个村民相聚在一起，敲起锣鼓，拉响弦琴，唱起民歌……这，就是最初的月山春晚。此后数十年，春晚场地不断变化，从最初的村民家中到公路边、操场上、会堂里，直至县城的舞台，月山人始终热情不减，每年春节都坚持这种自娱自乐的形式。2005年，坚持了20多年的月山春晚受到媒体关注，当时《钱江晚报》以三个整版的篇幅强力报道月山春晚，把月山春晚描述为“中国式过年之文化样本”，由此引发媒体和社会各界对月山春晚的强烈关注。2007年，有关月山春晚的报道文章入选浙江文艺出版社出版的《高中语文读本：必修一》。2008年，月山村被列入浙江省文化建设示范点。2009年，月山春晚走进了中央电视台的《新闻联播》。2010年，“浙江在线”等国内20余家网络媒体对月山春晚进行了现场直播。此后，月山春晚越来越受到社会各界的热捧，许多外地游客慕名而来，到月山过中国式大年，尝月山特色美食，赏月山最“牛”的山寨春晚。

盛名之下的月山春晚，给月山带来了机遇，也迫使月山人创新。在政府的支持下，月山村置起了灯光、音响，会场装修一新；在技术人员的指导下，节目编排渐趋专业化，月山春晚的内容愈加丰富。慕名而来的客人一年比一年多，于是月山人的春晚从一场增加到了两场。腊月小年专为外地客人演一场。那天的月山热闹非凡，贴对联、挂灯笼、杀年猪、打黄粿、做麻糍、烙灶饼、蒸年糕、炸粿片，家家户户开门迎客。热情的月山人在逢源街上开起百家宴，用最隆重的方式招待远方来客。这一天，游月山、尝美食、吃年饭、看春晚，年味就在客人们的笑脸中绽放开来。而大年初一晚上的那一场表演，才是月山人真正意义上的属于他们自己的春晚。

吴绍利不会想到，由他拉响第一声弦音的月山春晚，不但在县城的舞台绽放异彩，而且30年后竟然会走向省城，乃至走进中央电视台《新闻联播》，成为中国最“牛”的山寨春晚，如星星之火，燃起国人对中国

式过年强烈的认同感和追捧热情，点燃了“乡村春晚”这把民间文化的火把，烙下了不可磨灭的新时代乡村文化的印记。

说到月山春晚，还必须提到一个团队，那就是“月山芽儿”。如果说吴绍利等村民是月山春晚的播种者，那么“月山芽儿”就是月山春晚的推广者和传播者。“月山芽儿”是月山村年轻一代的合称，这些年轻人平时在外求学、创业、经商，每年腊月就如候鸟般陆续飞回月山。他们对月山的情感浓厚而炽热，他们接过祖辈的接力棒，融合他们的聪明和热情，在传承月山文化的同时，将山外的先进理念和前沿思想带回山里，把传统的月山文化、原汁原味的生态农业与乡村旅游完美地结合在一起，用赤子之心把月山春晚燃得更旺。“无论未来的路上还有多少磨砺与考验，都会有一种坚持坚守在心间，因为我们双手托起的是一个村落的风雨千年，再苦的感觉也会变甜!”这是“月山芽儿”的文化宣言。

在飘雪的腊月，月山春晚飞越重重关山，落进山外人春节文化大餐的菜单，一睹月山春晚的风采成了很多人的念想。我很幸运，因为工作关系，到过月山无数次，并连续数年在现场观看月山春晚。在月山，我和孩子们对话，孩子们纯真可爱；我和老人们聊天，老人们和善包容；我和大嫂们交流，大嫂们热情爽朗。言语之间，月山人的自豪和对家乡的钟爱之情给我留下了深刻的印象。

执着与热情是有感染力的。从吴绍利穿透月山的第一缕乐音开始，月山人就种下了精神的种子，燃起了表演的热情。从牙牙学语的幼儿到耄耋老人，几乎每一个月山人都有着强烈的表演欲和舞台感，他们有渗进骨子里的对文艺的热爱和对家乡的自豪感。越南媳妇黄翠妙冲破语言、文字、习俗的阻碍，迅速融入月山这个集体，从越南语歌曲到充满中国韵味的茶艺表演，她的身上很快贴上了月山的标签。当稚嫩的 5 岁伢儿大方跳舞的时候，当 99 岁的爷爷在台上用土话唱响《东方红》的时候，当15位70至99岁高龄的老人穿着最乡土的服装在台上高歌《歌唱祖国》的时候，台下雷鸣般的掌声就是对月山人最好的赞美。月山人确实是可以自豪的，他们以春晚为舞台，凝聚起了一个村庄的力量，这种力量无坚不摧。

月山是廊桥的故乡。尽管祖先们在二里举溪上建造的10座廊桥，历经岁月沧桑只剩下5座，但廊桥始终是月山人的骄傲。全村老少无一不是廊桥的保护者和宣传者。他们钟爱的如龙桥和来凤桥，一座把在村头，一座锁住村尾，如勇士般守护着村庄。月山人也赋予了如龙桥与来凤桥美丽的传说，如龙与来凤美好的爱情故事就是月山人对美好生活的期待与诠释。月山人把对廊桥的这种感情糅合在了春晚里，因此月山春晚就充满了廊桥的元素：舞台以廊桥为背景，故事以廊桥为媒介，伢儿走秀以廊桥为道具，歌曲说唱以廊桥为内容……

月山春晚与城里的晚会最大的区别就在于其浓重的乡土气息。聪明的月山人从田间地头的劳作中、从衣食住行的日常生活中汲取灵感，将日常琐事、农事技能编排成戏。每年春晚，月山人就地取材，去山上砍根毛竹、到菇棚挑担菌棒、在田里扎把稻草、从菜地摘些蔬菜，穿上棕衣、戴上斗笠、挑来扁担、别把柴刀、扛起锄头，再糅合进他们的情感和智慧，就把日常的生产生活场景搬上了舞台。《农活秀》就是其中典型的代表，这个节目自从在省城的舞台上惊艳亮相，就成了每年月山春晚的压轴戏。和最初相比，这个节目不再是单纯表现祖辈面朝黄土背朝天的农耕生活，而是在新时代里被赋予了更多新的内容。父辈们繁重的农活里多了吹拉弹唱的欢乐，孩子们五彩斑斓的衣袖更是新时代新农村新生活唱响的欢乐音符！无疑，这种最接地气的节目才是月山春晚绵延不息的基础，这些充满原生态的表演才是乡村春晚最大的亮点，才是城里人在弯弯山路颠簸不疲的精神动力。

月山春晚跨越了时间的界线，在几十年间，不断传承和创新，从陋室移到操场，从操场转向桥头，从田野唱上会堂，从山里演到山外，从几个孤单年轻身影到全村参与，从默默无闻到享誉全国，月山春晚如冬天里的一把火点燃了月山人的梦想与激情，如春天里的一缕风拂开了月山人的笑脸和希望。从1981年到2015年，月山人用35年时间演绎，将月山春晚打造成了一个响亮的乡村文化品牌。月山春晚正成为月山的坐标，不断地凝聚着月山人的智慧和力量，在传承与创新中紧跟着时代的节拍前进。2005年，《钱江晚报》记者裴建林在月山春晚现场为村民即兴写下了一首诗，那就是后来常常被朗诵的《一个村的集体记忆》，这首诗是对月山春晚最贴切的解读：

当大雪无声地落到山涧
月山村的候鸟也落脚了
憋了一年的思乡之情
注入一个神圣的仪式
那是一个特殊的舞台
矜持、虚伪、算计被抛弃
留下的是善良、团结、热情
苍凉的二胡声
勾起了一个村的悠悠历史
也告诉台下的年轻人
月山村是你的根
是你的家园和责任
在悠扬的旋律中
在雷鸣的掌声里

一个村的传统

正以具象的方式被继承

并慢慢发酵

沉淀进每个人的心里

月山春晚

这是一个村子的集体记忆

这是一个村子的精神家园

（原载于《寻梦菇乡——作家笔下的庆元》，有删改）

那一年，我们一起奔赴篝火之约

吴政军

家乡月山村因一台被誉为“最早的春晚”的月山春晚而闻名。每年农历辞旧迎新之际，村里的文艺骨干们纷纷上台，将精心准备的节目奉献给大家。我清晰地记得早期月山春晚舞台上的一幕幕，特别是2000年冬天，我和老同学们一起组织的那场篝火晚会。

2000年冬天，老同学吴远松倡议，邀请几个同学一起组织月山春晚，得到大家积极响应和大力支持。那年，我在部队政治机关工作，趁休探亲假的机会，积极参与了此次春晚活动。印象中，吴凯军、吴至群、杨青华、吴发良、吴仁发等同学，以及当时在信用社（今农商银行）工作的华君平等参与了前期准备工作，家乡的小才女吴采芬帮忙写了主持词。

春节前半个月左右，小伙伴们就着手准备晚会，在人员、装备、场地、节目、经费等方面都做了精心安排。在筹备会上，吴远松同学提出搞一场篝火晚会的建议，大家一拍即合，毕竟当年礼堂里没有像样的音响设备，只有普通的照明灯光，与其一直在那样的氛围下组织晚会，不如别出心裁，搞一场篝火晚会。当时，吴远松在家乡经营一家小舞厅，音响和灯光等设备由他提供，场地则选择在学校操场西南角，那里空旷，边上有廊道可作为简易舞台，而且方便接电。同学们纷纷捐钱，凑了五六百元活动经费，我和杨青华还找到乡长办公室去“化缘”。时任乡长刘义平对我们主动举办月山春晚、丰富村民文化生活的做法给予高度肯定并大力支持，当即表示可以提供 500 元资金。就这样，我们凑够了 1000 多元经费，用于购买柴火和煤油，电费则由学校承担。

晚会最重要的就是节目。筹备组写了海报，在村里显眼位置张贴，一方面发动大家积极报名，另一方面主动找到村里的积极分子和文艺骨干，邀请他们上台表演节目。最终确定了 20 个节目。

印象中，那年除夕前刚下过大雪，我们在学校操场那厚厚的积雪里扫出一大块地方作为晚会场地。华灯初上，乡亲们都穿着漂亮的新衣裳，脸上洋溢着节日的喜悦，三五成群、有说有笑地涌向学校。操场西南角上那口铁锅里，堆满浇了煤油的柴火。

暖场活动是现场书法展示，村里老中青三代各出一名代表参加，分别是吴庆生、吴淼洋和吴国宾。在人文荟萃的月山村，精心安排这么一个小活动显得尤为贴切且合时宜。一方面，三人是村里最擅长书法的，每年春节，乡亲们都上门请他们帮忙写春联；另一方面，这体现了人们对传承和弘扬传统文化、提升文化素养的不懈追求。在现场，我们摆了几张课桌，上面放了笔墨纸砚。吴庆生和吴淼洋分别写了几副对联，吴国宾则写了一幅“龙”字。只见三位书家饱蘸墨水，笔走龙蛇，一气呵成，有如行云流水般的笔法和苍劲俊秀的作品，赢得围观群众热烈的掌声。

晚上 7 点左右，开场音乐响起，主持人吴凯军邀请村里辈分最高的

长辈吴绍仁点燃篝火。只见吴绍仁高举已点燃的火把，小心翼翼地走向篝火台。随着他郑重地将火把伸向柴堆，霎时间，一团明亮的火焰腾空而起，人群爆发出一阵欢呼声。火焰越燃越旺，像一匹奔驰的骏马，又像迎风飞舞的凤凰，打破了雪霁的夜空那份清朗和宁静。顺着火焰仰天望去，一弯新月高挂在天际，与这篝火交相辉映，蔚为壮观！这冬天里的一把火，驱走了严冬的寒意，也带来了光明和温暖；这熊熊的火焰，扫荡了旧年的沉积，也点燃了新年的希望。

舞台虽然简陋——只是在学校教室外墙贴上刚才书法展示的作品，在一张老旧的长条凳上放了一台21寸彩色电视机，外接了两支话筒（音色和效果都不是太好）。但这些都丝毫没有影响大家的情绪，村民们围着篝火载歌载舞，释放着内心的喜悦。节目非常精彩，有歌舞、独唱、相声，还有话剧、三句半、快板书、游戏等，简直在上演月山“达人秀”。当时盛行的霹雳舞、兔子舞尤其受观众欢迎。

篝火渐隐之时，女主持人吴玲玲发出热情的邀请：“大家一起来跳舞吧！”年轻人纷纷登场，搭起前面老乡的肩膀，接成首尾相连的长龙，踏着“兔子舞”的音乐节拍一齐舞动，场面壮观。篝火晚会把月山变成了欢腾的海洋。这欢乐的一幕，一直留在我的脑海中，久久难忘。转眼20多年过去，每每和小伙伴们回想起当年的情景，仍记忆犹新……

月山春晚给了家乡老幼妇孺一个热情洋溢的舞台，让大家尽情展现自己的才艺、释放内心的热情。而那簇篝火，则传递了小小村庄里人们之间淳朴真挚的友谊，传承着接续奋斗的月山精神，更预示着一代又一代有志青年、一茬又一茬“月山芽儿”生生不息、奋斗不止。

如今的我们，大多工作和生活在异地他乡，家乡已成故乡。但那抹乡愁却如当年的篝火，始终在心头熊熊燃烧……

猴年月山春晚的幕布

吴严林

月山是我的故乡，求学工作在外，每当举头望明月，心中便想起故乡。月山历史悠久，月山春晚的历史也悠久，比央视春节联欢晚会还早2年。2004年，十几个年轻小伙和姑娘聚集在一起，要把春节联欢晚会从操场搬进大会堂。晚上7点，我们齐聚小学教室，我用沙哑的喉咙喊开了："我们一起办一场春晚，而且是在大会堂！"

一

我不知道哪来的勇气敢在比我优秀许多的人才面前安排分工。一唱一和中，把晚会的结构大致勾勒了出来。分一批文艺骨干专心排练节目和主持，如吴思妹、吴思华、吴丽芬、范永青、李智、吴知源、吴丽源、吴秋红、吴至飞和吴燕芬；又请吴小荣等人管理游园活动。我因为不会

上台表演，就负责联系村党支部书记吴德华和村委会主任吴绍杞。

我们四处张罗，奖品采办、节目导演、主持人选定、礼仪服务生招募等。这些安排得益于自己在丽水学院英语系学生会获得的经验。我们分好职责，各司其职。对于公益，月山村的党支部书记和村委会主任向来支持。有了资金、人才，于是大家就开练起来。村里的人民大会堂已经年久失修，幕布已经不复存在，舞台地板已经烂得破洞百出，稍不留神就有可能踩空，可是这些都没有难倒激情澎湃的我们。

说也奇怪，那时我们浑身上下有使不完的劲，为了把场地整理出来，大家齐上阵。大伯、大叔、阿姨主动捋起袖子，一起打扫卫生，清理满目疮痍的会场。最有幽默感的村支书吴德华穿着大头皮鞋，把手中的扫帚扫出了将军的气势，大有“一夫当关，万夫莫开”的神勇，又把手中的毛巾挥洒得如同哪吒舞动混天绫，翻天覆地。因为他的幽默，我们十分喜欢和他亲近，遇到难题他总能迅速解决。我们私底下都说这个书记亲民、有才气。后来得知他是高中毕业，真是不简单！在20世纪90年代，高中生是稀缺人才。毕竟我们还都是没有毕业的愣头小子，能请得动村支书帮忙，对于自己来说是能力的体现，用时下的语言表达就是：倍儿有面子。

一听说有演出，小朋友纷纷跑来帮忙，剪纸、贴花、买东西，灵巧地跑来跑去，像邮差一般。他们来回奔跑，扬起许多灰尘，在阳光照射下显得格外美丽。

二

清理好观众席，我们为没有幕布发愁。学美术的吴金波想出了办法，用遮阳布（记得只花了 30 多块钱）临时解决一下。几天后，吴金波画了一张水粉画，把孙大圣的图像挂上，气氛一下子就有了。我们用遮阳布当幕布盖住了后台的空旷区域，猴年的吉祥画衬托出过年的喜庆气氛。虽然舞台简单，但我们的心情无比快乐。

我们为把舞台扮靓费尽心思，买最便宜的气球、最实用的彩纸。比我们小的男孩女孩都沉浸在晚会筹备的欢乐氛围中，他们都是主动前来帮忙的。月山人对文艺的热爱与生俱来。村里的人们纷纷准备在晚会上秀出自己的节目，舞狮、合唱、乐器演奏、小品表演，不一而足。

条件是简陋的，没有凳子，观众自己从家里搬，音响是借来的，话筒是借来的，小品道具也是借来的。吴丽源的小品《相亲》中的大母鸡在排练时怯场捣乱，引得众人笑弯了腰。尽管条件简陋，但我们的演员十分敬业，声音不大，但是感情很投入。大家尽情发挥，只要开心，就不在乎是否专业。

晚会引入了一些摩登手法，设立了抽奖环节。人们领到奖品开心欢笑，一边欣赏节目，一边期待好运在新的一年升起。那年晚会结束后，我们在这块特殊的幕布前合影。我们似在菇棚前庆祝丰收，心中升起赛似吴三公的喜悦。村里的乡亲们也十分热情，舞狮子队、合唱队、锣鼓队一起上阵助兴。

月山春晚的神奇之处在于：男女老少都能登台演出。几十年下来，虽然形式多变，但是精神不变。不变的是月山人特有的大方、自信、自然的文艺表现力，还有月山人对家乡独特的热爱，他们知道用自己最朴实的方式来表达对家乡的爱。月山村的人们在舞台上自信地旋转，像是在娘胎里就流淌着文艺的血液。

三

次年，我在放寒假前向当时的英语系辅导员张俊霞老师求助，请求把系里的幕布借给月山。张老师欣然同意。我背着幕布挤公交车、坐长途汽车回庆元。因为幕布体积大、占地方，中途还引来许多人的观望和少许不满。但是他们哪里知道，我背着一个村子的快乐。

如今回想，我当时靠什么力量一人搬运如此庞大的行囊？彼时我的想法很简单，就是要把舞台装扮得漂亮一些。蓝色的幕布一改原来临时的遮阳布，显得整齐许多。这一年，村子里把舞台用水泥固化，平坦了许多。

同一年，吴艳霞邀请《钱江晚报》的记者到月山来，观看最乡村版的春节联欢晚会。真心佩服她，能把记者请到月山，要知道那是上千里的路程，就是从县城到月山的五十几公里也让很多人生畏。最后《钱江晚报》三个版面的精彩报道，引起了巨大的轰动和外界的关注。月山春晚成了众星捧月的对象，成了乡村春晚的样板。

从小在这种氛围中熏陶，穿梭在舞台上也不觉得胆怯，造就了月山人上台时的那种从容。因为耳濡目染，乡亲们喜欢在台上秀出自己，男女老少都争着上台。

月山春晚是根植于每个人心中的舞台，每次旋律响起，都是向世人诉说自己不一样的传奇故事。《农活秀》走出月山，来到县城市民广场，走进浙江卫视，登上央视大舞台。月山村民对文艺的执着反映的是大家对美好生活的向往。老一辈人歌唱《东方红》，中年人哼唱《粉红色的回忆》，年轻人对唱《爱的代价》，小朋友合唱《白龙马》。举水乡中心学校毕业的学子是否还记得校歌？“我们举水，风景好，银屏峰秀，月山翠，巍峨圣庙，创立举水中心校，人才辈出书香地，导师同学苦努力，礼义廉耻要记牢，愿大家起来共创举水中心校……”不同年龄段的人唱着不一样的歌，却共同抒发着对生活美好的祝愿。

当节目结束时，我们在幕布前留下了合影，定格了美好青春的回忆。

穿越历史的重逢

吴知源

一、偶然入戏

2008年的夏天，在县旅游局的支持下，月山村开始筹拍大型舞台剧《如龙与来凤》。我休假回家的时候，排练工作已在如火如荼地进行，好些活跃于月山舞台的小伙伴、老伙伴早已经忙碌于适应各自的角色。我弟丽源被选中扮演老村长。因为经常上台演小品，他的作品深受乡亲们的欢迎，乡亲们还戏称他为“月山赵本山”。弟弟穿上黄色的宋代服饰，包上头巾，装上假胡子，拄个拐杖，猫个腰，步履蹒跚，还真像那么回事。许多放假的小姑娘集合在一起排竹舞。许多原本在田间地头忙碌的乡亲都放下手中的活，抽空参加了排练。村委会主任吴绍杞也亲自参加演出。

我原本是积极关心和看热闹的，突然有一天，村支书吴德华带着乡里的书记陈观贵跑到我家来找我，同行的还有如龙的扮演者吴超沅。陈书记说要让我去试试如龙的角色，我估摸着应该是村支书想出来的主意。当时如龙已经有人选了，就是邻居小伙超沅。超沅说如龙的角色他驾驭不了，最好是我去演，他可以换一个角色演。就这样，我拿到了剧本。在此之前，我更多的是活跃在春晚主持、写稿、组织筹划等方面的工作中。

当时负责排练工作的是在县文化馆工作的吴巍巍女士，应该算是导演。我对这位姐姐的第一印象是雷厉风行、办事果断、声音洪亮，觉得她特别适合当个女兵班长或者区队长，口令喊得很到位。排练的时候她经常自己做示范，对剧本滚瓜烂熟。那时候我刚军校毕业，提干一年，因为经常参加体能锻炼，刚好一身腱子肉，导演说我的气质和形象适合演如龙，如龙就该是一个虎背熊腰的壮汉。于是，我就从超沅那里把如龙的角色“抢”走了，而超沅换了另外一个角色，成为比武时去捡箭、跑得最快的村民。

二、重返宋朝

《如龙与来凤》的故事发生在宋朝年间。故事大意讲述的是有一年发生了旱灾，当时吴姓和金姓是村里的两大家族，因为农田争水而引起冲突与分歧，两大家族的人快要打起来了。后来村长出来主持公道，计划通过比武的方式决定输赢，裁定用水问题，吴家派出了青年才俊如龙，金家派出了文武双全的大家闺秀来凤，故事里比了两个项目，一个是射箭，另一个是举大石锁。结果射箭比武来凤赢了，举石锁比武如龙赢了，没有分出个高下。有一天，正当两个人都一筹莫展的时候，他们在后山

的竹林里相遇了。他们想到了一个办法，就是开一条渠，把银屏山上的水引下来。后来，两个年轻人发动了家族里的老老少少，一起开渠引水，解决了干旱的问题。如龙和来凤也因此相识、相知、相爱，最终喜结连理。后人为了纪念他们两个人，在村里修了两座桥，来凤桥在村口的樟树脑附近，如龙桥在村尾的马仙宫旁。故事把我们带回了月山村的过往，带回了宋朝年间，让我和曾经的如龙有了穿越历史重逢的机会。通过传承下来的文化故事和舞台的场景再现，我们深切地感受到，那时候乡亲们过着纯朴的乡间生活，没有车如流水马如龙，没有灯火通明夜如昼，人们过着日出而作、日落而息的生活，有着夜不闭户、路不拾遗的民风和勤劳善良、吃苦耐劳、与人为善、耕读传家的优良传统，这些一直流传到了当下。

三、本色出演

参加演出的人员都没学过表演，都属于本色出演。小朋友们练习竹舞，如同一群小精灵，穿着绿色的衣裳，与竹子融为一体，跟随着音乐在舞台上灵动跳跃，给人一种风过竹林沙沙响、人在林中若隐现的感觉。大叔大妈们换上了宋朝的装束，穿上草鞋，扛着锄头、铁锹，演绎在稻田里忙碌的场景。这对于他们来说是再熟悉不过的，他们展示得惟妙惟肖。在表演争水冲突的部分时，大家把日常积攒下来的吵架经验展现出来，表现得淋漓尽致。通过本色出演，大家仿佛感受到了历史的重现。而在开渠引水、甘泉到来的环节，他们洋溢在脸上的幸福和喜悦是如此传神。反倒是扮演如龙的部分难倒了我。根据剧情的安排，其中有和来凤对话的环节，要从陌生到熟悉再到相互赏识，还要含情脉脉地看着对方。导演做了无数次示范，我都把握不住精髓。其中还有舞蹈的环节，需要在竹林中追逐，还有双人的舞蹈，对刚性有余、柔韧不足的我来说实在是个挑战。剧中还有拜堂成亲的环节，经过多次排练，我依旧显得拘束，唯独一次表演放得开是有一天家里来了客人，我喝了两瓶啤酒，红着脸上了台。导演说，今天的表现恰到好处，收放自如，还不用化妆，下次就按两瓶啤酒的量来。因为时间和演出的关系，暑期排练的时候最初来凤是由学生吴丹妮来表演，汇报表演的时候由吴燕芬老师来表演，而在春节晚会的时候由吴琴琴老师来表演。从表演来看，三个来凤都有一些舞蹈功底，都能迅速入戏，倒是如龙反反复复练习，依旧显得有些生硬。如果说比武加上第三局跳舞，那赢的就肯定是来凤了。

四、结语

时光如流水，一转眼排练舞台剧《如龙与来凤》已经 10 多年过去了。那些曾经表演独舞的小姑娘都陆续成长为大学生，有的也走进了婚姻的殿堂，那些本色出演的大叔大妈也已经成为爷爷奶奶，我也成了一名小学生的家长。如同大多数的节目一样，《如龙与来凤》的故事在月山的舞台上展示过，激励了一代人，鼓舞了一代人。老故事继续传承着，新的故事继续发生着，沉淀在时光长河里的是月山人浓浓的乡情。或许若干年以后，未来的月山人又会穿越回当下，演绎着生活在社会主义新农村的我们。

月山春晚里的老信一家人

吴冬梅

“请各位观众就座，请各部门做好准备，各就各位。场务四女婿，摄像王靖渊，摄影叶时畅，灯光王文轶，第一个节目表演者叶品言。有请主持人王芷筠……”

月山村环月街 4 号住着我们老信一家四代人。我的老父亲年近八旬，头发花白，到老也是娃娃脸；老母亲身材消瘦，外人看来是不苟言笑的那种；四个姐妹过着平平淡淡的生活，操持着家庭，照顾着孩子。说起月山，必谈春晚，春晚和我们一家人有着一代一代深深的情缘，三代人就有三代人的春晚故事。

先说说我的父亲和春晚的情缘吧。我的父亲是第一批回乡知识青年，1964 年，他和绍利伯伯一起，把一个自创自演的快板节目演到了丽水地区文艺会演的大舞台。很有文艺细胞的父亲还热心村里的公益事业，特别是成立“助学小组”，他们那一代人热切期望的就是村里能出大学生，多出读书人。父亲是最早一批搞春节联欢活动的人，他还搞文学创作，写作的文章刊登在《银屏尖》《庆元文史》《中国民间文学集成·庆元县卷》等期刊和书籍上，用他的话来说，就是当时年轻，有点文化，写些文章赞美家乡，也和大家结伴搞联欢晚会，活跃乡村文艺。

父亲珍藏有一张照片，记录的是 20 世纪 80 年代的春节联欢活动。正在演唱的年轻人就是我的父亲，没有音响，没有灯光，没有演出服装，在举水乡政府楼上的会议室里，父亲演唱的是当时流行全国的《十五的月亮》。村里的老老少少的观众里三层、外三层地围成舞台，观众的认真劲儿堪比现在沉浸于手机游戏的人们。到了 2018 年，我们村里已经有了新装修的大会堂，父亲也是宝刀不老，重新出山。记得那年春晚，他还亲自撰稿、导演快板《月山芽儿》，快板歌颂了月山父老乡亲的新生活。

再说说我和春晚的情缘。我是老信家的二女儿，是一名资深的月山春晚演员了，也算是一个文艺工作者。记得我在举水乡中心学校读书的时候，吴英姿老师给我们编排舞蹈《嘀哩嘀哩》。当时全班 20 多名女同学就选 12 个人参加，我永远都不会忘记，我是凭借“垫步”动作入选的。现在已经不记得演出的细节了，只记得那天演出结束回家，我端着装甜糕的碗趴在桌子上睡着了。在当时物质条件匮乏的情况下，我能够端着甜糕睡觉，足以见得我当时有多么困倦。那是我第一次上舞台。我现在之所以成为一名文艺工作者，想来和月山春晚是有一定关系的。我在 2015 年春节重新登上了月山春晚的舞台，当时月山的文化礼堂已经重新翻修，月山春晚也名声在外。月山春晚的演出时间由正月初一改到了腊月小年那天。为了参加月山春晚，我带着老公和儿子开车往返了两趟参加排练和演出，从月山到庆元县城往返一趟要 110 多公里。记得我的节目是独唱《阳光路上》，是作为压轴的节目，还有很多我们村的小姑娘给我伴舞。演出相当成功。

接下来就说说老信家第三代和春晚的情缘吧！最有代表性的是我的

儿子叶时畅，他现在已经是北京航空航天大学的在读大学生了。记得当时他还是五年级的小学生，已经达到钢琴十级水平，但因为月山春晚的舞台上没有钢琴，我还是给他选择了电子琴独奏《山丹丹开花红艳艳》。记得演出时还有一个小小的插曲，因为舞台上灯光暗，我把电子琴的电源孔和音响孔插错了。可叶时畅非常淡定，等我把电子琴弄好后，从容地演奏自己的曲目。这是叶时畅第一次上月山春晚，这次经历既锻炼了他在舞台上的胆量，也锻炼了他的应变能力。虽然他现在就读的不是文艺类专业，但是他身上的文艺气质还是隐约可见。感谢月山春晚这个舞台，它滋养着我们老信一家一代又一代人。

大年初三，老信一家人的家庭春晚如期开幕。如今已经是四世同堂，曾外孙陆炫宇已经牙牙学语，不久的将来他也会成为月山春晚上的一名小演员。老信一家人和月山春晚的情缘就这么一代一代又延续着。

老年圆梦月山大舞台

讲述者：吴晓露　记录者：吴立强

我小时候就爱做梦、追梦，时间飞逝，转眼已是老年。人生如戏，戏如人生，生旦净末丑统统扮一回，酸甜苦辣、油盐酱醋，构成了人生大舞台。圆梦老年，圆梦月山大舞台。

一

少年的我，有着对表演的热爱和执着，向往和憧憬着舞台。1964年，我们村办起了演出夜校和俱乐部，学校的练荣姚校长担任总负责，吴锡火担任俱乐部主任，教师包括吴孝锡老师、周工荣老师、吴秀老师等。他们不辞劳苦，夜以继日地参与酝酿节目、自创节目、彩排。白天他们教书，晚上则给我们辅导节目。那时候，我对舞台、音乐、灯光、表演产生了浓厚的兴趣，渐渐喜欢上了表演，不知不觉间融入了这个表

演的大圈子。那时候我们村还没改建，有一个食堂，但没电灯，我们就用气灯。每年除夕到正月初五，演出节目举不胜举，其中很多都是自编、自导、自演的，主打节目有《三花烂漫》《三世仇》《送粮记》等。每个节目有10个小节，一个晚上演一个大剧加一个快板表演就足够了。打快板是吴绍利和吴信二人，他们从荷地打到龙泉，再打到丽水。部分节目因为很精彩，从荷地被选送到龙泉参加演出，后来经组委会研究决定，推荐去丽水进行总会演。我们那班人是从1964年就开始办俱乐部、夜校，还有上级委派的一个武工队小分队进驻我们村指导。在职演员有吴绍利、吴锡火、吴信、吴义、吴丙葱、吴锡兰、吴利英、吴雪雁和我等人。由于条件的限制，很多人才没能走出大山，局限在家乡自娱自乐，丰富农村文化生活。在这种大氛围中，我慢慢被熏陶，不知不觉喜欢上了表演和唱歌，梦想着能有表演的舞台。

二

中年生活艰辛，人生就是舞台，拼搏就是舞台的主打歌。我从1967年到1976年先后生了五个儿子，人无远虑，必有近忧。如果五个儿子都在家务农，会是什么结果？我竭尽全力，努力培养儿子，尝试多个职业。第一个职业是做裁缝。为了客户，为了声誉，我夜以继日，不辞辛劳地赶做新衣服。父老乡亲觉得我衣服做得好，都让我做。大年三十做到凌晨两三点，我才有空停下来赶做五个儿子的新年衣服。衣服做好已经清晨，我又开始做新年的早饭。如果说做裁缝是为了承父业，那么第二个职业就是为了生存。我的第二个职业是开小卖店。是赚是亏，我还不清楚，但就算亏也是值得的，因为我喂大了五个儿子。在那个贫穷的年代，不要说零食美食，温饱问题都难以解决。小卖店我先后开了三年。我的第三个职业是开餐馆和旅店。当时县城到举水的中巴车司机是要过夜的，车站决定让司机住我家，也就这样，我开始了自学厨艺的历程。我自主经营，熟能生巧，慢慢地客户多了起来，生意也好起来。有时候真觉得机会是掌握在有准备的人手中的。就在那时候，三个儿子先后考上杭州的学校，四年三个人的费用不敢想象，但一切为了孩子，一切为了他们的前途，我咬牙坚持，努力变换菜肴的品种和味道。如何做好生意，如何维护好客户关系？我白天想，晚上也想。慢慢地，苦尽甘来，三个儿子总算毕业。也就在那几年，我还当过一届庆元县人大代表，我知道这都是乡亲们对我的支持和认可。望子成龙，可怜天下父母心，我又开始担心他们的成家立业大事。幸运的是，那时候他们的工作都是包分配的。时间过得真快，转眼五个儿子都成家立业了，我也顶起“奶奶”这头衔。由于儿子外出打工，我又开始担心孙子。2002 年底，我毅然决定结束近二十年的厨师职业，到县城租房子，开始带孙子。2002 年到庆元，2009 年又到杭州，直到 2019 年回老家，叶落归根，安享晚年。中年的我，一直奋斗，一直拼搏，经历了无数的艰辛。付出总算有了回报，虽然没有华丽的表演舞台，没有精彩的文艺舞台，但生活给了我人生施展才华最大的舞台。我回望往昔的岁月，是因为自己懂得感恩和取舍，才能领略生活路上各种各样的风景。

三

老年失而复得，家乡到处是舞台。在杭州，唱歌、跳舞、拉二胡等活动也到处都有，我也吃穿不愁，但我时不时地总感觉落下了什么东西

一样，心里总是想着要回老家。越老越留恋家乡。2019 年，我从杭州回到了老家月山村，因为那里有乡情、亲情和友情，更有我小时候的梦想。也就是在这一年，我找到了现在的生活伴侣和文艺知己。我们的相聚，缘起于共同的爱好。我们家里买齐了歌唱表演设备，一起玩音乐，一起表演。大小不一的舞台，有寥寥几人的自家庭院小舞台，也有月山春晚的大舞台。街头巷尾是舞台，廊桥、复旦亭是舞台。我想：只要内心坚持喜欢音乐，处处可以表演，随时可以吹拉弹唱。艺术不分年龄，我们充满了快乐和幸福。老吾老，以及人之老。志同道合、热爱音乐的中老年人慢慢走到了一起，凝聚起音乐表演的力量，把月山文化、月山艺术发扬光大，此生足矣。家乡的父老乡亲有情有义，能歌善舞，能说会道，能唱能跳。正由于有这样的乡村文化氛围，我老年才得以筑梦舞台、圆梦表演。

月山春晚最年长的演员

吴云梅

提起月山春晚最年长的演员，非吴达荣莫属。他近百岁时，依旧活跃在月山春晚的舞台，依旧背着锄头在田间地头劳动，依旧徜徉在风吹浪涌的油菜花海中，依旧漫步在漫山遍野金灿灿的稻田边。

忆苦思甜　登台演出

1917 年出生的吴达荣，是一个地道的农民，一直生活在月山村。月山村坐落在离庆元县城 57 公里的浙闽交界处，村庄山环水绕，廊桥林立，自然环境非常优美，加上千年来以耕读文化传家，至今村子依然很好地保留了自然的农耕风貌。吴达荣老人说，就是这山清水秀的家乡，给他提供了宁静自由的生活空间，养成了他每天适度劳作和良好的生活习惯。

2016 年，99 岁的吴达荣还与村里老、中、青三代人一起表演《农活秀》。身高 1.75 米的他，一头白发加上挺直的腰板，显得非常精神，在人群中一眼便可认出。他在《农活秀》里扮演的是编草鞋的老农。他说，这门手艺他小时候就跟着家人学会了。他从十几岁就开始去菇山，一辈子去菇山共去了 50 多年，足迹遍布福建省的建阳、永安、尤溪、明溪、贵化、政和等地。在过去没有公路的年代，从月山走路去福建那边的菇山，月山人都是经政和县的岭腰走，从月山走一天可以到岭腰。到将乐等地要走七八天。过去他走路都是穿草鞋，好的草鞋走路可以穿两三天，差的穿半天就坏了。因为草鞋的消耗量大，所以他每天从田里劳动回来第一件事就是编草鞋。后来生活好了，不愁吃穿，也就没有再编了。

月山春晚是个非常有趣的舞台，演员演的大多是日常生活。特别是《农活秀》节目，一搬上舞台，那丰富多样的农耕时代生活场景，便活灵活现地展示在大众面前。因为这种贴近生活的表演形式，让吴达荣有了施展自己手艺的空间。他说，把编草鞋当成原生态的农活来娱乐，忆苦思甜，他演得很开心。因为这出戏，他还当了一把“老明星”。除了秀农活，吴达荣还会唱歌，如《共产党好共产党亲》《东方红》等。这些歌唱着唱着，便把烦闷的事情都唱没了。

特别让吴达荣骄傲的是，2016 年举行的第十届庆元香菇文化节，99 岁的他还参加踩街活动。活动方专门为他准备了一辆皮卡车，让他站在车上。一路上他都很精神，为香菇节踩街活动增添了亮丽的风采，给国内外来宾和沿街观众留下了深刻的印象。

宽厚待人　睡觉安稳

吴达荣说，他年轻的时候经历了不少苦难，这些苦难让他悟出了宽厚待人，可以使自己收获平静的道理。现在国家每个月给他发养老金，他又与儿孙生活在一起，共享天伦之乐，感到非常满足。

村民们说起吴达荣，都说他的脾气很温和，平时几乎不与人争执。村民还举了例子：吴达荣老人是村里的劳动好手，菜地里的菜因为种得勤，熟得比别人早，但却经常被别人“捷足先登”了。次数多了，有人建议他，在黄瓜地上放上一些钉子，并插一块牌子，写上“此处有钉，如摘黄瓜伤着，后果自负”，这样别人也就不敢再来摘了。吴达荣听后，摇摇头说，这万万不行，黄瓜被别人摘了是小事，如果钉子扎到别人那就是大事了，害人之事哪里能做。他说，宁可吃亏一点，也不要去伤害别人。

因为吴达荣的宽厚，在村里他有不少朋友，无论老少都喜欢与他相处。在吴达荣眼里，七八十岁的都算年轻人，都是“弟弟妹妹”。天气好时，他常和“弟弟妹妹”一起出门，有时他还会骑上电动三轮车，搭着他们顺着下垟到步蟾桥走一趟。一年四季，他们春天看油菜花，初夏看插秧，秋天看稻黄，冬天看雪。他说，同年轻人一起，自己也年轻了。如果不是别人提醒，他常忘了自己的年纪。

吴达荣还说，从电视上看到城里人工作压力大，有不少人患上了失眠症。他说，治失眠症的好办法就是：生活规律，少生气，别吃太饱，这样心就会平静，夜里也就容易睡上安稳觉。他近百岁时，还是一觉睡到大天亮。

蔬菜为主　从不挑食

说到饮食时，吴达荣用了一句很幽默的话。他说，除了石头吃不动，其他只要能吃的东西他都会吃。

他觉得自己年纪越大身体越好，特别是80多岁以后，不要说生病，连小感冒都很少。

在平时的饮食中，他从不挑食，一般都是以自己种的时令蔬菜为主。这些蔬菜都是用最传统的方法施肥，算得上真正的有机蔬菜。他每年都会种很多种蔬菜，按季节来，适合种什么就种什么，有莴苣、魔芋、土豆、茄子、四季豆、萝卜、青菜、番薯等，这些可都是他平时常吃的好食物。他说，人吃得素一点，不容易上火。

良好习惯　远离疾病

吴达荣98岁时还能骑三轮车，他平日里常要到离家500米的地方去给蔬菜浇水。出门时，吴达荣很习惯地拿起了斗笠，骑上了三轮车。村里人都挺奇怪，说他这么大年纪了还能骑三轮车，而且还能一手拉着刹车，一手握着龙头，动作非常协调。他说，这都是因为他常年劳作，身体得到锻炼。他认为，身体上的每一个器官，你如果不去用它，它的功能就会退化；常用它，功能就会增强。他属于每天都会让手脚活动起来的人，他现在感觉腿脚都还挺灵活，基本上都能听大脑的使唤。

吴达荣平时除早睡早起、适度劳作等有规律的生活之外，还注意一些生活中的小习惯。比如，他无论去种菜还是去散步，总会带上一顶用竹子和箬叶编起来的斗笠。他说，别小看这个斗笠，它可是个好工具，像夏天猛地一阵雷雨，很容易把人淋生病，即使不下雨，炙热的太阳也容易让人中暑，而出门随身带上斗笠，既可遮太阳又可挡雨，避免了许多致病因素。

2017 年清明前，百岁高龄的吴达荣安详离世。《农活秀》里编草鞋的老农由他儿子接替扮演。这是全村人对百岁老人的一份敬意。

我人生的第一个舞台

吴学松

那是20世纪80年代的一个春节，那年我十来岁。午饭后，我穿着过年的一身新衣服，兴冲冲跟着我哥来到举水乡中心学校的操场上。操场上围得水泄不通，连走廊上也早已挤满了人。

看到这场景，我惊呆了，毕竟，过一会儿我要上台表演节目。那天，村里将在操场上举办春节联欢会，我和哥哥将要合作一个“独唱加手风琴伴奏”的节目。这是我人生第一次上台表演，心里既激动又紧张。

我哥一直是村里的文艺青年，吹拉弹唱样样在行，还写得一手好文章，是当时村里的“风云人物”。受我哥的影响，从小我也有哼哼唱唱的爱好，加上之前在家里曾反复练习，渐渐地，我那颗紧张的心总算平静了下来。

没过多久，就轮到我们的节目了。我挤到操场中间的一小块空地里。由于当时我太矮，他们就让我站在了早已准备好的一张凳子上面，我哥则架起手风琴站在我边上，四周全是围观的群众。我演唱的歌曲是电影

《闪闪的红星》中的插曲《红星照我去战斗》。随着我哥手风琴前奏的响起，我也拿起话筒顺着节奏缓缓地唱起了这首歌……

演唱结束后，操场上顿时响起了雷鸣般的掌声。这也是我人生当中第一次获得如此热烈的掌声！这次上台表演的经历，虽然时间短暂，但对我一生的影响是巨大而深远的。它让我明白了一个道理：要获得别人的掌声和认可，不仅要克服畏惧的心理，还要依靠自己平时的不断努力。

1983 年，我通过努力，考到了荷地中学读初中，第一次离开家乡开始了住校生活。在那些艰苦的岁月里，我们总是过着咸菜拌饭、蜡烛伴读的日子。时常在天还未亮的清晨，我被同学叫醒去早读；也时常在寒冬的早晨，为早点拿到饭盒填饱肚子，在冰冻湿滑的石阶上摔得鼻青脸肿。但所有这些，都丝毫不会影响我们那些欢快、跳动的美好时光。

每到大礼拜（为方便远来的同学，学校安排学习 11 天，休息 3 天）来临，为了能早点回家，大家经常会在周五晚自习结束后即开始结伴步行回家。从荷地村到月山村有 20 多公里的山路，一大帮小伙伴背着行囊，趁着月色，一路欢歌，一走就是五六个小时，回到村里的时候，往往已经是第二天凌晨的三四点钟了。第二天天一亮，小伙伴们又来到村口相约一起去山上砍柴。有时候，一天还需要砍两担柴回家，这也算是为家庭减轻劳动负担。这样不知疲倦地奔走，我想唯有家乡情结，才能带给我们如此无穷无尽的力量！

1986 年，我考取了县城的庆元中学读高中。再后来，通过自己的不懈努力，还考到了省城杭州的学校读中专。之后我在城里工作、结婚、生子，家乡渐渐开始变得有些模糊……其实人生就是一个登上舞台的过程。一个人，初到人生的舞台，总是有一些畏惧的心理，这是所有人的正常心理反应。但是，如果要在人生的舞台上取得一点成绩和掌声，总

是要做出一些“非常”的努力，不论是学习还是工作，都是同样的道理。就拿学习来说，一般情况下，没有多少人是喜欢主动去学习的，如果我们不能克服畏惧的心理，牺牲一些业余休闲的时间，比别人更加用心一分，要在学习中脱颖而出是很难的。学习如此，工作、人生又何尝不是这样？后来，由于学习、工作等原因，虽然回家的日子越来越少，但每年春节，一定是我们这些在外漂泊的游子最期待的日子，我们又可以回到朝思暮想的家乡了，又可以参加一年一度的月山春晚了。

时光易逝，青春易老！一转眼的工夫，我们这些“70后”已步入中年。随着年龄的增长，我们也渐渐淡出了月山春晚的舞台，但每逢春节，我们无论身在何处，都会密切关注着月山春晚的动态。

星星之火，可以燎原。40多年前的月山春晚是全国第一个冒出来的乡村春晚，而今已有成千上万个乡村春晚在全国遍地开花。乡村春晚大大丰富了人民群众的文化生活，实现了文化共享、文化共富。特别是随着近年来月山春晚在全国的知名度得到提升，我们更是感到无比的自豪和骄傲，也会每每为其呐喊助威、推广宣传。

薪火相传，生生不息！我们坚信，月山春晚一定能在“月山芽儿”的努力下，越办越好！也衷心祝愿家乡的明天更美好！

人生重要的『连接点』

吴春霞

乔布斯在2005年的斯坦福大学毕业典礼上发表了一场著名的演讲，其中提到了“连接点”。他认为，在人生的道路上，各种经历和兴趣会影响某些关键时刻的决定，这些关键时刻的决定在回头看的时候连成轨迹，决定你现在所处的位置，并继续影响你未来的决定。人生与人生轨迹，或者说命运，就是由这样的连接点绘制而成的网络。回头看我身后的轨迹，存储着一些与月山春晚相关的连接点。

小时候，印象中的表演是单纯的联欢，是快乐情绪的分享，与才艺无关。记得在舞台的幕后，我们马上要登台，头上戴的是用毛巾做的兔子帽，表演的节目是《动物音乐会》。还记得演唱的歌曲：拉起我的小胡琴呀得儿喂，嗞妞妞嗞妞妞妞得儿喂，咦？小狗小猫竖起耳朵，听得满脸笑嘻嘻呀得儿喂……

记忆回到小学三、四年级的时候，时间是放学后。我们一些同学还留在教室，在排练节目。只记得当时除了正儿八经地唱歌、跳舞，还有

一个节目是把我们想说的话用歌曲的形式唱出来。这个场景在我多年后接触到音乐剧的时候常常想起，想着我们小学的时候其实已经玩过类似的形式了。当时我们还会搞怪改唱熟悉的歌曲，多年后听到专用名词把那叫作“翻唱”。我想起小时候这些看似搞怪的行为，无疑为日后的经历增添了许多乐趣。

月山春晚，以全民联欢的形式，不给我们设限制。表演是快乐情绪的分享，是纯粹的“联欢”。我们没有主题需要表现，没有形式需要follow，我们拥有充分的自由。道具、演员都没有任何限制。表演、创作都是很自然的事情，不需要专业训练，泥腿子上岸甚至都不用洗干净泥点子就可以上舞台。参与表演或者说参与联欢，对于月山人来说，是很自然的一件事情。只管表演，随心所欲。

初中的时候，我转到县城上中学。在中学的联欢晚会上，我跟同学自编、自导、自演了一个小品，忘记小品名字了，但记得是一个关于爱赌博的爸爸和女儿的故事。小品还获奖了。

高中的时候学校也有晚会，但是同学们都忙，我们班级本来不打算出节目，然而我游说几个同学一起排练了一个舞蹈，顺利参加了晚会表演，还获得了好评。我其实没有参与表演，但我是发起者。由于我参与了组织策划，因此对过程和结果都很有感触。很巧的是，我1994年高考的时候作文题目是“尝试”。我写的是那次在没有老师、家长支持下尝试排练节目的经历。我觉得当年我能考上大学本科，除了运气，高考语文的超常发挥起了很大作用。高考是人生的分水岭。在我的这个重大分水岭中，不能不说有月山春晚的作用。

1998年，我从合肥工业大学机械制造工艺和设备专业毕业后，于次年考取了浙江大学农业机械化专业的硕士研究生，2002年到美国田纳西大学生态系统工程专业攻读博士学位，毕业后留在美国工作至今。

也许说没有月山春晚就没有现在的我会有些夸张，然而确实是月山的山水、人文风俗和我在月山的经历影响了我的很多决定，刻画了我人生中很重要的一些点。乔布斯说：“你不能预测或计划这些连接点，你只能在回顾时看到它们。”我很幸运生长在月山，那是我一切的起点。

我的春晚记忆

吴玉燕

在记忆的引擎里搜索“童年”这个关键词，跳出来的碎片有山野劳动、小溪抓鱼、廊桥嬉戏、漏夜听大人讲鬼神故事……当然，最绚丽、最深刻的一抹记忆还是——上月山春晚。

我的妈妈是个乡村文艺爱好者。小时候家里因为建房子，经济拮据到我们四兄妹的衣服都只能做四季同款。“的确良”面料在当过裁缝的妈妈手里，被裁剪成了宽松的中式小立领。春秋当中衣穿，夏天当衬衫穿，冬天就变成了棉衣的罩衣。

然而，即使如此，妈妈还是咬咬牙，从牙缝里一点一点省够一笔钱，毫不犹豫地买下了一台唱片机。从此，我家里从早到晚几张唱片轮流播放，有邓丽君的歌，有越剧，还有黄梅戏……在这样的环境下，我们兄妹几个耳濡目染，渐渐地都被培养成了文艺爱好者。尤其是我，五六岁时爸爸就教我学拉二胡，弹凤凰琴。尽管是“半出师”教出来的技艺，但久而久之，曲终能成调，自然而然我们就都成了月山春晚的小演员。

记忆中的春晚总是那么随心所欲、自然朴实。观众仅是月山村民，大家聚在一起，为的无非就是“快乐”两字。所以演砸了、拉垮了也不要紧，就当为这个夜晚增添几个笑点。节目数量随意，自然无须彩排，舞台也常常变换，村里足够大的空地，都可能摇身一变，成为春晚的舞台。给我印象最深刻的一年春晚，舞台设在了学校操场中间。白天村民们从自家抱来了最好的柴火，在操场中间堆成个“小山包”，晚上点燃柴火，大家围成一圈观看或表演节目，成了特色篝火春晚。依稀记得，当时我和一名同学合作表演的节目是我拉二胡她唱歌。歌名已经想不起来，但记忆犹新的是，也许因为篝火太热，也许因为观众太热情，我的合作伙伴太紧张，我前奏拉完她居然不知道开始唱。我着急了，只好再拉一遍前奏，她还是不知道开始唱。我急得轻轻踩了她一脚，她才恍然回过神，不过她不听我的伴奏，而是自顾自唱了起来。我只好赶紧跟着她的节奏拉了起来。不管二胡拉得如何，唱歌是否走调，两人配合是否默契，我们还是赢得了满堂喝彩，高高兴兴地完成了当年的使命。

还记得有一年，春晚在村里的大礼堂举办。节目演到一半，突然停电了。想到自己的节目还没有表演，小小的我着急地向妈妈提出一连串疑问：“发电不是用水吗？为什么不叫大家一起去挑水重新发电？……”大人们都被我逗笑了，电没有重新来，但春晚还是继续，蜡烛、油灯等照明工具都用了起来。没有话筒怎么办？扯起嗓门大声喊呀，因为热情就是最好的扩音器！

我参加月山春晚舞台的经历，从小一直延续到参加工作后，成为我童年记忆中最宝贵的财富。无论是读书时还是工作后，我能够在公共场合展示时做到不怯场、够自信，我想这很大程度上归功于月山春晚舞台的历练。当陌生人询问我老家在何处时，我总是满怀自豪地告诉他们：“庆元县举水乡月山村，月亮休息的地方，乡村春晚的发源地。”

月山的美好在于山山水水的灵秀，在于“二里十桥”的精巧，在于千年古村的韵味，也在于月山人根植于基因的对真善美的追求和热爱。就像我的妈妈——一个仅仅是小学学历的农村妇女，为了月山春晚，可以从学习拼音开始学习电脑打字，绞尽脑汁写出讲述村里正能量故事的《四大妈夸月山》，并搬上春晚舞台；每年她自觉自愿地参与到张罗春晚的行列中去并乐此不疲，即使被人误会，也能够坦然面对、不计前嫌，继续上春晚。这是月山这片土地滋养出来的灵性与尚美，是月山春晚涤荡过的纯粹与执着，也是很多村民身上都有的闪闪发光的“月山印记”。

当年明月在，曾照懋修回。八老爷吴懋修“杀猪散规”的故事还在口口相传，月山春晚的故事也在继续，美丽乡村建设的步伐从未停歇。书写更美好的月山故事的人越来越多，他们散作满天星，却围聚在月亮周围，让美丽月山焕发出更迷人的光彩。

我与月山春晚有个吻

邓求云

一

2019年的冬天，冬老头赖着迟迟不走。寒风阵阵，羽绒服还不敢脱，围巾照样在脖子上系着……但，该走的终归要走。你看，那春姑娘正笑容满面，欣欣然向我们走来。春节将至！

一天，我正走在人行道上，打算去买点年货。“邓老师！”忽然听到身后传来几声兴奋的喊声。回头一看，哦，原来是退休后已经10多年未见的老同事吴邵武老师。两人都很激动，交谈甚欢，因为我们曾一同在举水乡中心学校任教6年多。他教数学，但吹拉弹唱，样样在行。退休后，夫妻俩移居苏州，去带孙子了。“什么时候来庆元的啊?”他笑着说，“一个多星期了，回来看看老家。”不经意间我们就谈到了月山的春晚。他不无自豪地说：“月山春晚已经享誉全国了，央视三台都曾播放

过，真的很不错啊！”这里人文环境好，地理环境也优越。现在遇上了好时代，前景更广阔了。这我当然知道！谈着，他竟话锋一转，说：“今年春晚，我们也去参演一个节目吧。”我说：“这么大年纪了，能行吗？”他自信地说：“我们有基础呀，还有自己的特点，来个对唱。我去和导演联系。”“还是来个小合唱吧，人多有气氛。”第二天，邵武就告诉我，导演同意了，还说本来月山春晚只能是本地人上台的，但我们都是月山工作过的退休老教师，能重回月山春晚演一个节目，非常欢迎。就这样，我们迈出了参加月山春晚演出的第一步。

二

时间紧迫，离 2020 年 1 月 17 日第 40 届月山春晚演出不到 20 天了。先得挑选演员，仅用了半天，我们就通知了其他 4 位老师到位。我和吴老师，还有吴开明、汪柳英、吴立花、吴彩仙，两男四女。确定了演唱歌曲为《我的祖国》，因为这歌有意义，词好、曲好，是广大群众喜爱的经典老歌。我们都是六七十岁的老人，熟记歌词有点难度。邵武就把歌词打印出来，人手一份，下午就开始练唱了，地点选定在我家——山徐新村 7 幢 8 号。接连一个星期，每天下午 2 点至 4 点都在练唱。后面几天，还一边唱，一边编排了一些形体动作，算是完整了。上台演出还得配乐，这点全靠城东小学当时的校长吴玉燕，是她把我们带到学校礼堂配音乐的。最后要解决的是演出服装问题。服装要鲜艳、漂亮、大方，还需节俭。后来，我从实验小学退休老师处借来三套曾参加建党 98 周年演出的长裙，特别合身，还漂亮。三位男士则穿白衬衫、黑西裤，也帅气十足。

上台演出还得配乐啊，这点全靠城东小学当时的校长吴玉燕，是她把我们带到学校礼堂配音乐的。最后要解决的是演出服装，鲜艳、漂亮、大方，还需节俭，不能去买，去做呀，后来，我只好从实验小学退休老师处借来三套曾参加建党 90 周年演出的长裙，特别合身，还漂亮。三位男士则穿白衬衫，黑西裤，也帅气十足。

三

2020 年 1 月 17 日到了。吴开明家住县城，是举水乡中心学校的校长。上午 8 点多，除汪柳英另乘车外，其他人都在山徐集中，由吴校长开车送大家。到了月山，吃过午餐，吴校长先带大家熟悉演出场地，又参加了月山春晚展览馆的开馆仪式。再到学校会议室配音响排练了几遍。一切是那么的尽心、认真！晚餐参加了村里举办的“百家宴”，各道菜肴色、香、味俱全，全是月山人民群众自己种植、烹饪的，凡吃过的人都赞不绝口。

四

晚餐过后，我们才最后化妆。8 点半，整个演出厅已座无虚席。演出正式开始，有年轻人的节目、少年儿童的节目、老年人的节目，有歌舞、相声、对口词、小品、诗朗诵……内容丰富多彩。场上不时爆发出阵阵掌声。我们的节目属压轴节目，排在倒数第二。虽然晚，但并无人离场。当报幕员报出我们的节目后，台下更是响起了经久不息的掌声，

让我们激动不已。音乐响起，我们依次上台排好，演唱："一条大河，波浪宽……"歌声激昂、响亮，悠扬传情，场内此时鸦雀无声，只有歌声在飘荡……演唱结束，场内再次响起热烈的掌声，我们致谢退台。好一会儿，我的心还在怦怦跳动。我想，他们也和我一样吧！待全部节目演出结束后，我们六人还在春晚舞台上一起合影，以作永久留念。一直到晚上 11 点，我们才乘车回县城。车外冷风呼呼，车内却温暖如春。那是我们的心还暖着呢！

五

啊，多么难忘的一天，多么难忘的一次演出！人生中，从小到大，我参加过无数次演出，唯有这一次记忆深刻。时值 75 岁，夕阳西下，还能走上名声在外的月山春晚舞台，与月山春晚有个吻，暖在脸上，甜在心里。回想起来，我骄傲、自豪，心中充满了无限的幸福感。此生将永不忘怀！

我在月山上春晚

吴丽君

在庆元县月山村，由村民自发举办、男女老少齐参与的月山春晚，每年如期上演，至今已持续45年。一个个乡土味十足的节目，延续了一代又一代的乡村记忆，寄托了人们对生活的热爱，浓缩了45载的岁月变迁。月山春晚因此被誉为“中国式过年之文化样本”。如今，它在润泽月山村儿女的同时，也吸引着四面八方的宾朋。

记得2017年农历十二月二十三日，我们吴家三姐妹终于实现了去庆元月山村看春晚的愿望。我们三人从丽水出发，到达月山村后，第一时间前往吴氏祠堂祭拜祖先，并阅读了吴家祖先的人文历史记载。当时的心情就像是终于回到了家。我们入住月山民宿，品尝着百家宴席，感受着浓浓的乡情和十足的年味，盼着一年更比一年好。

在参观村风村貌时，我被村文化礼堂里的一阵音乐声所吸引，走进去一看，原来是村民们正在为春晚彩排。舞台前的总导演手里拿着节目单，非常认真地审核着整台节目。就在这时，她盛情邀请我上台为本次

春晚客串一个节目。我一时蒙了，什么都没准备，不敢贸然答应。她说：“你尽管自由发挥，相信你肯定能为大家呈现一个与众不同的节目。”盛情难却之下，我报上《相逢是首歌》这个独舞节目，这或许就是奇妙的缘分吧！那时已是演出当天下午5点了，随后，我匆匆吃了顿“百家宴”，就直奔民宿。借来的双皮绒鞋子还差半码，有只鞋扣也不完整，我只能简单地装饰一下，急匆匆地跑进了文化礼堂。导演告诉我，其他演员都到了，就差我一个，我以最快的速度飞奔到舞台上。台下的姐姐负责录视频，妹妹负责拍照，完整地记录了我在台上的整个过程。我被安排到第八个节目，上台后我临场发挥，将对舞蹈的热爱全部融入节目中。演出音乐刚落，主持人就上台向我提了两个问题。“你是第一次来到月山村吗？”我回答：“是的，但我三年前就很想来了！”“你来到这里的最大感受是什么？”我回答：“吴家大家庭的成员们非常友善，爱心满满，能和我们的姐妹兄弟其乐融融地相聚是我的荣幸。同时，我也能感受到大家齐心协力、追求艺术的那股劲儿，深深地触动了我的心！”

回来后，当我在丽水新闻综合频道听到月山春晚成为“中国式过年之文化样本”的消息时，内心十分欣喜。因为我亲身体会到，月山春晚充分彰显了农民文化的创造力，是引领乡村精神共富的优秀典范。45载岁月如歌！乡村文化的强大生命力，也是需要我们代代传承的文化自信。

月山春晚，我们的月老

吴庆玲　吴伟辉

“下个月拍婚纱照，你快减肥！”

“好……”

“你看看你那肚子，我们刚在一起的时候那可是腹肌，现在全是肥肉。”

“这不是幸福肥嘛！”

说罢，吴先生看着自己的肚子，摸了摸赘在上边的“三层肉”。

我们的婚期定于2023年农历十一月廿一日，算来只剩四个半月。婚纱照、婚庆、传说中的“四大金刚”……前期要准备的东西实在太多，也太烦琐。吴先生表明立场，一切皆由我做主。然而，在这方面我非常优柔寡断，例如，拍什么风格的婚纱照，就足以让我纠结许久。好在他都会陪我到现场，在我难以决定时帮我下决断，把所有事情安排妥当。

谈起与吴先生的初识，可以说，是月山春晚给我们牵了红线。十余年前的寒假，月山的大礼堂里正紧锣密鼓地彩排，大家都沉浸在一年一

度即将上演的月山春晚的喜悦之中，我们都是其中一分子。他由于长期生活在北方，普通话标准，加上本身声音浑厚，被选中作为主持人。我则是节目中的常客，《农活秀》、舞蹈、朗诵、合唱，都参与一点。在一次《农活秀》排练中，吴先生看到我拿着灰树花缓缓向台前走去，用他的原话说："感觉这个女生温柔、漂亮，就想要认识一下。"他本身性格较为腼腆，不太好意思直接找到我，而后，便辗转询问几个人才拿到了我的社交账号。一来二去，我们在网上聊天逐渐增多，排练时也开始留意对方。

吴先生大我两岁。高中时期，我来到他曾就读的庆元中学，他去了长春上大学。我们虽都换了社交账号，但仍保持联系。有时，他会给我发来他唱的歌曲；有时，他会给我弹奏刚学的吉他曲。他说，高中是人生最关键的时期，不能受影响，一切等毕业后再说。为此，我们心照不宣。

三年的奋斗之路一晃眼就过去了。2016 年暑假，我高中毕业。吴先生果然找到我表明了心意，我遂应下。当我在宁波上大学期间，他毅然来到宁波找工作，待我毕业后又一同回到丽水。

2022 年底，我们各自与家长说明了情况，一同回到月山过春节。自大学起，他便一直在天津与家人过节，已缺席春晚九年。在第 43 届月山春晚，我鼓动吴先生为我唱歌。他说："想听什么，随便点！"思来想去，我选择了他曾一字一句教我唱的粤语歌曲《海阔天空》。我们坐在台下候场，随着节目逐渐临近，吴先生紧张了。我宽慰他，只要像平时唱给我听一样就好了。节目开始，我跑到前排，打开手机灯光，随着歌声左右挥舞。他在舞台上，一眼就望见了我。唱到高潮时，我转身发现尽是繁星点点，大家自发地打开了手机灯光，陪伴着吴先生的歌声。结束后，他说，看到我与大家的加油鼓劲，心底的紧张感便消除了。

时间如白驹过隙，弹指间我们都已成长为大人模样。由于工作原因，我们不得不暂时告别月山春晚的舞台。但是春晚，却像一坛酒，越酿越浓，成了每一个“月山芽儿”记忆中最深的乡愁。每每想起，心底总是充满怀念、温暖与美好。

我们非常感谢这个舞台，是它给了年幼的我们看世界的机会，给了我们独一无二的青春回忆，更给了我们美好的爱情。如今，有许许多多“月山芽儿”的新生力量加入月山春晚，他们接过手中的接力棒，继续演绎着春晚的故事，正如年少时的我们一样。

月山春晚的故事还在上演，我们的爱情故事也在持续更新。在此，祝愿月山春晚生生不息，祝愿“月山芽儿”都能收获不期而遇的美好。

妈妈的遗传与胎教

吴立强

小时候我常听妈妈唠叨：那时候肚子里怀着你，身上背着立辉，和绍利、吴信叔叔他们一起到荷地、龙泉会演。表演的节目有《三世仇》《智取威虎山》《一袋麦种》等。后来我才知道，妈妈是一个文艺爱好者。

为了想要生一个女儿，妈妈连续生了五个儿子，我在家中排行老三，就像是“夹心饼干”。正是由于有了妈妈的胎教和基因，我在成长的道路上展现出了类似妈妈一样的表演天赋。在家乡的春晚、不同阶段的同学会、单位组织的各种活动中，我都能独当一面。

由于家庭人口多，负担重，妈妈一直忙于生计，我小时候从来没看过妈妈的表演。但我能够感觉到，妈妈是个能唱歌会跳舞的文艺青年。因为家庭清贫，又忙于农活，我也没好意思开口问这些。

我慢慢地长大，初中时考入荷地中学就读。荷中每年元旦都会举办一届新年联欢晚会。晚会上，有个高我两届的学长讲相声，讲得非常幽默，感染力很强。他的表演激发了我的文艺细胞。那年，印象中是1987年的春节，寒假在家的我也报名参加月山春晚，和同村的吴周水自编自导自演了相声《正话反说》。那时候条件艰苦，没有经费置办演出的服装、道具等，我们发挥创造力，领带是用纸做的，领带夹则是用圆珠笔画上的“斜杠”。我们穿着夹克和解放鞋就登台表演了。往事历历在目，让人回味无穷，至今难忘。

事情有时候就是这么巧。1994年，我初中田径队的教练黄业濂老师调到我们举水乡政府工作。当时快过年了，他到我家跟我说：“今年的晚会，请你参加排练节目。”我不知所措，不敢拒绝，虽然毫无准备，但我还是勉强答应了。我回复他说：“那就弄一个武术表演的节目吧。”因为那时候我从弟弟那里学到了“霹雳旋风腿”“鲤鱼打挺”，还在学校学了点擒拿格斗，所以感觉心里还是有些自信的。黄老师的开场白我至今记忆犹新，他是这么说的：“月山村自古人杰地灵，人才辈出，有请吴立强进行武术表演。”是的，我的家乡月山村真的是一个美丽而神奇的地方，是一个培养文艺人才的摇篮。

20世纪90年代初，我考入浙江的一所警校。在学校举办的国庆晚会上，我和三个同学组合唱《明天会更好》，反响不错，受到了中队长和同学们的表扬。第二年学校举行校园歌手比赛，我就扬长避短，力求完美，用边唱边跳的表演形式演唱了《勇气》，重点是用我的跳跃来吸引评委和观众，避开自己的演唱短板。虽然没拿到名次，但在同学中反响很大。第二天早上洗脸时，我碰到高我一届的学长，他表扬我，说我像港台歌手一样，边唱边跳，魅力四射，活力无穷。

由于妈妈培养我和两个弟弟到高校毕业，已经花费了不少心血，我们毕业后都被分配到了工作，所以成家立业、娶妻生子都得靠我们自己，家里已没条件再支持我们。当时，为了“吸引异性，博取眼球”，我开

始在单位里绞尽脑汁，千方百计地在晚会及单位组织的大型活动中尽情地展现自己。我还参与单位的篮球赛、运动会、长跑接力赛，以及节目主持、歌咏比赛指挥等，处处都有我的身影。能唱能跳，能文能武，妈妈的胎教和遗传发挥了很大的作用。从1999年到2000年，我连续三次在论文比赛中荣获一等奖，受到领导的和同事的一致好评。正因为有了这些才干和基础，我很快找到了对象并结了婚。一路走来，自己的求学、生活都与晚会息息相关，是晚会给予了我施展才能的信心。

时至今日，工作数年后，我参加最多的是同学聚会和朋友聚会。每个阶段的聚会，表演逗乐的方式也不一样。小学同学会上大家可以随心所欲、畅所欲言，无论以何种方式抒发情感，同学都能接受，因为小时候的我们调皮、贪玩，课余时间都是一块在田地里玩耍，大家知根知底，毫无保留。等到初中同学会时，我对于表演会有些讲究，对于演绎方式会有所考量，还会顾及演绎效果，目的是让同学开心、快乐。在初中毕业三十年的同学会上，我激情演唱了一首歌曲《霸王别姬》，祝愿同学们工作顺利、心想事成、家庭幸福。

高中同学会目前只举行过一次，我当时在杭州，而举办地是庆元。我有几个要好的同学提前通知我："你是月山人，你们家乡是春晚发源地，你们个个都能表演，都有才华，你也准备一个节目。"我没任何理由推托，因为我是月山人。于是，我开始慢慢构思。我思考着：我能表演什么呢？什么样的节目能让同学们回忆起当年的高中生活，能表达同学情的珍贵？经过几天的考虑，我决定进行一场演讲，把全班五十六个同学的名字串联成一篇散文，题目是《我爱你，高二（3）》。起初，我准备脱稿演讲，但后来由于时间不允许，变成了读演讲稿。我的演讲引起了轰动，同学们都说："果然是月山人！"由于节目缺少，回家当天，我最要好的同学还叫我追加一个节目——跳《天鹅舞》。我的天哪，其他舞还好，《天鹅舞》我哪里会跳，简直一窍不通，闻所未闻，无从下手。后来，我请教了我的爱人，讨教技巧和注意点，结果表演得还不赖。同学们都夸赞道："月山确实出人才，出多才多艺的人。"

中专同学会我基本是负责组织和协调工作，其中印象最深的一次是我曾表演过一个单口相声。有个女同学，我在学校里曾暗恋过她。我用工作后的经验，结合自言自语、花言巧语、甜言蜜语的语言艺术表现形式，演绎了《那时候的你》，诠释了初恋的美好，致敬了美好的青春，让她哭笑不得又心花怒放，也给同学们留下了深刻的印象。

我衷心感谢妈妈的遗传与胎教，感谢月山春晚的熏陶与启迪！

我为演出写台词

吴思时

20 世纪 80 年代初，文艺演出的节目来源很少。从有关部门获取的新剧本仅占大约三分之一，而已经演过又翻出来重演的也几乎占了三分之一，比如比如《刘海砍樵》《采茶舞》《牡丹之歌》等就连续演了好几年。剩下的部分，公社会根据当时的形势来确定宣传内容，如改革开放、计划生育、晚婚晚育等，然后分派编写任务。相较于戏曲、小品、相声等难度较高的作品，我们也就只能编排一些简单容易的快板、三句半、说唱。

“快板”几乎是吴绍利、吴信的“专利”，他们用绳子将两块长二十多公分、宽六七公分的毛竹串联起来，一边口念台词，一边手敲竹板，你一段我一段，结尾时两人合奏。

“三句半”也叫“锣鼓板”，敲锣打鼓显得热闹非凡，是当时农村演出每场必有的节目。吴惠均、吴安中、吴和生等人演得比较多。四人各持鼓、小锣、钹、大锣，例如一通锣鼓后，四人分别道：

甲：改革开放就是好，

乙：人民生活大提高，

丙：丰衣足食奔小康，

丁：妙！

紧接着，一锤大锣响起，四人又开始一通锣鼓。

1981年的“说唱”节目是宣传计划生育的，由吴梅兰、吴美姿、吴绍荷、张岩松演出。他们四人先合唱一段，接着每人唱几句后又合唱，唱曲大多是套用熟悉的现成曲调。

有时候编出来的节目不够，就会弄些独唱、乐器合奏等来凑数，一场演出一般有十五个节目左右，持续两小时上下。

1982年2月3日，农历正月初十，我们到月山坳头茶场进行慰问演出。公社领导吴宏勤和茶场场长吴育美发言后，演出开始。吴宏勤把我和吴绍利叫到一边，说让我们临时编个快板来表扬吴育美等茶场人员。当时一边正在演出，我们清楚当天没准备几个节目，很快就会演完的。我们说这么点时间编不出来。吴宏勤拍着我俩的肩膀，诚恳地说：“能编几句是几句，鼓励鼓励他们，写得好不好也没人和你们计较。”

就一条板凳，一支圆珠笔，几张纸，什么材料都没有。演出时间剩不多，这让人更加心急。突然，我们急中生智，想起了“套改”的老办法。于是，我蹲在地上，靠着板凳写，吴绍利在旁边念台词，把原来演过的快板改写成一些赞扬吴育美等人的内容。大约过了半个小时，那边的节目演完了，我们这边也已经写了一些，差不多可以“蒙混过关”，就匆匆结尾。

快板由吴绍利一人演出，他一手敲竹板，一手拿着台词，边看边念：

嗒嗒嗒，嗒嗒嗒，
快板敲起来，
不表山，不表水，
就表茶场场长吴育美！
吴育美，觉悟高，
一心为公记得牢。
茶场放假去过年，
他独自留守天寒地冻的山坳坳！
吴育美，思想好，
……

念到字认不清的地方，吴绍利有些腼腆地看着我，我赶紧凑过去帮忙。

演出结束后，茶场人员很高兴，公社领导也表扬了我和吴绍利。

1982年10月，庆元县文化部门在举水召开文艺创作会，成立了“文艺创作组”。第一批成员全县十几个人，吴萃森任组长，我和吴远岩两人是来自举水的创作员。经过学习培训，以及在吴萃森等专业人员的带领指导下，我们的写作水平有所提高，写作也更加规范。除了写些节目台词，我们也先后在一些地方刊物上发表作品。1982年，举水公社文化中心站创作组还创办了文艺期刊《银屏尖》，涵盖散文、诗歌、小说、快板等类别，举水一大批文化人的作品发表在该刊物上，丰富了大家的精神生活。我和吴远岩也成为庆元县文学协会会员、庆元县委宣传部党的政策宣传员、《丽水日报》特约记者。

1984年我离开月山村到庆元县工作，但还给月山写了些作品。到了2007年春节前，还有吴姿英、吴美妫、吴少敏几人来我家，让我写个夸月山的节目。以前在月山，《四大嫂》《四大姐》都已经演过，于是我便写了《四大妈夸月山》，由吴美妫、吴姿英、吴惠花、陈秀英出演。月山演出后，该节目还多次在庆元国际大酒店向莅临庆元的省、市领导汇报演出。

如今年轻一代已成长起来，有了广阔的节目来源和专业的创作队伍，我们已经不再需要参与创作，而是坐在台下成为观众，观看他们精彩的演出。

难忘月山春晚

吴启文

应庆元宗亲的盛情邀请，2019 年 1 月 28 日，我兴趣盎然地从江西上饶出发，前往浙江省丽水市庆元县举水乡月山村，参加该村的黄粿节和圣旨门复匾揭牌仪式，并观摩月山春晚。

当小车穿越赣、闽，进入浙地，终于抵达月山村时，太阳当顶，温暖如春。抬首望着村庄四周绵延起伏的山峦，低头看着桥下奔流不息的溪水，难怪有人感叹："不到庆元真遗憾，到了庆元不到月山更遗憾。"古人更是赞叹这里："半月烟居半月山，松篁荫翳抱东环。"

月山村是中国乡村春晚的发源地

月山春晚起源于 1981 年，比央视春晚还要早两年，至 2019 年已是第 39 届。这台晚会完全由月山村的村民自编、自导、自演，其内容形式、主题均源自生活，贴近生活，却又高于生活，深受群众喜爱。因其举办时间的持续性、参与群众的广泛性、节目内容的独创性以及扎根基层的草根性，月山春晚被誉为中国乡村春晚的发源地，是月山村的文化品牌。晚会曾多次被中央、省、市电视台报道，还被拍成专题片在央视综合频道播出，并获得过文化部颁发的“群星奖”。

晚会在双狮抢宝、双龙腾舞的鼓乐声中拉开序幕。两个半小时的演出中，包含了15个节目，既有歌舞、合唱，也有快板、器乐合奏；既有三句半、情景剧，也有小品、旗袍秀；还有保留节目《农活秀》，展现了一个村庄的集体记忆。这个以当地生产、生活为内容的节目，充分展示了月山村的昨天、今天和明天。

最让我印象深刻的是情景剧《好想好想》，该剧以生活为原型，讲述了留守儿童围坐在电话机旁想念在外打工的父母的故事。小演员们精湛的演技，将留守儿童好想好想父母归来的心情表现得淋漓尽致，令人心中酸楚，几欲落泪。

月山村是廊桥博物馆

庆元是“中国木拱廊桥第一县”。庆元的木拱廊桥不仅数量众多，建桥历史也非常悠久。历经千百年的风雨沧桑，如今仍有多座保存完好的木拱廊桥。因此，庆元被中国民间文艺家协会命名为“中国木拱廊桥之乡”。月山村更是著名的“廊桥博物馆”，村内有如龙桥、来凤桥、步蟾桥、白云桥等5座著名廊桥。尤其是如龙桥，是全国现存寿命最长的木拱廊桥，其结构严谨独特，工艺精湛无二。因此，如龙桥成为全国唯一被列为全国重点文物保护单位的木拱廊桥。

我站在如龙桥上，望着牌匾上“如龙桥”三个浑厚粗壮的大字，真不敢相信这是出自一个七岁孩童之手。村头和村尾的如龙桥、来凤桥共同构成了“举溪八景”之一的“龙凤两桥”。

自古以来，月山村就有月山晚翠、云泉晓钟、龙凤两桥、文奎高阁、宝塔东耸、银屏西峙、龙湫灵液、虎胜奇岩这“举溪八景”。月山村那田园牧歌般的景色、禅院钟鼓的回响、小桥流水的静谧、袅袅炊烟的升起，都给我留下了深刻的印象。难怪月山村能成为全国著名特色旅游村、省级风景名胜区、浙江省农林文化建设示范点和庆元“十大最美古村落”之一。

月山村是文化古村落

月山村村口的吴文简祠是月山村的重要古建筑，也是全国重点文物保护单位。它不仅设计别致、构造复杂、工艺精湛，而且文化底蕴深厚。祠内原有的桅杆、牌匾、石碑、灵牌、壁画均在“文革”期间遭到毁坏，后经宗亲捐款、捐物得以修复。如今，仍能看到大门两侧墙上“延陵望族　三让世家”八个大字，以及厅堂上张贴的吴氏祖训和各种关于吴氏文化的图画、文字，这些都是村民进行传统文化教育的好教材。

我们漫步在月山村，眼前呈现的是一幅“小桥流水人家”的恬然而优美画卷。村内房屋整洁有序，街道的墙壁上张挂着一排排本村历代名人的画像和文字介绍，十分醒目。小溪两边的凉亭、景点上都有名人书写的牌匾、对联。满眼望去，人文鼎盛，宛如世外桃源。这些画像、文字和对联都是吴德生组织的，有些对联还是吴德生的哥哥吴庆生书写的。

月山村是吴氏族人聚居地

唐朝年间，泰伯公第70世孙吴畦、吴炜兄弟俩，为躲避战乱，从浙江平阳迁到芝田白岩村（今丽水境内）居住，长庆二年（822年）再迁到庆元定居。此后，吴氏人丁兴旺，繁衍至全县各地，目前已传到110代，是庆元县第一大姓，全县20万人口中，有三分之一是吴姓。月山村是庆元县举水乡政府所在地，全村1700余人，百分之九十以上是吴姓。这里虽然离县城有57公里，但地处浙闽交界山区，山路蜿蜒曲折，小车仍需一个半小时才能到达。离开县城后，一路行来，群山环翠，峰峦叠嶂，举水潆洄，秀丽清幽。

我从庆元回到家中后，月山春晚的场景仍历历在目，久久不散；晚会上的歌舞声余音绕梁，不绝于耳。我难忘浙西南山区的月山春晚，更难忘风景秀美的月山村和那里的吴氏宗亲。

月山春晚和山苍子花

吴小娟

2018 年的月山春晚，名气已经传到了外面，影响非常广泛了。我直到 2019 年春节前，才真正近距离地目睹了月山春晚的真容。

那年，我们家老刘的一个同乡在举水乡政府工作，受他的邀请，我和女儿以及老刘的朋友夫妇，我们一行五人在冬日的午后，大约下午一点从庆元出发，直奔月山看春晚。

那天，不知是中午在家吃鱼吃坏了肚子，还是冬日寒冷导致车里车外温差大，我受凉感冒了。一向不晕车的我，上车没多久，胃里就开始翻江倒海，老刘只好叫朋友靠边停车。大家坐下来休息了一会儿，等我稍微好点才继续赶路。山路蜿蜒曲折，我一坐上车，就容易晕车想吐，大家只好陪我走走停停，到月山时已经是下午四点左右，百家宴的桌子已经摆好了。

我们坐下休息了一会儿，但我还是感觉不舒服。大家包里都没带药，我只好问正在忙百家宴饭菜的一位大姐，家里有没有药。大姐听完我的述说，赶紧放下手里洗的菜，对我说："我去给你找些山苍子花。"不一会儿，她就从楼上拿下来一包山苍子花，泡了一杯递给我。她催我趁热喝，看我喝完，又给我续冲了一杯，连喝了两三杯之后，我的头不晕了，胃也不再翻滚，逐渐开始舒服起来，还打起了嗝。大姐把剩下的一大包山苍子花往我包里塞。我给她钱，她不收，却说："你们来给我们月山春晚捧场，送你一点山苍子花，带回去泡水喝，是我的一点小心意，收下吧。"我想留一半给她自己用，她又说："不用留，现在正是山苍子花开花的季节，等忙完这两天，我去山上摘些来晒就行了。你们城里山苍子花难找，带上吧。"她的言语透着真诚，似冬日里的暖阳照进了我的心田。

五点左右，百家宴开席，我们就坐在大姐家门前的桌子吃。月山人淳朴好客，满满一桌子山珍海味，让我们大饱口福。酒足饭饱之后，我们步入文化礼堂，近距离观看了月山春晚。

刚才在大姐家喝茶闲聊的时候，她告诉过我们，晚上她也是演员，要上台表演。我还和大姐开玩笑说："那你怎么不去准备和化妆呢？"大姐说："我演的节目根本不用准备，内容就是自己每天都在做的家务活。"

节目一个比一个精彩，台下掌声不断。戏接近尾声的时候，我熟悉的身影终于上场了。正如大姐自己所说的，她在台上的装扮仅仅是解掉了刚才在台下干活的围裙而已，演的就是她日常生活当中的劳作。月山人的淳朴、乐善和潇洒被大姐演绎得活灵活现。简单的几句话把我逗乐了，也让我铭记在心。

月山春晚经过几代人的不懈努力，已经从乡村走上了央视的大舞台。这么多年过去，每当和别人聊起月山春晚，我的脑海里总会浮现那位大姐和她的山苍子花。我总会不由自主地竖起大拇指，不忘给月

山人“点赞”。

我想：月山春晚之所以取得成功，是因为它贴近生活，讲述老百姓自己的故事。最难能可贵的是，月山人淳朴善良，他们在生活中把助人为乐、热情好客的品质展现得比台上更加绚丽多彩！

家乡的春晚

李思特

我的家乡月山，山清水秀，天蓝云白，是中国乡村春晚的发源地。说起月山春晚，那可是一张响当当的名片。它始于1981年，由叔叔伯伯、姑姑婶婶自编自演，已持续了40多年。每年寒假我都迫不及待地回月山，我要上春晚！加入合唱团，竞选小主持人，做小演员……欢欢喜喜过大年。

正月初一晚上6点，“咚咚锵，咚咚锵”，在喧天的锣鼓声中，舞狮队跳进文化礼堂，月山春晚开始啦！礼堂里挤满了人，喜庆的音乐满场飞，亲切的乡音敲击着耳膜。哎呀，真是热闹！表演到精彩之处爆发出雷鸣般的掌声；出现失误，那也没啥，乡亲们有的哈哈大笑，有的大喊一声“好”有的善意地鼓掌。哎呀，真是热情！

今天，我可是小演员，表演相声和《农活秀》。

到相声《吹牛》了。我和妹妹在热烈的掌声中走上舞台。我俩穿着长衫，我穿湖蓝色，妹妹穿大红色，活像两个吉祥物，呆萌可爱，别提

多喜庆了。拱手作揖后，“吹牛”开始！妹妹说她“能用耳朵看书”，我就说“我经常用鼻子吃饭”；妹妹说她“请同学吃饭把桌子咬下一块来”，我就说“我把自己鼻子给咬下来了”……观众笑得前仰后合。

《农活秀》是月山春晚的保留节目，常演不衰。妈妈说，《农活秀》让我们看到了祖辈艰苦创业、勤劳朴实的品质，叮嘱我要把这种品质传承下去。今年我很荣幸参演了《农活秀》。我头戴花环，身挂大蒜、地瓜、花生，手捧花菇，光着脚丫踩在舞台上。记忆中，外公就常赤脚走在田埂上，健步如飞，神采奕奕。

月山春晚是月山人的心灵港湾，一想到春晚，月山人的心窝就暖暖的，就会涌上浓浓的乡愁。

春晚圆满结束了，爸爸带我去放孔明灯。孔明灯如一轮明月，冉冉升起，慢慢消失在新年的夜空里。我默默许下美好的愿望，愿我的祖国繁荣昌盛，愿我的家乡永远充满活力。我还许愿以后每年都回月山过大年。

这就是我家乡的春晚，它让我感受到了浓浓的年味。

月山春晚的根

吴鸿芬

那山

任何一棵大树，都是从种子开始的。

关于月山村的起源有很多传说，也有一些比较官方或者说得到大家认同的说法。斯人已去，殁而不朽。从小听着月山名人故事长大的我知道，只要成为一个高尚、圣洁、伟大，对社会、对家乡有用的人，就会被铭记，被思念，从而不朽。拂去历史和岁月的尘烟，月山的子孙站在时光长廊的这端回望，那一个个身影，为了月山的千秋万代，信念坚定，步履从容，虽起始如一粒种子，却也势如破竹，振兴月山的信仰不惧一路的风霜雨雪，筚路蓝缕，终成今日之月山。

一代人有一代人的使命，一代人有一代人的长征。我的肩上扛着那一幕月山春晚，我坚信，它会带领月山走向下一个千年，铸就下

一个不朽传奇。

月山春晚源自中华优秀传统文化这个根深叶茂的文化之根，我们不断创新，发展它的表现形式，推动它向上伸长，无限接近云端。我们都是发自内心地希望月山春晚能够绵延千年。今天，无数喜爱它、有共同文化价值观的人一起努力成就它，当然能把它做得越来越好。

那月

露从今夜白，月是故乡明。

在这个世界上，大家都在忙着种什么？有人种豆，有人种瓜，有人种太阳，有人种金钱。“月山芽儿”和月山几代人一直在种家乡的那轮月——月山春晚。

你以为种什么得什么吗？那可不一定。几千年的农耕文明早把无数案例摆在面前。为了秋收，你要思考，要操持，要掌握现代科学，要把文化的根深深地植入土壤。还好，月山春晚这粒种子，有中华文化这片土地能立身，有新时代的“声、光、电、影”能立命，有月山人民和全国文化人的助力，终有一天，它会像燃烧得最亮的火把，率先燎原，照亮万古长夜，永不熄灭。

而我们这一群文化工作者，像暗夜里的微光，荧荧发亮，洞察老百姓的文化需求，成为乡村文化的开创者、引领者和传承者。

那根

繁衍生息，演进文明。

这世间所有美好的相遇都发生在正确的时间，比如雷雨前阳光灿烂，我正好翻了一垄地，种好了几株草莓；比如我的出生、成长与月山春晚一路同行。

1986 年，我上小学一年级，月山春晚已经进入第六个年头。从小在春晚“舞台”边长大的我，当然是极想走上春晚的舞台。我央求妈妈去帮我问问，妈妈说他们老早就开始排练了，我半路挤不进去。我不死心，又自己去争取，但还是无果。我天天去看他们排练，回家自己偷偷跟着练。

星期天的时候，外婆从下庄村过来走亲戚，看见我一个人在屋里疯疯癫癫的，又唱又跳，笑着问我在干什么。我说我要上春晚，我在练节目。妈妈解释说人家节目早就定好了，我们插队，会影响整台节目的节奏。外婆没作声，喝了杯茶，就去月山大会堂了。我带着妹妹按前一天偷学来的动作自顾自地练习，当一个称职的编外演员。晚上回家前外婆又来家里喝茶，我们姐妹俩黏着外婆“嘘寒问暖”，就想知道什么时候可以去大会堂拿春节礼包。外婆点了点我的额头，撑开手臂，夸张地说：“今年外婆送糕糕、圆圆最大最好的大礼包。”说完这话，外婆收拢双臂，把我和妹妹一起抱入怀中。糕糕是我的小名，我从小就长得特别快，特别高。圆圆是妹妹的小名，瘦瘦弱弱的妹妹唯有一双眼睛又大又圆。

过小年的时候，外婆赶着两头养了一年多的又大又肥的猪到了月山村。我至今无法想象，外婆是如何做到的。从下庄到月山，几十里路，外婆又瘸了一条腿，猪又没有训练过，听不懂人话。在那个养猪为过年、养鸡为用钱的年代，是什么样的精神让外婆把两头养来过年的猪贡献给

集体的？年幼的我无知无觉。可妈妈和舅舅知道后，整个年都没有过好，数落、埋怨外婆。唯一受益的是我，我终于可以上春晚了。鲍老师的孙女去苏州的外婆家过年，我作为替补队员代她上场。

那是我第一次上春晚。照片里戴着闰土银项圈的小女孩笑得门牙都掉了，那是我唯一一张小时候拍的照片，后来经历数次搬家，再也不见了。如今头脑里关于那年春晚的印象也逐渐模糊，我很怕大家的记忆和我一样，过往的印迹经年累月都消失了。于是，长大后我成了月山春晚的记录者。

春晚谢幕，如同荷叶不想让露珠离开。春晚中的留恋也许轰轰烈烈，也许一眼万年，也许弹指一挥间。人，留不住；树，留不住；节目，也留不住。但，我总想要抓住些什么，留住些什么。每个时代，每个村庄，每个文人，总要以极高瞻之理想，直面迷离之现实，以极热烈之情感，直抒未来之畅想。与山对谈，与月共舞，留住春晚，留住信念，留住文化，留住月山的根。

一年一晚，一人一曲，一山一月。今天的月山人把激情与诚意揉进岁月的蜜罐中，用传承千年的中华文化封存，而那些月山的先人也从未远去，他们活在春晚久久未曾散去的旋律里，活在月山人一年一场的剧目中，活在中华文化浸染的每一寸土地上。

第二辑

美丽月山
高山峡谷里的古典中国乡村

半月形的村落，半月形的靠山，合抱成一轮满月。在二里长的举溪上，曾经横跨着十座形态各异的廊桥，加上顺流而建的圣旨门、吴文简祠、云泉寺、复旦亭、荐元塔，月山村成为遗留在高山峡谷里的古典中国乡村样本。

故国遗村

鲁晓敏

月山村，地处庆元县东部的重山深处，与号称“八闽大地”的福建仅数山之隔。在二里长的举溪上，曾经横跨着10座形态各异的廊桥，至今尚有5座存世。这些廊桥如宫殿般壮丽，像腾龙出水，似长虹卧波……建造者的初衷并非单纯为了交通，而是另有所图。当人们将注意力集中在廊桥之上时，往往忽略了月山村的布局——半月形的村落与半月形的靠山，合抱成一轮满月。当太阳照耀着月山村时，呈现出的是“日月同辉”的生动景象。加上顺流而建的圣旨门、吴文简祠、云泉寺、复旦亭、荐元塔，使得小小的山村隐然透着一股龙吟虎啸的气势。是谁设计了眼前的一切？背后又有什么样的故事呢？

二里十桥，密度超过古汴梁

举溪环月山村而过，细密的水流如同拉出一根根无形的琴弦。举溪之上，5座长长短短的廊桥如同修长的手指，仿佛在轻捻之间、狂拍之下，波光回转，竹影轻摇，山风呼啸，弹奏出一曲慷慨的岁月长歌！

它们当中，最知名的莫过于如龙桥。桥长28.2米，净跨19.5米，东端建有三重檐歇山顶钟楼，中间设立阁楼，南端立桥亭，3座歇山顶阁楼错落在廊屋之上。桥、廊、楼、亭、阁、屋合一，加之桥头的马仙宫，形成一组造型古雅而壮丽的建筑群。竹林、松树、柳树、柏树、芭蕉、荷田环绕桥畔，宫殿般的廊桥与青山绿水相伴，整个场景以热闹的墨绿为主色调，搭配着淡雅的青绿，如同明四家之一的仇英的山水画，古雅中带着一丝安静的气韵。

在如龙桥廊屋正脊上，落有一行不太明晰的字迹，追寻着淡淡墨汁的痕迹，我找到了一行来自数百年前的手迹：明天启五年岁在乙丑四月十二日乙丑谷良旦吴门重新修造。如龙桥始建年代已无从考证，从桥体浓郁的宋代建筑风格判断，它的始建年代应不止明末，至少这25个褪色的字迹铁一样地证明了它曾于明天启五年（1625年）重修。风吹日晒，水火侵袭，人为破坏，廊桥能够完整地保留百年已属不易，然而如龙桥奇迹般地穿越了四百年的历史，成为我国有确切纪年、寿命最长的木拱廊桥，演绎了一则不朽的神话。

翻开明末月山人吴懋修留下的《举溪记》，里面有文说："由下溯上又见一桥，若飞若舞……以其从州县来，故曰'来凤'。"来凤桥伫立在月山村进水口处，与下游的如龙桥遥相呼应。其最早与如龙桥一样，都是木拱廊桥，后遭焚毁，于清道光年间重建，改为石拱廊桥，长达30米。在清澈的溪水映照下，桥拱与倒影合成了一个大圆圈，虚虚实实，互相映衬，水从桥洞缓缓流出。这意境之美，恰如桥上对联所描绘的：“水从碧玉怀中出，人在青莲瓣上行。”

出如龙桥，往举溪下游走，两岸尽是水田稻作。走到数百米外的水口，这里矗立着月山村最大的廊桥——52 米长的步蟾桥。跨过步蟾桥，意味着进入月山村。此“步蟾”为一语双关，既暗合月山村是一座人间的月宫，又寓意着科举考试“蟾宫折桂”。的确，月山历史上出过不少文人雅士，出仕的吴氏族人达 200 多人，仅明永乐年间就出了 6 名举人。一座气宇轩昂的步蟾桥，既颂扬了先人，更激励着后人，期冀宗族子弟通过刻苦攻读，青云得路，光耀族门。

除了这 3 座大型廊桥，举溪与云泉涧的交汇处，还坐落着一座小巧玲珑的袖珍廊桥——白云桥。其长度只有 8 米，廊屋为重檐歇山顶，四角飞翘，造型别致。在另一条更细的溪流上，横着一座更袖珍的廊桥——6 米长的秆坑桥，净跨只有区区 2 米。目测了一下溪流，顶多 4 米的宽度，搭建一座简易的独木桥即可。让人费解的是，月山人却花费心思建起了一座造价昂贵的廊桥。

我造访过 10 多个省份的数百座廊桥，很少看到像月山村这样一个村里拥有多种类型的古廊桥的。5 座大小、长短、高低、形制不同的明清廊桥，散布在二里长的溪水上，涵盖了木拱廊桥、石拱廊桥、木平梁廊桥、八字撑木梁廊桥。此外，还有多座没有廊屋的石拱桥、石板桥、碇步桥与它们遥相呼应。百米一桥，石阶古道、小桥流水，伴着袅袅炊烟，合奏出一曲恬淡的田园牧歌。这些风格各异的廊桥，在举溪上横卧了数百年，与周围的古祠、古庙、古塔一起，见证了山村人的迎来送往、谈情说爱、祭祀祈祷、商贸交易……

在孟元老的《东京梦华录》中，记录着北宋都城汴京东水门外七里至水西门外最繁华时的汴河上有 13 座桥。月山村二里长的举溪上，曾经

矗立着10座廊桥，再加上其他形态的桥，平均每几十米就布有一座。历经几百年的风霜，这里依然顽强地挺立着5座廊桥。两相比较，月山村每500米拥有的桥梁数量竟然超越了汴梁城！如此密密匝匝的桥梁，不会单纯为了便于交通，这些桥一定扮演了其他重要角色，身后还藏有不为人知的玄机。

举溪之畔，惊现“日月同辉”的景象

来凤、如龙、步蟾、白云、秆坑，这些廊桥单从桥名上看，已经带上了一丝神秘的色彩。一座一座地走过，细细查看，除交通、祭祀和文化景观之外，它们竟然都与风水息息相关。

月山人将后山比作龙脉，高耸的山脊由北向南如巨龙逶迤而来，到达如龙桥处山势猛然下降，而此桥恰如龙首低垂，故名“如龙桥”。如龙桥将隔开的村子合拢，也将断开的山脉连接在了一起；如龙桥和来凤桥遥相呼应，取“龙凤呈祥”的吉祥兆头；来凤桥扼守着月山村的进水口，步蟾桥镇守着月山村的出水口，形成廊桥锁关的格局；神佛住在西方，所以云泉寺坐落在村西，白云桥是连接月山村与云泉寺的必经之地，寓意着“普度众生”……

除此之外，月山还有不少别出心裁的风水之作：半月形的后山长满毛竹，如同半月，名曰月山；半月形的村子俯卧在溪畔，村曰月山村。山与村分开，寓意着“月亏即盈”；山与村合抱，形成了一轮满月，寓意着“花好月圆”。将村落前的溪流改造成环绕之势，形如玉带缠身，将溪流命名为举溪，寓意着科举路上顺风顺水，从精神层面为宗族祈福；读书取仕是宗族子弟首选，于是荐元塔矗立在东南方的巽位，魁星阁坐落在西北方的乾位，寓意着月山村文运昌盛……

经过历代月山人的设计与调理，将建筑与风水合二为一，加上自然山水助阵，它们最终组成了“举溪八景”。直到今天，它们依旧铺展在月山村这幅山水长卷上，成为月山最美的景致。

八景当中，最具浪漫色彩的是排在第一景的“月山晚翠”。有诗赞曰：“半月烟居半月山，松篁荫翳抱东环。余霞淡映林梢净，素魄光浮藓翠斑。郁郁楼台金镜里，苍苍松竹画图间。桥横桂阙仙谪近，缓步登岭兴自闲。”

这首诗传神地描写了夕阳西下与月出东山交会之时的月山景色。半月形的山村偎依着半月状的山岗，两个半月合抱一起，形成了一轮满月。这是一幅多么迷人的景象啊！此时，太阳缓缓西沉，山村升起了袅袅炊烟，日落余晖洒向修竹茂林。金色的阳光将月山涂染得如同一面金镜，廊桥和楼台映照其间。苍苍翠翠的松竹，像是绘就在月山这幅山水画中。月亮从东山渐渐升起，白月光如水波一样浮在树梢上，树底下透出了苔藓和翠斑的影子，一切都显得那么素净与静谧。我们披着月色，穿过横亘在村口的步蟾桥，如同走进月宫仙境，缓步登上山岭，再去观赏月山绝美的月色，真有一种说不出、道不明的闲情雅趣啊！

月山村还有一处神来之笔，那就是复旦亭。一日为旦，取日月长明之义，复旦，即复明之意。当你的目光将复旦亭与月山相连之时，日与月合在一起，寓意着“日月同辉”，同时又隐含着“明”字。当你转个方向，会发现与复旦亭遥相呼应的还有一亭，取名“尊光”，光即明，“尊光”就是尊明。这两座亭子，放在一起便是“复明尊明”。这一切都指向了一个意愿——反清复明！

我们再梳理一下月山村主要建筑的建造时间：如龙桥重建于明天启五年（1625 年），云泉寺始建于明崇祯五年（1632 年）、重修于清顺治

十七年（1660 年），圣旨门建于明末，荐元塔建于清康熙元年（1662 年），吴文简祠竣工于清康熙五年（1666 年），吴文简祠竣工的同时开始改造月山……这些重大工程多在明清交替之际完成，这不是偶然，背后定有一位高明的规划师和一支专业的建设团队。

在举溪西边，立着一尊青石雕像，一副明朝官员的扮相，脸上露出志得意满的神色，他就是月山村的规划师吴懋修。吴懋修在家排行第八，因此被月山人尊称为“八老爷”。这位“八老爷”不仅重新规划了村落布局，还主持设计了“举溪八景”。他借着风水改造的名义，打造出一个大明王朝的故国遗村。吴懋修究竟是一个什么样的人物？为什么要如此大手笔地改造月山村？

大明孤忠，守着最后的“十里江山”

明万历三十一年（1603 年），吴懋修出生于月山村一官宦世家，自幼熟读四书五经，稍长研习兵书战法，而且精于骑射。吴懋修跟随做官的父亲行走于浙江、福建、广东诸省，为人忠厚仗义，结交四海朋友，成为江湖上颇有名望的传奇人物。

明崇祯十七年（1644 年），大明王朝大厦倾覆。第二年，鲁王朱以海宣布监国，江南一带掀起了轰轰烈烈的反清复明运动。眼看清军一路势如破竹，就连偏僻的庆元也已沦陷敌手，一心报国的吴懋修前往福建投奔鲁王，被任命为南明政权的兵部司务。兵部司务是一个没有兵权的闲职，职务非常低，但吴懋修似乎并无心理落差，他追随在兵部尚书刘忠藻左右，干得有声有色。1649 年，吴懋修在经过精心准备之后，率领一支偏师一举袭占了庆元县城。浙闽两地的清军闻讯迅速反扑过来，吴懋修部在清军的夹击下战败。经此一战，吴部精锐损失殆尽，他不得已退回了老家月山村。

那时，清军已将鲁王和郑成功部压制到了福建沿海一隅，吴懋修所率的残部与大部队断绝了联系，斗争形势空前严峻。环顾四周，吴懋修昔日的战友或战死，或被杀，或投降，或下落不明，就连刘忠藻也自杀殉国。他已然成了孤家寡人。权衡再三后，吴懋修在举溪边解散了部属，从此过着读书写作的闲散日子，以此来抚平国恨家仇造成的巨大创伤。作为文人，吴懋修一生著述颇丰，写下了《寒溪集》《荣木篇》《昭融集》《括苍吟》《逸民传》等十余种著作，可惜仅存世《文明塔记》《举溪篇》等散章，其他都已遗失。在吴懋修的文章中，未出现清朝年号，取而代之的是干支纪年，这表明他至死不做顺民，也不承认新朝。

在江山易主之际，吴懋修做出过激烈的抗争，已尽了人臣之义。当反清复明变成了遥遥无期的口号时，他既没有怀着一腔孤愤遁入空门，也没有隐姓埋名当个无欲无求的逸士。吴懋修多次拒绝了官府的宴请，也不允许自己的儿子为清朝服务。他一边著书立说，寻找纸上的桃花源，一边将反清的慷慨激昂注入故乡的规划与建设中，对月山村进行了重新规划。他带领族人专心致志地营造故国遗村，从心理上守护着最后的大明江山。

在吴懋修的整体规划中，他打算在后山种满毛竹，形成一弯半圆形的“新月”。为了让全族重视此事，他说后山是龙脉，必须种满代表着节节高升的毛竹，以此寓意家族兴旺发达。种上毛竹之后，吴懋修定下规矩，不许人畜破坏竹林，如有违者将按规处罚，猪牛羊等畜生则宰杀分肉。谁知刚刚宣布规定的第二天清早，有人匆匆来报，逮到了一头进入竹林拱笋的大肥猪，吴懋修立即下令杀猪，每家每户都分到了一块猪肉。其实，这是吴懋修自导自演的苦肉计，他故意将自家的猪驱赶上山，又

当众杀猪执法，从而达到以儆效尤的目的。

经过数年努力，那一弯永不落山的“新月”终于成型。每当太阳从月山村冉冉升起，照耀着下面人造的“月亮”，月山村便呈现出这样一幅“日月同天”的动人画面。“日月”对于明朝遗民来说具有特别的象征意义，日与月合在一起就是明。吴懋修身在清朝，却沐浴着大明的光辉。看着眼前的这一切，吴懋修不禁微微一笑，这才是心中真正的“日月同辉”啊！对异族统治抑郁难平，对故国的眷念之情无处排遣，吴懋修只得以这样的方式再造一处虚拟的大明江山，来安放自己的躯体和灵魂。

除了大格局的再造，不经意间，我们在月山村随处可遇见那些苦心孤诣的设计。清顺治十年（1653 年），在吴懋修的倡导下，族人开始集资重建吴氏宗祠，即今天的吴文简祠。历时 13 年方才告竣。吴氏宗祠有门楼、正堂、后堂三进，占地面积 688 平方米。一跨入吴文简祠，首先可见一个由四块长条石板围成的四方形天井。天井采用的是绛红色石板，而不是民间最常见的青石板，门楼柱子不用青石柱础，而用罕见的木头柱础，或许是因为“青”的读音与“清”相同，会勾起吴懋修的亡国之恨。天井中间竖铺着一块绛红色的条形石板，顶端、下部与横向石板并不连接，石板四分五裂，似乎是刻意为之。这种方式在浙西南一带也非常少见。按照五行说法，明朝是火德，红色的石板代表着明朝。或许，这寓意着“山河破碎”。面对明朝覆灭的结局，吴懋修深感上愧对朝廷、下愧对先祖，只能以此表达自己深深的哀伤与无奈。

吴懋修看似过着与世无争的隐逸生活，实际上，他还幻想着时局有变，静待东山再起的时机。清康熙十二年（1673 年），“三藩之乱”爆发。次年，据守福建的靖南王耿精忠打着反清复明的旗号率部反叛，一路向北推进。已届古稀之年的吴懋修似乎看到了光复的希望，他立即散尽家财，一边联络旧部，一边动员青壮宗族子弟起兵响应。然而，时局并未朝着美好的意愿发展，耿精忠部很快就显露出败象。更为糟糕的是，弟弟吴懋庄与侄子在攻打庆元县城时双双遇难。噩耗传到月山，吴懋修不禁心如刀绞，夜夜涕泪长流，那种锥心的绝望让他痛不欲生。

在一个月光皎洁的夜晚，吴懋修独自离开了月山，他将一把曾沾满敌人鲜血的宝剑挂在圣旨门上，深情地回望了一眼这片曾埋藏自己理想的土地，决然地走进了深山老林。在一座四面透风的寮棚里，他虔诚地吃斋拜佛，为死去的弟弟、侄子与众多的战友、故旧念经超度。

第二年，怀着对故国江山的深深眷恋，带着无限的忧愤和悲凉，吴懋修悄然离世，那些惊心动魄的往事也随着时间飘散而去。世间再无吴懋修，却留下了奇迹般的月山村。

吴懋修是一个具有强烈忧国忧民情怀的知识分子，也是地方乡绅阶层的代表。在闭塞的庆元地区，深受理学浸染的乡绅的影响力远比其他地方更加突出。乡绅在宗族和村落发展的舞台上扮演着极其重要的角色，他们多是取得过功名的退休官员、德高望重的地方名人、返乡隐居的文人儒生、见多识广的望族长辈、财富与学识兼备的儒商。这些人大多精通儒学和风水学说，而且有浓厚的家国情怀和很深的乡土观念。为了给家乡营造良好的居住环境，他们要么亲自参与设计，要么出资或者劝捐，以风水的名义改造出各具特色的村落，传导忠孝思想，传承儒家文化，教化宗族子弟，维护地方风气，传递“仁义礼智信”的社会价值观。

乡绅阶层的消失，代表着传统的美学价值体系走向式微。在今天的新农村建设中，我们很难再见到类似月山村这样将传统美学演绎到极致的经典范例了。月山村成为遗留在高山峡谷里的古典中国乡村样本，正渐渐成为一个遥不可及的梦。

卧龙如龙

鲁晓敏

庆元县月山村的举溪之上，矗立着5座形态各异的廊桥。举溪如同一张琴，细密的水流拉出一根根无形的琴弦，那5座廊桥如同修长的手指，仿佛在轻捻之间、狂拍之下，波光回转，竹影轻摇，弹奏出一曲慷慨的岁月长歌。

这5座廊桥中最知名的莫过于如龙桥。月山人将后山比作龙脉，高耸的山脊由北向南如巨龙逶迤而来，到达如龙桥处山势猛然下降，而此桥恰如龙首低垂，故名“如龙桥”。桥长28.2米，净跨19.5米，拱高6.8米，宽约5米，有廊屋9间。东端建有三重檐歇山顶钟楼，中间设立阁楼，南端立桥亭，造型巧夺天工的3座歇山顶阁楼错落在廊屋之上。桥、廊、楼、亭、阁、屋合一，加之桥头的马仙宫，形成一组造型古雅而壮丽的建筑群。竹林、松树、柳树、柏树、芭蕉、荷田环绕桥畔，宫殿般的廊桥与青山绿水相伴，整个场景以热闹的墨绿为主色调，搭配着淡雅的青绿，如同明四家之一的仇英的山水画，古雅中带着一丝安静的气韵。

如龙桥内部斗拱林立，如同柱子顶端伸出的无数手掌托举着巨大的廊屋。斗拱最为集中的地方当数藻井，如意形斗拱保持着原木的金黄色泽。随着视线向顶部延伸，斗拱一层一层地叠加而上，它们如同莲花瓣在眼前片片绽放。阳光从斗拱与檐瓦的连接空隙处斜透进来，回旋在斗拱之上，整个藻井金光灿灿，令人目眩神迷。此时的廊桥给人一种错觉，仿佛一台戏剧准备开演，舞台还沉浸在黑暗之中，刹那间，一束灯光投射在舞台中央，光明撕开了黑暗，那些与廊桥相关的历史人物纷纷登场……

钻到桥底，我看清了如龙桥的底部构造——这是由数十根直径二三十公分的直木所组成的八字形拱架。

所谓的八字形拱架，如果分解开来，指的是顶部一根横向的直木，左右两侧各一根斜向的直木，通过榫卯对接形成一个“八”字形。具体的做法是：顶端直木一头凸出的榫头插入一根横木上凹进去的卯眼中，形成“T”形对接，直木的另一头也是如此。左右斜向的两根直木，顶端凸出的榫头同样插入横木上凹进去的卯眼中。榫和卯紧紧地咬合在一起，起到了连接和固定的作用。以此类推，众多的直木与两根横木进行多次榫卯对接，便形成了拱架。单单是一座“八”字形拱架还是不够的，还需要一座五折边的拱架相连接，做法依旧是榫卯对接，只是结构略显复杂一些。木拱廊桥的这种榫卯结构，不费一颗铁钉，完全依靠木头自身搭接而成。从力学角度分析，由于桥是受压的，利用直木受压产生的摩擦力，木构件之间就会越压越紧、越夹越紧，从而使得拱桥形成一个难分难解的整体。

木拱廊桥是以木头为主要建筑材料建造的公共空间，历经风吹日晒、水火侵袭以及人为破坏，能够完整地保存百年已属不易，这也是鲜有清

代以前的廊桥存世的主要原因。然而，如龙桥奇迹般地穿越了四百年的历史，成为我国有确切纪年、寿命最长的木拱廊桥，演绎了一则不朽的神话。2001 年，如龙桥被列入第五批全国重点文物保护单位，这也是我国首座被列入全国重点文物保护单位的木拱廊桥。2012 年，如龙桥作为“闽浙木拱廊桥”最重要代表性之一，正式被列入《中国世界文化遗产预备名单》。

“如龙桥”三字悬挂在神龛上方，匾额显得相当古旧，相传这三个大字为庆元名士吴懋修之子——七岁神童吴之球所书。红底将三个大字衬托得欢快而热烈，它们遒劲大气，带着勃发的朝气，裹挟着飞龙在天的狂野，展现出欣欣向荣的生命力，这宽大的木匾似乎根本束缚不住那飞跃的字体。历史或许在这里隐蔽了一个事实，作为村落最重要的建筑之一的如龙桥落成，题写桥匾的重任本应义不容辞地落在族人的精神领袖吴懋修身上，那为何会由他年仅七岁的儿子取而代之？这在长幼有序的宗族社会中是很难解释的。或许，在时局的困厄和生活的重压之下，这位心事重重的士大夫一次次落笔，写出的字体不是拘谨就是周正，他不停地摇头，不停地掷笔。倒是天真烂漫的七岁孩童，趁父亲彷徨之际，轻挽衣袖，墨汁飞溅，飞旋的笔尖将“如龙桥”三个带着淋漓墨香的大字跃然其上。族人一片叫好，吴懋修也异常激动，想不到自己苦练了一辈子的书法，到头来竟不如小儿的信手拈来，想想人世间的一切事情都是境由心生啊！数百年后，我们仍在感叹，仍难以置信，那腾龙般生动的字迹竟出自七龄童之手！

如今，桥上空无一人，廊桥回归宁静，“平水大王”塑像也下落不明，只留下一个空荡荡的神龛，以及神龛前一只盛满香灰的香炉。那些在桥上发生过的故事悄然尘封，烟水般的戏曲悉数退场，一场场文人雅集的诗酒聚会不见踪迹，尘世间的俗事被风吹散，一些真真假假的男女私情无处打听，时间在这里仿佛凝固了、静止了，只有桥下传来细微的“哗哗”流水声，让人觉得时间此时可以用流水来替代。透过桥窗，可见下游不远处坐落着一座由溪石垒砌的马蹄形的堰坝，“轰轰轰”的跌水声让空间变得更加空旷。

一群放学的孩子背着书包蹦蹦跳跳地穿桥而过，“咚咚咚”的跑步声在桥面上逐渐消失。接着走过来一个老人，戴着斗笠，腰上别着一把柴刀，肩上背着一捆柴草，柴草挡住了脸庞，让人看不清他的表情，老人的身后跟着一只土狗，狗晃着尾巴，他们慢悠悠地走过。最后走过来一对恋人，牵着手，四处张望，磨磨蹭蹭地走了一刻钟。我在如龙桥的长板凳上躺了一个下午，水流的轰鸣声灌入我的耳朵，水的氤氲气息钻进我的鼻孔，水的反光泛在屋檩上又折射到眼前。田舍郎轻缓的脚步、美女的高跟鞋、孩童奔跑的疾步轻重不一地踩在廊板上，一下，一下，我把它们想象成了廊桥的心跳，在或平缓或快速的节奏中我安睡了一个下午的时光，直睡到夕阳返照入林。

离开月山村的时候，夜色已经四合，繁星点点，一轮黄澄澄的圆月悬在山岫上。此时，在灯光的映照下，如龙桥巨大的轮廓从夜色中剥离了出来，飞檐翘角在光芒中飘浮着，带着一些不确定的猜测。精雕细刻的图案已漫漶，不可辨识，那些与廊桥相关的历史篇章已然失去踪迹，只剩下它在暗夜中顾影自怜。恰如桥上对联所描绘：“古事现今朝今朝过去皆古事，虚华当实境实境已往亦虚华。”

无论是过去还是现在，这座卧藏了四百年的木拱廊桥，是如此的高贵，如此的超绝，然而它没有一丝张扬，更没有一点虚华。如此卧龙，便是廊桥中的最佳典范。

品味月山村

江　晨

虽然浙江庆元和龙泉山水相连，历史上分分合合，但说实话，我对庆元的了解仅仅限于媒体上宣传的生态第一县、香菇城、百山祖冷杉、廊桥之乡、华南虎等，至于其地理、文化、经济则不甚了了。对于此行要去的文化古村举水乡月山村更是闻所未闻。

一

车出庆元县城，往东南蜿蜒前行，一路上坡，渐渐远离了八月热辣辣的太阳。约一个半小时后，到达月山村，置身小桥、流水、人家，享受凉爽、葱茏和空旷。

“半月烟居半月山，松篁荫翳抱东环。”月山，又名金乡、东庄、举溪、举水，距庆元县城 57 公里，人口 1700 人，现为举水乡政府所在地。

村后山有一片呈半月形的毛竹林，村前的小溪也呈弧形，民居沿溪建造的村落自然也呈半月形，两个“半月”恰好合成一轮圆月，故而得名。月山村风光优美，民风淳朴，自然景观和人文景观异常丰富，以月山晚翠、云泉晓钟、龙凤两桥、文奎高阁、宝塔东耸、银屏西峙、龙湫灵液、虎胜奇岩等“举溪八景”和“二里十桥”闻名，有全国重点文物保护单位如龙桥和吴文简祠，还有云泉寺、圣旨门、马仙宫、步蟾桥、耕谷桥、华光庙、白云桥、来凤桥、荐元塔、复旦亭、望月亭等文物古迹。

一个远离繁华、深居浙南山区的小山村竟积淀了如此深厚的传统文化，并得以完整地留存下来。这让我十分惊诧，它简直就是中国南方农耕文化的博物馆！

二

有村就有祠堂，这是浙南山地乡村的特色。由于历史或地理的原因，这些山村通常就是一个家族的聚居地，因而有共同供奉祖先的祠堂。我到过许多这样的山村，见过各式各样的祠堂，它们或大或小，或堂皇或简陋，立于村口或村尾。月山村的吴文简祠堪称这类祠堂的典范。这座始建于明万历三十四年（1606 年），修建于清康熙五年（1666 年）的吴姓祠堂，位于村头，无论是布局、结构，还是设计、造型都堪称一绝。据考证，这种建筑风格，全国仅闽北和浙西南尚有少量分布。

走进吴文简祠，我感觉远逝的时间复活了，吴氏的祖先们仿佛在款款走动，在天空之下、大地之上，自悠远的年代起，庇护着村庄和家族，使之根深叶茂，宛如祠前的古樟。正因如此，这个小山村自奠基以来，文德武功，代有显人，名列仕籍者多达 200 余人，一度被誉为“庆邑之冠冕”。

三

农耕时代的中国乡村真是奇妙，各种文化总能在一个地方和平共处。这既体现了中国传统文化的巨大包容性，也反映了一个没有统一宗教信仰的民族的文化多样性。月山村就是这种现象的缩影。一个小小的山村，既有占地3亩、建筑面积1600多平方米的规模宏大、供奉着如来与观音的云泉寺，又有供奉着马氏夫人、庙祝大王等七位仙主的马仙宫，还有象征皇权的圣旨门，代表传统儒学的文奎高阁，释、儒合一的荐元塔，以及彰显家族文化的吴文简祠。

行走在月山村，我仿佛听见云泉寺洪亮的钟声，马仙宫热闹的迎神声、戏曲声，圣旨门悠长的传圣旨声，文奎高阁琅琅的读书声……这些声音交织在一起，让我仿佛回到了过去的年代，置身于古老的国度。

四

“丹霞相对崛，幽涧小桥多。”在浙南山地，几乎每一个山村都有不止一座古桥。而月山村的廊桥最集中、最有名，因而被誉为“廊桥之乡”。的确，在二里长的举溪上分布着10座古廊桥，每座桥的间隔只有二三十米，这恐怕在全国也是独一无二的。虽然在时间的侵蚀中消失了5座，仅就目前还存在的如龙桥、来凤桥、步蟾桥、白云桥、杆坑桥5座而言，已是令人叹为观止。

我走进如龙桥。该桥是浙江省西南地区现存历史最为悠久的木拱廊屋桥。桥横卧于举溪之上，因其势与后山山脊依稀相连，桥似龙首下倾，故得名“如龙桥”，桥的结构主要由木拱架和廊屋两大部分构成。如龙桥是一座贯木拱廊桥（俗称喜鹊窝桥），全长约28米，宽5米，设廊屋9间。东端建三重檐歇山顶钟楼，中设佛龛，西端置楼阁，造型别致，古朴典雅。佛龛上额悬挂一木匾，上书“如龙桥”三个遒劲大字，相传为当年名士吴懋修的儿子——七岁神童吴之球所书。如龙桥雄伟壮观，全桥竟未用一枚钉子，这在我国桥梁史上是极为罕见的，具有很高的历史价值。

与如龙桥遥相呼应的是横卧于村头的来凤桥。族谱中记载的“举溪八景”中，第一景便是“龙凤两桥”。古有诗云：“如龙来凤号两桥，重关交锁东溪腰。月心银汉垂青影，举水金波落绛绡。”来凤桥全长约30米，宽约5米，是一座石拱卷廊屋桥。桥板虽然显得很破旧，但桥面用大小不一、不规则的花岗岩石砌成，非常好看。很显然，来凤桥和如龙桥并非同一时代建造的，但有一个叫“如龙和来凤”的民间传说则把这两座桥联系在一起。故事相传举溪两岸分别住着吴、陈两大家族，一年大旱，吴陈两家为争举溪之水入田灌溉而大动干戈，从此结下宿怨。又是一个可怕的旱年，两家人为溪水拿着刀棍对峙两岸，火拼一触即发。就在这关键时刻，有人想出让两族最优秀的青年的吴如龙和陈来凤比武的办法，结果吴如龙和陈来凤各胜一场，平分溪水。第二年的农历八月十五日，举溪两岸喇叭声声，吴陈两家喜气洋洋，吴如龙、陈来凤在乡亲们的祝福中，结成美满的夫妻。为了纪念这喜庆的日子，吴陈两家决定修建如龙桥和来凤桥，让后世子孙和和睦睦，恩恩爱爱。这也许是中国乡土版的“廊桥遗梦”吧。

白云桥是一座小而华丽的八字撑木平廊桥，桥身只有8米，桥面有铺石，设神龛，桥顶有一个精巧的华盖。白云桥与身后的竹林和周围的土筑民居相得益彰。步蟾桥是月山村几座廊桥中最壮观的一座，位于月

山村水尾，东西走向。该桥结构由石拱卷、桥面系统以及廊屋三大部分组成，桥长达 52 米，宽 5.5 米。桥上游约 50 米的溪流当中有一巨石，秋日水浅，似欲跃的蟾蜍，桥故名步蟾。在如龙桥和步蟾桥之间的田野，一座四周透风的小木屋孤零零地站在田埂的小路上，小路淹没在翠绿的稻田中。初看像荒弃的灰斗，走近一看，其实是一座仍旧可以通行的木平廊桥，叫秆坑桥。

月山的廊桥是迷人的，这不仅因为它们是沟通举溪两岸的工具，更为重要的是，它们还是月山先民追求与自然和谐相处的物证。这些廊桥并不仅仅是桥梁而已，它们既能遮风挡雨，又内设美人靠，专供人们做短暂的小憩，还有专门茶水供应，为远道行人解渴，且专门建有桥亭这里俨然是一幅景色宜人的风景园林画。这些附属于桥梁的设施，真正体现出月山文化中深层次的人文关怀。

乡村随处可见的普通而古老的廊桥，构筑了独特的风景，甚至成了村民的精神高地。浙南山地的廊桥，从人文的角度来审视，还有折射出许多民间信仰。廊桥上供奉的神龛，其祭祀对象缤纷庞杂，显示出山民对某种理想的渴盼。浙南山地的廊桥是中国桥文化的一种特殊类型，是先人们留给后人的一笔丰厚的历史文化遗产。我们应当珍惜它们，并妥善地保护好它们。

五

一个国家的兴盛总是和一些杰出的人物联系在一起。同样，一个村庄的兴盛也和一些有作为的人物息息相关。在月山村的历史上就有这么个突出的人物——吴懋修，他与月山村的兴旺有着很大的关联。据县志记载，吴懋修，1603 年生，字乐进，号如山、玉山，其父吴希点曾任福建省连城和广东省惠来知县。吴懋修自幼随父在外习武诵经，崇祯十七年（1644 年）明亡，前往福建投奔鲁王，任兵部司务，曾与刘忠藻联手攻打庆元县城。兵败后隐居故里，著书立说，规建龙凤两桥在内的“举溪八景”和吴氏宗祠等，深得村民爱戴，被后人尊称为“八老爷”。可以这么说，没有“八老爷”，就没有月山村的人文景观，乃至自然景观。他不但规划建设了这些景观，而且立下规矩代代相传以保存了这些景观。

“穷则独善其身，达则兼济天下。”“八老爷”是典型的中国传统士大夫，儒、道的精神浸透他的血脉。这位文武双全的乡贤，当他举兵失败，知道复明无望，不能“兼济天下”时，即归隐乡里“独善其身”，于是埋头著书立说，着力乡里建设。从他后来不许儿子之琮做清朝政府的官，并始终以用清朝年号为耻来看，他是想在乡里建设一个桃花源似的“小明朝”。他最终实现了这个理想，因此便有了月山村庄设施的完整，便有了月山文化的深重。

六

八月，这早秋时节，天高云淡，万里无云。午后，我登上月山村后山的山岭，俯瞰月山全景。只见半圆形的竹林和半圆形的民居组成的半翠半苍的圆月仿佛镶嵌在大地上，闪烁着银色的光芒。翠竹、苍松、流水、稻田，民居、廊桥、亭阁、寺塔，共同构成一幅山河逶迤的国画，掩映在圆月之中。中空的太阳朗照月山，与圆月交相辉映，显现神奇的幻境。

“渔舟遂逐桃花去，莫向他人道此城。”月山村，这古代闽浙的通衢要塞，今日浙南山地中的桃花源，她的神秘的面纱渐向世人撩开，但那神秘的文化之谜也许世人永远难以解开。

月亮栖息的地方

吴丽娟

“桥廊风爽堪留客，波底星光可醒龙。”

在秋日的江南，我追寻着廊桥文化的足迹，来到了月山古村。

走进静卧于举溪之上的如龙桥，欣赏着桥内藻井层层叠起的如意斗拱，感受这座浙闽两省仅存的明代木拱桥巧夺天工的技艺。看着悬挂在神龛上方古旧的“如龙桥”三个字时，我仿佛穿越了时光，看到那个七岁神童吴之球肆意挥洒笔墨时的场景。

从如龙桥深入的月山村，有着“二里十桥”的美誉，现今保存的廊桥还有五座，除了古雅壮丽的如龙桥、若飞若舞的来凤桥、寓意“蟾宫折桂”的步蟾桥这三座国宝级的廊桥，还有小巧玲珑的白云桥和袖珍迷你的秆坑桥。密布的廊桥，为月山村的交通带来了极大的便利，也营造出了“水从碧玉怀中出，人在青莲瓣上行”的优美意境，让月山以优雅的格局来迎接每一位来客。

月山村因后山形如半月，村前溪水曲似银钩，村庄坐落其间，如山

环水抱的一轮圆月而得名。村庄发祥于宋代，鼎盛于明末清初，其历史文化积淀深厚。人杰地灵的月山村，自明清以来人才辈出，名列仕籍者多达二百余人，一度被誉为“庆邑之冠冕”。说到月山的历史人物，让我不得不想起月山的村庄规划师——“八老爷”吴懋修。吴懋修是南明政权兵部司务，明朝灭亡之后曾追随鲁王反清复明，兵败后隐居故里，开始著书立说，并热衷于家乡的规划建设。正因有了他，才有了这“半月烟居半月山，松篁阴翳抱东环”的月山晚翠的独特景致。

位于月山村头的吴文简祠，始建于明万历三十四年（1606年），是后人追缅先祖——曾受唐宣宗谥封为文简先生的吴翥而修建的。吴文简祠依山傍水，与来凤桥相对，祠堂前有一株枝繁叶茂的古香樟树，寓意着荫庇子孙。祠堂正门右边墙上写着“延陵望族”，左边墙上写着“三让世家”，彰显了月山村吴氏家族曾经显赫的名望。据当地人介绍，虽然这座祠堂屡遭破坏，但坚韧不息的文简公后裔都将它复原如初。祠堂分三进，大门牌楼、正堂、后堂呈长方形布局展现在我眼前，两侧的“文经”和“武纬”匾与悬挂在正门上的“吴文简祠”匾额互相映衬，显得庄重而古朴。祠堂内，鹅卵石铺砌的天井、两侧青砖铺满的台阶、木质刻花柱础，尽显祠堂的古貌和威严，不禁令我肃然起敬。

小小的月山村，除了吴文简祠，还有华光庙、马仙宫、荐元塔、复旦亭、望月亭等古建筑。这些古朴的建筑交相辉映，构成了小山村盘龙踞虎的气势。置身其间，仿佛轻盈的步履间一晃已经穿越了几百年。

走在月山村，可以碰见农闲时村民们正在编排春晚节目的场景。月山春晚诞生于1981年春节，那时村民相聚在一起，想用自己最朴素的歌声、琴声和锣鼓声，来抒发对改革开放后解除思想禁锢和渴望美好生活的心情。就这样，一台代表农耕文化传承的春晚由此诞生。尔后的四十多年里，勤劳善良的月山人，用自己的智慧坚持举办了这台形式不拘一格、场地不受限制的最淳朴的晚会。月山春晚也从村民家中走向了公路边、操场上、会堂里，继而走向了县城、省城，成就了中国乡村春晚的典范。

汽车沿着盘山公路一路行驶，来到了观赏梯田的最佳位置。站在山坡上，望着湛蓝如洗的天空下的层层梯田，我不禁感叹大自然这支精致的画笔，将梯田这幅农耕文明生生不息的田园画作描绘得如此绝妙。月山梯田依山赋形，从山峁到山脚，依次而下，大则如广场，小则如火炕，层层错落，蔚为壮观。此刻的梯田虽已丰收，但透过一丘丘残留的稻秆，我依然能够看到满满的希望。春萌冬藏，月山的梯田总能在每个季节都展示着大自然独特的风姿。

月山的山，有后山那片温婉的半月山，也有高耸挺拔的银屏山。早就听人说银屏山美，我却是第一次来见识它的真面目。海拔一千三百多米的银屏山岩石巍屹，壑谷幽深，清泉瀑布相依，峭壁云雾缭绕。登上山顶，虽过了肆意观日出云海的时辰，却能够尽情地听山风松涛。极目远眺，可鸟瞰月山全景，亦可直面四周峰峦。山中更有一片四百多亩的原生态高山草甸，虽已秋末冬初，绿草茵茵的大片草甸却依然于山间凝敛成绿水晶，流淌出光和蜜。更有高山湖泊宛若珍珠镶嵌在草地上，相传是仙女痛失人间情侣泪聚而成。清代王恒游览至银屏山题诗："西山峭壁独崭然，屹似银屏翠色鲜。春草生时图有画，秋云霭处淡含烟。石扉深锁江村秀，地障关藏水月圆。疑是巨灵伸一掌，移来镇此不穷年。"诗中尽显银屏山四季的美景，如今能够欣赏到其中的一部分，实在是不虚此行。

月山的美景数不胜数，其中月山晚翠、云泉晓钟、龙凤两桥、文奎高阁、宝塔东耸、银屏西峙、龙湫灵夜、虎胜奇岩自古被称为"举溪八景"。还有更多迷人的景色，需要你和我一样亲自走进这水秀山明的月山

古村，去欣赏，去聆听，去感受。

“云阶月地一相过，未抵经年别恨多。”我还未曾离开，便又想着再一次相见，仿佛自己对于月山的情感，犹如杜牧笔下牛郎对织女的眷恋。月山古村，就是这样一个令人心驰神往的人间仙境。

寻找月山村

吴小光

月山村僻居山隅，不邻江海。我在卫星地图上寻找月山村，不使用搜索定位功能，且忽略行政边界的指引，而是尝试以天外来客的视角，去寻找它。我依据西太平洋的大陆轮廓从东海温州湾登陆往西，却总是迷失在浙闽边界的洞宫山脉之中。因为这里山连着山，溪流、山谷纵横，所以嵌在大地上的月山一村，毫不起眼。

以卫星定位的方法寻找月山村，它位于东经 119.17°，北纬 27.49°。在行政区划地图上寻找月山村，它位于中国浙江省丽水市庆元县举水乡，是举水乡政府所在地。使用陆路交通方式寻找月山村，则自省城杭州出发，沿着高速公路往南车程 450 公里到达庆元县城，再进入东部山区，沿着盘山公路行驶 50 公里才能到达。

我想，月山之所以成村，自然是因为它是人们生产生活的聚居地，而之所以要寻找月山村，则是因为它是有历史、有故事的山村。然而，以外来客的视角去寻找，终归是难以找到的，就算寻找到它，也终究难

以领悟这寻找的意义。毕竟没有人文融入的土地不是热土，我们无法抛开山村社会而去寻找山村。

据史料记载，千年之前的月山之地古称金乡，是庆元县建村最早的古村落之一。在宋景德元年（1004年），松源李氏带着8岁的幼子吴诩来到举溪东岸搭寮居住，始称东岸之地为东庄。迨至宋末元初，此地已是民风繁盛，时称举溪。自清代康熙年以降，号称庆元十二都之第一都，形胜于庆元东部。

举溪是月山村旧称，直至20世纪90年代，老辈人仍然称呼山村为“举溪”，至今尚未改口。不知是村因溪名，还是溪因村名？自北而南沿村流淌的溪水，也被本地人称呼为举溪，方言简称为“溪”。举溪水量来自近村山里的多支涧水，最远源头位于距村往北十里的大山峡岭之巅，水尾流向浙闽边界，然后以“西溪”之名流入福建交溪流域，蜿蜒大约二百五十里汇入东海。

山海相距不算很远，中间却是崇山峻岭相隔。这里是典型的山地地形，素有“九山半水半分田”之称，西边巍峨的银屏山陡降而下，与东边的龙脊山夹谷相望，谷中山势未绝，其西并排屹立着徐山与岩头岙，其东有龙珠岗徐徐铺陈。这一东一西的山势隔着溪圩相向而终，造化出一爿举溪谷地。谷地自溪圩向南北伸展，北至溪头山，南至梅花岭，由此形成一南一北皆为番薯形状、面积相近的两爿谷中平原。

我不由想象着千年之前，金姓人耕作于此的数百年间，斯人如何拄锄仰观银屏西峙之雄奇，李氏携子吴诩来此开荒盘算之时，又是怎样呦呦暗喜举溪谷地之灵秀。这里历经数百世代的繁衍生息，山水虽不变，草木已荏苒。

遥想从前，先人们在这里擘画建村之时，对于如今我们后人所见的村庄，会有多少感慨呢？月山村位于溪山之间，山形为下弦月，村形为盈凸月，山、村相合为满月，喻示着人的世界与自然界和谐相处，寄寓了中国传统的天人和谐理念。中国传统文化中的“天”，既可指代大自然，也可指代客观规律，甚至可以指代神的意志。总之，“天”是不可违逆的存在，人只能顺应天道真理才能获得自由与发展，进而产生美好积极的结果。这样的过程和结果是圆满的，而这“圆满”是天人和谐理念的终极追求。然而，村形盈凸未满，昭示人生总归有悲欢离合，凡事难有成全之美，不过若村形与山形合一，让人的主观努力与客观世界的运行规律相结合，那么这里的存在和发展就会变成圆满的了。呜呼！月山村神奇不可思议，这是我寻找月山村至此的初步认识。

这里山是月，村是月，山村相合还是月，怪不得青年们称它是月亮休息的地方。月山村是与月亮结缘了！我们中国人浪漫主义情怀有一多半是寄托在月亮上，它是皎洁高远的白玉盘，是轮回飞渡的时间，是见证爱情的红娘，是殷切思念的家乡，是孤独时始终相随的同伴。它不只是一个天体，而是中国人的心灵之窗。我曾听山里老人讲起一首庆元民谣，“天上星，打伶仃，伶仃桥，过桥庙，桥庙灯，真光闪”。意思是说，天上的一颗星星真孤单啊，孤单的星星来到人间，它穿过廊桥点亮了桥灯，光闪好看的桥灯让这星星不再孤单了。这首民谣以星星作引子，讲述了一个天上人间的小小故事，令人遐想。天是清虚广寒的，人间则是友爱温暖的。小小故事借喻了人们心中寻觅温情的质朴愿望。如此说来，连星星都会主动地来到人间寻找温暖，何况月亮呢？它可没有星星那么多的伙伴，它在朗照天地的工作之余来到月山村休憩，完全是下班之后的合理安排呀！毕竟这里的人们都热爱它，这里的山山水水都蕴含着深情，这里就是月亮的家。

家是人间的烟火，是细碎生活的守候。且让我们再认识两首庆元谣谚吧。一首是“过村看不见囡苦，隔山听不着儿哭”。这是老年农妇的

家，母亲牵挂嫁出去的女儿，又牵挂出门谋生的儿子。另一首是“桃花开梅花落，姐夫回姐姐诉，摊个卵嘀叶啰”。这是青年农妇的家，妻子一边责怪丈夫没挣到钱，另一边忙乎着给远方回来的丈夫煎个荷包蛋。这两首谣谚流传在庆元山区的经济落后时代，在咏叹之间，可以感受到山区女性那一丝又一丝的情愫总是牵在儿女身上，又牵在丈夫身上。她们以押韵的方言和短促的语句讲述着家庭生活的细节。庆元山区是世界香菇栽培的发源地。这里的山民擅长森林劳作，因本地山林不足以支撑香菇生产，所以俟到枫树落叶的时节，男人们三五成群、七八结伴，远赴皖南至两广之间的江西、福建等地。他们出门以人工砍花法栽培香菇，就近贩卖，直到来年桃花开梅花落的时节才回乡务农，有的甚至三年才回。这种生产香菇的谋生方式被称为“出门”，老弱妇孺则留在家乡过冬、过年，再度过春荒。在此期间，家里家外的劳作全由妇女承担。在讨樵、饲猪等劳作之余，冬春期间有一两次书信来往，学会读写的家中小孩就成为来信代读，或者回信代笔。在影影绰绰的油灯之下，出门人与宅眷在书信里谈着话，那边交代“家里缺钱时，可去粜谷二百斤”，这边则回报“田里的水，已经筑好了”。诸如这般家事牵连着庆元山区与远方山寮，待桃花开了，出门人也就该回来了。

家是社会变迁的微观映照。人人生而自由，但自古以来却并非如此。我有一个当然之想：在父系传统社会里，一个地方的开化程度虽然取决于男性，但这个地方的文明指数却取决于女性，举溪之地也不例外。据庆元民间传说，当年松源李氏携子吴诩来到举溪定居，只因她善待一名乞丐从而引发神迹，举溪吴姓就此兴旺发达、开枝散叶。又据庆元民间故事，举溪两岸吴、陈两家为了争夺灌溉水源而常年械斗，只因陈来凤和吴如龙相亲相爱，带领人们开山引水，从而两岸罢斗、共享太平。在这两则庆元民间故事中，女性是乡土文明的奠基者和守护者，所传递的善良待人、团结友爱的价值观，是庆元山区民间实践的自觉反映。但长期以来，庆元山区童养媳、包办婚姻、买卖婚姻、封建礼教等陋习与外乡无异，甚至在山区这样特定的封闭社会更为摧残女性价值于无声无息之中。虽然我们不可以现代的道德观和法律观去审视历史，但我们通过“如龙与来凤”这则民间故事，可以想见庆元民间古已有之的美好愿望，那便是“只有以爱情为基础的婚姻才是合乎道德的”。同理而言，只有以妇女解放为前提的社会才是合乎文明的。中华人民共和国成立后，庆元山区才出现了妇女解放的曙光。婚姻的成立需征得女子本人同意，“同意”成为结婚取证的同义词。自此，山区妇女不再屈于灶间端碗吃饭，而是可以在厅堂就座于饭桌之前了。“家”这才有了妇女的当然位置，“家”这才是个家了。

家是生民立命的依归，是人生价值的出发地，是人们参与社会活动的第一责任田。在举溪一带的人们，最为尊崇的先贤是被敬称为“八老爷”的吴懋修。他生活在明清相接的时代，曾率众剿除盘踞本乡的贼寇，又曾在福建参军抗清，后解甲归乡著书立说、规划“举溪八景”。作为一个中国读书人，学而致仕是常规的价值取向，学以济世却是非常之路，而在乱局之中奋起救世更是挥斥方遒的壮举。吴懋修在抗清失败之后回归乡村，他的著书坚持不用“大清”年号，而是以干支纪年代替，浑不落封建士大夫的风节。传说在他晚年之时，清朝地方官曾考察他是否还有反清异动，但见他尊老爱幼，又见他专心经营乡土公益，由此不再警惕。且说那个时代，小家庭是为“户”，而“家”指的则是一个村庄或家族。吴懋修回归乡村之后专心于举溪“大家”，使坏人膺服、好人佩服，他耕读传家，齐家有为，历史功绩令人叹服。今人回看那个时代，姑且不论封建家长制对人的束缚，毕竟“五四”至今风起云涌的时代浪潮已经卷走了那些封建渣滓，单看大浪淘沙之后的余光闪烁，传统“家”观

念留下了我们弥足珍贵的精华：责任、道义、风骨、名节。这些就像举溪之水娓娓而来，尽管滋润无痕迹，却已浸入肩骨，成就“虽千万人吾往矣”的浩然正气。

我在寻找月山村，其实月山村就在那里，无非是有所认识，却也有所不认识。但我知道，凡是人们认识的一方乡土，以及这一方乡土所承载的人文故事——无论是人口迁徙、社会演进还是文化传承——总是与大时空交织在一起。历史滚滚向前，人烟浩瀚无垠，哪怕只是一脉流水，也必然汇聚于大海！

百玩不厌的童话城堡

吴文军

这是我写给我孩子们的童话故事，故事的发生地就在我的故乡——月山村。

一

全世界任何一个村落，在机械力到达之前的时代，人都是渺小卑微的，乡村四野到处都是神灵鬼怪。他们占据了每一棵树，每一块石头，每一处住宅，每一座桥梁，每一个凉亭，每一座山岗，每一处深潭，每一个山洞，每一个峡谷。我的故乡月山村也是如此。

我出生于1970年。1978年，这个村子通了公路，现代机械逐渐到来，慢慢赶走了它们。我所经历的神灵鬼怪时代只有不到10年，是这个村子千年神灵鬼怪时代的尾巴。我的童年，从与神灵鬼怪朝夕相处开始，

然后目睹了它们逐渐消失的过程。

在我出生前十来年，漈棚岭水电站落成，常年运行功率36千瓦，远不及现在一辆普通的小车子。但那时这就是整个村子全部的机械力，只用于电灯照明，后期也用于碾米。是的，很不幸，我出生之前就有一部分神灵，因为电灯的出现，活动的范围受到了限制。幸运的是，那时候的电灯光照空间十分有限，即便是灯盏的背面，也可能住着小神灵，而且是新出现的神灵，叫作电灯神灵。据我的伯父考证，电灯神灵并不会害人，只是会搞一些恶作剧，比如使电灯光线发生抖动，甚至突然熄灭。这时候只要吐一口唾沫，用力拍三下手掌，再重新拧一下电灯泡，灯就可以重新点亮。电灯的出现还带来了电线杆，在夜间的电线杆旁边就常常会有鬼怪，这种鬼怪就比较吓人，有长长的腿，紧贴着电线杆的后边站着，遇到单独一人经过时，可能会叫你的名字甚至拍你的头，可千万别回答，赶紧跑。

二

村子里各处都有神灵鬼怪。店弄有，店堂下有，公社门头有，红桥有，如龙桥有，村尾桥有，竹潭有，家米潭有，白白亭有，岙头有，山腰有，三角亭有，龙珠岗有，岩坑有，胡坑有，古洞下有，漈棚有……

不过村子里的神灵鬼怪并没有恶意，它们只是闹腾闹腾而已，最多会吓吓人，没那么可怕。但是对我们小孩子来说，这绝对是一个需要谨小慎微的世界。我奶奶常常跟我说，不要到不该去的地方玩，小心丢了魂。然而丢了魂也是小孩子难免的事，后果就是夜间惊厥，哭闹，睡不香。这时奶奶、外婆级的女人就会起一个仪式，拿出叫魂的本领，一声一声地拖长声呼唤，把孩子的魂儿招领回来。还有一种招魂方式比较特别，就是把孩子的名字写在一张黄纸上，并附上一首打油诗，以“天灵灵，地灵灵，我家有个小儿郎”为开头，贴在行路凉亭的柱子上，让来往的陌生行人诵读千遍，就能够让孩子的魂魄回归。

那时每个大人都有很多故事。有一个叫白毛的大叔，最喜欢讲他跟鬼怪斗智斗勇的故事，当然每次都是他赢，虽然是险胜。据他的经验，一个人独行的时候，最好是随时背着柴刀，如果听到后面有嚓嚓声，绝不能回头，应立刻拔出柴刀，左劈三下，右劈三下，大喝一声，才能把鬼怪赶跑。

我自己确实也是亲眼见过神灵的。一天中午，大太阳照着，我游泳完回家，走进一条大概 10 米长的小弄，中间有一个急转弯，视线只能看到转弯处。这时四周阒寂无人，我进入弄堂后发现前面几步外也有一个人正往前走，红背心、蓝短裤，到拐弯处只见他突然变成一片纸人，向左侧插到墙里去了。我赶紧往前一看，原来那里是一个茅房的门，有一条两指宽的缝隙，但门是从外面锁住的。我趴着门缝往里一看，什么都没有。这场景，像极了哈利·波特去魔法学校在火车站 9 又 3/4 站台的奇妙入口。

三

村里有神灵鬼怪，还有神木。那时候村子里的神木是很多的，据说有 50 处以上。除了村口的大樟树，也有很多巨型柳杉，那时村民称之为“桉树”，大的都是要五六个人才能合抱。小学靠近如龙桥一侧，就有两棵巨大的柳杉。现在的卫生院门口溪边、武安垟、岩坑、天坪这些位

置都曾经有作为神木的大柳杉。在一个小孩子的眼里，这些树都不是一般的大。树根扭曲而成的复杂地形，腐烂老化形成的树沟、树洞，一个树洞内甚至可以站十几个孩子，构成一个个神秘的世界，如同宫崎骏的《龙猫》中的巨树，是当年孩子们百玩不厌的童话城堡。

如果上面所说的有很大部分是出于儿童的幻想和大人的戏谑的话，那么下面我要说的，是真实的月山神木，它们就是让我魂牵梦萦多年的，从如龙桥后门山延伸到龙尾岗的这100多棵巨型古松。它们沿山形盘旋，状如巨大的虬龙，如龙桥是龙头，古松是龙身、龙爪和龙鳞。这些巨松全部都是300多年的树龄，胸径小的八九十公分，大的达1米多，高度都是10层楼以上，枝叶茂盛，巍峨挺拔。树皮外层的鳞片犹如成人巴掌大小，中间的沟壑足够手指深入。树根处隆起成一小丘，四面蜿蜒伸入黄土之中。树种据说是马尾松，有硬毛的，有软毛的，村民称之有公有母。每当山风吹过，松涛怒号有如千军万马过境，蔚为壮观。

童年时代的我，常常流连忘返于这些巨松之下。巨松的根部周围是干干净净的黄泥土，更远处的低矮灌木丛则常有各种美味的蘑菇。树冠上的世界，则属于猫头鹰和乌鸦群。尽管村民并不喜欢乌鸦，但我对这群乌鸦却充满了好奇和敬畏，因为它们住在神木的顶端，从来没有人能够亲眼看到它们的居所。它们每天早晚在觅食之前和返窠之前，都要集体绕着村子飞三遍，并且唱着呱呱的歌声，一天不落，十分准时。我奶奶常常问我："乌鸦叫几遍啦？我要烧饭了。"那时我总感觉，这乌鸦和猫头鹰，与月山的"龙"是有某种神秘的联系的，它们或许是他的使者或者侍卫。

四

成年之后我走了很多地方，从来没有见过如此规模的巨松林。回望故乡，我才意识到，这一片巨松林是月山村真正的主神，是月山村的最佳风水，是吴懋修等先祖给我们留下的最宝贵的财富之一。可惜当年所有人都没意识到这一点。如果时间可以重来，我一定要劝说大人不要去割松脂，即便要割也不能往死里割；更不能去削树干、挖树根来用作火引。我也是挖过树根的，我要忏悔。当时那树根里面都是殷红色，表面泛着白色的松脂。现在想来，那就是古松树的毛细血管啊！是龙的血管！是神的血管！当所有的人都失去敬畏之心后，一点一点、一棵一棵，我们用了大概 20 年时间，慢慢地杀死了我们的龙，赶走了我们的主神。现在龙头尚在，龙尾尚有稀疏几片鳞，其他已经完全消失了。主神死了，神的使者们也就无从栖身，所有依赖于神的生灵也都消失了。

如今我已年过半百，但是关于故乡的记忆，最愿意与孩子讲述的，仍然是孩童时代的童话般的故事。然而即便我的孩子也处在童年时期，听我的这些讲述他们却并不认同，因为我的故乡他们也是去过多次的，他们觉得那里的环境无论如何是住不了神灵的。我得跟他们解释说，我小时候的月山村，跟宫崎骏动漫里的日本乡村，跟黄永玉画中的凤凰，跟沈从文笔下的湘西，都是类似的。那些古木、巨石、深潭，以及虔诚敬畏的乡民，跟你们在电影《侍神令》《捉妖记》中看到的也差不多，那一片龙形的巨松林，比电影中的北欧黑森林还要壮观。

我经常想，我的故乡失去了这些神灵并不可惜，可惜的是失去了这些神灵赖以生存的自然环境，那些点缀村落各处的神木，那状如虬龙的古老巨松阵，那准点绕村三匝的庞大乌鸦群。如果它们还在那该多好呀。

如今，我只有梦中才能见到它们了！

『舞刀弄枪』的月山人

吴严林

一

月山村是一个舞台，从古至今月山人从容上台，演绎着一出出动人心弦的戏。月山的武将舞刀弄枪抵御来寇，月山的文人以笔代枪书写着不平凡的经历，如今月山的人们在月山春晚的舞台上再次演绎动人的传说。平安的岁月，我们在月山春晚的台前幕后“舞刀弄枪”，创编、表演着求学、创业和共富的故事。

“八老爷”吴懋修是一名明朝的忠臣，一生舞刀弄枪。他是一个传奇人物，前半生效力南明，出任兵部司务，后半生归隐田园，著书立说。

他与“八”字有解不开的缘。传说他有一丈八尺高，是个高大的汉子。他手中的青龙偃月刀有一百二十八斤重，真是力拔山兮。他才高八斗，他能文能武，深谋远虑。当明朝兵败如山倒，气数已尽，南明还在延续时，他一路带兵打仗，一路有胜有败。一日，他在福建一所寺庙遇到一位高僧，与他攀谈起来。高僧说的一番话让他有了彻悟。高僧道："将军，您头上已经长角，恐怕不久于人世。"八老爷带兵打仗从不含糊，但今天有了迟疑。高僧又说："如果不相信，可以到井中一看。"八老爷往井中一看，平静的水面如同镜子，从中清晰地看到自己额头两边果真长角，心中思绪万千，不知如何是好。反清复明的大业未成，自己的大限却将至。高僧劝慰道："将军一生打仗，如今杀敌一万，自损八千。明朝大势已去，命不由你，应该归隐山林，多做善事，才能延年。"

八老爷于是解甲归田，在举溪老家开始为家乡父老谋划事业。他先后建成云泉寺、月竹林、廊桥、宝塔等八个景点，建好后不久便去世了。八老爷做了八件大事，寿命延长了八年。他所做的好事为乡亲所称颂，造福了子孙后代。《庆元县志》（光绪版）卷之六武备志中记载：崇祯十四年辛巳十一月，闽寇张其卿犯境，知县杨芝瑞剿之，张其卿大掠龙泉，突至喜鹊隘，知县杨芝瑞统乡兵御之，贼退屯万里林，随令举溪廪生吴懋修、吴之鲲率乡勇捣其穴，斩首百余级，贼远遁。可见先祖吴懋修统兵抵御土匪，智勇双全。

月山村后山本没有竹林，是他一手培育的，并且他倡议保护竹林。他故意叫家丁把自家养的猪赶到竹林吃笋，然后再叫人来报。八老爷说："家人犯法，同样处罚。"于是定下了杀猪散规：谁家违法就杀猪分肉到每户。在我年少时，还是有人偷砍竹林的毛竹，村里人依然用老办法来处罚。这种办法切实有效，猪肉切成方块，分到每家每户，以儆效尤。八老爷观察地形发现后山基本是黄泥土，培育竹林是抵御冲刷的好办法。后山的竹子有了乡人的呵护，雨后春笋长成竹子，枝繁叶茂，渐成竹林，

形似月牙。八老爷在月竹林下静心写书。八老爷自从归隐之后，不断地著书立说，写了许多书籍，可惜传下来的著作不多。

他一生以用清朝年号为耻，所有著作都尽量用天干地支的方法表示。村里的许多景点依然显露出反清复明的痕迹。月竹林、望月亭、复旦亭、尊光亭、步蟾桥、中流砥柱石等都蕴含着光复明朝的期盼。

听老人说，八老爷出殡的时候，用了八具棺材同时发向八个地方。作为一个武将，他头戴盔甲，棺木比常人更长。最有可能在什么地方，至今没有人能够说清楚。传得最多的是，他被安葬在地势呈金线吊葫芦的好地方。这个地方，潭水深八丈八，峭壁高八丈，是不可多得的风水宝地。人们深信这个地方能够福荫子孙。总之，关于八老爷的传说有很多。

二

月山“二里十桥”，风景秀丽。诗人、辞赋家苏绍康在月山考察时曾经说过：“月山是天下第一村。”我想，这位诗人定是说出了他的心声。来凤桥坐落在村头，上了年纪的老人说：“这里是过去乡人、秀才去县城的必经之路。”离开来凤桥就是出村前往县城的路，走在曾经的“官道”上，我仿佛重回明朝。在这条繁华的道路上，我不时地向舞文弄墨的先贤鞠躬。石砌路因为路面改造已经残缺，断断续续。通往大山深处依稀还保留着一些老路，杂草丛生，没有了往日的繁忙。这里曾是闽浙通衢要道，福建的盐商经常把货物运到月山。

月山村在民国时期一度繁华兴盛，被称为逢源市。浙江的商人们把自己的香菇、茶叶等特产备好，等待四面八方的人们前来交易。月山村在 20 世纪 80 年代新农村建设之前一直保留着古老的样子，与后山的月竹林浑然天成，形成一轮圆月。先人巧妙地设计，用八卦布阵，从溪流的上游引水进村，把水流匀称地分布到每个角落。一是遵循周易上说的聚风聚水，二是从科学角度解释，古代建筑多为木头，用水可以起到消防的作用。人们无不赞叹先人的智慧，也十分惋惜没有把古村落留存下来。

月山村曾经的鼎盛景象留在老人的传说中。自宋代在举水定居的李太婆开始，流传下许多美丽的故事。入村先经来凤桥，第一眼先看到圣旨门。过圣旨门，文官下轿，武将下马。这是约定俗成的规矩，也是乡人体现门第的守则。如果偶有不懂规矩的客人，那他进村之后就会失去村人招待的礼遇。古人对礼制的遵从由此可见一斑。明代的月山人可谓能文能武，在吴文简祠中有具体官职的祖先达二百多人。老人说起自己的祖先，都神情自豪。明朝时，父传子，子传孙，接力棒一样地外出当县令，能传七代。同时，还有叔伯兄弟一起外出当州判的多达七人。这使得月山人有了自豪感的同时，也有了自我约束的使命感。每每出去任职，家里老人就会告诫晚辈为官要勤政廉洁。村里的老人时常能说出一些看似不经意但内涵深刻的为人处世的哲言。比如劝告为官的人，“三年官两年半”。似乎在说，铁打的衙门流水的官，“为官一任不为民做主，不如回家卖红薯”。那时月山出去读书出仕的人络绎不绝，乡人总是高兴地盼其归来。回来的官员退休后虽不在职，但是仍然不忘行善，热心于公益。如龙桥、步蟾桥、白云桥都是热心的人们一点点捐资筹建的。月山的人文景观能够保存下来实属不易。历经 20 世纪 70 年代的“破四旧”，祠堂、廊桥还能保留至今，也是一部分有见识的人大胆建言、据理力争的结果。

月山人在整个明朝人才辈出，列宦籍者众。到了清朝，因为忠于明

朝，文人都有骨气，不愿为清朝服务，所以清朝为官者骤减。古建筑中许多都体现了对明朝的眷念和尊崇。复旦亭，暗含反清复明的口号；尊光亭，“光”即明也，心中的光明不曾远去；步蟾桥，“蟾宫”即明月也，“步”为紧跟步伐，一步步登上。在步蟾桥下，有块巨石，河水涨高时像金蟾。知道明朝气数已尽但心有不甘的八老爷，在巨石上刻上“中流砥柱”，以示誓死效忠明朝的决心。他的气节风骨，一直激励着后人。

历史的车轮步入清代、民国，月山人沉默，月山村仿佛不再闻名。但是历史也有相似之处，尝尽没有文化之苦的乡亲们，不遗余力地把孩子送出去读书，希望他们学成归来后，用自己的才学贡献家乡。如今“月山芽儿”茁壮成长，成为月山村的中坚力量。“月山芽儿”散如同满天星，聚是一团火。他们在新的平台“舞刀弄枪”，展现自己的才华。

三

近年，月山村的声名鹊起有赖于月山春晚的推动。浙江宣传关于月山春晚的文章点击量超过了 10 万次。这是月山村走上“星光大道”的好时机。

十几年前，许多人和我一样怀揣梦想，梦想着山路十八弯变成通途。经过无数人的游说、报告、踏勘，眼看梦想就要成真了。这些都要感谢月山春晚的名气。1981 年，月山春晚开演。几十年间，一拨又一拨的演员登上舞台，从不间断。2005 年，山妞邀请《钱江晚报》到月山全程跟踪报道，该报用了三个版面进行宣传。吴美妫阿姨也忙碌在台前幕后，“月山芽儿”发扬着特有的文艺精神。月山春晚的名气传播开来，引起了外界的持续关注。接着，省农办拨款 1000 万元用于立面改造。月山村焕发出勃勃生机，吸引了无数游客前来观光。有一对来自上海的夫妇索性租了房子，住上几个月，享受月亮休息的慢生活。月山隧道于 2020 年 5 月开始动工建设，2021 年 11 月 26 日，月山隧道贯通仪式在庆元县举水乡月山村举行。月山人走出大山的梦想越来越近了。

月山隧道极大地拉近了月山村与县城中心的距离，月山人出行难的问题得到解决。月山春晚一直在上演，一直为有想法的月山人提供“舞刀弄枪”的机会，金字招牌越擦越亮。

月山四时图

吴雪梅

月山是我的家乡，我离开她已经很久，偶尔回去，沉溺于小桥流水、阡陌田间，如梦似幻。我用文字拼拼凑凑了很长时间，描绘了一幅月山四时图。

小满　田间新绿

小满后一周，山峦那边太阳起得更早了，“绿树村边合，青山郭外斜”，唐人看到的田园，一千两百多年后，依旧如此。这中间的岁月，似乎被抽离了，不见影踪。

月山成片的稻田，从小盆地延绵至山岗、山湾。稻田犁过、耘过，蓄着满满的水。在清晨的阳光照耀下，如玉般温润。如烟的云，在稻田上盘旋、飘转，转瞬即逝。这是稻田吗？分明是蒙了软烟罗的娇羞新娘，静静地，等待又一年的青青秧苗，归来，驻扎进心坎。

农人逐光早起，拔回清明时育下的秧苗，肩挑着，在清晨的山路上前行。农人，农人的父辈，父辈的父辈……一代一代，亦复如是。山路上磨出光泽的石块，记录着已消失在岁月里的先辈。静下心来，仿佛还能听到先辈或轻或重、或徐或疾的脚步声。

有三三两两的都市来客，好奇地打量着农人肩上的行头。

“这是……”

没等客人问完，农人作答：

“去插秧啰——”

惜字如金，农活本就简单。农人点到为止，你懂或者不懂，他都不在意。客人三两天就走，而农人却是一辈子都在爬这里的山，种这里的田。日光有限，农事要紧，秧苗得赶紧入田，搭个话也是耽搁。

客人生活的都市里，五彩斑斓，但高楼如扑腾的巨兽压来，车流似直逼的洪流挤来，人潮如澎湃的海浪涌来。人，在纷繁的世界里最易陷入争强好胜，更易执着于各种自设的目标：财富多了还想更多，名气大了还想更大，速度快了还想更快。就像那第一高楼，一次又一次被刷新，一次又一次离地面更远。

都市人居住的，上不着天，下不着地，是钢筋水泥把人跟天地割裂开了，缺乏天地的护佑，都市人变得焦虑不安。

怎么安心？有人开始向往自然、开阔、轻松和慢悠悠的乡村生活，比如月山这样的小山村，那是对治压力的桃花源。

熬不住了，有人驱车几百公里，或是飞越几千公里，赶往隐藏在大山里的这个青山斜立、稻田平缓的小地方，入住在某户农家里，歇息。

他们中有上海人，有宁波人，有蓝眼睛高鼻梁的外国人……

农人插秧，他们看农人插秧；农人挑着担过桥，他们看农人挑着担

过桥。农人忙农人的农事，客人看客人的风景。

日落时分，有大片的水田已铺上了新绿，光漾漾如一面面镜子，新入的秧苗，和着清风、水波，曼舞。田间新绿，满目皆是生生，土地的能量，治愈焦虑的人心。

不经意间，客人眉目间紧锁的愁，就散开了。这山这水，这新苗这旧田，才是大地的主人，我们执着什么呢?!

此时，夕照正美，有清风正从山那边徐徐吹来。

大暑　桥上听雨

虽是月山人，更像月山客。再次到月山，已是若干年后的大暑天。城市的燥热让人烦躁不安，渴望逃离，刚巧一位画画的朋友对山里的廊桥魂牵梦萦，于是，我们又约上两人，凑成一车，欣然成行。

与月山，朋友是初见，我是重逢。朋友凝视着古朴的廊桥，痴了；我则沉醉于桥下一碧涵空的水，也痴了。

“行到水穷处，坐看云起时”，隐者王维的闲适，不只在终南山，千百年后的此地也正好。

一个村，三四百户人家，从村头到村尾，二里长的溪面上，横卧着五座古廊桥。廊桥是桥上有亭子的桥，它们大小不同，长短有别，建造的年代横跨明朝、清朝至民国。

有一天，《中国国家地理》杂志的记者探访至此，他们惊叹，原来隐藏在崇山峻岭中的月山村，是全世界独一无二的廊桥小王国。

能见它一面的人，得赶很远很远的路。有多少人经得起旅途的颠簸?

朋友从痴迷中回过神来，不顾天色已晚，不顾长途的疲倦，执意要下笔素描。

我只好先行至客栈安顿好行李，备下一桌农家的菜肴。

小炭炉火锅里滚的是土猪肉家常豆腐，桌上还有三道蔬菜。主人热情好客，一个劲儿叫我们多吃，仿佛我们不是住店的客人，而是他们远道而来的亲戚。

“我们山里，没什么金贵的东西，都是些土菜，你们可吃得惯?”

“好吃，好吃！两大碗米饭下肚，还觉不够，要吃撑啰……”朋友们回应，没半点客套。

饭毕，山风习习，大暑的喧嚣被群山阻挡在外，四周宁静，世界清凉。

信步桥上，就近选择了那座极负盛名的如龙桥。此桥重修于明天启五年（1625 年），是全国迄今有确切纪年、现存寿命最长的木拱廊桥，是木拱廊桥家族中最早被列入的全国重点文物保护单位。

一座桥，不只是一座桥，它是桥、廊、楼、亭、阁、屋合一。明朝建筑里处处保留着宋朝的风骨，尽管朝代更替，文化却一脉相承，经久不息。

桥上的木板、木柱、木斗拱，一切构件都取自林中之木。历经四百年的风雨侵蚀，除了人为的一些砍痕凿痕，其他均如故。

明朝是个荒诞的朝代，有三十年不上朝的皇帝，也有乐于当木匠的皇帝。

天启帝朱由校专于木而荒朝政，在位七年足足玩木七年，在天启七年（1627 年）仅仅二十二岁的他就驾崩了，后人嘲讽“木匠皇帝”是太过操劳做木以致早逝。

我还在想着纷扰的历史，朋友突然发话：“其实也不用住客栈了，这

桥上就有挺好的床。这些长木凳，我们几个，每人占一席，还有余。”朋友在画画时常有神来之笔，生活中也是天马行空，有时率真得像个孩子，有时固执得不可理喻。

桥上供过路人歇息的、靠近风雨板的两排长木条，成了他眼里的床。凳是床，床是凳，能安睡就好。

这一夜，桥上枕水而眠，听到了久违的潺潺声，久违的鸟鸣声，还听到了一小阵雨，落在桥顶瓦片上羞羞答答的敲打声。

突然想到，朱由校如果没有生在显赫的帝王之家，他每日沉迷于刀锯斧凿之中，乐此不疲又有什么错？他只是率性而为，做了一个真实的自己而已。

中秋　复旦观月

既要成仙，又不舍红尘，嫦娥飘向离地球最近的月宫，成了月神。广寒宫里的嫦娥，堪称中国最早的隐士吧！

山峦叠翠中的月山，背靠一片半圆状的竹林，村庄民居也呈半月形，一条名为举溪的溪流环绕村庄而过。两个半月形，组成人间的一轮圆月。大地的风景，让人感叹自然的造化天成。

半月烟居半月山，松篁荫翳抱东环。
余霞淡映林梢净，素魄光浮藓翠斑。
郁郁楼台金镜里，苍苍松竹画图间。
桥横桂阙仙谪近，缓步登岭兴自闲。

这首月山先人写的诗，传神地描绘出黄昏时分，村庄、翠竹、古松、楼台、廊桥、流水及光影的明净与素朴。当一个人登岭回眸，望向山脚下的这个小村庄时，怎能不对这般风景生出闲情逸趣？曾经追逐的功名利禄，在这个宁静的山村前，都成了过眼云烟。

或许是一种机缘吧，恰逢中秋，我又站在了月山村头。想起庆元邑侯王恒曾赞月山："极目在高楼，山半碧，水如钩。扶舆钟毓真灵秀，兼艮之山，合坎之流。回环曲抱天然凑，待高秋桂花香透，群向广寒游。"

不知桂花透香之时，王恒向广寒游否？而后人我，是真真切切地在浓郁的桂花香透时节，在月山溪边桂树底下，闻香听水。

中秋必赏月，村里人说，复旦赏月最好。复旦，是村边临溪而建的亭名。

几杯绿茶，一盘瓜子，几位爷爷辈的村里人，与我亭中闲坐。有清风穿亭而过，有明月依山而出。

"你不知道吧，这亭子原是我们村'八老爷'建的。八老爷自幼习武读经，是反清复明的忠义之士，兵败后隐居故里，兴建土木……"

当济世的理想难以实现时，中国的士人往往选择归隐，回到山水中。我们已经无从知晓，1649 年，46 岁的吴懋修兵败回到故里时是一种怎样的心情。他昔日的战友或死或降，孤家寡人的他是否也在某个月圆之夜，仰望苍穹？他无可奈何地归隐，心中念念不忘故国山河。

岁月悠悠，明朝不再，而深山里的老家依旧日落日出，不论明、清，插秧时插秧，种豆时种豆。

他把满腹的心思寄托在了故乡的山水土木之中：修建祠堂，天井底部不铺青砖卵石，以土直对日月，那是初心不忘，天地可鉴；村边建亭，取名"复旦"，"复明"之心，同样天地可鉴。

再隐晦的掩饰，也有读懂它们的人。

可，读懂了又怎样呢？明朝远去了，清朝也远去了。只有老人家建于月山的一亭一祠一桥一寺一塔，依旧屹立如斯。

不知何时，一轮明月已跃出远山，悬于空中。山月何年初照人？

抬头低头间，只见月转山移山转月，亭浮水面水浮亭。转转，浮浮，浮浮，转转……似是幻境。

春节　乡土年俗

春节，最有年味的地方，不在城市，在乡村。落寞了一年的乡村，在春节变得热闹、喜庆，宛如一朵沉寂了一年的花，在寒冬里绽放。那些外出在大都市里做事的人，无论事业多忙，无论离家多远，都会风雨兼程，赶回那个告别已久的老家。

我是乡村情结很重的人，我的每个春节，几乎都在乡村度过。乡村的年味，让我在精神上，与那些我疏离了的先祖，一一接上。这是一种心安。

携家带口，从浙东横穿至浙西，在绕来绕去的山路上，绕了很久很久，才在日落时分，赶到浙闽交界处，深山老林里。

月山如故，欢喜相迎。

或许，层层叠叠的大山，如严严实实的屏障，包裹了月山，它总让我想起陶渊明的《桃花源记》："先世避秦时乱，率妻子邑人来此绝境，不复出焉，遂与外人间隔。问今是何世，乃不知有汉，无论魏晋。"桃源中人过得怡然自得，何必知汉及魏晋？

已是腊月底，农家忙碌。相较于城市的小锅小灶，农家的奢侈，在于厨房那个大大的土灶，土灶里置一大一小的铁锅，铁锅内蒸、煮、炒出各色美味的菜肴。这样的一个土灶，连接着村庄的源头。千年前，月山先祖建房开田时，也是用这样的土灶，煮饭做菜，调养身心。时光不老，土灶如故，万物生生不息，一眨眼，已是千年。

而今，土灶在一年的大部分时间里，闲置着。年轻的月山人都进城创业了，只在春节，他们回来时，土灶才会红火，烹煮出家乡的味道。

我喜欢帮他们烧土灶，看木柴燃烧时的火焰，看村里人喜悦地忙碌。

围着灶台转，人们做出了鲜美的黄粿、豆腐、年糕；炒出香喷喷的瓜子、花生、粿片；熬出了甜蜜蜜的番薯糖；当然还有杀猪宰羊，杀鸡宰鸭。这一年的收成，要在大年三十那天一早，摆放在八仙桌上，抬到屋外，点上香烛，祭拜天地先祖，然后一家人才可享用。

乡土年俗，月山一样都没丢。我看到农家掸尘、洗桌椅；看他们贴各种对联——大门、谷仓、橱柜、米缸、水缸，甚至是锄头、扁担这些劳动工具上。他们把“五谷丰登”贴在谷仓上，把“六畜兴旺”贴在猪栏、牛栏上，把“五味调和”贴在橱柜上，大门的对联，内容则充满农耕的喜悦，如“佳节迎春春生笑脸，丰收报喜喜上眉梢”……

作为万物之灵的人，需要物质的滋养，也需要精神的食粮。小山村里的父老乡亲忙碌着准备年货，同时排练着大年初一夜的晚会——月山春晚。他们自导自演的节目内容，来自农事和日常生活，田野上的劳作，比如犁田、耙地、插秧、打稻谷、采茶，一一在舞台上重现。

正月初一，我带着孩子们，早早地来到村文化礼堂，占领了最靠前的位置，等候着晚会开演。这场景就像小时候拉着妈妈的手拼命挤到台前，紧紧地盯着舞台，心里一个劲地默念着：“爸爸快出来，爸爸快出来……”焦急地等待，使得时间过得特别缓慢。终于，“杉树王”出来了，我爸爸“变”成了白发白胡子的老爷爷，他双手举着一个大杉果，

唱着："大杉果呀好宝贝……"那是爸爸自己写的歌词，那是他对大自然的礼赞。多年后，我也站到了舞台上，穿着蓝底碎花衣，背着小竹篮，作为一群孩子中的一员表演着采摘银屏山上的岩茶。爸妈则在台下看着我。

月山春晚，是家人演给家人看的。家，才是这台晚会生生不息的根。

晚会落幕，新年伊始。站在逢源街三十四号自家小院，仰望满天繁星，我第一次看到了美丽深邃的银河，看到了在城市里从未见到过的迷人的夜空。

刻在心中的举水

吴 洁

对家乡的记忆，随着时光的流逝渐行渐远。我的家乡，如今被称为月山村，但对于我这个生于20世纪60年代的人来说，它永远是举水。1983年，我离开家乡前往东北求学，与此同时，新农村的建设正在酝酿之中。在我心中，对家乡的记忆基本停留在1983年之前，“举水”这个名字已经深深地刻在了我的心底。我怀念的不仅是举水山水如画、山峦诗意横生的美景，更是那些古老建筑的巍峨，以及雕梁画栋的交错。

从村子的布局到每个角落的构造，我对举水的记忆如同一幅幅清晰的画面。

村北的上垟、三角亭；村南的下垟、红桥（步蟾桥）、塔；村西的白白亭（望月亭）、庵（云泉寺）、岩坑桥（白云桥）、卫生所、碾米厂、气象站；村头的来凤桥、圣旨门、大牛棚、大谷仓、樟树脑、公社、邮电所、信用社；村尾的如龙桥、庙、学校及校内两棵参天的雪球花树、新大会堂、新供销社、粮站；村子中间的殿堂下、老大会堂、老供销社、

小药店、打银店、打铁店等等，都在我的记忆里留下了深刻的印记。

村里由纵向的一条大街和几条横向的大弄连接着曲曲折折的一些小弄组成，大街小巷地面全都是大鹅卵石铺中间，相对小的鹅卵石铺两边，与鹅卵石半墙叠泥墙（防盗墙）、黑瓦相映成趣。当年大街的东侧摆着不同形状的天然石凳，大街的西侧则是一条小溪流，村头和村中间还有冬暖夏凉、可以直饮的泉水点。那时有一批“成分不好”的叔叔伯伯扫地搞卫生，这些文化人很负责，使整个村庄处处保持着整洁和宁静。夏日里，村民们会端着饭碗坐在大街边的石板凳上，面对着流动的小溪水，边吃饭边聊天，享受着溪水带来的清凉和惬意。

大街与大弄、小弄边都是紧挨着的住家，印象中每家的房子都是两层半高，柱子也是清一色的大圆木。村子中有王家大厝、上新厝两个大宅，以及相对小一些的下井厝、横城厝、后厝、上厝、下新厝、楼下厝、三级步厝、天坪厝、鲍家厝、碓圳头厝、客食堂厝等，每个大宅小宅都居住着好几户到几十户人家，而且不管大宅小宅都有公共的活动场所，叫作碗间和东间后的公用地方，也就是现在所说的大厅，孩子们都在这里嬉闹，共厝的喜事均在这里举办。在村庄的中央，又有一个名叫殿堂的庭院，是全村孩童游戏的天地。我感觉村子里的基本生活配套和文化生活设施都蛮齐全的，整个村庄回荡着孩童们的欢笑声。回忆起那段时光，我仿佛还能够感受到那份热闹和生机。

比我们老一辈的则习惯叫举溪，据说更老一辈则叫逢源镇、举水市（集市的市）等。关于举溪这个地名的来历还有个典故：公元1004年的某一天，居住在村子东面竹林边的李氏太婆和她的儿子吴诩慈悲善良，救了仙人化身的乞丐，于是仙人将原先竹林边的溪流改向西边，举溪村从此而得名，吴氏也因为母子的善举而从此居住在背山面水的风水宝地中并兴旺发达。这个典故也成了我们家乡的一部分，为这片风水宝地增添了神秘色彩。

再说说我们村的风水。父亲曾经告诉过我，我们村不仅宛如月亮被山水环抱，更像是一条巨龙所含的珍贵龙珠，是一处风水宝地。村子后面是茂密的竹林，紧靠着竹林的是龙珠岗（象征着龙头的位置），龙珠岗延伸至龙里（象征着龙身），龙里是一片连绵的大山脉。龙里的大山脉在快到龙珠岗的位置则逐渐分为两条小山脉，一条延伸至村头的圣旨门和来凤桥外的上月嘴角，另一条则延伸至村尾的庙和如龙桥外的下月嘴角。龙里的大山脉和龙珠岗的小山脉及庙后岗的小山脉都被高大的松树覆盖，呈现出规律有序的景象。爬到村子西面的山岭中间的白白亭远望，此景就像一条巨龙含着一颗龙珠（竹林和水域如同龙牙，村庄如同珍贵的龙珠），而两条小山脉则宛如龙爪环抱着村落，首尾呼应，保护着如龙桥至来凤桥范围内的整个村庄。同时，也象征着龙头在溪流中喝水。

当时我们村庄非常热闹。我的家就坐落在村子中间，紧挨着竹林和龙珠岗的王家大厝。这是村里最大的大厝之一，大门口有由大石头制成的大门和牌坊，一进门便是一层叠一层的庭院，给人一种庄严深邃的感觉。许多人家都居住在类似电视剧《大宅门》中那样的房子里。看电视剧《大宅门》、游乌镇、观周庄……我都会想起我们的举水，如果没有拆建，我们的村庄也定能成为电视剧拍摄基地和旅游胜地。关于王家大厝有多少户人家，我的记忆有些模糊，大约是二十几户共住一厝，但我记得住在同一个大厝里的基本上都是本家人。我家大约在 1979 年前居住在王家大厝的分厝，邻居是一个叫“龙泉丐”的单身五保户，还有“高脚公”（方圆几十里有名的银匠）和吴梅兰家，共四户。1979 年以后，我们搬到了王家大厝的正中心南边。

然而，从 1984 年起，举水的面貌发生了翻天覆地的变化。古老的建

筑被拆除，道路的格局和建筑材料也发生了改变，而那些参天的松树也变得稀疏了。如今，只有圣旨门、来凤桥、岩坑桥、如龙桥、云泉寺、红桥等少数古迹幸存。非常遗憾，当年没有拍照，举水的旧貌无法重现，只能永远留在记忆之中……

老宅记忆

吴学松

在童年的记忆里，关于老宅的记忆是最深刻、最浓重的一笔。然而，这一切，却永远定格在了1986年的春天。那一年，我15岁，在荷地中学读初三。在一个大礼拜回家的夜里，我忽然发现，家里的老宅竟然被拆了，全村的老宅几乎在一夜之间被夷为平地。

这样做的目的，是进行新农村改造，月山村是全县第一个积极响应该政策的村庄。在当时看来，大家的居住条件是改善了，村庄也变得焕然一新。然而，如今回想起来，这么多具有历史价值的老宅，一次性全部被拆掉，是一件多么令人扼腕叹息的事情。

记得当时来拆我们老宅的是温州老板，我们是以每斤五角的价格当旧料卖给他们的，而每家每户卖的这几千块钱就是所有人盖新房的初始资金，因此全村人都认为很划算，大家都觉得很开心。

当然，温州老板也是有一个前提条件的，那就是只能由他们自己请师傅来拆，每根拆下来的木料都按顺序清晰地做上记号。后来据知情者

透露，这些温州老板将拆下来的木料运回温州后，又原原本本地按原来的模样装回去了。如今，月山村的那些老宅应该是被“移居”到了某一个地方，不知道这些远离家乡的老宅在新家“住”得可好？你们还开心吗？你们会想家吗？

我家的老宅是一栋清代的古建筑，占地200多平方米，房屋整体结构为木质框架结构，上下两层，属于三进院落，也就是前后有三道门、两个天井、三个厅堂的大四合院，可见当年老宅的建筑规模之大。据大人们介绍，我们家的老宅是当年全村规模最大、建造工艺最为考究的两栋老宅之一。由于老宅已经传承了好几代人，中间有些人因为家庭变故等原因把房子给卖了，但大多是卖给自己的近亲属，因此到我母亲那一代，整栋房子里已经住了五六户人家。

老宅记忆是温暖和舒适的，那时候的时光，总是过得很慢很慢。时常，我踏着露珠的痕迹，迎着朝阳的气息，闻着扑鼻的芳香，听着鸟儿的歌唱，在田野里奔跑，那是最自由自在的时光。时常，一个人闲得无聊，也会在村庄的街头巷尾乱窜，白天由于大人们都去地里劳作，异常宁静，除了偶尔的几声鸡鸣和“后门山”风吹过竹林的呼呼声，几乎是听不到什么声音的。每当这个时候，一个人反而会静静思考自己的理想与未来，在那只能听到鸡叫声的小村庄，总是会时常感到一阵阵的无助与迷茫。

村大会堂门前有座横跨举溪的大桥，那里是全村人休闲与活动的中心。特别是一到夜晚，大家经过一天的辛苦劳作，都喜欢聚集到这里聊聊天、拉拉家常，这里便成了所有人休闲放松、沟通交流的首选场所。

从大会堂到我家还有不少的距离，要拐好几个弯，经过一条长长的石板路，到了弄口左转之后就到了“三级步”。其实，这里是一个小广场，面积有100多平方米，由大块大块的青石板铺成，当时的合作社就设在这里，在大会堂建成之前，这里才是全村人的文化活动中心。

从“三级步”到我家还要走一段比较长的石板路，越往里走，路越宽阔，路面小石头镶砌出的花纹就越讲究，记得临近大门时，地面小石子铺出来的图案，用“精美绝伦”来形容也一点都不为过。路的右边有一段矮墙，墙上爬满了一些不知名的植物。这一带最为开阔，在阳光明媚的下午，就是孩子们的天堂，大家都喜欢在矮墙下捉虫子、过家家，玩得不亦乐乎，总要等到天色渐黑，听到母亲喊破喉咙的一声“吃饭了”，才会依依不舍地回家。

正大门是用大砖块砌起来的，门梁是一座石头牌坊门楼，雕刻着精美的图案，显得气势恢宏。走进大门就是前堂，前堂的中间有一扇双向开的木门，这就是二道门。这个二道门平时是不怎么开的，除了一些重大的节日或红白喜事的时候，大家平时都是走两边的通道。

经过了二道门，就是两个大大的天井，边上的厢房是用六扇雕刻着精美图案的木门围起来的。这些木门的雕刻图案给我的印象是极其深刻的，图案中的人物，但凡有人头的地方，统统都用刀削掉了，但留下的雕花依然生动。据说是“文化大革命”的时候，为了响应“破四旧”的号召，我大姐他们主动破坏掉的。当时挂在中堂的一块木质牌匾也一起被拿到学校的操场上烧掉了，全村遭破坏、被焚毁的文物不计其数。

厢房每一扇门的图案都不一样，有山有水，有树有花，有人物有亭台楼阁，其实就是一幅幅雕刻精美的画作。在我还很小的时候，我就常常一个人沉迷在这些画作中，感觉每一幅画都有一个不同的故事，总是试图去读懂它们。如今回想起来，他们当时破坏得还是挺有“水平”的，除人物的头部被削掉之外，其他图案都完好无损。

过了厢房就是中堂，中堂是古代迎宾宴客、喜庆祭祀的重要场所，又是人们日常齐聚的主要活动场地。这里也是孩子们玩耍嬉戏的天堂。

特别是到了雨雪天的时候，由于大人们无法到田地间劳作，这时他们就会斜着竖立起一根大木头，一高一低配合着拉锯，将木头锯成一块块的木板，用于制作家具。每当这时，一定是孩子们最开心的时刻，他们可以随意跑动，有时还可以上去帮着拉两把锯子，所有人都有说有笑，一派温馨祥和的气氛。这或许就是当时家人们最好的闲暇时光了。

中堂的上面有两根很大的横梁，雕梁画栋，十分气派。两边有两扇敞开式的门通向后堂，后堂的中间是天井，天井的中央是一口井。听大人说，当年曾有人从这口井跳进去。所以，小孩都很少会跑到里面玩，偶尔进入，也会飞一般地逃出来。

我们家的位置是最好的，二道门刚进来靠天井的左边厢房就是我们家的客厅了，是坐北朝南的方向。厢房的楼上就是我跟父母亲的卧室。清晨的第一缕阳光总是最早照耀到我们家。因此，左邻右舍总是喜欢开玩笑地跟我们说，你们家的风水是最好的。

厢房的旁边是厨房，厨房有个后门通往屋外。屋外有一条小路，小路的右边是“仓楼下”，其实就是以前储存粮食的地方，后来用来堆放稻谷、农具及养猪；左边有一段矮墙，矮墙内就是我们家的菜园，平时吃的蔬菜基本都出自这里。

老宅记忆里印象最深刻的两件事是游泳和看电影。每到夏天，游泳几乎是每个农村孩子的最爱。一般是要过了端午节才开始游泳的，因为大人们经常会强调“吃了端午粽，游泳不肚痛”。午饭一过，几乎全村的小孩都整齐划一地跳到“天坪潭”里去，当时的孩子是不可能有什么短裤的，所有人都光秃秃地泡在水里，那个场面，才真的叫“下饺子”。

那个时候的夏天是经常死人的，几乎每年都会发生溺水事故，有大人也有小孩。村头有一个潭叫“上碓潭”，我记事起就经常淹死人，村里也因此有许多关于“水鬼”的传说。有些人甚至还活灵活现地说一些差点被“水鬼”抓去的亲身经历。因此，那个时候的我是几乎不去那里游泳的，就算去了，也就在潭边浅水处玩玩，绝不会游到潭深水急处。

不光游泳会死人，每年一到发洪水，由于上游有很多木头会顺流漂下来，这时很多“勇士”就会趁机去抢木头，有些时候，木头没抢着，人却没了。印象最深刻的是一个叫“老儿”的人，正当壮年，结果那次去抢木头，就再也没有回来。直到两三天之后，才从三四十里外的溪边找到他的尸体，我也跟着全村的小孩一起去看。他的儿子是我的同学，一个家庭就这样毁了。

看电影应该是当年最重要也几乎是唯一的娱乐方式。有很长一段时间，几乎每个晚上我都去大会堂看电影。《小兵张嘎》《铁道游击队》等电影不知道看了多少遍；特别是《少林寺》，里面的很多台词，我几乎都能背下来，李连杰的一招一式，也能模仿得惟妙惟肖。

看完电影回来是一定要有伴的，因为当时没有路灯，整条小弄黑灯瞎火的。如果有月亮的夜晚还好办，只要顺着头顶狭长的月色走就可以了；要是遇到伸手不见五指的夜晚，那就麻烦了，什么也看不见，只有扶着墙边往前摸索，脚下则慢慢试探着往前走，短短的一段路，不知要“摸”多久才能到家。

特别是到了弄口拐角处，有一小段是往里凹的死胡同，因为很多大人都说那里有个“白鬼”，而且说得绘声绘色的。因此，每次夜里只要独自路过那里，都会头皮发麻，一溜烟往家里跑。

有一回去看电影，看了一半就睡着了，直到电影散场，管理员来清场的时候才把我叫醒。结果全家人到处找我找不着，吓得够呛。

小时候的冬天特别冷，平时基本上只能穿“解放鞋”，有时候还没有袜子，“青年鞋”是要有重大活动时才舍得拿出来穿的，每次穿完都要自己亲自去洗，生怕大人洗不干净。因此，冬天去看电影，脚总是冻得

不行，很想提前回家，又舍不得剧情，那种矛盾的心理也怪有意思的。电影一散场就赶紧跑回家，一双臭脚还没洗就伸到母亲的被窝里，母亲也从不会嫌弃，还没等脚暖和，人就睡着了，那种幸福感一直伴随着我的一生。

老宅的记忆还有很多，如下雪天在大门口堆雪人、打雪仗，过年到大会堂放鞭炮、打鞭炮仗，用自己用刀制作木陀螺打“地雷”、用烟壳制成“三角锋”在地上比赛，到“后门山”竹林中荡竹子，到“龙里”的黄土坡上打泥仗，到“红桥”下的溪水里放鱼笼，在秋后的田野里挖泥鳅，在稻秆堆里翻筋斗……

后来，当新房子盖好后，我就到县城读高中了，之后又考到省城杭州读中专。平时则很少回家，只有等到寒暑假的时候，才会在家里住一段时间。再后来，在城里工作、结婚、生子，回老家就更少了，关于家乡的记忆，渐渐变得模糊起来。

如今，回望家乡，唯有老宅记忆，是我一生的怀念！那是永远回不去的过去，也是永远忘不了的乡愁！

月山短札

吴少红

月山村是我的故乡。我在月山村度过童年和少年时期，便离开了故乡，在外求学、工作。随着工作的调动，我离月山村越来越远。故乡于我，更多的是梦和回忆了。

村尾的老水井

在月山村靠近村尾的地方有一口老水井，离我家老宅不远，村里人都叫它“井窟”。水井里的泉水常年咕咚咕咚地往上冒，泉水冬暖夏凉，水井的水漫过围栏的出水口，就往外流入水塘。水塘分上塘和下塘，上塘洗菜，下塘洗衣服，靠近塘尾洗鞋子、杂物。

冬天气温越低，泉水越温暖。寒冬腊月时，水井和水塘中热气腾腾，在泉水里洗菜、洗衣服几个小时，手也是暖和的。到了三伏天，泉水又

是冰凉冰凉的，只可惜生活在那时月山村的娃儿几乎还没见过西瓜，要不然用井窟水冰镇西瓜，那可是绝顶美味呢！

那时的井窟是月山村近一半的人生活用水的主要水源和公共清洗场地。当时我上小学，记忆中，母亲每天天蒙蒙亮就去井窟挑水，以满足一家人全天的生活用水需求。我做得最多的就是，放学后去井窟洗菜，必须抢在上塘的第一、第二个位置。其次就是帮外婆洗鞋子，外婆喜欢穿解放鞋和布鞋。在井窟洗鞋要严格遵守在塘尾洗的规则。我非常认真地洗外婆的鞋子，每次洗好解放鞋还要蒙上皱纹卫生纸，晒干后纸上就会泛黄。用不了几次，我就把外婆的解放鞋从军绿色洗成米白色。几乎每次洗完鞋，外婆都会拿出一块她珍藏在某个角落的冰糖奖励我。

井窟不但是公共清洗场地，还是村民集聚欢乐和播报消息的重要场所。特别是在春节前几天，井窟真是热闹非凡。村里老老少少集聚一塘，就着塘中热气腾腾的温泉，有在井栏外刮猪头、剖鸭子的，有在塘里洗菜、洗衣服、洗家具的……隔壁婶婶说她读书的儿子被评上了“三好学生”，放假回家过年了；上房屋的太婆说她孙子从县城买回了一辆永久牌自行车；下井弄的叔叔说他昨天上山逮到了一只野兔……笑声、水声融合成一组美妙的交响乐。

我每次回月山都要去井窟看看，随着古村落的改造和自来水的开通，井窟渐渐被冷落。今年春天我回月山村，又去寻找井窟的踪迹，只见大概的位置已经堆满了杂物。

井窟，它见证了事物发展变化的时过境迁，人们眼里看到的东西已经大不一样了。

后门山的毛竹林

月山村的后门山形如半月，村前溪水曲似银钩，环绕着村庄，后山、溪水、村庄完美组合，如同一轮圆月，故名月山。

后门山上长年长满茂密的翠竹。落日余晖中，站在对面半山腰的揽翠亭上极目远眺，村庄与翠竹如同半苍半翠的一轮圆月，村庄上还飘着袅袅的炊烟，此景即为“举溪八景”之首——“月山晚翠”，有诗赞曰：“半月烟居半月山，松篁荫翳抱东环。”

相传400多年前，月山村的“八老爷”吴懋修，为了精心培育后门山的毛竹林，定下不能砍伐后门山毛竹，违者要杀猪分发猪肉的“散规”。“散规”就相当于现在的村民公约，建立了后门山毛竹林的保护制度，加上月山村崇文尚礼、忠厚善良的优良民风，敬畏并遵守公约便成了村民的一种习惯。

自打记事起，后门山的毛竹林就郁郁苍苍、重重叠叠、高大挺拔！小时候坐在阳台上看书，或夜晚看星星时，总能听到风轻轻拂过后门山毛竹林，发出“沙沙沙沙”的声音。

那是一片起伏澎湃的绿色海洋！不管我走到哪里，后门山的毛竹林都让我魂牵梦萦！

但最难忘的是，儿时我们在毛竹林里玩耍的情景。记得调皮的弟弟总喜欢和村里的孩子到后门山毛竹林打泥仗、荡竹子，放学后爸爸就会交给我任务，让我去找弟弟回家吃饭。我只要到后门山毛竹林就能找到弟弟，去得多了，我一个女孩子家也融入了弟弟他们的游戏中。现在回想起来，荡竹子是多么危险的游戏啊！那时我们几个不谙世事的孩子一起用力拉弯毛竹，把竹尾卷成一个近乎座位的圈子，一个小孩坐到竹圈里，随着倒计时口号响起，拉着毛竹的其他小孩一起放手，这个小孩就

不知会荡到竹林的哪个角落了。大哥和弟弟都因为小时候玩荡竹子受过伤。但那时的我们，每一次荡竹子成功就会欢呼雀跃，笑声、尖叫声一直传到对面的举溪、西边山，说不定还传到了银屏山的某一个林子里！

遥远的往事和日子，伴随着青春一起逝去，但后门山的毛竹林依然生机勃勃、挺拔苍翠。一节，一节；向上，向上。

吴文简祠

吴文简祠位于月山村村头，系第八批全国重点文物保护单位。该祠始建于明万历三十四年（1606 年），因吴姓之祖吴翥曾受唐宣宗谥封为“文简先生”，后人为追缅先贤而建祠纪念。

吴文简祠正门两侧，是我父亲于 1990 年秋书写的“延陵望族　三让世家”八个行书大字，至今仍清晰、遒劲。八个大字即为吴氏祖训，彰显着吴氏祖先“三让天下”的高尚品德。

父亲于 1989 年春起草的“修建举水吴氏宗祠概况序言”中写道：“吴氏宗祠，建筑恢宏，殿宇雄伟，三堂三门，八角八翘，斗拱精巧，结构美轮美奂，朴美古风，远近扬名！”

三堂三门，即大门牌楼、正堂、后堂，正堂大梁上有一条木刻绳索，意在告诫吴氏子孙团结一致、众志成城，拧成一股绳。大门通正堂由卵石过道连接，过道两边是天井。正堂五间开，进深六间，正上方悬挂“务本堂”和“源远流长”牌匾。堂内挂吴姓始祖吴太伯及吴翥等历代名人画像 160 幅。后堂为“妥先堂”，供奉着祖先牌位。

现如今，经过多次修整的吴氏宗祠，大门敞开，内设月山乡贤名人展馆，已经是月山村举办祭祀活动和商议家族大事的重要场所。

我两次去吴文简祠，分别是外婆去世和父亲去世时，最后都必须把牌位送到宗祠的“妥先堂”供奉。外婆和父亲的牌位就整齐地立在供桌上。用如此温暖的方式安置先辈的精神，能让子孙后代从对故乡的思念和眷恋中，时常找到那些沉入时间和记忆深处的亲人。

月山村超过95%的村民都姓吴，《吴氏宗谱》记载：“月山村文德武功，代有显人，明清数百年间登进士或授显职、名列仕籍者多达200余人，可谓文人鹊起，仕官蝉联，一度被誉为‘庆邑之冠冕’。”宗祠内所挂的我太爷爷吴绍文（1864—1911）的画像简介写道：“学台考送屡试超场，至甲辰年，得选贡员，并授职训导，兼东区自治会议员。”

从宗祠和族谱中，我们看到的死亡是一个悠长的延续，是另一种意义上的永生，是生生不息的精神和血脉的联系。

时代的洪流不断前进，在纷繁复杂、瞬息万变的环境里，我们多么需要通过族谱和宗祠这些载体，追寻一个村庄的根基，传承乡村历史文化，赓续家族精神血脉。

烟居月山，乐在耕读

吴云梅

2014 年的夏天，从庆元县城出发，车子顺着兰溪桥水库方向前行。一路上，绿树掩映着蓝天白云，闷热的感觉消失了大半。经过一个多小时的车程，在一处曲折的长下坡之后，一个视野开阔、苍松翠竹掩映下的村庄出现在了眼前——月山村到了。

月山又名举溪，有 1700 多人，大多数都姓吴。村子位于庆元县城东南 57 公里处，海拔高达 820 米，属亚热带湿润季风气候。这里由于地貌多样，小气候条件优越，年均气温为 13.4℃，冬暖夏凉。因其四面山势较高，形成高山盆地。境内重峦叠嶂，村后竹林形如半月，村前溪水曲似银钩，村庄坐落其间，如同山环水抱的一轮圆月，故名月山。

半月烟居半月山

沿着村边的公路前行，黄昏时的月山，显得特别静美。夕阳的余晖映照着后山半月形的竹林，袅袅的炊烟像是为村庄披上了一件轻透的外衣。远山苍老的古松群像威武的将军，紧紧把守着村庄。桃花垟上耕作的人们正扛着农具往家赶。如龙、来凤两桥像一对痴情的恋人，百年不变地相互守望。此时的月山正如古诗中所描写的："半月烟居半月山，松篁荫翳抱东环。"

据同行的村民吴艳霞介绍，月山建村已有千年历史，从古至今以耕读传家。自奠基以来，文德武功，代有显人，历史上名列仕籍者多达200余人。因为村子文化底蕴深厚，加上闻名全国的古廊桥和原生态的月山春晚，2009年被评为丽水文化名村。

踩着石板小径上了竹林，竹林茂密幽深，归巢的鸟儿唱着清脆的欢歌，夕阳透过竹叶，留下了斑驳的影子。在甜润空气的滋养下，坐车的疲乏瞬间一扫而光。吴艳霞说，要是在秋天，秋高气爽，稻子熟了，漫山遍野金黄一片，夜晚明净的月光铺洒月山，那色彩与宁静，真有五分在人间、五分在天上之感。

据说，月山村后山原来只有稀稀疏疏的毛竹、松树。明末清初，曾任南明政权兵部司务的吴懋修归隐故里，耕读修身。为了巩固山体、改善子孙后代的居住环境，他提议对村庄进行风景设计规划，建议全村人给后山种上翠竹，这才形成了现在的半月形竹林。

几百年来，无论世事如何变化，翠竹每天都映衬着村庄，散发出淡淡的清香，清心除烦，改善着村庄的休养环境。据统计，月山目前80多岁的老人有近50位，最年长的已有百岁。

随处可见吹拉弹唱

从竹林下来，已是傍晚5时许，此时月山村里，却是另一番景象，与城里相比，这里的村民生活非常有规律。正在路边吃晚饭的吴大妈说，他们大多不需看手表便知时间，劳作时间和一日三餐的时间只按春夏秋冬太阳晒到她家门前的位置来判断。用餐之时，村民也都大多端着饭碗坐在门口，边聊边走边吃，用餐总是在愉悦的心情中进行。

晚饭之后是村里最热闹的时段。走在路上，你随处可见吹拉弹唱的村民，在如龙桥上，七八位大爷大妈聚在一起组成乡村乐队，他们自编自唱，有的拉着二胡，有的敲着快板，还有的唱着采茶歌，虽然音调有些不准，但透着满腔的快乐。

月山村地处偏远，自古以来，村民多爱读书、文艺，以自娱自乐。即使现在，村民大多也都会在农忙之时种地，农闲时则把农耕之事改编成剧本，举办全民参与的文艺活动。月山春晚就是最好的体现。

20世纪80年代初，为了让村庄有更好的精神面貌，村民自发组织办起了春晚。这春晚经过一代代“月山芽儿”的不断努力，成了如今享誉全国的月山春晚。

村中的大会堂就是排练的场所。一进大门，就被他们的表演所吸引：十几个年纪不一的村民，精神抖擞，有的扛着锄头，有的表演着插秧，有的提着抓泥鳅的笼子，还有的推着石磨。年纪最大的大爷已经98岁了，依然腰板笔直，坐在编草鞋的工具边，双手有条不紊地编着草鞋。演员吴大伯自豪地告诉记者，他们这个表现原生态农耕生活的节目，曾被包括央视在内的全国很多家媒体报道，受到了许多大都市市民的追捧。

或许这一幕正体现了月山耕读修身的精髓，其本意是让村民融农耕生活与精神娱乐为一体，欢笑之余还能锻炼身体。出场简单质朴的《农活秀》，却能让你感受到时代变迁下，勤劳、乐观、豁达的月山人不变的有趣灵魂。

逢源镇的繁华

村子里上了年纪的老人，每天最喜欢的事情，就是安安静静地坐在如龙桥的长木凳上，眺望桃花垟上四季的变化，聆听桥下涓涓流水之声。

吴达荣就是众多老人中的一位。说起如龙桥，他露出了童真的笑容，说自己虽然已经 98 岁了，但比起如龙桥还是个孩子。他说这桥也不知建于什么年代，但现在有明确记载的是该桥于明天启五年（1625 年）重修。就从这时间算起，也已有 400 年时间了，它是我国现存最早的木拱廊桥。

吴达荣说，打小开始，他和小伙伴们就在如龙桥上玩耍。农耕时代的月山村是浙闽交通要道上的重镇，那时的月山叫逢源镇。村里的房子全是明清建筑，大部分的房子都有一个独特而又吉祥的名字，这些房子前后加起来有六重门。村里大街从村头通向村尾，而且村里水系遍布。街上铺着打磨精细的石板，沿街的房子都是店铺。一早店面就开张了，热闹非凡，有叫卖各种点心的，有卖上等布料的。吴达荣回忆道，街上还有一家中药店，店名叫“保寿堂”，店主叫吴传诗，是一位中医，也是一位很重视传统文化的乡绅。步蟾桥就是他为缘首，与乡亲们一起建造的。

一路前行，遇到的村民几乎每人都有孩童时代与小伙伴一起在如龙

桥下的小溪里抓鱼、中午累了就在如龙桥廊屋里睡觉的经历。上了年纪的村民还回忆说，他们小的时候在桥上会遇到来往于浙闽的客商，客商会拿出一些吃的或玩的东西分给他们，客商在桥上歇脚乘凉时，会讲述南来北往时遇到的各种趣事，他们这些小孩则在一旁静静地听着。

据相关资料介绍，如龙桥属全国重点文物保护单位。桥身由木拱架和廊屋两部分组成。木拱架为单孔，净跨 19.5 米，外观呈八字形，内由数十根粗大圆木纵合卯接，不用一钉，形成架设廊屋的拱架平面，其上横铺桥面板，建造桥屋。此桥有廊屋 9 间，全长 28.2 米，宽约 5 米。在张择端的《清明上河图》里，横跨汴水两岸的所有桥梁中，印象最深的是那座优美独特的虹桥。对比之下发现，横跨在举溪之上的如龙桥，在建筑上继承并改进了虹桥技术，颇具宋代遗风。

穿过如龙桥，透过桥上造型各异的小窗，望向远处，一边是村庄和高耸的银屏山，另一边是青翠的竹子和长势正好的稻田，在习习凉风中，你可以真切地感受到那个深植于我们心中的恬淡有趣的农耕桃源。

『醉美』月山行

陈珊珊

青山看不厌，流水趣何长。菇乡庆元的山水藏着一种返璞归真的美，而坐落于大山深处的月山村，更是山明水秀，宛如世外桃源。趁着春暖花开、访山拜水的好时节，我们三五好友结伴同行，去探访“比月亮更美”的绝美月山村。

刚下过雨的小山村，薄雾轻起，山色空濛，氤氲的水雾弥散在溪流和青山之间，村子犹如处于仙境一般。轻拂而过的微风带来丝丝清爽，让人顿感悠然与惬意，一路的舟车劳顿，都瞬间消散而去。

月山村依山傍水，溪边悄然绽放的花朵在微风中轻轻摇曳，一幅小桥流水、恬然自足的画卷缓缓展开。沿着溪边游步道漫步，临水修建的房子错落有致；流水潺潺，我们踏石而行，听着溪水清唱、溪鱼呢喃，缓缓跨过琴键般的碇步桥，享受着一花一景、一草一木带来的身心愉悦。拾级而上，我们来到了古朴典雅的如龙桥，历经风雨的如龙桥横跨于举溪之上，俨然成了月山村虔诚的守望者。远看，如龙桥好似蛟龙出水，

非常壮观。近看，桥身设有廊屋、神龛，阁楼，造型别致；桥身外壁铺钉风雨板，风雨板上开设瓶形、扇形、圆形等形状各异的几何窗。真是一步一风景，步步美如画。村口的来凤桥与如龙桥遥相呼应，来凤桥桥身虽然显得有些陈旧，但看起来依然结实且沉稳，其建造技术中的智慧与巧思，以及极具特色的艺术魅力，无不展示出它的迷人韵味。来凤桥半圆形的石拱，倒映在溪水中，组成一轮圆月；漫步在用大小不一的岩石砌成的桥面上，真是人在画中，桥在心中……

看了“如龙来凤”，一路逛到月山村村尾，步蟾桥就安静地横亘在绿水青山间，与山为邻，与水为伴。廊桥与山水融为一体，构成一幅“廊桥绿水青山图”。站在桥上远眺，青山如黛，流水淙淙，桥的两边古树掩映，仿佛在诉说着步蟾桥古老的历史。历经风雨的桥身已经有些许斑驳，但依然能深深感受到步蟾桥浓厚的历史底蕴和深厚的文化内涵。步蟾桥的飞檐翘角张扬而有力，给人以腾空欲飞之动感；倒映在水里的部分，和桥身完美结合，更显宏大气势，真不愧拥有廊桥中的“美男子”之赞誉。村子里的廊桥是村民们休息纳凉、茶余饭后休闲的绝佳去处。孩子们在桥面上恣意地奔跑，老人们聚集在桥上吹拉弹唱、共话农桑，悠闲自得。置身于廊桥之上，不仅能感受“古木阴中系短篷，杖藜扶我过桥东”的悠然惬意，还能品味“明朝又是孤舟别，愁见河桥酒幔青”的离愁别绪，更能欣赏到“平岸小桥千嶂抱，柔蓝一水萦花草”的浪漫景致。月山村廊桥之美，不仅美在映衬了月山村的绿水青山，更美在寄托了人们回归本真的心灵归宿。

领略了廊桥的美，我们驱车前往美丽而神秘的冰臼群，目睹了大自然的精心雕琢在这里造就的瑰丽奇绝、形态奇特的“冰臼”景观。冰臼形如舂米用的石臼，一个个大小不一，形状各异，石洞里的水清澈、透明、纯净、柔和，是水之极品。恰逢雨季，倾泻而下的瀑布，落入一汪汪清澈见底的冰臼里，泛起阵阵涟漪，我们不禁感叹大自然的杰作真是鬼斧神工，妙趣天成。感受了冰臼之神奇、溪水之清凉，我们还驱车来到莲花山，那里有两株历经了几百年风雨的罕见的“杉树王”。虽然树身多次遭受风雪雷电袭击，但依然枝繁叶茂、浓荫蔽日，在茫茫丛林中昂首挺立，直入云霄。村民们对这两株“杉树王”崇敬有加，悉心保护，“杉树王”也世世代代守护着当地村民。

等我们下山回到村子，已是夜幕降临，我们选择了一家装修别致、充满格调的民宿。老板娘笑脸盈盈地接待了我们，她用最朴实的方式，向我们展示了村民的热情好客和淳朴勤劳。民宿被细心的老板娘打理得细腻温暖，有“家”的感觉。餐桌上的菜肴都是用最原生态的食材和最简单的烹饪方式所做，野生泥鳅虽然个头不大，但鲜嫩可口，还有肉质鲜美的土猪肉，配上老板娘亲手制作的石磨豆腐，味道真是让人念念不忘。饭后，老板娘为我们沏上一壶清茶，给我们讲述了月山村村名的由来和广为传颂的关于“如龙与来凤”两座廊桥的绝美浪漫的爱情故事。在老板娘有声有色的介绍中，我们对月山村又有了更深入的了解。

夜幕降临，华灯初上，月山村的夜景更是美不胜收，多了几分浪漫和柔美。沉浸式夜游月山，更是别有一番风味。在色彩斑斓的霓虹装点下的如龙桥，显得婀娜多姿，和倒映在水中的廊桥浑然一体，流光溢彩，甚是好看。

次日清晨，我和同伴们还相约登高远望，爬上眺望村子的绝佳地点，整个月山村尽收眼底。正如民宿老板娘所说，月山村后山形如半月，村前溪水曲似银钩，村庄坐落其间，如同一轮圆月。在微风徐徐中，我们亲身感受了“半月烟居半月山，松篁荫翳抱东环”的意境，真是不虚此行。山环水绕的月山村就好像是疲惫于凡尘俗世的旅人最后的故乡。

山水之乐，得之于心。月山村是一个适合放慢脚步的地方。若你有

空，不妨去领略一下月山村峰峦隽秀、溪河婉流的自然风光，感受热情善良、勤劳朴实的家风民风；去廊桥上，透过几何窗欣赏如画般的美景；还可以目睹引人入胜的“冰臼”奇观，仰望高耸入云的“杉树王”。这些都一定会让你心旷神怡、流连忘返。而月山村岂能只用一个“美”字形容，在风光无限好的村子里走走停停，嗅着自然的气息，听着虫鸣的声音，寻找一份闲适与宁静，不问尘世，不想繁华，净化心灵，何尝不是一件幸福的事情呢？

国宝如龙桥

吴采芬

在中国廊桥史上，单孔跨度最大、历史最悠久的廊桥都在庆元。据光绪三年《庆元县志》记载，庆元共有廊桥 230 余座。目前，庆元有 130 多座廊桥，至今还保存着 93 座古廊桥，其中有一座是全国迄今有确切纪年、现存寿命最长的木拱廊桥，这就是位于举水乡月山村的如龙桥。

满山翠竹勾画出一个半月形，“半月”的两端各有一座廊桥。一座是如龙桥，另一座是来凤桥。据说修这两座桥是为了纪念一对恩爱的夫妻。如龙桥因其与后山山脊的古松隐约相连，桥似龙首下倾而得名。

如龙桥横跨于举溪之上，呈南北走向。关于如龙桥的修建时间，直到现在还是个谜。如龙桥的中心随梁脊枋上刻有“明天启五年岁在乙丑四月十二日乙丑谷良旦吴门重新修造”的字样，据此推算，该桥至少有 400 年的历史。

远观如龙桥，殿檐斗拱、飞檐翘角，气势非凡。这是一座真正的木

拱廊桥，以神龛为中心，基本呈对称分布。如龙桥全长 28.2 米，净跨 19.5 米，拱高 6.8 米，宽约 5 米，有廊屋 9 间。桥的两边建有楼阁，中间设神龛，神龛的正上方有一块红底镶金字的匾额。每个行人到此都会驻足观看，细细品味。匾额上的“如龙桥”三字俊逸洒脱、极富灵性，相传是月山七岁神童吴之球书写的，这更为如龙桥增添了几分神秘的色彩。

如龙桥是众多廊桥中最具代表性的，拥有“三绝”。

第一绝是“结构巧”。

如龙桥在技术上，其木拱架形式与北宋《清明上河图》中所表现的汴水虹桥相似。廊桥整体无一钉一铆，通过榫卯结构连接。第一个受力系统由三根苗木拼成拱形，叫“三节苗”；第二个受力系统以“三节苗”为支撑，通过穿插别压，构建出“五节苗”，并与“三节苗”编制在一起，共同承受重力。为防止拱架侧斜，再用八根苗木形成 4 个“X”形的“剪刀苗”，最后用“青蛙腿”组合成一个稳固的三角结构，加强桥板木料受力。至此，木拱结构基本形成。

我们不禁感慨祖先的智慧，在好几百年前他们就利用力学原理，用小构件科学地解决了大幅度拱跨受力的难题。

第二绝是“寿命长”。

这是一座来自明朝的国宝级廊桥，是什么让这座桥历经四个世纪依然“骨骼硬朗”？这得从桥面的铺设说起。当桥拱架搭建完工后，桥面的铺设非常讲究：先铺设一层箬叶，再铺木炭，砂石料、小鹅卵石和大鹅卵石。箬叶起到阻隔水蒸气到达桥面的作用，木炭起到吸附水分的功能。这种防腐防潮的科学设计，创造了庆元廊桥的奇迹。如龙桥在历史上曾有记载的修整是在明天启五年（1625 年）和民国八年（1919 年），但都是局部维修。

第三绝是“工艺精”。

廊桥全部建有廊屋，既保护了木质主体结构，又可作为来往行人歇脚和躲避风雨之所，甚至成为村民提篮小卖的集市。廊屋中间作为通道，两侧设有桥凳，过往行人既可歇息，也可倚栏眺望，这可谓一座美观又实用的古代桥梁。如龙桥集楼、亭、阁于一体，如意斗拱层层叠加，像一朵朵盛开的莲花。屋面上雕刻着许多栩栩如生的镂空图形，如扇形、桃形、花形、瓶形……合抱粗的立柱上朱漆隐约可见，厚实的木板使你每走一步都有浑厚的回音。

如龙桥结构复杂，功能完备。此桥在建筑风格上具有宋代遗风，有较高的历史、艺术和科学考察价值。1997 年，如龙桥被公布为浙江省省级文物保护单位；2001 年，如龙桥被公布为第五批全国重点文物保护单位。2012 年，“闽浙木拱廊桥——如龙桥”正式被列入《中国世界文化遗产预备名单》。

如龙桥无疑找到了它理想中的宝地。它横跨碧波闪闪的举溪，面对万顷良田，背靠农家院舍，左边是松林组成的龙山龙头，恰似巨龙向它俯首称臣，右边是两株百年柳杉与它相依相伴。附近还有雕龙刻凤的古庙和书声琅琅的校园。白天，如龙桥可看晓岚雾霭、青山翠竹；夜晚，可枕清风明月、松涛阵阵。在深山清幽之所，在绿树掩映之间，桥下碧水潺潺、深潭如镜，如龙桥如长虹卧波，又似蛟龙出水，与月山村相映成趣，共同构成了一幅美的画卷。

四个世纪的风雨洗礼，如龙桥目睹了多少兴衰沉浮、荣辱变迁。如今，在庆元的山村之间还遍布着近百座古老的廊桥，其中，包括如龙桥在内，有 11 座被列入全国重点文物保护单位。她们不仅是我们先民劳动智慧的结晶，更是庆元自然与人文的高度融合。廊桥已成为庆元对外文化交流的金名片。

那年，那半月亮山

刘婉娴

甘肃有个月牙泉，浙江有个月山村。

第一次听说月山村是在上高中的时候。那时候，听老师上课讲到，也听亲朋好友闲暇时说起，月山村的乡村春晚不仅入选了教材《高中语文读本：必修一》，还走进了中央电视台的《新闻联播》。

在那个智能手机没有普及、自媒体没有涌现的年代，得知庆元这样一个“十八线”小县城有个村子如此“声名远播”，我觉得十分惊奇，一直想去月山村玩一玩。虽然我是一个土生土长的庆元人，可是月山村我是在工作后成为一名基层干部时才实地去的。

参加工作以后，第一次去月山村，是妈妈和她朋友相约游玩时带上我去的。2014 年 10 月，这个时间一直铭记在我心里。那时候正值国庆假期，因为看不了春晚，我们便决定开车到村里后，爬上山去看看那片半月形的竹林。

一路奔波后，我们来到了月山村的举溪边，路过乡卫生院，沿着旁边那条上山的路往上走。这条路连接着一条古道，我们走到山腰的望月亭，就在那里歇息了一会儿，吃些零食水果，说些笑话解闷。阳光透过淡薄的云层，照耀着翠绿的山，反射出金绿的光芒，闪耀得人眼睛发花，犹如踏入了蓬莱幻境。

继续往上走，我们终于到了俯瞰月山村最好的地方。我们清楚地看到，月山村后山遍山毛竹，形状宛如半月。在金秋的绝美光线下，就像一块半月形的绿翡翠。袅袅炊烟，群山环翠，举溪潆洄，恬淡的田园风光让人流连忘返。运动后吹着山风，赏此美景，真是心旷神怡。

后来，我有了很多次去月山的机会，每次都有不一样的感觉。碰上有重大活动，月山村长街上一定会摆“百桌宴”，宴请四方来宾。平时吃惯了城里各种调味料相加的重口味餐饮后，吃上一口用最朴实的烹调方式烧出的炖肉，品尝到儿时在乡下吃过的柴火香，久久回味。曾经认为的土味的百家宴，现在却成了找回纯真味觉的美味。在过去，百家宴是对过去一年风调雨顺的感恩，同时也期盼来年家业兴旺。

在吃过淳朴美味的百家宴后，看月山春晚，倍感亲切。有一回看春晚的一个小品，讲的是外出工作的庆元青年春节回乡的故事，结束后主持人的点评是：“建设家乡庆元，是我们每一个年轻人的责任。”这句话给了当时的我很大的触动，也令我备受鼓舞。好的作品，要映射现实生活，传播正能量。

多年以后，月山村的美丽蜕变让我更加喜爱这个“山环水秀一桃源”。而在我心中，最爱的，依然是那年的那半月亮山。

那山，那水，那古道

吴思森

举水乡漈根自然村，隶属于月山村。坐落于离月山村以北两公里远的山脚下，以岩漈之麓而得名，与“举溪八景”之一的虎胜奇岩相望。对面山上蜿蜒盘绕着的“回头弯”公路，犹如嫦娥衣袂飘飘的长袖，飘落在举水乡月山村入口，每转一个弯，回一次头，都仿佛在回望月山的山和水。

通向虎胜奇岩景点的路上，岩下庵的石岭旁，静卧着鹅卵岩。村里的老人说，这鹅卵岩是因为忖忖乌帮助农妇讨回鹅卵而得名的。话说有一天，忖忖乌刚走出月山村，就碰到一名哭泣的农妇，她说自己明明付了 10 个鹅卵的钱，卖鹅卵的人却只给了她 5 个。忖忖乌安慰了农妇后，追上已经走出一二里路的卖鹅卵人，略施小计，将鹅卵全放在一块大石头上，卖鹅卵人伸出双臂围在这石头上，动弹不得。忖忖乌挑来挑去，挑了 5 个大鹅卵，说：“你卖鹅卵欺人，我帮你去还鹅卵啰！”说完扬长而去。鹅卵岩便由此得名。

漈根村门口隐约可见一条石砌古道，通向细排、梓树岭，穿过梓树亭，半边亭、洋溪亭、山交际亭、浪荡湾，过去是石灰队翻山越岭通往大山外的五大堡的要道。这古道是先民出门挑担、背木料板、挑杉木去卖，返回时挑盐、挑化肥等生活物资的重要通道。

漈根村背靠着的是怪石嶙峋、奇峰峭壁的大山。在这奇异险峻的崖壁上，长着一种岩菇。岩菇具有很好的润肺、化痰、止咳的作用，除此之外还有健脾益气的功效。每当听到有采岩菇经验的老人说，每隔几年到此采菇，多则二十来斤，少则四五斤时，我们不禁感叹这神奇秘境的馈赠。然而，这样的神奇秘境也只能是他们这些身怀“绝技”的人专享。常人没有悬崖峭壁溜索的经验，难以觅得。

那悬崖之上汇流而下、注入漈坑的山泉水，是月山饮用水之源。饮上这清澈、甘冽的山泉水，品尝来自大山深处的清新味道。这水之灵动，哺育着月山人的灵气，滋润着举水人的澎湃豪情。

上淤过溪的碇步桥，可通往以山羊大门山峰为主的大山，那里有几千公顷的山林，延绵不断，周边乡邻农民，已习惯在夏至时节，把给农家耕完地的牛儿送到那去休养、长膘。那里可容纳几十甚至上百头牛度夏。到了冬至时节，他们再到山中把牛寻回。

大山广阔无垠，高山草甸植被茂盛，隐藏着久负盛名而少有人探秘的鸳鸯井。偌大深幽而清冽的井面上，常有成群的鸳鸯、野鸭、白鹇等珍稀物种在此繁衍生息。井边上，几头膘肥体壮的牛儿在此饮水。水面荡漾的涟漪中，闪现着参天大树的倒影，呈现出一幅动物与自然和谐共生的多彩画卷。

山羊大门尖主峰周围，延绵着一望无际的几千公顷林地，其间盛产牛肝菌、山茶菇、苦菇，灰头鹅菇等野生菌菇。每年芦苇花开、稻谷扬花之际，村民们便背着竹篓，在大山中穿梭，有条不紊地各自奔赴着自己所知的领地，寻找大自然年复一年的馈赠。

第三辑

读书光荣

从逢源书院到乡贤助学

在逢源书院的琅琅书声中，在民间助学小组的声声劝勉里，在国家『万人计划』领军人才吴善东『立鸿鹄之志，怀桑梓之念』的殷切期望中，我们看到了举水人『诗礼传家，注重教育』的传承，看到了乡土中国知识精英的家国情怀。

从豹隐书屋到逢源书院

卢朝升

一、泰伯世裔辗转入松源

在庆元大约 20 万人口中，吴姓几乎占据三分之一，而这 6 万多吴姓人口，都来自一个共同的祖先——吴祎。他不仅是松源山区的拓荒者，更是庆元文化的播种者。在庆元历代 32 名进士中，吴氏一族占比超过四分之三，而作为主导产业的庆元香菇产业，其开拓者便是吴三公。

吴氏的先祖最早可追溯到吴泰伯。《论语》中有言："子曰：'泰伯，其可谓至德也已矣。三以天下让，民无得而称焉。'"

吴泰伯乃周太王公亶父之长子，为了让小弟季历继位，几次让位，最终遁逃至南方荆蛮之地，于苏州一带建立吴国，成为江南文明的奠基者。

其后至吴季札一代，定居于延陵（今江苏常州一带），遂以延陵为郡望。至唐代，吴畬（719—784）承袭“让”的传统，因“累征不仕，朝廷高其风节，赐号‘文简’先生”。现今月山村的吴文简祠前，镌刻有“延陵望族　三让世家”八个大字，其来历便源于此。吴畬被尊为庆元吴氏第一代世祖。

吴畬之孙吴祎（768—836），以明经登咸通进士第。元和六年（811年），奉父吴佖之命，先从会稽山阴迁至括苍芝田白岩村（今青田县白岩村），因“群盗蜂起”，次年又徙居永嘉郡安固县之库村（今泰顺县库村）。元和十年（815年），双亲亡故，吴祎遂至龙泉松源一带寻觅卜居之所，见此地“一片松林畅茂，两河溪水长流”，遂于长庆二年（822年），来到了松源上仓（今庆元县城）定居。而吴祎之堂兄吴祛及其父吴伋，则依旧留在库村。为便于后人追本溯源，吴祎自撰《吴氏肇基松源记》，其中有云：“虽分两地，如同一家；传家诗礼，世世相承。”如今泰顺县库村有一吴宅村，应为吴祛之后裔所居。

吴祎出身阀阅世家，何以舍弃繁华的绍兴，先至偏僻的青田白岩，后又辗转至更为偏远的泰顺、庆元？其中缘由，已无从知晓。或许他们能够洞察先机，对即将到来的乱世有着超乎常人的预见能力。也许他们的血液中流淌着祖上“让”与“隐”的基因，懂得在繁华之时急流勇退。他们来到庆元时，已是一个官宦世家，因此，在带来较为先进的生产方式的同时，也播撒下了诗礼传家的文化火种。

孔子有云：“危邦不入，乱邦不居。天下有道则见，无道则隐。”及至后来，黄巢起义、刘汉宏叛唐、董昌之乱相继爆发，江浙一带战火连绵、生灵涂炭，人们方才惊觉吴祎之远见卓识。

无论是“让”还是“隐”，不仅是一种处世之道，更是一种处世之智慧。

二、崇煦开基豹隐立大济

北宋景德三年（1006年），原住松源的吴崇煦经高人指点，在离县城5里的天马山南麓，找到了一个叫“樛垟源”的地方，这里便是传说中的风水宝地。此地生长着一片茂盛的樛木林，樛木也称栝树，可能就是后来所称的“福建柏”。据说百山祖斋郎村现在还有一棵古树遗存。当时栝树是处州的优势树种，所以处州也曾被称为栝州，云和之地则古称樛林。吴崇煦于是从闹市迁到一山之隔的山坳定居，并将此地改名为“大济”，寓意通过崇学明德，实现经世济民之宏愿。

新居落成后，吴崇煦便在附近竹坑溪北（据说即今机关幼儿园所在地）建了一所“豹隐洞书屋”，供族人学子研习儒学，并从京城延请名师教授其四子科考文章。

“豹隐”比喻隐居伏处，爱惜自身。《列女传》中有“豹隐南山”的典故：南山有一种黑色的豹，为了等待自己的身上长出花纹，能在连续七日的雾雨天气里不吃东西，以躲避天敌。而“君子豹变”，就是指通过修身成为文质彬彬的君子的过程。

功夫不负有心人，经过十几年的努力，吴崇煦的长子吴瀫于天圣二年（1024年）中甲子科进士，这也是松源境内的第一名进士。10年后，次子吴轂又于景祐元年（1034年）中甲戌科进士，一时名震乡里。大济村现在尚有“双门桥”，便是为他们兄弟所立的廊桥式牌坊。

大济村于是由隐而显，从此开启了作为“进士村”的文运勃兴时期。吴桓、吴庸、吴淇……大山深处捷报频传，大济村吴氏仅在两宋时期就出了20多名进士，成为远近闻名的“进士村”，官宦如过江之鲫，门庭簪缨攒动。

今天我们走进已处县城一隅的大济村，还可以看到气势恢宏且保存

完好的两座吴氏宗祠、砖石铺就的金鳌街、卢福神庙和数十幢明清古民居，它们宣示着这里曾经的名门望族之辉煌。

大济古村还留存着与“隐”字密切相关的神秘文物。在多幢古民居地底下，隐藏着纵横交错的古地道，目前已发现有7个出入口，其中的奥妙尚有待进一步发掘。庆元地处浙闽边界，土匪山寇时有侵扰，建设如此复杂的工事也是为了防患于未然。

大济村历代均办有书院义塾，其浓厚文风一直延续到清末民初。如建于明万历元年（1573年）的“济川社学”，明代吴倖公创建的“文昌阁”及文昌书院等，而最负盛名的当属“日涉书院”。

日涉书院原名“日涉园”，本是族人吴王眷为了“娱老”而构建的一处庭院式建筑。吴王眷（1606—1671），字斯孚，号天玉，十七岁入庠序，次年即为廪生，是个风流倜傥的少年。杭州知府稽宗孟撰的《外翰吴天玉先生传》形容他“年弱冠，丰神俊美，多惜玉怜香之感……负钟情名于倚玉偎香中”。其祖父吴倖曾任琼州通判，是为官宦世家。明崇祯十三年（1640年），其父吴南明任湖北黄冈县丞，次年流寇作乱，吴南明被俘，因不屈服而被削左耳、砍右手。吴王眷得知消息后，冒着生命危险赴湖北千里寻亲，费尽周折找到伤残的父亲，接回家后就在大济建了日涉园，以侍奉老父亲安享晚年。遗憾的是，此园建成两年后其父即亡故。于是，日涉园就成了吴王眷自己待客的场所。明清交替之际，庆元也难免战乱，吴王眷只好躲避山中。顺治十四年（1657年），他主动请缨平定了九台山匪患，然后重修日涉园，将其作为课子弟的场所。康熙五年（1666年），吴王眷任乐清司训。康熙七年（1668年），他退休回乡养老。

“日涉园”名称取自陶渊明的《归去来兮辞》：“园日涉以成趣，门虽设而常关。策扶老以流憩，时矫首而遐观。”

这应是当时庆邑最精致的建筑，所以文人雅士、达官显贵到庆元，都乐于到此一游。这就成了“集故旧”的场所，同时，将此作为课徒讲学的所在，它就成了一所事实上的书院。

时有处州知府周茂源，于顺治十四年（1657 年）夏，“五马双幡，单骑来庆”，经友人张康明推荐而游日涉园，惊叹于园中布局之精妙、建筑之雅致，秉烛写下了一篇《日涉园记》。透过此文，我们能窥见当时的盛景：“经窅水边，门无喧市。唯是溪光树色相引而入。中开‘森玉堂’，堂丽而华。面方池，枕长河。架插牙签，壁挂丝桐。读书室矗如蜂房。”

文中还分别描述了蜃影阁、评泉处、嬾是堂、问天楼、听兰轩、与稽、呼月等建筑和景点。取名“与稽”显示了主人的深厚学养。

顾炎武在《与友人书》中有云：“不幸而在穷僻之域，无车马之资，犹当博学审问，古人与稽，以求其是非之所在，庶几可得十之五六。”意思是虽然地处偏僻，却可以与古人相会切磋于典籍，照样能求学问道。这就是读书的魅力，能突破时空限制，与有趣的灵魂对话。

康熙六年（1667 年）的夏天，日涉园迎来了一位学术大咖——陆陇其，日涉书院顿时蓬荜生辉。

这年春天是京城会试期，志在必得的陆陇其却榜上无名。为了排遣心中郁闷，他就应庆元知县程维伊之邀，到浙南闽北一带游学。去年秋，37 岁的陆陇其参加乡试，中第九名，而庆元知县程维伊恰为考官，对陆大为赞赏，所以对陆有知遇之恩。陆陇其“逾仙霞岭、历浦城、至清河”，辗转来到庆元，拜访了程维伊后就憩宿于日涉园。其时，族人吴运光在日涉园中设帐讲学，两人一见如故，都深为对方的学识而折服，于是诗文唱和，成了学友。陆陇其自然也少不了登坛讲学，直到九月份才依依不舍地离庆北归。

陆陇其（1630—1692），原名龙其，因避讳改名陇其，字稼书，浙江平湖人。康熙九年（1670年）进士，学者称其为“当湖先生”。他是朱子理学的忠实拥趸，被称为清代“醇儒第一”。历官江南嘉定、直隶灵寿知县、四川道监察御史等，其守贫力行比朱熹有过之而无不及，离任时只带几卷书及妻子的一架织机，被誉为“天下第一清官”。乾隆元年（1736年），追谥为“清献”，从祀孔庙。著有《松阳讲义》等。

据说早年，大济村民尚藏有陆先生为学生评改文章的墨迹。在大济村“中宅吴氏宗祠”大厅两壁上，挂的是陆陇其书写的方孝孺所作的《父子箴》《兄弟箴》《夫妇箴》《朋友箴》“四箴”，直至“文革”时被毁于火。

1940年10月，抗日烽火已燃及浙江。孔子第74世孙、孔氏南宗74代奉祀官孔繁豪，恭护子贡手雕楷木孔子夫妇圣像来到大济，安顿于慎修堂。为了保护孔氏南宗家庙的镇庙之宝，孔繁豪避隐于此长达4年时间。1944年10月12日，孔繁豪因病去世，后就葬在大济仙宫山上。直到抗战胜利，衢州孔氏南宗家庙才迎回圣像。大济再次发挥了保存文化火种的重要作用。

三、隐于举水后起又逢源

相比庆元隐藏于浙西南的崇山峻岭之中，大济隐藏于天马山麓，距庆元县城57公里的月山村，才是真正储存文化的“诺亚方舟”。

月山村近年来声名鹊起，因为它是中国乡村春晚的发源地。1981年春节，改革开放为祖国大地吹来一股新风，万物苏醒。在村民吴绍利的家中，几件简单的乐器和几声质朴的歌声引来了村民的围观，人们竞相表演节目。从此，村民们每年自编自演、自娱自乐，办一场联欢晚会，2010 年居然获得文化部的“群星奖”。近年来，各级媒体争相报道，到现在，月山村已成为丽水的一张金名片。

我曾多次探访月山，每次都被这神奇的风水宝地所折服，每次都有新的发现和收获。村后的竹山是翠绿的半月形，村前的举水围出如舟的村庄，竹山与灰瓦组成了一轮满月或一幅阴阳图。清康熙元年（1662 年），处州知府孙大儒到此，赞叹此地真乃“山环水抱一桃源”。

而这么好的风水宝地，竟是由千年前的一对孤儿寡母所发现的。

这里原本叫作东庄，宋景德元年（1004 年），原住松源的李氏，因丈夫吴伉不幸病故，便带着幼子吴诩来到偏远的东庄搭寮开荒，生活过得异常艰苦。某日，李氏遇高人指点，得知月山为风水宝地。后来，她的孙子吴翊中熙宁六年（1073 年）癸丑科进士，官拜池州通判，此后家族日盛，瓜瓞延绵，村前的小溪遂名举溪或举水。

地以人名，人因地显。月山村自古就有月山晚翠、云泉晓钟、龙凤两桥、文奎高阁、宝塔东耸、银屏西峙、龙湫灵液、虎胜奇岩这“举溪八景”。这里更有全国重点文物保护单位吴文简祠和如龙桥，村前短短二里长的举溪上，从村头到村尾分布着形制各异的 5 座古廊桥：来凤桥、白云桥、如龙桥、秆坑桥和步蟾桥。另外，村附近还有第四纪古冰川遗迹冰臼奇观、杉树王、鸳鸯井等，所以这个村成了一个远近闻名的国家 AAA 级旅游景区，也是全国特色景观旅游名村。

迁到月山的吴氏一族，谨记“耕读传家”的祖训，历代均有科名登第，代有达官仕者。村中央的街道两旁，密密地挂着村里先贤名宦的画像，所谓“庆邑之冠冕”，名不虚传。

翻开《吴氏宗谱》，尘封于千年历史的 200 多位学博行高的隐者或仕宦跃然纸上。其中，“吴八公”是一名传奇式的人物。

吴八公，名叫吴懋修，他的父亲吴希点曾任福建连城和广东惠来知县。崇祯十七年（1644 年），皇帝朱由检上吊于煤山那棵歪脖子树上，不愿当亡国奴的吴懋修前往福建投奔鲁王，任兵部司务。反清复明斗争屡遭失败，尤其是胞弟懋庄及其儿子，与本乡吴任之遇战并血洒战场，知道明朝大势已去，不必再为一个死去的政权而同胞相残，便解散了部众，只身回到故里，教育后进、著书立说，过起了隐者的生活。

这就是当进则进，不可则止。吴懋修深受族人尊敬，因此大家称他为“八老爷”。他的主要著述有《寒溪集》《荣木集》《逸民传》等 10 余种，传世的尚存《举溪记》《重建延陵祠记》《文明塔记》等。

关于吴八公的事迹，地方志和族谱所载大都十分简略。在大兴文字狱的清朝政权下，记载一名反清复明的志士是有危险的。吴式求老师的先父、曾主持民国《庆元县志》编纂工作的吴钟祥先生，在《消昬录》中有一篇《绅八公传》，掇录了关于吴八公的片鳞半爪。

据《吴氏宗谱》所存吴懋修撰的《举溪记》，明末月山村供族人弟子读书的地方有“石狮堂”和“云泉寺”两处：

“新建梅花桥，一倚大王洞，一倚石狮堂。溪中有石如狮，余昔同兄肄业于此。崇祯元年镌‘中流砥柱’四字。狮下两山一名梅花岭，新构荐元塔。……由梅树坪亦架小木为甘谷桥，缘径而入，泉壑映蔚，窈豁可晋。忽见榱桷峻起，则云泉寺也。……间有静室，子弟读书其处，书声梵声同归于静。”

2019 年 11 月 6 日，应丽水学院徐龙年教授之约，我再次游览月山。在出生于月山村的《丽水日报》记者吴雪梅的带领下，我登上了立于梅花岭上的荐元塔。此塔为吴懋修带领族人于康熙元年（1662 年）建造，也名“文明塔”。它是一座七层阁楼式建筑，咸丰五年（1855 年）遭雷击，塔顶二层被毁。如今，尚存五层的砖砌塔身，木构件已全无。它是庆元县现存最古老的塔了。

吴文简祠也是在吴懋修的倡导协调下，宗族合力重建的。经过一个生肖的轮回，终于在康熙五年（1666 年）落成竣工，“是年十一月十九日，阖族斋戒迎祖入祠，一时观者如堵”。当时该祠也称“延陵祠”。

吴懋修为家乡的“举溪八景”各写了一首诗，其中《文奎高阁》一诗中已提到“逢源书院”：

杰构巍峨一壮观，逢源书院偶凭栏。
云飞嶂岫连天碧，阁聚星光带月寒。
壁诏遥通胶庠水，藜光远映紫微坛。
文缠牛斗奎还拱，秀毓英贤佩玉珊。

逢源书院的具体始建年月已难考证，很有可能是在完成修建宗祠的大业后，也是在吴八公的倡议下，于与文昌阁隔水相对的地方所建，作为族人子弟修业之所。据《吴氏宗谱》里的月山村古图，如龙桥头还有“义舍”的标注，很有可能是书院同时兼具“义舍”的功能。

因为有逢源书院，清代月山村依然是芸窗相继、簪缨如鲤之地。比如，7 岁就工书法，在如龙桥留有匾额的“神童”吴之球；“秉质聪明，历试优等，乾隆庚寅年岁科进士，设帐乡里，俊秀多出其门”的吴象丰；“品端学优，蜚声庠序，文章大雅，望重千秋”的嘉庆十九年（1814）甲戌科进士吴登瀛；“宅心纯良，奋志芸窗，冠军入泮，专攻举业，广教育而成名者甚众”的吴珣；出身书香世家，幼时就读逢源书院，晚年带头发动乡绅创办逢源高等小学，还捐出良田 13 余亩用于办学，知县王寿颐赠匾“德隆垂裕”的吴怀德……

翻开吴德生老师所编的《月山毓秀》一书，就像在看一部吴氏书礼

传家的长卷。然而，书中记载的 160 多位历代处士名宦，也只是吴氏一族辉煌历史的冰山一角。逢源书院虽然已于百年前改为新式学堂，但其文脉并未中断。如今，族人中有识者欲将逢源书院恢复起来，若能成之，则功莫大焉。

庆元最早的一所小学

■ 蔡建年

在封建社会里，读书人未进学时，一般都在私塾念书，直至清朝末年才办起了公立学校。

庆元县最早的一所小学，叫逢源高级小学，成立于1911年，隶属于庆元县教育委员会。“逢源”即今之举水，清代称逢源里，民国初设逢源镇。《庆元县志》记载，逢源高级小学由吴怀德创办。吴怀德，国学生（清监生），擅长理财，富甲东乡，生平乐善好施，热心公益事业。光绪二十六年（1900年），庆元知县王寿颐曾赠其“德隆垂裕”匾额。为兴办小学，吴怀德独力捐助常年租石二百把（每把约折谷十六斤），价值当时银洋一千元，作为学校经费。逢源高级小学校址设于举水文昌阁（现为举水学校宿舍），首任校长是举水耆绅吴珣。吴珣号“嘎啦公”，一向热心教育事业，民国初曾获浙江省省长颁发的三等嘉禾章，民国十一年（1922年）当选庆元县第二届参议会议员。

逢源高级小学设有3个班，有教师4人，学生100多人，主要来自

举水、东溪、荷地等地。学校为远地学生提供膳宿。课程开设有国文、算术、地理、历史、修身、体操六科。教师待遇低，每人每月仅支稻谷120斤。

1922年，逢源镇改为举水区，学校增设初级班，改称举水区立中心国民学校，校长仍由吴珣担任。学校规模有所扩大，当时庆元县政府还将举水庵堂的租石抽出9000多斤作为该校教育经费。中华人民共和国成立后，学校改名为举水乡中心小学，后又改名为举水公社学校，1983年改为举水乡中心学校。据举水老人回忆，当年这所庆元最早的小学的教师热爱教育，治学严谨，曾培养了不少人才。

寻找40多年前的助学小组

吴雪梅

40 多年前，我父亲和一群响应“助学热”的人为了月山尽快培养出大学生，自发成立了民间助学小组。他们在大年初二敲着快板，到家家户户拜年、筹款……遗憾的是，那时候我尚年幼，记忆里只有一些零碎的场景。

2023 年 8 月，在搬家整理父亲的遗物时，我找到了他手写的《助学小组决定书》《奖励办法》等文件，以及一份有缺页的《教育简报》（后来在庆元县档案局找到了原件）。这份简报是 1983 年 3 月 11 日由庆元县教育局编发的，比较详细地介绍了创建月山大队民间助学小组的经过，以及附有资金管理成员名单。同年 9 月，我特意回到家乡月山，访问了名单中仍生活在村里的 4 名成员。幸运的是，助学小组最早发起人之一的吴信，还保留着当年的手写资料，并回忆起了很多细节。

一

我的父亲吴绍利，生于1945年，生前是举水卫生所医生，出身中医世家并致力于中草药研究。1979年3月5日至11日，父亲与全省2000多名科技、教育和卫生领域的科研人员一起齐聚杭州，参加浙江省科学大会。会上，听了童第周、华罗庚、苏步青等人的报告后，父亲深深地感受到了时代的变化——科技、文化的春天来了。他内心受到极大震撼与鼓舞，在笔记本上写下："敢于创新，不断前进。在于速度，加倍赶超。埋头苦干，不说空话"的誓言。

回到家乡后，父亲对中草药的研究投入了更多的精力，对我们学习上的要求也更高了。他常常感慨：历史上人才辈出的"书香之地"月山，现在竟盛行读书无用论，学校里"流生"不断……父亲只要有机会，就跟大家聊教育，共同探讨如何振兴月山文化和教育事业。

"你爸爸见多识广点子多，当时他大胆地提出一个设想：当务之急是尽快组建民间助学小组，为月山培养出第一代大学生而奋斗！要认真制定各项规章制度及奖励办法，积极筹款，逐步实施……"在月山村环月街4号农家小院，我见到了已经78岁的吴信，他回忆起1981年春节时我父亲说的话，仍历历在目。

1981年，改革开放的春风，终于徐徐地吹进了地处浙闽边界莽莽群山中的月山。这一年，我家举办了"家庭春节联欢会"；这一年，月山大队分田到户；这一年，举水公社建立了文化中心站。眼看着以前想都不敢想的事情，都变成了现实。吴信、吴望朋、吴绍统、吴友达和我父亲等"文化人"助学兴教的热情被点燃。他们的认识越来越清晰：助学小组要以振兴家乡的文化教育为己任，以从"读书无用"转变到"读书光荣"为路径，以培养出第一代大学生为目标。

96岁高龄的吴友达，依稀记得一些片段，他缓缓地说："你爸爸来找我，我去邀了吴亮全等人，再后来，越来越多的人参与进来。拜年筹款那天，我们到吴兰家，她丈夫不在家，没想到，她立马拿出10块钱，我记忆特别深刻。"

"你爸爸他最擅长的是点火，一点起来，那就是火烧山！"吴择仁回望当初的助学行动，遥望着银屏山，将这些话一遍遍地反复说。今年77岁的他身体欠佳。他总结得十分美妙："1981年是口口相传的星星之火，到1982年，就变成熊熊燃烧的大山火了！"

二

1982年的举水公社月山大队，有1400多人口，14个生产队，294户。这一年，全村人都特别忙，忙的是拥有土地使用权后的幸福栽种。

"但忙碌的我们还是挤出时间，做了大量的走访调查工作。我们5人经常坐到一起，讨论支持办学的措施，起草月山民间助学小组的有关规章制度及奖励措施。"吴信接着说，"我们5人还有一个小小的各自认捐的过程，一共捐了三四百块钱，这是助学小组最初的家当。"

在很长的一段时间里，我父亲他们在村里宣传读书的重要性，发动亲戚朋友捐款助学。虽然进展缓慢，但是他们并没有退缩，反而更加坚定了这是为所当为、责无旁贷之事。

转机就在最困难的时候出现了。他们的努力感动了月山大队领导班子，大队集体捐款500元。"这在当时是一笔巨款，月山民间助学小组也理所当然地更名为月山大队民间助学小组。班子成员从5人增加到7人，增加的人员为大队书记吴木金和会计吴春发。绍利任组长，我和木金书

记任副组长。”微微发胖的吴信想起往事，圆圆的脸上堆满了笑意。

众人拾柴火焰高，7 人小组的力量比 5 人小组更加强大！一切都在朝着好的方向发展。1982 年 8 月，举水公社学校迎来新校长——吴安元，他是一位有着丰富办学经验的优秀校长，还汇集了一批师范类学校毕业的优秀教师，如邓求云、陈观喜等。吴校长说，学校缺课桌凳，助学小组成员便分头发动群众，向学校献出了 8 方多木材，做了 50 多副课桌凳和 9 张乒乓桌。9 月份开学时，吴友达、吴绍统用自己的钱买了 50 支圆珠笔送给学校；我父亲和吴木金代表助学小组去学校找毕业班任课教师谈话，希望他们带领毕业班努力奋斗，来年能有学生考上庆元中学。

时间很快到了 1983 年 2 月，由我父亲起草，并先后征求了几十名群众、大队主要干部、举水公社学校校长和公社党委正副书记意见的《关于建立月山大队民间助学小组的决定》正式抄贴公示。

2 月 8 日晚，大队放电影时，我父亲就决定借此机会向广大群众宣讲、说明，群众热烈鼓掌表示支持。

2 月 9 日晚，召开了有月山大队干部、在外地工作的青年、留校教师、部分家长和公社分管教育的负责同志共 42 人参加的会议。会议推荐选举了 9 名助学小组资金管理（监督使用支出）人员，他们是：吴绍利、吴信、吴望朋、吴友达、吴绍统、吴择仁、张翅、吴守权、吴安文。我父亲任组长，张翅任经费专管员。全体到会人员当场积极捐款，吴木金、吴择仁、吴友达、张翅、吴新、吴如云等各捐 20 元，大队长吴德生捐 19 元，公社党委委员吴宏勤捐 7 元，党委书记吴岩祥托人捐 10 元，现场共筹得捐款 342 元。寒假留校教师也积极要求捐款，但助学小组婉拒了他们的好意。“老师们为我们辛勤地培养人才，我们已非常感激，不应再让老师捐款。”吴信回忆起助学小组当初的决定。

三

参与是最有效的办法。为了让家家户户都重视教育、转变观念，也为了募集到更多的助学款，助学小组决定在即将到来的春节开展“新春联欢暨拜年筹款活动”。

1983年2月13日（正月初一）下午，助学小组在大会堂门楼活动室，召集了月山大队的几名文艺骨干，进行了一次没有观众的预演，他们用录音机录下了节目以备第二天筹款使用。我父亲和吴信编演的筹款小快板，说明助学的原因、目的、作用；吴友达10岁孙女吴玉燕的凤凰琴弹唱，旨在唤起人们对下一代的培养、对少年的关怀；转业军人吴远谊的独唱《我爱家乡的山和水》，意在激发人们热爱家乡、建设家乡的情感。

在《教育简报》上，我找到了这样的文字：

正月初二日一早，我们拜年筹款开始了。十多名同志手拿拜年牌，提着录音机向人民群众拜年。我们每到一处，都吸引了很多的群众。这件新鲜事，给佳节增添了新的内容。同志们不辞辛苦，从早到晚，拜访了全村的家家户户。当天筹款500多元。

群众性的自愿捐款中，感人的事迹无数。社员吴丙铨一家三口，父亲96岁，母亲85岁，他自己48岁，无子无女。正月初二早晨，他在大桥头贴了一张表白书，上面写着：“奇真奇，现在出了八老爷，八老爷是谁？是本村群众。为举水争光，光闪射到二岁心，震动了无尾竹。无尾竹表心情，无钱借款，捐币壹拾伍元。”（八老爷是举水历史上最有威望的人，为百姓做了不少好事。“二岁”是丙铨同志的别名，无尾竹象征他无子无女）。社员吴永兴，初二一大早碰到助学小组的同志，开口就说为什么不把筹款的事早告诉他，他当即捐了15元。丈夫不在家的女社

员吴兰、吴复荷等各自捐了10元。练全同志一家四人，人人捐款，共计21元。外村来客吴火葱、新媳妇吴夏兰各捐1元。荐坑村的吴远路特地来向我们捐款10元。照田村的胡周已60多岁，也一定要捐1元以表心意。本村木工吴春生捐100元。泥水工吴书进、吴志和各捐50元。14岁的在校学生吴如姿将大人给她过年的钱捐了1元。80岁高龄的退休职工吴时金捐15元。新亭道班工人4人共捐20元。真是户户捐款，人人献钱。

从吴信保存的记录中得知，助学小组前前后后一共筹款1825.9元。

寒假后的新学期开学时，小学没有流生，上年度曾自动停学的学生中有5人重新入学。教师的积极性、事业心增强，开始集体办公，学校狠抓教学质量，培养优秀学生，学生努力学习，形成了你追我赶的尚学风气。

助学小组成员，一有时间，就深入各家各户继续宣讲“读书光荣、知识重要”的道理，询问各家小孩的学习情况。留美博士吴春霞至今还记得，当年我父亲对她小作文的指导。吴美姿一直没忘记我父亲和吴望朋多次到她家鼓励她参加高考。吴信说：“我同他们一样，下地干活碰到人，聊一聊孩子的教育，到邻居家喝杯茶，谈的也还是读书很重要这件事。”

四

功夫不负有心人。1983年夏天，月山出现了恢复高考后的第一名高中中专生吴美姿，当东北水利水电学校的录取通知书寄到时，全村人奔走相告，助学小组敲锣打鼓地把100元奖金、一个热水瓶、一把雨伞送到她家。一时间，这户人家成了全村人学习的榜样，孩子光荣，大人自豪。到吉林省长春市上学的吴美姿还把时髦的交谊舞带回了家乡，村里的年轻人争相学习，交谊舞成了这一时期月山春晚一道亮丽的风景。

同在1983年，举水公社学校为荷地中学初中部和高中部（庆元中学这一年停招农村生源，造成6名达到庆元中学分数线的学生未能进入庆元中学学习）输送了32名优秀学生，这个数字在过去是从来没有过的。助学小组拿出奖学金奖励学校老师，给32名学生买了钢笔，9月份开学时雇了车子，车头上贴着“读书光荣”四个大字，欢送学生上学。

此后，村民即使不盖房子，吃穿差点，也要供孩子上学。村民之间互相比较的，不是谁家富裕，而是谁家的孩子读书更用功。并且，出现了父母全力培养子女，子女个个成才的典型——吴春发家庭、吴光周家庭、吴远洋家庭、吴知付家庭等等。如今，这样的典型家庭越来越多。

当时，让助学小组成员尤为欣慰的是，除了不断考上的初中中专生，1989年，村里终于出现了第一名大学生吴文军，他被苏州城建环保学院（现为苏州科技大学）环境工程专业录取，毕业后分配在宁波工作。

“月山村助学小组成立已7年了，在广大干部群众的支持下，干了一些有益的工作，我们已经达到举水培养出大学生的目标，当时群众所捐献的资金也已发放完了，我们宣告助学小组工作现已结束。具体发奖开支公布如下……”这是1989年8月28日晚，为第一名大学生发奖学金时，我父亲留下的半份讲话稿中的内容。摘下“第一”的吴文军在当天的日记中写道：“各位父老乡亲、老师和领导对我大力鼓舞，殷切之情溢于言表。他日定不负众望，方为正人。”

7年时间，说长很长，说短很短，助学小组打破了“读书无用论”，重建了月山千年来“耕读传家”的传统，让“读书光荣”“知识有用”“读书改变命运”等观念植入人们的脑海。月山学子走出大山接受

高等教育和城市文明，寒暑假回到家乡，和父辈们一样，热衷于公益事业，热爱乡村文化艺术，他们一茬又一茬地志愿服务月山。

一晃 40 多年过去了。今天，上大学和助学行动都已成为平常之事。如今的月山村人才辈出，自 1983 年以来，至少有 400 人通过读书彻底改变了命运。他们中有留美博士、大学教授、部队军官、行政领导、媒体记者、企业家及各行各业的精英。2023 年高考，月山籍学子有多人考上香港大学、浙江大学、香港中文大学、华东师范大学等名校。而最早考上高中中专的吴美姿，她的女儿已经是浙江大学副教授。第一名大学生吴文军的长女在湖北中医药大学就读。从举水乡中心学校走出去的吴善东博士更是成为庆元县首位国家“万人计划”领军人才。2005 年从美国田纳西大学生态系统工程博士毕业的吴春霞，留美工作至今。吴绍华教授，从南京大学被引才回到浙江，现任浙江财经大学土地与城乡发展研究院院长。还有许多分布在全国各地的优秀学子，因文章篇幅所限，无法在此一一列举。

培养人才，月山人举水人代代相传，读书光荣，生生不息。遗憾的是，当初的助学小组成员和热心教育、踊跃捐款的父老乡亲，很多已经离我们远去。

如果他们有知，该是何等的欣慰与喜悦！

助学小组就是好

吴 信

引 言

1983年春节，月山大队民间助学小组向全村民众挨家挨户拜年并筹款助学。当时锣鼓喧天，快板声、歌声阵阵，小山村的这一创举，既让群众度过了一个热热闹闹的喜庆年，又引发了人们对教育的重视和激发了人们对培养下一代的热情。助学小组骨干成员吴信为此创作了两则快板。四十年前的这些快板词，仿佛带着我们穿越回那个高考恢复不久、科教重新被重视的年代，让我们深切感受到那一代人迫切渴望家乡出人才的情怀。

助学小组春节筹款（小快板）

锣鼓响，真热闹，
新春佳节乐陶陶，
今日不是贵客到，
助学小组来拜访。

第一祝贺新年好，
寿比南山活到老，
国泰民安好形势，
幸福生活步步高。

第二前来凑热闹，
问长问短随便道，
移风易俗过新年，
“五讲四美”传家宝。

第三前来筹点款，
多请各位行行好，
同志们，筹款啥用不要误会了，
不是筹来买肥料，
不是修桥和庵堂，
更不是个人取来塞腰包。

各位同志听仔细，

只因为，我们村文化落后了，
解放三十几年来，
为国家输送人才实在少，
常言道，燕子垒窝为后代，
斑竹低头思幼苗，
为人都有亲骨肉，
哪个不为子孙好？

各位同志多帮助，
如今筹款扶幼苗，
辛勤园丁来培养，
试试哪个才学高，
成绩显著得奖励，
具体办法可参考。

今日筹款得自愿，
或多或少不计较，
五日筹款四百多，
看看谁来揭头榜，
等到举水人才出，
加倍感谢众父老。

助学小组就是好（小快板）

合：手敲竹板响，

心里喜洋洋。

甲：联欢晚会上，

乙：我单把助学小组表一场。

甲：银屏山下举水村，

人口一千四百多，

历史悠久山川秀，

书香著称美名扬。

乙：平地一阵寒风起，

十年浩劫是祸殃。

学知识，学文化，

置之度外无人管。

甲：三中全会号角响，

拨乱反正明方向，

实现四化靠知识，

月山文化跟不上。

乙（插白）：为祖国输送人才，

甲（插白）：是举水人民当务之急。

乙（插白）：为四化造就人才，

甲（插白）：是举水人民衷心愿望。

乙：那是一九八二年（农历），

腊月二十八日晚，

绍利同志邀民众，

为振兴举水细商量。

甲：座谈会上激情高，

围绕学校内外讲，

千句万句并一句，

协助学校第一条。

乙：校群关系搞密切，

筹款奖学第二条。

成绩显著得奖励，

教师学生一样搞。

甲：具体办法怎么样?

同志们有空可参考，

今年春节不寻常，

助学小组筹款项。

乙：捐款自愿不计较，

群众助学热情高，

春生同志揭头榜，

捐款一百分文也不少。

甲：如今是，筹得现金一千八百

二十五元零九毛，

群众办学热情高，

各位父老都知道。

乙（插白）：筹款助学，

甲（插白）：上符国情。

乙（插白）：筹款助学，

甲（插白）：下合民意。

合：神州六亿尽尧舜，
举水人民办学热情高，
一曲凯歌齐声奏，
助学小组就是好，
就是好。

月山的助学小组

吴云梅

窗外，冬日的暖阳普照大地，耳边传来了锣鼓声，社区文艺骨干正为迎新春进行彩排。隐隐约约的锣鼓声，把我带回到25年前的那个大年初二。

我的家乡位于浙闽交界的庆元县举水乡月山村。1983年春节，8岁的我，穿着妈妈亲手缝制的格子新衣，兴奋无比。那个春节，除了像往年一样有压岁钱和各种好吃的，还有一件特别新鲜的事：村里刚刚成立的助学小组要敲锣打鼓到村民家中“拜大年”。作为助学小组组长的父亲答应带我一起去。

一早，怀着激动的心情，我拉着父亲的手出了门，我们要到吴信叔叔家集合，然后从村头开始挨家挨户募集助学资金。一路上，父亲自豪地告诉我，我们的先祖是从中原迁到月山村的，至今已经有1000多年的历史了；我们村出过很多读书人，历代以来，名列仕籍者多达200余人呢！他说：“可是近些年来，读书人少了……”说到这儿，我看到了父亲

紧锁的眉头，但很快，父亲的脸上又堆满了笑容，“现在遇上党的好政策，我们村又有希望了！”当时，我不太理解父亲的心情，只觉得我们要去做的事情非常神圣。

吴信叔叔家已经聚集了很多人，村里的舞狮队自愿前来参加助学小组的募资行动。“拜大年”的队伍达到了二三十人，锣鼓声声，鞭炮阵阵，这个1000多人口的小山村迎来了它历史上最为特别的一个春节。

募集行动从村头开始，每到一户农家，隔壁的邻居都跑来围观，于是小小的庭院被围得里三层外三层。一阵喧嚣之后，我父亲和吴信叔叔自编自导自演的快板节目开始了，他们向村民宣讲党的改革开放政策，并向村民通俗易懂地说明助学兴学的意图。

全村300多户人家，你2元他3元地掏钱。乡亲们掏钱的动作，25年后的今天我依然清晰记得：他们用粗糙的双手打开用纸张包裹了一层又一层的“钱包”，“钱包”里有的是硬币，有的是一角两角的纸币。当时全村年龄最大的“养初公”老人，他拿出了平时卖馒头舍不得花的1元钱，对我父亲说，这是关系到子孙后代的功德事，一定要捐出这1元钱。

那次募集到的助学资金有1000多元，助学小组制定出了奖励措施：无论是谁家的孩子，只要考上大学奖励200元，考上高中中专奖励100元，考上初中中专奖励50元；学校教师教学成绩突出的，同样给予奖励。

1983年夏天，月山村出现了恢复高考后的第一个高中中专生，全村人奔走相告。我再一次跟随着父亲和助学小组其他成员，一起把100元奖金、一个热水瓶、一把雨伞送到了她家。一时间，她成了全村人学习的榜样。

此后，月山村每年都有人考上中专或者大学，助学金很快就奖励完了。让助学小组欣慰的是，他们“在村里形成重教兴学、报效祖国的风气”的初衷已经实现。从 1983 年算起，月山村已经有数百人通过读书彻底改变了命运，他们分布在世界各地，有的就职于美国高校，有的任职于跨国公司，有的服务于科研机构，也有的在新闻媒体单位工作。

25 年一晃而过，在今天，上大学和助学行动都已成为平常之事。但是在改革开放初期，这个小小的助学小组让人们看到了民间对“重教兴学、振兴祖国”的具体实践及其所产生的巨大推动力。

（原载于《丽水日报》2008 年 12 月 22 日，有删改）

接力助学，功成不忘家乡情

黄立鹏　王吉萍

引　言

从举水乡中心学校走出去的吴善东，如今是博士、教授，也是庆元县首个入选国家“万人计划”领军人才。在中国过敏检测领域，他第一个获得“教育部科技进步奖一等奖”和“国家科学技术进步奖二等奖”。2023 年 11 月，怀桑梓之念的他为举水乡建立了慈善助学基金，以奖励家乡品学兼优的学子，续写月山民间助学小组尊师重教的传统美德。

2023 年 11 月，从大潮奔涌的钱塘江畔，传来了杭州浙大迪迅生物基因工程有限公司为“全国乡村春晚第一乡”——举水乡的优秀学子建立慈善助学基金的好消息。这也是相隔 40 多年后，举水大地上再次出现的“助学行动”，续写着尊重人才、培养人才的传统美德。

为响应家乡庆元县“大爱菇乡 · 善行庆元”慈善品牌建设，杭州浙大迪迅生物基因工程有限公司董事长吴善东发起了“浙大迪迅”教育基金。该基金拟支持庆元县慈善总会设立的十大慈善品牌项目之一的“百村崇学”项目。该基金旨在奖励举水乡品学兼优的学生，助力他们顺利完成学业，为家乡发掘人才、培养人才、储备人才。该基金面向举水乡当年考上本科的大学生或研究生给予资助奖励，全日制本科大学生奖励1000元/人，全日制硕士研究生奖励2000元/人，全日制博士研究生奖励3000元/人，捐赠上限为每年5万元，持续时间为10年。

“从不轻易放弃学习与奋斗是我一生的目标。”这是庆元县乡贤、“浙大迪迅”创始人吴善东经常与员工共勉的一句话。吴善东通过自身努力学习，不懈打拼，从庆元县举水乡落岭村走出来，在人生事业的奋斗舞台上收获了令人惊叹的成功，为自己实现梦想铺就了一条出彩的轨迹。

吴善东博士在浙江大学过敏研究中心从事过敏诊断试剂研发和成果转化工作，他于2004年1月共同创立了杭州浙大迪迅生物基因工程有限公司，主要从事生物制品、过敏诊断和治疗机制等产品的研究和开发。公司汇聚了众多高层次人才，包括1位国家“万人计划”领军人才、1位浙江省引进海外高层次人才在内的8位教授，拥有浙江省重点科技创新团队、浙江省呼吸疾病诊治及研究重点实验室、浙江省高新技术企业研究开发中心、过敏诊断省级国际科技合作基地4个省级研发创新平台，是国家高新技术企业，2022年获“浙江省专精特新中小企业”，2023年获工业和信息化部专精特新“小巨人”企业，是浙江大学过敏研究中心成果转化及中试研发基地。

至2023年，公司已承担41项国家、省、市科研课题，发表国内外论文60余篇，其中SCI收录文章19篇。拥有核心自主知识产权66项，其中国内外发明专利23项；至今已获得21个产品（243种过敏原）的

NMPA 注册证书和 109 个 CE 证书，2014 年参与制定 12 项“常见过敏原抗体国家标准物质”。公司荣获国家科技进步奖二等奖 1 项，教育部科技进步奖一等奖 1 项，浙江省科技进步奖一等奖 1 项及二等奖、三等奖 5 项。

在浙大迪迅公司的发展壮大历程中，吴善东作为领头雁，发挥了核心作用。吴善东秉持积极进取、谦虚谨慎的科学态度，取得了一系列优异骄人的科研成果。2004 年至今，他主持和参与 41 项国家、省、市科研课题，发表论文 60 余篇，获得授权专利 57 项，其中国内外发明专利 23 项。

吴善东还带领浙大迪迅公司积极开拓海外市场。2015 年 6 月 20 日至 27 日，比利时国王及王后陛下对中国进行国事访问期间，吴善东受到比利时国王菲利普及王后玛蒂尔德的接见并签署了中比两国的项目合作协议，成功收购比利时 Zentech S.A. 公司的“过敏原总 IgE 和过敏原特异性抗体 IgE 检测试剂盒”500 多种系列产品。

功成不忘家乡情，回馈桑梓赤子心。事业有所成就后，吴善东不忘家乡，怀着一颗赤子之心回报家乡。2014 年 11 月，吴善东被聘为丽水市“引才大使”。多年来，他在助力家乡人才引进、乡村建设、招商引资等方面给予了大力支持，牵线促进了浙江中医药大学与庆元县合作发展中草药种植，助力庆元乡村振兴事业高质量发展，增加了山村农民群众的收入。2016 年，为缅怀远祖先宗，同时为远近游客提供憩息赏玩之便利，吴善东与亲友捐款 20 余万元，在“杉树王”所在的举水乡落岭村莲花山兴建了善孝亭，与前来游览的人们共勉，常怀善孝之心，致善致孝，光大善孝之德，愿善孝之德成就人间大美。2005 年至 2015 年间，吴善东与族叔吴美根、吴美祥三人先后资助了落岭村 10 名考上一本大学的学生，鼓励他们发奋图强，学有所成，将来更好地报效祖国。他深情寄语家乡学子："生活是一场漫长的征途，而你们才刚刚开始人生的几小步，生活的困难是暂时的，希望你们在未来的日子里，坚定必胜的信念，脚踏实地，立鸿鹄之志，怀桑梓之念，开创你们学业的辉煌和未来人生的精彩。"

用智慧挑战过敏产业的开拓者

吴 阳

引 言

20 年前，在我国迫切需要国产化过敏原系列检测试剂之际，吴善东开始了在生物技术领域转化科研成果的探索，经过不断的努力，今日已经取得了辉煌的成果。从不放弃学习和奋斗的吴善东，早在 2009 年就入选了《杭州科技》封面人物。在此，希望举水学子能从吴博士的创业故事中汲取力量，发愤图强，学有所成，报效祖国。

杭州市科技创新“十佳”单位、杭州市“10 家”重点培育工程企业、杭州市科技进步奖……杭州浙大迪迅生物基因工程有限公司在 2008 年取得了辉煌的业绩，而在这光环背后，有一个人发挥了重要的作用，他就是吴善东。为此，记者专门走访了这家坐落于滨江高新技术开发区的高新技术企业，有机会在这块创业的热土上亲身感受一下中国中小型科技企业不遗余力的创新激情与活力，并目睹了领导这一企业的年轻企业家吴善东的人格魅力！

以独到的眼光，寻找企业发展的机遇

杭州浙大迪迅生物基因工程有限公司从 2004 年 1 月成立至今，已承担 21 项国家科研课题，其中有 17 项填补国内空白，在同行业中保持领先地位。最大的关键，还是在于吴善东的独到的眼光和正确的发展策略。

过敏性疾病（变态反应疾病）被世界卫生组织认为是当今世界性的重大卫生学问题，世界各国变态反应疾病的总发病率为 15%—30%。我国估计有 5%—10% 的人受过敏原的袭扰。在欧洲，过敏性疾病正成为社会面临的重大健康和经济问题。在英国，每年用于治疗哮喘的费用约为 88.9 亿英镑。在美国，过敏是六大慢性疾病之一，每年用于治疗过敏的费用超过 180 亿美元。我国过敏性疾病诊疗市场空间潜力非常大。

我国的过敏原诊断试剂一直依赖进口，因价格昂贵，无法推广，迫切需要具有自主知识产权、灵敏度高、特异性强、重现性好的国产化过敏原系列检测试剂。正是瞄准这一契机，吴善东秉承着眼全球过敏产业发展的思路，果断地跨越了世界过敏产业的门槛。开发出一系列国内领先、世界一流的过敏原诊断试剂——“过敏原检测试剂盒”。该项目具有灵敏度高、特异性强、重复性好的特点，有很强的市场竞争力，市场前景广阔，预计年生产总值可达 6 亿—8 亿元。

在吴善东的带领下，首先，浙大迪迅公司通过抓好过敏前沿性重大关键技术的攻关，来带动创新性的研究应用技术开发；其次，对引进技术在消化吸收的基础上进行二次开发，以提高自主开发和创新能力；最

后，按照市场经济的要求，大力开发具有自主知识产权的新产品，成为跨入国际、国内市场的有力竞争武器。清晰而又准确的目标，稳健而又踏实的方针，为企业带来了成功，为公司创新创业营造了有利的环境，更为公司长远发展奠定了良好的技术基础。

创新管理，加大合作，促进企业快速成长

“以企引外”“以外引外”“以产引外”是吴善东多年来摸索出来的一条新路子，可以极大地加快企业高技术、高附加值、高效益的引进、消化、吸收，从而鼓舞和激发“二轮驱动”力的能量迸发，为企业的新一轮的长足发展起到相得益彰的作用。几年来，公司通过科技创新、管理创新、产学研的有机结合，经过不断学习、广泛交流与合作、借脑借力集成创新、用足政策，在浙江大学的帮助下，共同建立了以产学研为基础的浙江大学过敏研究中心中试研发基地。通过基地不断地研发出新的技术和产品，以及管理创新，加速了企业的快速发展。

公司在发展创新体系上将发明专利，标准化制定，临床 I、II、III 期试验，产品注册证书，与文章及影响因子的评判标准有机结合。先后与美国哈佛大学、美国加州大学、美国迈阿密大学、加拿大皇后大学、加拿大英属哥伦比亚大学、加拿大卑诗大学、瑞典乌墨欧大学、荷兰瓦格宁根大学等开展了广泛的合作与交流。正如吴善东一直倡导的，企业必须坚持走集成创新发展和国际化道路，积极探索一条符合中国国情的国际化、合理化、特色化、品牌化的产学研路子，坚持走学科链和产业链相结合的道路。只有这样，才能吸引国际最先进的技术和智力，提升中国的产业整体水平。

"在生物科技领域，中国和发达国家还有很大差距，许多核心技术一直被国外少数国家垄断和控制。只有通过合作、借力、集成创新，参与国际高端技术领域的交流、合作、互动和磋商，才能使我国生物科技更好更快地与先进发达国家同步发展，争取加入到世界高技术产业的盛宴中。"吴善东说。

吸引一流的高端人才，提高企业竞争力

提高企业科技创新能力的首要任务是对人才能力的培养和建立科学的人才创新激励机制，吴善东十分了解这一点。对于人才的渴求，从浙大迪迅公司对研发、质检技术、市场营销人员的大量需求和高素质要求上可以看出。他的公司总是通过各种方式培养和造就具有敏锐的创新意识、懂技术、会管理、敬业精神强的科技管理专家人才队伍，以及一支有较强的市场开发能力的营销人才队伍。短短几年，公司已拥有教授8位（其中博导5位），外国专家6位，留学回国人员8位，博士后2位。

2008年全球金融危机期间，国家处于产业结构转型升级期，推出了一系列刺激经济措施，加大对产业结构转型升级和生物产业高科技的支持力度。这对从事生物高科技的企业来说，是个利好消息，也是个极好的机会。公司要在生物技术领域把握机遇，开创高技术产业的新时代，汇聚全世界最高端的技术人才，采用先进的管理机制、模式和渠道。不同领域的高科技企业，其发展最佳模式不尽相同。现有阶段，集成创新对公司快速发展是行之有效的创新模式之一。

浙大迪迅是过敏原诊断试剂研发、制造、销售一体化企业，人才需

求特点是哑铃状，即需要强大的高端研发团队和实战的销售队伍。公司采用产学研结合、顾问合作式与直接参与式相结合的方式，组建高科技人才队伍，有效地解决了产学研相结合的科学实践问题，吸引了全球一流科学家的目光。

作为一家成长中的、创新型的高科技企业，面对国际同行的竞争是巨大的，发展中所遇到的困难和问题也是很多的。因此，其每成功一步都是艰辛的。吴善东董事长作为企业的当家人，其肩上的担子是最重的，其付出无疑也是最大的。但也正如他所说的，公司技术创新遇到的最大难题是缺少适合产业化转化需求的研发平台（基地），而企业发展过程中往往遇到的是资金和人才的匮乏。然而，这些问题都是企业快速成长中必然经历的过程，是前进中的困难。既然有困难，自然要面对。作为一名科技工作者，能在生物科技领域做点对国家、社会有益的事，不断做出一些成绩，推动科学文明进步，是一件很快乐、很有意义的事。使中国过敏原的产业早日实现国际化，是他一生奋斗的理想。

（原载于《杭州科技》2009 年第 2 期，有删改）

故乡那一轮明月

吴　洁

我的家乡是浙西南一处古老的村落，背山面水，因此有了诸如举水、举溪、逢源镇等蕴含水意的雅称。且因其独特的构造——村后竹林山形似半月，村庄前的溪水宛若一条银钩，村庄坐落其间，仿佛山环水抱中的一轮明月，故而中华人民共和国成立后又被命名为月山村。

月山村历史悠久，人文荟萃，名儒辈出，宦籍所载者多达两百余人。能在这片如诗如画、承载着古老的文明与礼仪的山水间成长，我深感幸运。这里的山水与人情滋养了我，哺育了我。

自记事起，我便清晰地记得，几乎所有节日和星期日，我都活跃在村民们口中的“大会堂”。如今，它已更名为“月山村文化礼堂”，是我们排练、欣赏演出和观看电影的场所。20 世纪 70 年代，新建了这座大会堂，或许出于对北京人民大会堂的向往，它曾被命名为“人民大会堂”，这五个大字还镶嵌着霓虹灯。在那个没有手机和电视的年代，大会堂成了村民们情感交流的场所，给予了我们无尽的欢乐与积极向上的

精神力量。我庆幸能拥有这样一座陪伴我成长的大会堂。我能参加高考并被录取，与大会堂这个舞台息息相关。是大会堂孕育了上进心满满的“恒梅”友伴，是大会堂让我与助学小组组长吴绍利医生以及县文化馆有了频繁的沟通交流，留下了许多美好的回忆。

我在本村轻松愉快地度过了小学和初二时光，并很荣幸于1979年考入荷地中学首届初三班——全区唯一的重点初三班。然而，到了高中时期，由于教师变动等原因，1981年高中毕业时，全班高考报名人数寥寥无几，且报考的同学全部落榜。当时，应道濂老师安排我留校担任音乐和绘画代课老师，以便他在课余时间辅导我复习，继续参加高考。我徘徊犹豫了很久，因为留恋生我养我的月山村，尤其留恋我们村的人文环境，最终我婉言谢绝了应老师的好意，回村当起了民办幼儿园教师。

正值我高中毕业的1981年7月，我们村成立了举水文化中心站，由荷地中学毕业的、曾是举水幼儿园老师的吴梅兰担任文化专员。并且，县文化馆、公社、学校、大队，以及村民吴绍利、吴岩淼、吴卫军、吴和生、吴思时、胡继防、吴善大和“恒梅”等共同支持文化站的工作。这里需要特别解释一下“恒梅”这个名字。村里有5名19岁左右的小姑娘——吴梅兰、张松梅、吴卫姿、吴绍荷和我，我们5人共有一个名字：“恒梅”，寓意为“不畏寒冷、不可分割、永恒的五朵花瓣”。

有了文化站后，村里每年的春节节目更加丰富和规范，包括康乐棋比赛、对联比赛、诗歌比赛及大年三十晚上的文艺演出（春晚）等，大会堂的作用也因此变得更加强大。在20世纪80年代，乡间风俗认为嫁人才是女孩子的归宿，而“恒梅”则选择做独立女性，发誓要有独立养家和养父母的本领，还信誓旦旦地表示谁都不嫁人。恰好赶上建设新农村，大队支部书记、大队长（吴德生）、拆迁小组以及吴绍利等人还筹划分给我们5个人土地以建房，这让已定亲的张松梅急得想哭想退婚……如今回想起来，虽觉得有些幼稚可笑，却也彰显了“恒梅”的独立思想和纯真。现如今，“恒梅”友伴虽然都没有坚持独身，但都有了自己的事业，奔赴不同行业，成为职业女性。

幸运的是，几乎与建立文化站同时，村里又成立了助学小组。据老一辈描述，我们村庄古时读书人很多，后来因各种原因，如因饥荒到福建等地求生存的村民很多，而出去读书的人却越来越少。于是，村中有识之士，如吴绍利等人便发起成立了月山民间助学小组。组长为吴绍利，组员包括吴望朋、吴择仁、吴友达、吴信等，还有吴高以及学校老师等热心人士协作。曾记得当时月山大队支部书记吴木金、大队长吴德生、副大队长吴正生和会计吴春发等大队干部，不论在政策上还是资金上，都全力支持助学小组。经费以民间捐款和大队支持的方式筹集。助学小组跟我讲的道理很朴素，希望我考上，为村里的孩子们带个头，也希望将来我能有个好前程，为家乡的孩子做个榜样……

那时候，我因迷恋月山村的文化生活和幼师工作，加上曾经的高考落榜，很想放弃报考。当时报考人数和录取人数的比例是31∶1，这给我带来了更大的压力。我多次提出放弃报考，但助学小组的吴绍利医生、吴望朋叔叔就经常来做我的思想工作，鼓励我走出山村，去闯荡更广阔的世界。鼓励我的人还有父母兄嫂、学校老师、周边邻居以及锡康、卫军等大哥，举不胜举。但当时我依然压力很大，特别是担心再次考不上会辜负大家的期望。因此，“恒梅”友伴建议我用高中老师给我起的笔名（吴洁）悄悄去报考，万一考不上就善意隐瞒报考事实，等来年好好复习再次报考。在高考报名的最后一天，大约夜间12点，“恒梅”友伴中的吴卫姿和吴梅兰连哄带骗地做通了我的思想工作，决定报考。当时村里只有两部电话，一部在邮电所，一部在气象站。正好吴卫姿的父亲负责气象站工作，所以在学校当老师同时也住在学校的吴卫姿带着我和

梅兰回到她父母家里，给刘宝兴校长摇电话才报上了名。

我也不记得是哪一天了，“恒梅”中的吴卫姿从邮电所看到了我的录取通知书。那天我正好在落岭下村（现名丰洋）的同学家玩，当时没有手机、电话等通信工具。吴卫姿则立即出发往落岭赶，我正好也从落岭回来，半路上我们相遇。吴卫姿因为爬岭太快，上气不接下气地告诉我考上了。我第一反应是她在逗我开心，但看着她专门爬山越岭而来，还含着泪水，我才相信那是真的。那是激动的、开心的泪水！我们相拥在一起，又立即一起连蹦带跳地到邮电所，取回了那意义非凡的录取通知书，并及时将喜讯告诉了助学小组……毫不夸张地说，当时整个村庄都沸腾了……在 1983 年 8 月底出发去东北水利水电学校入学前，助学小组的吴绍利、大队长吴德生还有学校老师等带着学生代表敲锣打鼓到我家欢送我，并送上奖学金、奖状以及水壶、雨伞等生活用品。这一幕感动得我父母整夜未眠。因为我们家二哥的求学道路很坎坷，曾三次推荐上大学都因“家庭成分”问题而被退回。母亲告诉我：那一夜，父亲彻夜未眠，一直在念叨感谢政府恢复高考，感谢助学小组的鼓励……就这样，我成了第一个获得助学小组奖励的学子，精神上得到了极大的鼓舞。助学小组、“恒梅”以及全村父老乡亲的鼓励，一直温暖着我的人生。

没能上大学、从事农技员工作的二哥（后来当上了乡长）帮我填志愿。他认为东北发展较好，而东北水利水电学校属于水利电力部直属的高中中专，是个非常好的选择。感谢二哥的眼光，我在没有英文教师的山村就读，能考上部属高中中专接受教育，已经是最大的满足。当然，还有点小遗憾，就是我的名字也从此由吴美姿变成了吴洁。虽然在那个没有身份证的年代，读书人比较随意地改名属于常事，但毕竟没征求过父母的意见便擅自悄悄改名，我心里总还是时常有对不起父母的感觉。

回想起那段从事民办幼师工作的短短两年时光（1981 年 7 月到 1983

年 9 月），我不但连续获得县级和地区级“三八红旗手”和先进幼师荣誉，还辅助文化站组织春晚，参加文化站和公社组织的计划生育“文宣队”到其他各区演出，还学会了手工绣枕头，等等。关键的是，我还能复习功课参加高考。由此可见，一个人的潜能是不可估量的，当然主要得益于当时能选择自己喜欢的职业，又有家庭做后盾，加上助学小组这类贵人的鼓励，以及一起的玩伴有共同的上进心。心有多大，舞台就有多大。父母的开明勤劳、助学小组的鼓励、“恒梅”友伴的上进心以及大会堂和学校的文化氛围，让我终身受益。回忆起来，发现我们的小学老师和初中老师都是很有文化功底的上山下乡的知识青年。

后来，我也以父母和助学小组的鼓励方式为模板来鼓励与教导我的女儿。所以，我女儿能考入杭州最好的二中和世界一流的哈佛大学，跟我们月山村的文化氛围也有着密不可分的关系。

一个人的成长历程中，不同的阶段会邂逅不同的人和事。在我人生的每个阶段，都能有幸遇到贵人的相助和榜样的引领，每每忆及，都深感幸运与温暖！接下来，我想谈谈心中的榜样——助学小组组长吴绍利。他不仅是致力于培育下一代、激励年轻人努力学习的远见卓识的智者，还是一名勤奋、善良、负责的医者。他家学渊源，精通祖传中医学问，同时掌握西医、针灸、兽医知识，还能为产妇接生，真正做到了样样精通。当时，我只知道绍利医生是个全才，但对于他是如何努力学到这些本领的，可能并不太清楚。总之，村民需要什么，他就努力去学、去做。有他在村庄里，村民就会有安全感。那时，村卫生所夜里没有值班医生，村民三更半夜有个病痛或产妇要生孩子，都会去找他。不管多晚、多累，无论刮风还是下雨，也无论村民贫穷还是富裕，他都以医者仁心同等对待全村男女老少。只要村民需要，他都随叫随到，背着药箱上门看病。因此，全村人都非常敬重他。

曾记得，我母亲和大嫂跟我讲过，我的小侄女吴剑清还不到 1 岁时，因感冒而病重。那时，妈妈要去挑沙，奶奶将她背在背上忙着做家务，疏忽之下，孩子的感冒越来越严重。后来，吃西药也不见效，将近一周都不吃奶，家人急坏了。结果找了绍利医生，他用针扎孩子手指放了点血，孩子当天就能吃一点奶了，实在是非常神奇……类似的例子还有很多。印象中的绍利医生，虽然个子不高，但形象却是高大无比！虽然我离开了月山，但脑海中还时常浮现出他笑眯眯的形象。他乐观亲切的态度，让病人仿佛没吃药身体就能恢复一大半。他总给人一种强大的、向上的感召力。他的鼓励、他的处世态度，让我感觉人生总是很美好，对事对物都充满了感恩之心，充满希望和力量。

然而，令我悲伤的是，在我还来不及报恩的时候，许多贵人却相继永远地离开了我。绍利医生才 46 岁就因病离世，望朋大叔也因意外离开了我们……后来我回家乡，总是伤感多于快乐。我后悔在那些年里没有挤出时间常回去与他们相聚，疏忽了对他们的关心，也没能见到绍利大哥和望朋叔叔最后一面。我总以为还有明天，结果一切都晚了。这不禁让我感叹人生易逝，物是人非，也让我深刻体会到了乡愁的含义，于是我更是分外怀念往日时光。

难忘月山的岁月，难忘绍利医生！难忘“恒梅”的陪伴！难忘助学小组的激励！难忘老师和父老乡亲！难忘大会堂……你们是我心中的那轮明月，犹如我人生的灯塔，哪怕黑夜降临，也能照亮我前行的道路，指引着我人生的航向！

带领毕业班努力奋斗

邓求云

1982 年 9 月，学校安排我担任举水公社学校小学五年级毕业班的班主任，执教语文。与我同班的是龙泉师范毕业，已在学校工作两年多的陈观喜老师。

举水公社月山大队早就成立了一个助学小组，是庆元县独一无二的。助学小组在教育系统内，关心教育，培养人才，颇有名气。助学小组由组长吴绍利同志，还有吴木金（月山大队的书记）、吴春发（大队会计）、吴信、吴绍统、吴望朋、吴友达，共七人组成。开学前夕，学校领导以及吴绍利、吴木金找我和陈老师谈话，开门见山地说：一直以来，举水月山各方面都不错，可就是还没有学生考入庆元中学，希望你们能带领这个毕业班努力奋斗，实现这一突破！领导的重视，群众的呼声，此时接受任务，我们深知身上的担子有多重！

开学了，这一学期的毕业班共有学生 40 多人。我和陈老师统一了思想，先一定要让学生明确学习目的，养成良好的学习习惯，努力上进。

报名后的第一节课，我没有先教课文。而是对大家说：“同学们，在这新的一学年里，我是你们的新班主任，你们都是我教毕业班的新学生。大家想不想在各方面都有新的变化，有个新的理想呢?”“想!”大家声音洪亮。我进一步说：“好！这个新的理想、新的希望，就是要努力奋斗，提高学习成绩，争取毕业考试以优秀的成绩考上庆中，大家有没有信心?”“有!”整个教室都轰动了。笑声、掌声不断。这一学期，同学们早起锻炼，不迟到、不早退，上课认真听讲，积极回答提问，按时、认真完成作业，学习走上了正轨，成绩有了很大的提高。我和陈老师看在眼里，喜在心头，期待着下学期更重要的考验来临。

寒假里，我和陈老师各自做着下学期迎考的各种准备工作。40多年前，教学和考试复习可没有现在这么多的资料。凭着多年的教学经验，我深知语文教学中的重点和难点。于是，我把课本中的重点词语、成语，以及要背诵填空的重点段落，都摘录下来。没有印刷机，就用钢板手刻，再用滚筒油印好，装订成册，做到人手一份。开学后，在时间上我们也做了安排，每周一、三、五早上由语文老师负责，二、四、六复习数学，晚上则反过来。星期日休息一天。学习、复习都抓得非常紧，有条不紊。

语文教学中，最为关键的还是作文。我指导学生每两周必写一篇，而且每篇都会批改，不放过一个词语和标点符号。特别强调他们要突出文章中心，挑选其中的一两篇进行课堂讲评，这样既鼓励了作者，也给其他同学以启迪，为学生的作文水平提升打下了一定的基础。数学老师也同样抓重点、抓难点，兢兢业业地工作着。其间，助学小组的人员也经常来校询问，了解学生学习情况，与家长沟通，起了重要的督促作用。

正所谓功夫不负有心人，梅花香自苦寒来。经过一个学期师生共同努力奋斗，在小升初的考试中，全班取得了优秀成绩：共有6个同学达到了庆元中学的录取分数线，同时还有好几个被荷地中学录取。当助学小组把这大好消息用大红纸张贴出来时，大家心里都乐开了花。这真是喜报啊！遗憾的是，这年庆元中学按新的规定停招农村生源。助学小组给学生们戴上大红花，敲锣打鼓，没有小车，就用拖拉机把他们送到荷地中学。有坚实的基础，后来中考的时候，他们都考上了初中中专和庆元中学。

几十年过去了，这个毕业班的学生，现在都工作在各个部门的重要岗位上，为建设新时代中国特色社会主义贡献自己的才智和力量。偶尔遇到谁，大家讲得最多的一句话就是：只有奋斗才能实现理想，只有拼搏才能成就事业！

最美不过录取通知书

鲍健薇

1988 年 7 月 5 日上午，我接到了人生第一张录取通知书——庆元中学录取通知书。领到通知书的那一刻，风儿微微地吹着，拂去了烈日的炎炎；树叶沙沙地摇曳着，为夏日奏响了新的篇章。当时的我真是兴奋得手舞足蹈。

打开之后，映入眼帘的是录取通知书的内容："鲍健薇同学：经县教委招生办公室批准，你已被我校录取为初中一年级新生。请你于 8 月 29 日持本通知书来我校办理报到手续。浙江省庆元中学 1988 年 7 月 1 日。"这所谓的录取通知书其实只是一张纸，但它不是一张普普通通的纸，它可以让我走进我渴望的庆元最高学府的大门，可以让我拥有自信，去实现梦想。

之所以说手上的通知书来之不易，还得感谢助学小组和村里学姐学长的榜样。当时，吴绍利、吴信、吴择仁等伯伯深刻认识到知识是改变落后乡村孩子命运的重要途径，于是成立了"助学小组"，他们经常宣讲月山千年来“耕读传家”的传统，让“读书光荣”“知识有用”“读书改变命运”等观念植入月山村民的脑海。我爸爸就是在助学小组宣讲观念的影响下，尽管自己吃穿差点、忙点累点，也要供我上学，鼓励我好好学习，走出大山看世界。

在月山民间助学小组的积极推动下，村里好事连连，出现了第一个高中中专生吴美姿，第一个大学生吴文军……在学长学姐们的榜样影响下，当时读小学的我目标非常明确——考入庆中，考上大学！机会总是眷顾有目标、有准备的人，我经过努力终于梦想成真。

我印象非常深刻，在收到录取通知书的第二天，吴绍利、吴择仁等伯伯来我家，他们给我送来了大惊喜——助学金大红包 60 元和非常激励人心的话语。35 年过去，接受助学金的那一刻画面依然非常清晰，伯伯们的笑脸如在眼前，伯伯们的勉励句句在耳。当时的 60 元不仅帮我交了初一的学费，更重要的是它给予我的精神上的鼓励成为我继续努力的强大动力。

1988 年的夏季回忆很美，但最美不过这张录取通知书。这通知书是一张纸，是一封信；它记录了努力，承载了梦；它不是终点，而是起点。在第一张录取通知书的鼓励和指引下，我陆续收到了高中、大学的录取通知书，以及工作分配、工作调动的通知书！

如今我是丽水中学的一名老师，2023 年夏天，我女儿也收到了她人生中的重要通知书——华东师范大学录取通知书。

读书光荣，读书改变人的命运。我一个乡村女孩，就是靠读书改变了命运，站到了省一级重点中学的讲台上教书育人。今天回头看来时的路，我对家乡的感激之情愈发强烈。当年尊师重教的氛围，不仅影响了我的未来，还深刻地影响了一个村庄的未来和发展。

乡间求学路

吴采芬

云层中若隐若现的月亮，山间忽明忽暗的手电光，三五个少年匆匆行走在乡间小路上，鸣虫蛙叫伴着脚步的声音……虽然离初中住校已过去 30 年，但求学之路的种种，还是不时浮现在眼前。

在九年制义务教育之前，上初中是需要通过升学考试的。举水、岭头、龙溪一带的小学生，经过严格的小升初考试后，会有一部分成绩优异的孩子被荷地中学或是庆元中学录取，其中荷地中学是庆元东部最大的一所中学。于是，在 13 岁那年，许多孩子踏上了他们的异地求学之路。

山村来的孩子，大多家境贫寒，不少同学的学费都要父母东拼西借才能勉强凑齐，而生活费则更是寥寥无几，因此从学校到家里来回大都靠走路。20 世纪八九十年代，庆元东部一带的孩子大抵都是如此。

我们是 20 世纪 90 年代初在荷地中学上初中的。那时，学校考虑到大部分学生的实际情况，出于方便学生的目的，实行的是大礼拜制度，即连续上 11 天课，然后放 3 天假。

从荷地到月山村约 45 里路，有公路，也有山路（包括石砌路和老官道），途经际面村、后仓坑村、岭头村、官局、下庄、杨家庄、小际头，最终到达月山村。成人走得快也要三四个小时，这段路程是学子们最早的求学之路。

初一新生开学后的第一周，第一次走夜路时，都会有高年级学长来带队。第一次走夜路其实就是认路之旅。有些路段走公路，有些走山路。走山路意味着选择捷径，虽然入口都在公路旁，但树高草深，又是夜间，如果没记住的话很容易走错或是找不到路。山路的有些路段远离村庄，行走其间，远处看不到一丝灯火，路旁还有一孔一孔的坟茔。所以走夜路一定是结伴而行的，两三个、三五个，也有一群人组成长蛇阵的，没有谁敢夜间独行。

每到大礼拜的第 11 天，学生们真是归心似箭。早上就会约好同行的人和出发的时间，晚饭后各自都把米袋子、盛放咸菜的竹筒子等收拾妥当。

如果天气晴好，同学们就在晚自习 9 点下课后，连夜走路回家；如果天气不太好，则一般是半夜起来，凌晨两三点出发。如果有落岭、荐坑、龙井面等地的同学结伴同行的话，一般会选择凌晨出发，因为这样走到月山村时天已亮，他们人虽少但也可以继续前行。

在出发前，为了解决半夜出发可能饿肚子的问题，高年级的学长教我们在上晚自习之前去食堂打上一壶开水，然后抓一把米放到热水瓶里。等到晚自习回来，米已焖成了一壶粥，大家分着吃了粥，填饱肚子好赶路。米不能太多，一把刚好，否则壶底的米会是夹生的。

记得最多的一次，有 10 多人一起走路回家，男男女女，从初一到初三的都有。走在岭头乡官局附近的路上时，有高年级的男同学在我们女

生后面大声唱着："走在你身后，矛盾在心头，狂热的心逐渐冷漠，什么时候才等到你的温柔，而你已住在了我的梦……"这是当时很火的电视剧《情义无价》里面的主题曲。女生们边听边掩嘴而笑。还有的同学在说着妖魔鬼怪的故事，吓得大家加快了脚步。一群人说说笑笑，疲惫和辛苦也一扫而空，不知不觉就已到家。

如果只有几人走路的话，一般胆子大的会带头或是走在队伍最后，也或者大家轮流走在队伍的最后。记得初一时，有一次老冰、老鄢、永梅和我一起凌晨 2 点就从学校出发了。那天月亮在云中若隐若现，而我们仅有一把忽明忽暗的手电筒。老冰和永梅胆子大，一个走前头，一个走最后。从荷地到岭头的这一段路，为了节省时间，我们就走山路，会路过一些亭子和小庙之类的。由于听多了鬼怪故事，走这些路段的时候我们都很害怕，连走带跑。从官局到杨家庄村公路边有一个东西在月亮下影影绰绰的。突然，她们三个飞奔而去，我也飞也似的跟着跑，跑出了很远的一段路。大家实在跑不动了才停下来。她们都说那个影子是一个会动的大团，可能是一头野猪，吓得魂都要飞了。后来返校路上仔细看过才发现，所谓的"野猪"其实是路边的一块大石头。至今，我还清晰地记得四人气喘吁吁、惊魂未定的情景。

1993 级月山学子吴晓荣回忆起他读初一时走夜路回家的经历，印象很深的一次是 1993 年 9 月 24 日当晚，那天刚好是北京首次申奥的日子，他开学后第二次走夜路，是在上完晚自习后出发的，由初二的学长带队。天上有月亮，从荷地到岭头的山路上大伙儿竟然都像飞奔似的，其实都是因为胆子小怕殿后。飞奔了一段路后，大家停下来休息一会儿。学长清点队伍，等人齐了又出发。就这样直到后仓坑过桥后队伍才慢下来。从岭头到杨家庄都是走公路，路旁是菇棚和水稻田，还有小溪。朦胧夜色下蛙声起伏，此时队伍明显慢了很多，两三人成堆聊着天，走到杨家庄大桥头的小卖部时，零花钱有剩余的同学买了零食分给大家后，大家又出发了。上坡走到村头的风水林，那里是个分水岭，水是流向举溪的。当队伍转入山谷里的山路时，后方公路上开来了一辆小四轮。在车鸣声中队伍前面有人又跑了起来，下面就是小际头村，大伙似乎是要和走盘山公路的小四轮比试一番！

吴晓荣到家已是凌晨 1 点多，爸妈正在看北京申奥的直播。吴晓荣又困又累，倒头就睡了。当天凌晨 2 点多申奥结果出来，北京是以两票之差输给了悉尼。

走路的大部分时间是无聊枯燥的，但最好的季节是 5 月或 10 月。微雨中的覆盆子、秋日里的小蓝莓和经过霜打的小毛桃都是山野里的好东西，这些野果就成了学子们最好的旅途餐食。从去苏湖的岔路口下山谷就是一段荒废的老官道，走这段山路就是为了寻找这些野果。

有部分走山路的学生到了岭头后，在乡政府门口过桥往山上走，这部分同学是去南峰或是龙溪的。

农家子弟不得闲。晚自习就出发的，到家已是半夜，然而父母尚在给香菇菌棒接种，喝口水之后，少不得要协助父母进行香菇菌棒的出箱、入箱工作。也有凌晨出发的，到家时刚赶上吃早餐。吃了早餐就出门打猪草、砍柴、搬菌棒去了。

到了周日下午，大家背上咸菜、米和书包，又开始奔走于家往学校的路上。

那年月，有辆自行车实在是让人羡慕的事。月山村的吴小光清晰记得有个周末，同学们走路回家时，县城来的一个男同学骑着自行车从荷地际面村一路下坡往后仓坑村骑去，风吹起他的衣角，显得那样潇洒，如风一样的自由。这激起了大家考上县城中学的志向，也激发了大家对大城市的向往。

后来随着三轮车多起来，走夜路的人渐渐变少了。

在荷地中学的 3 年，我们走过了寒来暑往，历经了春夏秋冬。

在荷地的求学时光里，因为常年吃咸菜，不少同学出现了营养不良的情况，而有些同学先前挑食的毛病也无影无踪。

在荷地的求学时光里，因为经常走路，我们练出了脚劲、耐力和意志。以至于体育课上的长跑、铅球等项目再也难不倒大家。

在荷地的求学时光里，因为那段艰苦的岁月，我们心底迸发出了要通过努力改变命运、跳出农门、走出大山、过上不愁吃穿生活的强烈愿望，孜孜不倦地努力。

求学之路虽然艰辛，但也是幸福的。毕竟，有梦想在心中，有希望在远方。

小小幼儿园，大大歌舞台

吴小聪

一

在每个“月山芽儿”心里，或许都有一段关于自己和月山春晚的难忘记忆。我和月山春晚的情缘，与我的三年幼儿园生活密不可分。看着台上的演员欢歌跳舞，年幼的我心中便种下要上舞台的种子。

20 世纪 80 年代，拥有幼儿园的乡村很少，举水幼儿园在当时走在了时代的前列。当我读初中和高中时，和同学谈及我读了三年的幼儿园经历，他们都觉得很神奇，因为他们中的大部分人都没有读过幼儿园。

我六岁开始读幼儿园，那时候的幼儿园地点就设在村中心的老大会堂（举水老戏院）的二楼。每天早上我们背着小书包，抱着自家的小板凳，开开心心地去上学。和我同班的同学有金华、冬梅、利军等。

幼儿园的脚踏风琴和手风琴至今仍让我记忆犹新。我们最开心的就

是跟着老师学唱歌（那时我们称呼老师为阿姨）。

记忆中，梅兰阿姨教我们的时候，偶尔还会见到一个很帅的叔叔站在边上。

我喜欢在课间休息的时候跑到几位住在幼儿园附近的伯母家里喝茶。我嘴巴甜，经常是东家进去西家出来，天天去遛一趟，喝了水后又开开心心地回到幼儿园。记得有一次，我还在一位伯母面前告状，说我妈妈疼姐姐胜过我，新衣服都是姐姐先穿。

二

每到“六一”儿童节和春节，我们都有节目可以上台表演。第一次上台表演时，感觉舞台好大好大，比我们幼儿园的排练场地大多了。我个头最小，要从舞台的左边出台，表演完从右边下台，我都要使劲迈开我的小胳膊腿儿才能跟上大家的节奏。我已经记不清自己总共上过几回春晚，却仍记得自己的一次小失误：因为个头小，每次我都是排在最前面，舞蹈结束后，我竟然把手帕掉在了舞台上，我不敢捡，只能跟着大家退场了。

有一回演出前化完妆，我头上戴着漂亮的纱巾回家。妈妈在家里蒸千层糕，还没熟，我一个劲地催：“好了没？好了没？”唯恐晚饭吃迟了赶不上登台演出。我家吃饭的堂屋门口出来就是厨房，空间不大，我一个高兴从堂屋的门槛上蹦下来，结果把下巴磕在了灶台上。妈妈急得说：“这下好了，快活袋打翻了。”我疼得直掉眼泪，妈妈说道：“早叫你别太高兴了，现在疼了吧，再哭妆就要花了。”我只能强忍着把眼泪憋回去。

有一次表演要穿红衣服，我家没有，妈妈找了几家，才从下井堀一位熟识的姐姐那里借来一件红毛衣。虽然给我穿长了一截，但我还是很开心地穿着它上了舞台。

那时候，幼儿园每个节日都有演出，接受县文化馆的安排。老师美姿阿姨那两年可花了不少心思带领我们这帮娃儿。那时候我们还不知道什么叫怯场，只要老师安排我们怎么表演，彩排前告诉我们怎么走位，我们基本上都能很顺利表地完成。我想当时村里人最爱看的，就是我们这些脸蛋涂得红扑扑的小娃娃在台上卖力地表演。我们的节目在县里得到了很高的赞誉。现如今，美姿阿姨回忆这段当幼师的日子，说道："每天和小不点儿们在一起开心极了。"

我们喜欢老师，就总想黏着她。早上眼睛一睁开就对妈妈说我要去幼儿园了。有几次很早，还远没到上课时间，我就直接跑到老师家，她刚在洗脸，看到我一脸脏兮兮的，就很仔细地帮我洗脸。时隔四十多年，我已经记不清她的长相了，但清晰地记得她给我洗脸时的温暖场景。老师的一举一动都是我们学习的榜样，没承想自己后来也成为人师，现在细想起来，是她的爱心引导着我在幼儿时期就萌发了当老师的念头。

童年的幸福时光里，我第一次体会到了什么叫不舍，那是美姿阿姨不再教我们的时候。1983 年夏天，她成为村里第一个考上中专的人，村里的助学小组为她颁发了奖学金。我总问妈妈："为什么阿姨不教我们了?"妈妈说："阿姨本领大，她考上大学（中专）了，你以后也要像她那样厉害。"虽然那时的我什么也不懂，但在我小小的心里，应当已经埋下了一颗梦想的种子。我之后选择了师范专业，成为村里第一个考上浙江师范大学的女孩。

三

年近五十，当我再次联系上美姿阿姨时，回忆起在幼儿园的那段日子，我说那是我童年最美丽、最快乐的一段时光，她说那也是她最快乐的一段时光。她说："我不去荷地教书，坚决要回村里当幼师，就是因为我喜欢孩子，喜欢音乐。"

时至今日，我依然非常感激村里开明的前辈，他们设立助学小组，不仅支持幼儿教育，还支持一届又一届的文艺演出。是他们的远见卓识，为我们搭建了人生的第一个舞台，并且引导我们走向今后更大的人生舞台。

我相信，许多像我一样的"月山芽儿"在这个充满文化气息的舞台上，接受了这片充满爱的神奇土地的滋养。

讲讲两张老照片的故事

吴 信

在2024年春节，月山春晚迎来44岁生日之际，我真诚地送上祝福，祝愿它越办越好。两张已40多年的老照片，勾起我对往事的回忆。

我出生于1946年，是荷地初级中学首届毕业生（1961级），也是举水乡月山村第一代回乡知识青年。跟随着改革开放的滚滚浪潮，在这个僻静、古老、文明的月山村，1981年月山春晚应运而生，1983年月山大队民间助学小组成立。已经尘封了40多年的两张老照片，记录了这一段历史。一张是当年的月山大队民间助学小组宣传“读书光荣”“知识能改变命运”的老照片。那时的情景历历在目，助学小组成员敲着锣、打着鼓，欢送1983年9月新学期到荷地中学就读的学子上学。另一张是月山大队新春联欢晚会暨月山大队民间助学小组正式成立时的留影，那场晚会的目的是振兴月山村文化教育、积极搞好月山文化娱乐活动。

我是当年月山助学小组、月山春晚的参与者、见证者。在这里，我特别邀请1983年曾经乘坐助学小组雇用的、车牌号为10–66103、车头

贴有“读书光荣”四个大字的四轮卡车的学弟学妹，让我们一起回顾助学小组敲着锣、打着鼓欢送你们从举水供销社门口出发到荷地中学上学的情景。那一天，沿途有多少人为你们感到惊奇，有多少人为你们感到羡慕不已，又有多少人为你们感到骄傲和自豪。因为你们是月山人的荣光！如今，无论你们从事什么职业、身处何方，都请让我们再一次相聚在一起，谈一谈当时的一路无限风光、一路欢声笑语的感受，抚今追昔，一起追忆美好的时光。

在这里，我也特别邀请1983年我们大家围在一起欢度春节的老朋友，那天晚上，我们共同见证了月山大队新春联欢晚会、月山大队民间助学小组这对“孪生兄妹”的光彩。那天晚上，我们的目标是要彻底改变月山村自中华人民共和国成立30多年来没有一个人走进大学校门、教育落后的尴尬而又难堪的旧面貌。那天晚上，我们喊出了口号：争取在最短的时间内，为这个古老而又文明、有着“书香之地”著称的月山村造就第一代大学生而努力！那天晚上，我们没有敲锣打鼓，没有各种乐器，没有手捧麦克风，没有剧本台词，没有刻意衣着打扮，更没有化妆描眉，我们在一起唱歌、跳舞、做游戏、讲故事、猜谜语，我们只有面对面地诉说、鼓励和下决心。那天晚上，我们大家既是演员又是观众。就在那天晚上，我们为振兴月山村教育，为繁荣月山村的文化、文艺、文娱活动献计献策……今天，我想让我们再一次去回忆那一段美好的欢乐时光，让我们再一次去回想那一段让人感动得热泪盈眶的记忆。

无情的光阴不停地在身边偷偷溜走，让我们变得两鬓斑白，一不留神，我们已经挤入了老年人的行列。此时，也许你已退休，在城里子孙满堂、欢声笑语；也许你为了一日三餐奔走在外，继续发挥余热；也许你还留恋家乡那片热土，每天守着那一亩三分地，每月领着那为数不多的政府养老补贴过日子。尽管如此，我们曾经都是一群热爱家乡，为了家乡甘于奉献、乐于奉献的热血青年，在这件事上，我们每一个人都对得起自己无怨无悔的人生。此时此刻，我祝愿当下还健在的这班男女老伙计们健康、长寿。

岁月飞逝，弹指一挥间，40 多年的时间一闪而过了。当时月山大队民间助学小组提出的为振兴月山村教育的目标、口号，历经 7 年之后终于实现了，虽持续时间很短，但其精神永存！

当年月山大队民间助学小组的助学宗旨、精神，月山大队新春联欢晚会的办会方向、目的，激励了月山村几代人。一路走来，其中有过欢笑、有过泪水，有过质疑、有过迷茫，经历过不知多少的艰难困苦，遭遇过诸多猜忌，也有过数不清的无奈。正因为在这里的是一群月山人，他们能相互理解、相互包容。

当年月山大队民间助学小组的诞生，激励了月山村年轻人为“读书光荣”而努力，年轻人圆了读书改变命运的梦。而月山大队新春联欢晚会这朵山花，经过月山村几代人的辛勤浇灌和精心呵护，如今已经变得更加艳丽、名声在外，它成了月山村对外的一张金名片。

第四辑

纸短情长 说不尽道不完月山情缘

月山有一种魅力，她不仅仅是月山人的故乡，是月山游子的回望之地和精神家园，即便是那些只在这里工作过一段时间的人，也会对她深深眷恋，细细品味，寻找心底那份悠悠乡愁。

月山的深藏与深长

吴绍华

在云雾缭绕的山峦之间，隐藏着一个难以在卫星遥感图上找到的小村庄。她的地理坐标是东经 119.17°，北纬 27.49°，海拔 820 米。这里四季分明。山谷间有一条小溪，由北往南蜿蜒前行，经溪流冲刷，两岸形成了一片开阔平地，分为上垟和下垟，这是村里最肥沃的两片农田。而在这溪流的中部，向西凸起的地方，与东面的月牙山相拥之处，便是月山村。

月山村距离县城 57 公里，距离浙闽边界不足 5 公里，远离喧嚣，宁静祥和。我出生在这里，度过了快乐的童年。童年的世界不需要大，眼前能看到的、脚步能丈量的就是认知的全部。村里周边半个小时内能走到的地方我基本都跑遍了，那时觉得门前的溪是最宽的、村里的山是最高的。这里的水很清、桥很多、人很好，她在我的眼里是完满的存在。

那时读书好像不是唯一的任务，从家门口到学校慢慢走大概要 5 分钟，我常常早上踢着一块石头去学校，下午放学踢着同一块石头回家。

所以，我的脚拇指对应的鞋面是最先破损的地方。一年级的时候，教室的钥匙由值日生保管。有一天轮到我值日，我早早地到了学校打开了教室的门，等了很久也没发现同学们来上学。走出教室，我望了望天空，月亮特别亮，估计是我弄错了时间，于是我跑回了家继续睡觉。后来母亲告诉我，那时是凌晨三点钟。

村子里有很多桥，我们最经常去玩耍的是如龙桥，它就坐落在小学的旁边。桥下粗壮的木梁好像 6 根一组，共 5 组，交叉架起了木拱桥的底座，桥梁上铺着厚实的桥板，桥板和桥梁间有 50 公分左右的空隙。午饭后到下午上课期间有较充裕的时间，我和小伙伴们一起钻到桥底下，抱着桥梁从溪的这边穿到另一边。桥面到水面有七八米高，现在依然清楚地记得有个小伙伴爬过桥梁时拖鞋从桥上掉到溪里的哭喊声，同时响起伙伴们的更大的嬉笑声。那份无畏让我如今想起都感到惊讶。

小学附近就是村里的粮仓，粮仓有个很好听的名字，叫“百万仓”，当时并不知道其内涵。百万仓有两幢大建筑，一幢是石头水泥砌成的粮库，后面有个排水沟，蹲在沟里，干净的水泥路面就当桌子，这里是与伙伴一起做课后作业的好地方。另一幢是木质粮仓，粮仓下面为了防潮，用约 1 米高的直立木桩支撑着，一根根木桩排列整齐。完成作业后，我们就跑到东面木质粮仓的下面，那里阴暗而宽广，是我们猎奇的地方。我们在这“隐秘基地”里扮演打仗、探险、捉迷藏……

秋收之后，天气特别好，下垟的田野成了我们的乐园。打完稻谷后，田里的水排干，没有农作物，只有稻草堆。稻草堆叠得很高，可以爬到高处跳下，松软的稻草会保护我们不至于受伤。用稻草可以扎成塔状稻草人，每个小伙伴都是大侠，肆意打翻稻草人，感受“横扫千军”的快乐。田地里可以看到一些小洞，那是泥鳅洞，往深里挖开，就可以找到泥鳅，当然并不是每个小洞都能挖到泥鳅。田埂上挖起小灶台，烧起火堆，可以烤一些秋收后掉在地里的豆子，味道很好。童年无限的精力可以在田野里尽情释放。

求学、出国、工作，走出月山村，我见到了更大的河、更高的山、更多的人。然而，无论走到哪里，心中深藏的始终是这座充满爱与回忆的月山村的小溪、群山和亲人。

深情厚谊难忘却

鲁可荣

农历年底，传来了第 44 届月山春晚即将上演的消息，镌刻在我记忆深处的月山村，再次完整且清晰地呈现于我的眼前，依然历历在目，恍若昨天。

2012 年 8 月 14 日，在浙江师范大学任教的我跟随友人张祝平先生驱车翻越群山，走完崎岖的盘山路，来到这个偏居浙西南浙闽交界处的世外桃花源——一个月亮休息的地方，一个比月亮更美的地方！从此，开启了我与月山村民之间浓浓的乡情之缘，也开启了我在浙江从事乡村文化传承和传统乡村保护发展研究的学术之路。

第一次到访月山村时，这里“山环水秀一桃源”的优美恬静的山村自然环境，钟灵毓秀的人文氛围，淳朴善良、恭俭礼让的民风民俗，积善行德与崇文尚礼的吴氏宗族文化，等等，令我沉醉其中、流连忘返。在短暂的两日内，我对新上任的村委会主任吴艳霞、“月山人家”农家乐的吴美妫一家等做了详细的访谈，大致了解了月山古村的村情村史和变迁发展。

那次月山之行对我触动很大，尤其是极具乡村文化韵味的月山春晚，让我进一步领略到乡村文化传承的魅力和文化农民的力量。以吴艳霞为代表的“月山芽儿”返乡进行农业创业和复兴乡村文化，使我看到了乡村产业发展和文化振兴的希望。

自 2013 年开始，我分别带领几届研究生（刘红凯、金菁、曹施龙、周洁、胡凤娇等），几乎每年暑假和寒假都到月山村进行一周左右的参与式实地调研，主要围绕乡村集体记忆与月山春晚传播、乡村文化传承与乡村教育变迁、乡村产业发展与农耕文化教育等主题。通过对月山村连续几年的实地调研积累，我陆续主持了浙江省高校重大人文社科攻关计划规划重点项目“浙江省传统村落的价值解析及保护发展研究”（编号：2014GH012）和国家社会科学基金一般项目“传统村落的集体记忆建构与乡村价值传承保护机制研究”（编号：16BSH047），并发表了相关学术论文 5 篇，出版学术专著 2 部；同时，指导研究生刘红凯、金菁和周洁分别以乡村文化价值、乡村文化传承及传播等主题完成了硕士学位论文。

在长达 6 年多的实地调研过程中，我和几名研究生与月山村热情淳朴的村民结下了深厚的情谊，月山村俨然成为我们的第二故乡。在此，要非常感谢举水乡各位领导和月山村“两委”干部的大力支持和指导，更要感谢吴艳霞及其父母、吴德生、吴庆生、吴美姒、郑书进、吴如山、吴志安等村民的热情招待和不厌其烦地接受访谈。

为了感谢月山村民们的深情厚爱，也是为了系统梳理月山实地调研成果，2015 年我决定将多年积累下来的月山调研资料完整地整理出来结集出版，既是为了存续那份悠久厚重的乡村集体记忆，也是为了完成对月山村民的一份承诺。一晃又是几年，2024 年 1 月，在第 44 届月山春

晚上演前,《传统乡村集体记忆与文化传承——浙江月山村的田野调查》出版,至此终于了却了我的心愿,也为月山村的新春送上了一份贺礼。

2019年初,我从浙江师范大学调动到浙江农林大学工作,由于去月山村路途遥远,以及行政事务繁忙,虽然一直心心念念想要再次回到月山村,站在廊桥上眺望高耸的银屏山,去村民家中吃上一碗爽口的黄粿,再去看一次月山春晚……其间也几次收到吴艳霞的盛情邀请,然而因种种原因,非常遗憾始终未能如愿。

自2012年盛夏走进月山村至今,已经10多年!在月山村的田野调查研究真正为我奠定了开展乡村集体记忆与文化传承研究的基石。月山这份深情厚谊,永难忘却!

月山情缘

叶大华

一、缘起

爱月山，不需要理由。

不是说不出理由，而是有太多的理由让你说不过来。

我不是月山人，但却对月山有着一种执着的爱。爱春晚，爱银屏山，更爱在月山寻找心底那份乡愁。

2009 年 12 月，因工作调动，我来到举水乡，开始了三年的乡工作生涯，而且我是分管文教卫工作。“文”是月山的魂，所以，真是荣幸之至。

爱月山，最爱的是月山春晚。

月山处处充满文化气息，最直接的体现，莫过于月山春晚。

我 2009 年 12 月底到举水乡报到，转眼间就是 2010 年元旦。

举水乡政府所在地月山村，过了元旦就与其他地方有点不一样：距离2月14日春节还有一个多月，但春晚的筹备工作却已悄然开始。作为副乡长，我也自然而然地参与其中，把自己融入春晚团队中去，哪怕只是为他们搬桌椅、提道具。

二、投怀

我一直对乡土文化有一种偏爱，在没有到月山之前，就曾经写过一些充满乡土气息的小文章，如今一头扎进月山春晚这个团队里，我深深感受到这里的文化气息之浓厚，顿时有一种久旱逢甘霖的感觉。

月山春晚最大的特点，是所有的节目都是自编自导自演的，这也是月山春晚会有如此强的生命力，几十年来坚持不懈、不断壮大，成为举国闻名的乡村文化金名片的关键所在。在这样的氛围下，我的创作欲望被立刻激发了出来。

机会说来就来。当年，县农村信用社（现在的农商行）给月山春晚提供了很大的帮助，他们的条件是希望我们能够在春晚上演一个与农商行助农相关的节目。我立即把这件事应承下来。于是，我白天与村里的乡亲一起筹备春晚，晚上关起门来写剧本。经过一个多星期的努力，终于写成了小品《贷款》的剧本。拿给县艺术中心的几位老师一看，大家都说写得好，他们还特别给我提了一些意见，使剧本更加完善。

有了剧本，就要找演员，乡里的年轻干部柳从聪同志和县农村信用社的一名小姑娘自告奋勇担当演员。在县艺术中心的老师们的精心指导下，连同这个小品在内的10多个选定的节目也紧锣密鼓地排练起来。

《贷款》经过一次次的排练、磨合，柳从聪同志那充满睿智、风趣、幽默的表情把主角演得活灵活现，让人看了忍俊不禁！只等春晚演出那天登台亮相了。

年关将近，离春晚上演的日子越来越近，我们的筹备工作也越来越紧张。腊月刚过中旬，杭州等地的电话一个接一个地打过来，询问春晚上演的具体时间。为了使外地的观众既能看上月山春晚，又能赶回家与家人团聚，县里要求我们提前上演。经过多方协商，最终把演出时间提前到腊月二十三日。

到了演出日，从上午 9 点多开始，来自四面八方的车辆一辆接一辆开进月山。那个时候，村头停车坪还没修建起来，举溪两岸的许多店铺也还没拆除。这么多车子进来，从村头到村尾，车挨车、人挤人，简直可以用“水泄不通”来形容。为了确保安全，乡里组织民兵应急分队在公安民警的指导下维护秩序，让所有的车都有序停放到村头村尾的公路上。

由于人多，平常很顺畅的移动通信也变得拥挤起来，打个电话都费劲。

那天，我既要统筹演出的事情，又要接待来观摩的一些领导和客人（由于来的客人多，乡里领导班子做了分工，各自接待不同条块的领导与客人），忙得就像个陀螺似的。

三、沉浸

整个月山都在兴奋，浓浓的节日味扑面而来：沿街的大红灯笼早已悬挂起来，各家各户门前贴上了火红的对联，中心街每个人脸上都洋溢着幸福与喜庆。

傍晚刚过，满大街的红灯笼亮了起来。刚吃过晚饭的人们蜂拥而至，涌向文化礼堂，都想抢占一个好的位置。那时候礼堂主体还是跟现在一样，但里面却略显破旧——一没有观众椅，二没有成套的灯光设备，音响设备也很差，只能请县艺术中心连人带设备过来帮忙。为了安排贵宾，临时在舞台前方正中央摆了两排贵宾席，还有村里一些简易的椅子往后面一摆，其他人就得从自家带着凳子来占位置。尽管如此，人们的热情却丝毫不减。离开场还有半个多小时，整个礼堂就被挤得满满的。

随着一阵铿锵有力的锣鼓声响起，传统开场节目《舞龙灯》上场，拉开了整个春晚的演出序幕。

很多人可能会觉得我作为一个“分管文化”的领导，此时关注的一定是春晚的演出质量。其实不然。因为，对于月山春晚的演出质量来说，我无须担心。从前期节目筛选开始，已经确保了所有的节目内容符合当时的观众需求。至于演出质量，我更不用担心。因为对于月山村的所有参演群众来说，多次的登台经验早已把他们锻炼成地道的“乡村明星”。上至90多岁的老爷爷、老奶奶，下至七八岁的小孩，只要一登上舞台，就信心十足，根本就没有怯场之说。

让我最担心的，还是安全问题，虽然我们安排了很多人做安保工作，但这么多人拥进一个拥挤的礼堂空间。会不会发生踩踏事故、礼堂里陈旧的天花板是否牢固、供电线路安不安全等等，都让我异常紧张。以至于整场演出下来，我几乎没有很好地欣赏节目，手里的相机拍了一些照片，后来放到电脑上一看，有一大半是模糊的。

两个多小时的演出一结束，我带着应急分队的人站在出口疏导观众，当最后一位观众离开的时候，我终于感觉到一阵疲惫，似乎整个人都要瘫倒下去。

但就是这场与月山春晚的亲密接触，使我深深地爱上了月山春晚。

它不但让我感受到这种浓厚的乡土文化气息，也让我感受到它对于广大观众的独特魅力。

2010年4月、6月，县里要求我们组织两场汇报演出，演出的地点都在县城，我亲自参与了两场汇报演出的组织工作，这更使我真正成为月山春晚的一个参与者。

基于安全的考虑，2010年，乡里多方筹措资金，对月山文化礼堂进行了一次修缮，其中，全面更换了让我一直提心吊胆的天花板，更换了礼堂里陈旧的电线。

2011年春节，月山春晚迎来一个高光时刻。浙江卫视卫星直播车开进月山，全国23家新闻媒体直播了月山春晚的演出。也就是在这一次，我认识了浙江卫视的李阳等朋友。有了2010年春节的演出和两场汇报演出的组织经验，这一次，我在整个组织过程中更加从容，各项工作安排得更加细致周密，圆满地完成了演出与直播任务。

四、银屏山

爱月山，我深爱银屏山那博大的胸怀。

月山村西面有一座山脉叫银屏山，当地人又叫它“大山”。银屏山海拔高达1260多米，山上形成高山台地，并有多处湿地，当地人每到冬天就把牛赶上山去，让它们自由觅食，因此又叫它“牛栏坪”。

银屏山不但高大雄伟，而且有着博大的胸怀，那里珍藏着无数的野生动植物，简直是一个天然的生物多样性宝库。在众多珍贵的动植物中，最为人们熟知的，当属银屏山的野茶和牛肝菌。

茶，在月山有一段鲜为人知的历史。

陈椽老师的《茶叶通史》一书记载，茶叶古时候是从庆元一带流入闽北地区的，这促使了之后闽北茶区的形成。也就是说，福建政和、松溪、武夷山一带的茶叶，古时候是从庆元传入的，庆元是闽北茶叶的源头。

而举水龙溪，又是庆元茶叶传入闽北的主要通道之一。

举水一带自古盛产茶叶，而且以其品质优良而闻名。民国初期，举水落岭村的季观远在银屏山一带广种茶叶，并研制成红茶，这些红茶经闽江运到福州，然后出海远销至新加坡等地，甚至被当时的香港总督采购，进入英国王室。

在银屏山湿地的边沿，生长着很多野茶树。这些野茶树有的树龄达到四五百年，高达五六米，单丛植株直径粗达七八公分。这些茶树处于全野生的状态下，没有任何污染，是纯粹的生态茶。采其芽加工成绿茶、红茶、白茶，口味独特，口感爽滑不涩，汤色清澈透亮，味道醇厚，回甘清甜，且带着自然的花果香味和木质醇香。因此，以野茶为原料加工成的绿茶、红茶、白茶类茶产品，深受广大消费者喜爱。

我在月山工作的时候，从事茶叶生产的吴至安、吴小兵两人，除有一部分基地茶之外，都去银屏山寻找野茶。吴至安注册的商标是“人顶”，吴小兵注册的是“云屏”，为了帮助他们开发野茶资源，我曾两次登上银屏山，帮他们拍摄了很多与野茶相关的照片。

攀一次银屏山可并不容易。那时上山并没有现在的游步道，全是陡峭崎岖的山路。我们早上六点多钟就出发，从龙湫上去，到达山顶就要两个多小时，然后沿山顶高山台地往牛栏坪方向走，一路边采野茶边拍照片，饿了就吃点随身携带的饼干。傍晚时分，我们从溹根村后下来，即便往下走，也要一个半小时以上的时间，陡峭的山路走下来，很多人第二天就全身疼痛无法走路。

山上的野茶多，却不好采。一是野茶不比基地茶或家茶，叶面芽头甚少，一丛高大的茶树稀稀拉拉没多少芽头，采下来只有几两茶青甚至更少；二是茶树高大，必须架着梯子才采得到，一个人采一天，能够采个两三斤茶青就算是高手了。所以，野茶的采摘成本非常高。

2022 年，我被推选为庆元茶文化研究会副会长兼秘书长，时值庆元县委、县政府非常重视庆元荒野茶的开发利用，把这项工作纳入全县推进乡村振兴和农村共同富裕的实事当中。为了进一步查清银屏山的野茶资源，我又一次登上了银屏山，加上还有一次陪同胡刚（时任庆元县副县长）等领导上山考察风电资源，我总共六上银屏山，把银屏山上的几处湿地、几条小径都跑了个遍。对于最集中的几片野茶资源，我更是了如指掌。

2019 年，月山银屏山居主人吴小兵承包了山上所有野茶资源的开发权，从此，银屏山野茶走向杭州、上海等大城市，成为人们追捧的时尚饮品。

大山上还有一种深受人们追捧的珍品——牛肝菌。

全世界已知的牛肝菌品种有 230 余个，其中有很多可以食用。庆元头顶“中国生态环境第一县”桂冠，是天然的生物多样性宝地，自然少不了牛肝菌。在庆元，已知的牛肝菌品种有 50 多个，其中可食用又最受人喜爱的是黄牛肝菌，而最受人追捧的，则是银屏山一带和岭头、荷地一带的牛肝菌。这一带所产的牛肝菌不但无毒，而且营养丰富，自带一种其他地方的牛肝菌所没有的天然香味，炖出来的汤香气四溢，让人见了都想一品其鲜，以至于上好的鲜牛肝菌在市场上能卖到 400 多元一公斤。

上银屏山采牛肝菌并不容易，山路难爬姑且不说，最主要的是这种牛肝菌人工无法种植，完全依靠天然野生，而且其生长条件苛刻，必须

是在三四十年到七八十年树龄的松树与栎树等阔叶树混生林中才会生长。再加上由于价格昂贵，上山寻菇的人特别多，有的时候在山上跑了一天却一无所获。真可谓“一菌难求”。

由于牛肝菌的特定生长条件，山里人大多有自己所知道的特定长菌地，当地人称之为“蕈坛”。掌握了蕈坛，就意味着掌握了采牛肝菌的秘诀。所以，对自己所掌握的蕈坛，是一个秘密，绝对不可告知别人。

每年立秋前后，只要有充足的雨水，牛肝菌的地下菌丝就会趁着昼夜温差大的时机扭结而长出子实体。当子实体进一步长大，长出地面后，就成长为伞状子实体，便成了人们喜爱的牛肝菌。也许是牛肝菌在夜间长得特别快，所以，掌握了蕈坛的人们，往往是天还没亮就出发上山采牛肝菌，有的甚至是拿着手电筒连夜上山。由于牛肝菌呈黄色，在手电筒光下很是显眼，如果有牛肝菌，也就很容易发现。

找回来的牛肝菌，伞盖没展开的新鲜卖，伞盖已展开的，则切片晒干卖。在举水月山、落岭、地虎坑等村，有寻菌能手一季下来能卖个一两万元甚至三四万元，这对于农民家庭来说，也是一笔不少的收入。

我也曾利用周末跟着当地的采菇人上山寻找过牛肝菌。头两次跟着别人后面跑，到底不知道哪里会长哪里不会长，一天下来能找上一两个就不错了。幸好山上还有其他野菇，比如“山茶菇”“苦菇”等等，只要能吃的，也采一些来凑凑数，总不至于空着手回来。后来，我还看出了门道：找山里松树多的地方，而且地面上的枯枝烂叶被人翻得如同被山里走禽翻找过的地方，肯定是长牛肝菌的地方。果不其然，有一次上山，我就在这种地里找到了一排牛肝菌，有十一个，足足四斤多重。那一次，从早上找到下午，我竟然找了大大小小共有七八斤，可把我乐坏了。

五、回味

2011 年 8 月，我调任安南乡，离开了月山，但我对月山春晚的那份情愫，却丝毫没有减少。十多年了，每年月山春晚上演的时候，只要不是有工作上的冲突，我都会以县摄影家协会会员的身份前去参与。我离开了月山，依依不舍。月山的历史人文、风土人情、山山水水……值得我怀念的东西太多太多。如今，月山的一帮年轻人组织征集文稿，作为一个曾经的参与者，能摘取自己在月山的经历中的点滴融入这本书，我感觉非常荣幸！

我是月山村『荣誉村民』

裴建林

结识月山已二十年。月山变了，我也变了，从一个血气方刚的小伙子变成了烦恼多多的中年人。

到现在我还记得 2005 年 1 月第一次去月山的路上，抬头所见的星空以及那凛冽甘甜的空气。几年前我去西南旅游，夜间看到星空时，突然想起了 2005 年那晚在乡间小道上所见的那一幕。

第二天，我起了个大早，在桥边马路上看到村民杀年猪、打年糕，小卖部里摆满了各式年货，空气里弥漫着过年的气息。作为一名小镇青年，这一切与我童年时的过年场景几乎一模一样，区别只在于时空上的变迁。

夜间上演的“村晚”，原生态节目带来的新鲜感自不用说。出现在舞台上的农具和农作物，在灯光的照射下，让人觉得既真实又不真实。艺术本就来源于生活，真实的生活其实比艺术更精彩。现在把未经修饰的生活直接搬到了舞台上，这是一种怎样的观感啊！

台上演得热闹，台下也议得热闹。当我站在人群中看表演时，内心突然涌起一种莫名其妙的幸福感。这种幸福感来自儿时看露天电影的记忆，来自熟人社会特有的温情，来自社群归属感。一个互相熟悉的群体，平日里大家都为生计奔波，在一年接近尾声的时候，是需要这么一个具有高度仪式感的活动来整合情感的。

月山春晚经《钱江晚报》报道后，知名度迅速提升。后来，我也再回访过两次。惭愧的是，这两次更多的是带着单纯写报道的目的去的，匆匆去匆匆回，然后写篇文章交差。2012 年 5 月第三次去的时候，晚上我住在村边一个新修的民宿里。当时村里已经有村民利用自家住房经营民宿了，但村容村貌变化还不是很大。

第四次去，是在 2019 年的春天。尽管这一次行程也匆匆，但我是带着乡村振兴如何推进、传统文化如何继承这个角度去的。村口有了游客中心，村屋的外立面和道路都有了统一的设计和装饰，举溪两侧明显经过了专业的改造。从外表上看，月山变干净了、整洁了，已经走上了商业化的道路。但深入细节一看，还是显得有点粗糙。我感觉它变好了，但又失去了一些味道；感觉它很努力，但又有些力不从心。

在村里逛了一圈后，我问同行的同事（他是第一次去）：在这里你可以待几天？他想了一下，说一个白天一个晚上。为什么？他说，月山是有特色，但它有的很多浙南山村都有，它最大的标签是月山春晚。但如果去掉这个标签，其实底子是薄弱的，还要补很多课。我想了一下，似乎是那么回事。

吴艳霞说让我写一篇关于月山的文章，我想写个流水账发点感慨似乎意义不大，所以后来琢磨了以下几点，算是这些年对月山的观察的一个小小总结。不过，因为没有做过全面调研，也没有亲身生活在月山，有些话如果不当或不到位，请诸位“月山家人”海涵。这不是挑刺，而

是希望它越来越好。

第一，月山的土特产品质很高，现在的问题就是如何将之品牌化和商品化。比如土鸡，普遍做法就是做汤鸡，作为一个会烧饭、还算吃遍八方的男人，我就在想，这鸡要是弄到大城市去，套上个概念，然后让大厨精心处理下，会卖出个什么价格？还有，如果真要大规模生产，产量跟不跟得上？整体品质如何保证？

第二，月山地界不大，如果要打造成为国内的知名旅游村庄，要从许多同质化的浙南山村中脱颖而出，应该有一个什么样的定位？顶层设计如何做？钱与人从哪里来？故事怎么讲？基础设施怎么建？整体营销战略怎么推进？

第三，“村晚”这个概念因月山而火，刚开始是新鲜感和符号意义，但这么多年过去了，月山春晚其实遇到了瓶颈：如果全职业化，品质是有保障了，但失去了特质；如果继续走非职业化道路，又会有审美疲劳。更重要的是，如何像贵州“村BA”那样，把月山春晚变成一个带动提升区域知名度、带动区域经济发展的品牌？

月山春晚的报道，是我记者生涯中最看重、最值得骄傲的一组报道。这些年，因为工作岗位的变动，我与月山的联系并不是很多。但有两件事情让我很感动：一是月山村曾赠给我一块“荣誉村民”的牌子，几年前搬家的时候从储物柜里翻出这块牌子，拿在手里感慨万千；二是前段时间因为工作原因与杭州一家从事农产品销售的公司建立了联系，在群里，一名在这家公司工作的“月山芽儿”认出了我，在群里激动地与我聊了起来，以至于有人提醒他这是工作群。

真心希望月山越来越好，月山的家人生活越来越美好！

一些零碎的回忆

鄢　鸣

我以前从来没有想到过，小时候每天玩耍的地方、走过的桥和爬过的山，都是那么有来头、那么有文化底蕴。

当她揭开神秘的面纱，成为一个全国知名的人文旅游胜地后，我从新闻上翻看一张张照片、聆听一段段讲述，才恍然大悟，原来真是这样，以前怎么就没看透呢。

月山村，是举水乡政府所在地，位于庆元县城东南57公里处。月山村后山形如半月，村前溪水曲似银钩，村庄坐落其间，如同山环水抱的一轮圆月，故名月山。

从小，我们是在“忖忖乌”的故事里长大的。这是一个足智多谋、嫉恶如仇的民间英雄，“忖忖乌”三字应是庆元话“想想有”的谐音，即主意很多。如果被人夸一句这孩子跟“忖忖乌”一样聪明，那是很光荣的事情。

在长辈的耳语中，我们知道村里古时就有闻名的“举溪八景”——

月山晚翠、云泉晓钟、龙凤两桥、文奎高阁、宝塔东耸、银屏西峙、龙湫灵液、虎胜奇岩。那时候，我们每个孩子都能随口说出这八景的名字，还时常在课间讨论这八景如今分别在哪里。龙湫灵液景点还被传得神乎其神，类似于仙境、有仙人下凡之类的地方，搞得我们时常想去探险，看看能不能也遇到一出仙履奇缘。

可惜的是，随着时间的流逝，八景在我们那个年代很多就已经消失了，留在我印象中的只有月山晚翠和龙凤两桥仍然保留完好。宝塔东耸，记得爸爸说过这是“八老爷”吴懋修建造的，就在村小学斜对面的山上。我们小时候看到的时候，就已经是一个残塔了，塔顶已经没了，孤寂地矗立在山坡上。印象中我曾偷偷地钻进去过一次，那时候对文物古迹不懂，进去看到里面什么也没有，就一个空心塔，也就消除了心中的神秘感。只是每每站在学校操场，抬头与之遥遥相望时，总会油然而生一种莫名的孤寂感。

说一下月山村的桥。庆元是廊桥之乡，我也是工作后，因为职业接触的原因，才知道月山村有“二里十桥”的美誉。回想一下村庄记忆，还真是这么一回事。村里桥特别多，最有名的是如龙桥和来凤桥。在举水人的传说里，这两座桥还有一个美丽的爱情故事。据说以前月山村举溪两岸，东边住着吴姓，西边住着陈姓，两姓在旱季争水斗殴，后来吴家的吴如龙和陈家的陈来凤因比武结亲，共同凿引水渠，传为佳话。

但在童年，这些桥留给我的却是灰色的记忆，每次过桥都闭着眼睛飞奔而过，心还扑通扑通地跳个不停。在农村生活过的人知道，那个年代的桥基本上是拿来放棺材的，每次走进桥就会有阴森森的感觉。就拿如龙桥来说吧，如龙桥就在我们学校的旁边，印象中廊屋里面常年放着一口大黑棺材。有段时间电影《画皮》很风靡，同学之间又常扮鬼吓人，桥简直成了童年阴影。

很玄乎的是，那时如龙桥旁边住着一个小裁缝，在《画皮》故事风靡的时候，他有一天突然就消失在我们视野里了。有人说他被鬼抓走了，而且讲得绘声绘色，吓得我们每天放学就跑回家，不敢在外面逗留。直到后来小裁缝回来，才消除了这种恐惧。

还有白云桥，桥下有一汪清潭，是村里人挑水、洗衣洗菜的地方。但因为潭水深，也发生过溺水事故，所以每次路过这里，我都会觉得很恐慌。也许是因为这个缘故吧，我就比较怕水，尤其是水潭。可是，白云桥下在夏天真是一个纳凉的好地方。潭水碧绿，清风徐来，便觉周身通畅舒适，完全忘记了盛夏的酷热。

月山村现在更出名的是“月山春晚”，村里的父老乡亲还登上了央视。说起来我还是庆元第一个宣传月山春晚的人呢。2005 年，山妞吴艳霞带着《钱江晚报》的一位文字记者和一位摄影记者来采访，我是全程陪同的。《钱江晚报》用三个版面刊发了稿子，还挂了我的名字，让我跟着风光了一阵。

现在回想起来，文字记者裴建林和摄影记者李震宇是真的敬业，山妞为了村庄发展也是真舍得下“血本”。当时的宣传一切都是山妞自己的想法，没有通过官方渠道。当她通过《钱江晚报》热线对接到裴建林后，所有的一切接待都是她自掏腰包。这种大局意识真的让我佩服。因为想到我这个在庆元媒体工作的老同学，所以她联系了我一起参加。可惜我当时也是刚出道的小记者，没帮上什么忙。

那时候丽龙庆高速公路还没开通，从杭州到庆元要 10 多个小时。那天他们从杭州出发，到庆元就已经是傍晚了，山妞又租了一辆面包车，我们连夜坐车到月山村。山妞的爸妈早早就把家里的房间打扫得干干净净，接待他们住下。记得当时摄影记者想拍一组体现农村年味的照片，因为村里这两天正好没人杀年猪，所以山妞爸妈还把自己家养的一头大

肥猪给宰了，让记者实地亲身感受农村浓浓的纯正年味。第二天晚上的春晚表演，村里的年轻人都很积极主动，在山妞的组织下分工有序，晚会很热闹，也很成功。裴建林以《中国式过年之文化样本——月山村春晚》为题刊发了报道，月山春晚也因此“出名”了。

可惜，月山这么美的地方，旅游却没有大火起来。说白了，短板在“路”上。2022 年 11 月 26 日，“掌上庆元”微信公众号发布了月山（银屏山）隧道贯通仪式的文章，宣布了这桩全村人的盛事。这个隧道一通，不仅意味着回村的路告别了山路十八弯，而且路程也从一个多小时缩短到了半个小时。

月山，这是月亮休息的地方！我脑海中有一幕，直到现在我也不知道是现实还是做梦。有一年的农历八月十五，我看到村后山竹林的月亮特别大特别圆，就挂在半空中，感觉都有脸盆那么大了，把村子照得像白昼一样。后来我跟同伴说了，他们说没注意；再后来，我跟朋友说了，他们也不相信有这么大的月亮……

写完了这篇杂记，当我从头到尾读了一遍的时候，突然觉得这些零碎的回忆就像是一个传奇，我们从小生活的场景就像一个个民间故事一样。等老了，我希望还能常回去看看，写写过去和现在，这些记忆整理成一本书。

小舞台与大人生

吴知源

都说人离家越远，心离家越近。漂泊在外久了，慢慢地懂得了“乡愁”这两个字所承载的分量。城市化的进程，让原本繁华热闹的故乡变得冷冷清清。只有逢年过节，人们才从四面八方赶来。春节成了离乡游子最美好的期待，而春晚则是一场盛大的狂欢，一场文化传承的仪式。勤劳善良而朴实的月山人，走向了祖国各地，却通过月山春晚集结在了一起，恰好印证了那句“聚是一团火，散是满天星”。

故乡

故乡的山，郁郁葱葱，儿时如是，现在亦如是；故乡的水，清甜甘洌，儿时如是，现在亦如是；故乡的月，盈亏有序，过去如是，当下亦如是；故乡的星空，浩瀚如河，过去如是，当下亦如是。

小时候一直憧憬着大山外面的世界，长大后却常常怀念大山深处的点点滴滴。

故乡有“二里十桥”、云泉晓钟、银屏西峙等美景，都深深地烙在了我们的记忆里。故乡的山水养育了一代又一代的月山人，故乡的文化也滋养了一代又一代的月山人。关于月山，流传着许多脍炙人口的诗句和美丽传说。太多唯美的故事没办法一一细数，但许多唯美的故事通过月山春晚的舞台得到了进一步的升华和延续。小时候看春晚，长大后演春晚，育儿后传承春晚，这成为大多数月山人的写照。

上大学期间，每到寒假，最让我期待的就是春晚。每次参与到春晚中，我都能感受到很多纯粹的快乐。大学刚毕业的时候，我有幸参与了《如龙与来凤》的排练和演出，通过场景还原，沉浸式地演绎了一番故乡的唯美传说。随着年龄渐长，工作愈忙，我更为期待的是把孩子推向舞台，让下一代记住，故乡月山是他们的根。

故人

小时候，乡亲邻里大多过着面朝黄土背朝天的生活。父辈们大多有一技之长，如打铁、做篾、锯板、杀猪、泥瓦匠、箍桶等。到了我们这一辈，大多都不会这些了。然而，我们有幸赶上了义务教育，开始了读书的生活，知识改变了我们大多数人的命运。

那时候，举水乡中心学校很热闹，十里八乡的孩子到了四年级都会来这里上学。学校还有初中部，上完三年可以拿到初中毕业证。记得小时候，学校的板凳不够，低年级的学生要从家里带。我家没有小板凳，我每次都扛着长条凳去上学。那时每学期还要出一次公差，给食堂捡柴火，因为住校的学生需要食堂蒸饭。比起外村住校的同学，月山村的娃儿幸福多了。

那时候人多，资源少。而如今，校园的条件好了，生源却少得很。曾经一度教师的人数比学生的人数还要多。

乡村振兴在路上，人才振兴的路还很长。

过去回家，我总喜欢在小弄堂里听邻居的老爷爷老奶奶讲月山的往事，听他们唠叨家长里短。我默默地听着，他们娓娓地讲着。只是每次回到月山，熟悉的月山老人都会少了。渐渐地，熟悉的面孔便越来越少了。

好在月山的舞台是有记忆的，在岁月的相册里，我们还可以翻到许多故人和故事。而我们，也都终将成为故事。

故事

长大后，到了城市，我常常理解不了城市与乡村的反差。直到我读了费孝通的《乡土中国》，才慢慢理解了差序格局和无讼的意义。我才知道，在慢时光里，许多东西是相似的，只是城市的快节奏生活让我们在急匆匆的追逐里丢掉了许多宝贵的东西。

在月山，有说不完的故事。而这些故事都是建立在“礼”之上，建立在乡亲的约定俗成之中。“路不拾遗、夜不闭户”的良好民风，让我对于生活和周边的世界总是习惯性地放松戒备。邻里乡亲的氛围在村庄里很浓郁，而城市生活却多半是冷漠与防备。

村子的后山是一片半月形的竹林，据说“八老爷”吴懋修立了一个村规：禁止砍伐后山毛竹和挖笋，违者杀猪分肉。相传为了让大家遵守

此规，“八老爷”把自己的猪赶到山上，猪吃了冬笋，于是他把猪杀了，给每家每户分了二两肉。从此，月山的每个村民都记住了这一规矩。

后山的竹林是全村所共有的。据说，每个月山人都有两次机会可以从后山砍两棵竹子：一次是结婚的时候，可以砍两棵编“吊箩”（装婚礼糖果用）；一次是离世时，可以砍三棵编花圈。

春晚的舞台最难能可贵的是情感的联结，而不是利益的往来。那些基于舞台而起的无私付出和为了美好生活的共同祝愿，是一种不断传承着的默契。

每个人的心里都有一个月山舞台。一年一度的晚会寄托着深深的乡愁，静静的村庄流传着久远的故事，小小的舞台折射着大大的人生。月山春晚对每个人都有着不一样的意义：面子看热闹，里子看人生。

故乡治愈了我

吴丽春

一

当命运的双手在我生孩子期间一并将家人的生老病死接连推到我面前时，初为人母的虚弱与焦灼、面对疾病的无助、对死亡的恐惧以及对未来不确定性的种种焦虑，种种难熬的痛苦，让一向追求完美的我濒临崩溃，精神在极度的焦虑和抑郁中摇摆。

就这样，在人生最痛苦的时候，我回到了月山。我把那些不知与谁说的话、为谁流的泪、向谁诉的苦，都倾诉给了田野、天空，还有步蟾桥边的老树。我一遍一遍地说，大地一遍一遍地回应：被烧焦的田埂上绿得出奇的野草在回应我，天上辽阔的光明在回应我，老树古老又粗壮的树枝在风中回应我。它们回应我：不要放弃，人生一定会有新的转机！

每当心中有大石压下，我就抱着女儿，一遍遍走在逢源老街上。我凝视着墙上挂着的历代先人简介，看着身旁劳作的村邻，渐渐明白，在迢迢的时间长河里，发生在我身上的痛苦同样也在他们身上发生过。而在这片土地上如今留下的一切文物，都在诉说着它们如何用顽强不息的生命力劈开生活的荆棘。是啊，纵然无法改变命运，但我们依然可以挑战它！

就这样，在人生最艰难的时刻，月山这片土地如同母亲一般托举着我。那里的风、雨、树、天空，那里的人，那里的一切，都仿佛在摇曳着它们的灵魂，告诉我：生活的欢乐和痛苦本就是并蒂相连，所有黑暗的背后都蕴藏着生生不息的生机。我紧紧抓着这片土地向我伸出的援手，一步又一步努力爬出黑暗的谷底，学习将生活的痛苦编织成一束花，嗅着它的芳香，在生活中不停地学习和成长，希望有一天自己能成为自己爱与力量的源泉。

我感恩月山给予我的一切，感激那些帮助过我的人，也感谢未曾言弃的自己。我想把疗治愈过我的地方介绍给世界，我想把治愈我的瞬间分享给所有的时光。我的存在对于世界而言或许渺小，但我的存在对于存在本身而言，却又神奇而伟大。

二

当所有事情叠在一起发生时，我挺着肚子，孤身一人，茫然无措。在那些惊惧难熬的日子里，老家步蟾桥边的那棵老树像是暗夜中一直守护我的神灵。我把所有的痛苦隔着千山万水，在心中一遍遍地倾诉给它听，祈求它的庇护与能量。老树仿佛一双大手，紧紧地在我背后支撑着我，让我在最脆弱的时候依然能坚强地去面对一切。后来，只要在我无助之时，我闭上眼都仿佛能看到自己背后站着无数棵树，它们如同森林般的生机与能量向我涌来。在树的最深处，我知道那就是它，它永远都在，它是我的守护神。

就这样，在最艰难的时刻，一棵六百多年的古树将我轻轻托起，它紧紧抓住我的手，告诉我：你的孤勇有我陪伴，你的痛苦有我看见。古树给我注入力量，让我在最艰难的时候获得了金子般宝贵的勇气，支持着我撑着一口心气跟命运过招，不至涣散倒下。

而我和树的联结始于很早的时候。

初中一个暑假的傍晚，我沿着公路散步，迎接我的除了潺潺的举溪水，还有路边排列生长着的水杉树。过往的车辆、过往的牛羊无数次从它的绿荫下经过，而它默默地守着，寂静而挺立。

微凉的傍晚，我走向它们。在我即将离开其中的一棵树时，某种神秘的力量让我回头看了那棵树一眼。在那回头的刹那，我仿佛听到它在等我。那仿佛是一个生命的期待：它想要一个拥抱。于是我回头，走近它，把整棵树深深地抱进怀里，把我的脸贴在它粗糙的树皮上。我侧耳倾听树的寂静，低头看到寂静飞进一片宽广之地。在那里，我能听到树叶和树叶之间仿佛有一个绿色的喉咙在发出声响；我能看到它的根系扎进地底深处，盘旋错落；我能看到在树的头顶上，每个清晨都会有一朵云露出脸来跟它问好，有鸟儿在枝头歌唱。那一刻，我深切地感受到，我的怀抱中跳动着一颗心，一颗和我一样的鲜活跳跃的心。原来生命如此值得赞叹！那是我人生中第一次感受到另外一种生命形式，以一棵树的方式。

第二棵树，是一棵五六百年的老杉树，长在步蟾桥的边上。在沧海桑田的漫长岁月里，它静静地陪伴着一座桥栖息在岁月的风雨里，彼此

的气质都融进了对方的血脉。桥有了树的灵动，树有了桥的慈悲，生命守护着另外的生命，生命撼动着另外的生命。它们存在着，穿越古今的时间线，人间苦难如同过眼云烟，历经沧桑后又风清月明，连同脚下的土地都沉淀着宁静与慈悲。

如果说前面那棵树是好友，那么这棵古树大概就是被我看作外婆这样的长辈。在它庞大的树荫下，我曾把无数的心事说与它听。每次回家，我总会抽出时间，高高兴兴地跑去见一见它。古老的大树把我拥入怀里，绿色的枝条在风中摇曳，仿佛把问候放进风里。我靠在树干上，旁边是安静的廊桥，树下的清风从斑驳的青石古道上涌来，穿过我的头发，宁静像桥下的流水，潺潺地漫过心田，愉悦一点点漫上来，许多快乐的蝴蝶从我体内飞出。于是，我和树建立了一段不离不弃的关系，在平行的时光里，我们成为彼此生命的守候者。

后来，在无数次情绪翻涌的时候，我抱着女儿站在老家的阳台上，一遍一遍地望向那棵树。忽然觉得，那从树干发散出去的无数枝丫就像树的情绪，每一根都是树的语言。世间万千生灵，每棵树都有自己的姿态。有的枝繁叶茂，有的茕茕孑立，它们承认自己的不同，也坦然接受自己的不同。每棵树都打开自己，不停地向阳生长，创造了一片又一片广袤的森林。可我却如此惧怕自己的情绪，为什么不能接纳我作为我的样子，如同一棵树是一棵树的样子呢？是的，我想像一棵树一样，把根牢牢地扎进大地深处，张开身体去接纳和拥抱世事人心的磋磨。泥泞在你手中，鲜花也在你手中，你的心是宇宙苍穹，世界是自由的风！

月山的两棵树，一棵树在幼时启蒙了我对他人付出爱的勇敢，另一棵树在我最艰难时教会了我如何爱自己，如何把成就自己变成内心的力量，迎难而上。

三

老家下雨，雨是从山那边跑过来的。

只见远处的竹林白茫茫一片，雨声唰唰地从竹林里传来。不一会儿，饱含雨水的云朵踮着脚追过来，雨里带着风，踩着各处的枝叶和草，窸窸窣窣，眨眼就下到了家门口。白茫茫的雾从山峦里慢慢升起，笼罩了整个村子。

在这个落在浙西南深处的千年古村，下一场雨，都能让你重新爱上这个人间一次。雨停的时候走出去，满目望去，不需要任何言语，你都能感觉到生命的充盈。山川、草木、廊桥，如同喝饱了水般透着温润的弹性，又好像被洗过澡以后焕发着清新，一切都是旧的、古老的，一切又都是新的、年轻的。你以为破碎很可怕，可你其实拥有承受一切的能力。瞧，草木焕新就是你的决心。

走在一条条古道上，一座座廊桥里，一脚一脚地踩下去，路边不知名的野花、小溪潺潺的流水、忽然造访的长得好看的鸟儿，你腾出心来装这一切，你能感受到自己被彻底接纳，被全然打开。心底某些僵硬的东西，好似被一双温暖的手熨帖着，毛茸茸地顶出硬壳开始发芽。哇，你看，你身体里的大地开始回春，万物生辉！

情绪最糟糕的那段时间，我不知道怎么和内心的这些焦虑、恐惧、担忧相处，一次次被它们占领，坠入黑暗的深渊。那段时间老家总在下雨，女儿睡着的时候，我搬把椅子坐在家门口看着远处的雨。雨水落在菜地里，落在竹林间，落在弄堂里，落在屋顶的青瓦上，每一滴雨都被大地接纳，各得其所，滋养着各方生灵。造化钟神秀，上天把月山这方自然炼化成盛纳天地的容器。

是的，要把身体当成容纳一方情绪的天地，去接纳它、理解它、信

任它、转化它。我开始学着像一条鱼潜入自己内心的深海，去探索生命中每一处被创伤搁浅的沉船。每一次深潜都让我浑身战栗却又欢欣雀跃，浮出水面的是一个新的自我。于是我有一个不为人知的波澜壮阔的海洋，我的勇气随着风浪沉浮，我拥抱每一朵浪花，直到和海融为一体。

慢慢地，月山的一砖一瓦、一草一木，成为哺育我精神的导师，教会我如何在困境中诚实地面对自己，把所有的负面情绪当成培育坚强的土壤，接纳它们，拥抱它们，放下它们，在未来的某天生长成生生不息的爱和勇气。哪怕遭遇痛苦和失败，也能高歌出胜利和欢乐。而我深知，不管我身在何处，从月山这片自然里一次次汲取的勇气早已内化成我心底的力量，成为我直面生活的能量。

月亮筑起的温馨巢

陈珏玮

月山，因山形而得芳名，因山峰而云雾萦绕，因春晚而闻名遐迩。月山村，月亮筑起的温馨巢，离开家乡的人像是一只只疲倦的候鸟，无论栖息在何方，每天都向绿水青山的家乡方向远眺。因为月是故乡明。

看，满月宛如银色的巢，搭筑在岁月寂静的树梢。月上柳梢，月披月山村，夜色多美好。如龙桥，来凤桥，村头矗立一桥，村尾亦矗立一桥，两座廊桥遥相呼应。月照两座桥，影成双，人成对，古老美丽的吴陈两家爱情故事惹人醉；银白月光映入贯穿村庄的小溪，融入举溪水，半是月色半是水光，花斑鲤鱼、红黑鲤鱼成群结队，鱼影浮动，月影涟漪尤其媚，怎不叫离家的人儿盼望早日把家回。

望，弯月恰似还未筑好的巢，挂在思乡人梦醒的拂晓，寻根思祖的泪花浮游在眼角。我已购得夜晚入梦的“门票”，却不知能否收到月山春晚组织者吴美妫的盛情相邀？然而，幸好梦里有一个通道，当我想念时准能回家瞧一瞧。昨夜，我在梦中看到老父亲喝着自家酿的米酒微微笑，

听到老奶奶讲月亮姐姐的故事——“月囡姊，光漾漾；梳新妆，气昂昂；换衣裳，做新娘；嫁月山，夫家旺”……我总是在梦中一次次回到月山看美妙：灯火阑珊下有月色与童谣陪伴，新整修的房屋和游步道被月色笼罩，朦朦胧胧的景致更添美妙。风雨沐浴过的千年古村从来没有现在这样热闹，新农村建设的景色比我想象得更为多娇，即便请专业画手也难以尽绘其貌。

瞧，今天已是腊月十五了，一年一度的传统佳节——春节转眼就来到。从家乡的微信公众号里我知道，比央视春晚还要早的“草根春晚”演出定在2017年农历腊月二十三。于是，我竭尽全力一层层拨开心里的云雾去寻找，似乎那一轮明月总散发着家乡的乡音、乡情、乡愁味道。我真的好想立即飞回村里，分享一下父老乡亲自编自导自演的小品、歌曲、情景剧和采茶舞蹈。同时，我真想把自己精心创作的《思念月山》单口相声节目展示出来，诉说相思衷肠，与月山来一次最真诚的约会，当一回最古老、最具农耕文化春晚的配角；特别想在逢源街坐在流水长席中，与朋友和亲人一起品尝农家麻糍、地瓜干、毛芋菇、豆腐渣萝卜丝、土鸡烧香菇、冻糕、黄粿等美味佳肴，这些各式各样的原生态美食，不仅让眼福和口福得到满足，而且能再次回味舌尖上初恋的奇妙。其实，古人借饮食明治国，如伊尹的“调和五味”“以鼎调羹”，老子的“治大国若烹小鲜”，都体现了中华饮食文化的积淀与传承。吃，不单单满足口腹之欲，更是传递出生活仪式、伦理、趣味等有特色的文化信息。色香味俱全的月山农家特色美味，是一种生活美学，是令人回味无穷的美好写照。生活，如果离开了审美，世界将变得无色、乏味、枯燥。领略家乡风味，温馨故里人情，与父老乡亲唠一唠，讲个幽默故事乐得满堂哈哈笑，洗去心中一年积蓄的纷扰。

瞄，圆月就是那永远不朽的巢，预示离开家乡的人心头最虔诚、最祥瑞的吉兆。耳边一次次响起孩提时代的歌谣，一回回体验母亲那温柔的怀抱；一帘帘淡淡的月光照，一窗窗悠悠雕花俏；一家家房前屋后风吻花草，一年年日子过得越来越有情调。小孩在门前放鞭炮，在路上奔跑，尽情在大人面前撒娇，老人提着火笼，围坐一圈，即使只有咸菜也能演绎茶道，对子女尽孝、红红火火的农村新生活津津乐道……那是洗涤我心灵最好的良药。你可知道？只有在外面“霾”头苦干的人，才知道远离喧嚣与烦扰是多么美好；只有尝尽漂泊异乡打拼的辛劳，才懂得家乡的风多么暖、雨多么甜。你可知道？有一种浪漫折射在思乡游子的脑海里，浸润于目睹周围实物的细微中，那是月山具有魅力和魔力的声音在呼唤，那是月山具有文化内涵和生命力的景、品、韵在撩拨，那是山好、水好、空气好、人更好的家乡自然和人文环境在萦绕。我是多么想念故乡，多么想插上翅膀，立即飞回月山的怀抱！

也许有人羡慕我在首都北京，可是很少有人知道我思念的无奈、苦楚和牢骚。其实，我就是那只疲惫不堪的候鸟，那只盼望归巢的候鸟。然而，不到农历年底还是回不了巢，我为赶不上月山春晚而十分懊恼。月山，是月亮筑起的温馨巢，更是我永远不离不弃的温柔乡。

梦里的银屏山

吴学松

在月山村的西面有一座巍峨峻峭的山峰，那就是银屏山。银屏山的美绝不仅仅在于它在不同时空与季节更迭交替中的奇妙景象：晨曦暮霭、苍翠欲滴、云雾缭绕、银装素裹……在我看来，银屏山真正的美是登上山顶后所领略到的别样景象……

记得还在很小的时候，父亲第一次带着我爬上银屏山的山顶，当时的那种激动心情如今回想起来仍历历在目，用叹为观止、欢呼雀跃、流连忘返来形容或许就是当时最真实、最贴切的感受。记得父亲语重心长地对我说："山顶看到的景象完全不一样吧，我们的眼界要开阔些，不要被眼前的银屏山所阻挡，要努力学习，走出银屏山，到外面的世界去……"

一

多少年来，无数次，在梦里，我时常爬上了银屏山的山顶，观日出、听松涛，在“大山”宽阔的高山草甸上自由奔跑，环顾四周，极目远眺，群山延绵，一切美景尽收眼底。在梦里，我又好好体验了一回“会当凌绝顶，一览众山小”的美妙感觉！在梦里，父亲的叮嘱又一次在耳边响起！

父亲的话深深地印刻在了我幼小的心灵里，深刻而持久地影响着我的一生。

父亲这样谆谆告诫我们，他的一生也是这样努力去践行的。我的父亲原名吴高，字青云，号月林山人，生于1928年，在那个年代，他是村里为数不多的几个读书人之一。

其实，早在父亲还只有七八岁的时候，爷爷就将他从一个更偏远的小山村——武林坑移居到了举溪（即如今的月山村）的亲戚家寄读。父亲第一次跳出武林坑的一座座大山，来到了文化底蕴深厚的银屏山下。

父亲从小聪颖过人，琴棋书画样样精通。小学的时候，父亲跟母亲就是上下级同学。以前，因为学生不多，上下级同学是在同一个教室上课的。从小青梅竹马的父母亲，一辈子相濡以沫。如今已是95岁高龄的母亲，每每回忆起父亲的点点滴滴，就会显得精神焕发、神采飞扬！

小学毕业的时候，父亲以全镇第一的成绩考取了当时的庆元县简易师范学校。毕业后，在当时的庆元县政府机关担任秘书。中华人民共和国成立后，为了响应政府的号召，父亲回到了举水公社落岭小学担任校长，母亲则一个人在更偏远的后洋坑村当教师。

后来，由于种种原因，母亲离开了教师队伍。父亲则转业到茶源大队担任会计，之后又担任岗西公路总会计，这样一干就是20多年。由于

茶源村等地离月山村都有不少的路程，当时又不通公路，从记事起，父亲就很少回家，一家人总是过着聚少离多的生活。20 世纪 70 年代初，由于庆元香菇产业的兴起，每年都有大批的菇农前往福建等地种植香菇。为了更好地协调和处理大批菇农在福建当地的各种矛盾与纠纷，庆元县政府决定在福建成立“菇农会”。正是在这样的背景下，从 1971 年起，我父亲便被庆元县政府派往福建三明、南平等地担任庆元县“菇农会”驻闽办事处秘书。

“菇农会”的工作不仅要具备综合的协调沟通能力，更重要的是要拥有深厚的法律专业功底。当我们庆元的菇农在异乡遇到困难与纠纷时，父亲便要依法依规、有理有据地为其起草报告，向有关部门反映情况、据理力争，极力为家乡的菇农争取最大的权益保护。“菇农会”的工作很有意义，但也异常艰苦。每年的秋天，一到种植香菇的季节，父亲便要带着大批菇农开始前往福建各地。由于当时大部分地方都没有通车，大家只能带上麻糍等干粮，翻越银屏山南麓，步行十天半月才能到达福建各地。之后的近半年时光里，父亲就只能独自在异乡漂泊与忙碌了。

因此，自打记事起，父亲就总是常年在外地奔波，平时家里的大小事务主要是由母亲一人在打理。每年到了春暖花开的时候，等待着父亲回来便成了我们全家最重要的期盼。我们盼望着父亲给我们带来好吃的、好穿的以及好看的书籍；盼望着父亲给我们带来银屏山外的精彩故事……虽然父亲平时很少在家，但他对我们兄弟姐妹五人的要求却十分严厉。每当他偶尔回家，那一定是他开始滔滔不绝给我们讲授一些做人道理的时候。印象最深刻的是，每当一家人围坐吃饭的时候，他就是家里绝对的“权威”。这个时候，所有人是绝不允许离开座位随意走动的，必须正襟危坐地听其谆谆教诲。就这样，父亲在福建“菇农会”一干又是 10 多年。直到 1982 年的冬天，一场意外才改变了一切。父亲在一次前往偏远山区调解菇农与当地村民的一桩纠纷时，突遇一场大暴雨，受寒感冒没有及时治疗，结果演变成了心脏疾病，这也为他后面罹患冠心病埋下了祸根。

经过这次事件，父亲的身体受到了沉重的打击，开始慢慢地走下坡路。1983 年，由于身体的原因，父亲经向组织申请，组织终于同意让其他人接替他的工作。至此，在外奔波了大半辈子的父亲终于回到家乡。回到月山村之后的父亲，除平时干一些力所能及的农活外，他把大部分时间都用在了参与村里的公益和文化教育事业上。他组织成立了“老年协会”，为村里的文物保护和老年人权益奔走呼号，尽绵薄之力；还配合吴绍利、吴春发、吴延龄、吴安全、吴庆生等几位热心人士一起成立了月山民间助学小组，全力支持村里的教育事业。此外，父亲还利用空余时间免费为村民代理一些法律诉讼事项，替一些没有文化的村民主持公道、伸张正义。几年下来，他为附近十里八乡老百姓妥善处理的急难愁盼的案件不计其数，在浙南闽北一带已是声望颇高。一时间，来我家拜访的客人也是络绎不绝。放假之余，我还成为父亲诉讼稿件的“油印机”印刷员，正是从那时起，我逐步开始认识到了文化的力量！

二

1985 年，父亲因热心家乡公益事业，当选为县政协特邀代表，出席县政协会议，积极参政议政，为家乡的发展积极献计献策！

之后，由于年龄渐长及身体原因，父亲开始觉得力不从心，才渐渐退出这些公益事业。在 20 世纪 90 年代，受当时家庭状况及医疗条件的限制，父亲的病并没有得到什么系统性的有效治疗。随着年龄的增长，

病情变得愈加严重。之后，又发生了一次中风，父亲的身体再一次受到了重创，开始变得半身不遂，形势日渐每况愈下……

在最后的一两年时间里，父亲基本上只能躺在床上，生活上无法自理，全部依赖我母亲的悉心照料……1994年的正月，在那个寒冷的早晨，父亲走完了他坎坷艰辛的一生，安详平静地离开了我们，他永远地闭上了双眼……这就是我父亲坎坷又平凡的一生，他的一生也是不断走出“银屏山”，最终又回到“银屏山”的曲折历程。一个人的理想与抱负，在时代的洪流面前总是显得如此的微不足道。

父亲的一生虽没有什么豪情壮志，也没有什么丰功伟绩，但他用一生的努力和拼搏来诠释和证明了自己的价值，也留给了我们丰富和宝贵的精神财富！他从小教育我们要与人为善、谦虚谨慎，要勇于拼搏，要敢于走出大山，要懂得用知识来武装和改造自己……

受父亲的影响，我们兄弟姐妹五人，全部都通过自己的努力走出了银屏山……如今，大家都生活幸福，在各自的领域闯出了一片属于自己的天地，这也算是对九泉之下的父亲最好的告慰！

父亲虽已离我们远去，但他的精神却是永恒的，就像家乡的银屏山一样，总是平静、沉稳地伫立在那里，默默地守护着我们……

三

父亲生前在银屏山脚下吴文简祠大门上亲笔题写的“延陵望族　三让世家”八个大字，时时提醒我们：一个家族、一个村庄，甚至是一个国家的兴旺发达，是需要几代人持之以恒、艰苦卓绝地默默付出与共同努力的！记得宋代禅宗大师青原行思曾提出“人生的三重境界”：小时候看山是山，长大后看山不是山，中年后看山还是山。他告诉我们一个道理：一个人在不同的人生阶段，看世界的角度和方法是不同的。涉世之初，对一切事物都以一种童真的眼光来看待，山就是山，水就是水，一切都是本源的样子；当我们走向社会，面对现实的残酷与迷茫，我们开始用心去体会这个世界，对一切都多了一份理性与现实的思考，山不再是单纯意义上的山，水也不再是单纯意义上的水；人到中年，当人生的经历积累到一定程度，通过不断反省，对世事、对自己的追求有了一个更清晰的认识，终于认识到“世事一场大梦，人生几度秋凉”，这时，看山还是山，看水还是水……

梦里的银屏山，依然是小时候的模样……

岁月无情催人老，朝如青丝暮成雪。当年从银屏山走出来的“月山芽儿”，如今都已开始步入中年。随着家乡日新月异的变化，月山村正以崭新的姿态不断吸引着“月山芽儿”的回归。他们或回乡盖房，或带回资金和技术，或带回新的思想与理念，总之，是带着满腔的热情与热血回家！衷心祝愿每一个从银屏山走出来的“月山芽儿”，愿你历经千帆，归来仍是少年！

永兴公二三事

吴严林

吴永兴出生于 1920 年，是月山的名人，亭台楼榭上常常能看到他的大名。他的善于经营和有趣的人生经历一直影响着我，让我时不时有写下文章的冲动。他是我的同学吴金福的爷爷。

永兴公 60 岁左右开始挑货做生意，以小卖部生意起家。老人家做生意很有一手，店铺货物摆放很讲究，琳琅满目，整齐又热闹。柜台迎着门面摆开，电视也摆在门口，方便大家观看，一是老人家爱热闹，二是邻居也喜欢在这里凑热闹、聊天。如今老人家已经走了，店面也关了。

我小时候常到他家买东西，感觉他人好，店里的东西也多。长大后才发现，这是经营有道。他常和人家说，租房开店租金最好月交，每个月交一点不觉得怎么样，如果一年交一笔钱就压手得很。每每想到这个说法，我都十分佩服，觉得任何任务分解开来就是简单的，组合起来就是繁重的。他的理念很超前，如今的月供就是如此。

他常和别人说，盖房和生孩子都是等不到有余钱的时候，所以借钱做事业也是需要的。他说，借钱的额度也是有讲究的，一般来说，借自己一年收入的两倍为宜。细想，量入为出是正解，两年的收入额度不会让自己很紧张，用起来也是一笔很够的资金。他主张的不是无度的超前消费，而是审时度势地借力。

前些年，我还在淤上上班时，永兴公来找我帮忙。他听说淤上的老板做的泥火炉耐用，需要几百个，让我帮忙去问问，并说好怎样交接。他很客气，立马掏出一点钱，说是给我的电话费之类的。我哪里会收，这是举手之劳。回学校之后，我就去找寻做火炉的地方，可惜那时已经没有人经营了，打听了几处都没有结果。没有多久，就听说老人家已经生病卧床了。

永兴公还是一位热心公益的人。他经常在村子里的大场合捐助善款。吴文简祠有他捐助的善款，云泉寺有他捐助的大鼓和许多款项。村子里稍大的事业如果遇到困难，都会想到他，请他帮忙。他就是这样一个乐善好施的人。有人会说他好虚名，但不管怎样，永兴公做了许多好事。

前不久听了一些掌故，更是说明了他的为人。村子里有个老人家出了意外走得急，家里人来不及置办棺材，急得团团转。旁边有人提醒说，何不找一下永兴公帮忙。于是他们找到永兴公，说明来意。这话一般人还真说不出口：“老伯，借您的寿材用一下，千担万担他接去。”永兴公当即慷慨应允。这也不是一般人能够帮忙的。说来也奇怪，永兴公活到92岁，身体一直康健。人们常说好人有好报，他的善举让人念念不忘，也让他的后人带着光芒和自信。如今他的子孙无论从事哪个行业，都是行业的翘楚，也许正是家风家教使然。

很想跟父母说说话

吴 洁

爸爸，妈妈，还记得1986年我带着同学回到我们的故乡，他惊讶地问道："为什么村里家家户户都不锁门？店主中午也可以敞开店门回家吃饭？"是啊，经他一提醒，我才发现原来家家户户都敞开着大门，热情地欢迎着任何人进出。那些在某户人家聚集的场景——拉二胡、吹口琴、拉手风琴、写对联或者唱歌，以及一起喝茶、嗑瓜子、吃小咸菜，无不散发着亲切、温馨、安逸的氛围。我几乎从未听到过村民说脏话，哪怕有矛盾，也只是以委婉的方式表达，这也许就是为什么我们村能被评为文化村的原因。虽然少年时我曾羡慕城镇的生活，但随着时间的流逝，我越来越感到能成长在具有深厚文化底蕴的月山村，能成为你们的女儿是多么幸运，是多么有福气！1978年我离开家乡去荷地中学读书，1983年去东北求学后便一直在外面打拼，遇到的人和见过的风景不计其数，但在我心中，家乡才是最美的。家乡山川秀丽、民风淳朴，还有你们的慈祥与开明，每每回想，都令我感到无比美好。

爸爸，我还记得您常说，“贪”字的结构和“贫”字很相似，我们做任何事都不能贪，贪婪等于贫穷。这句话对我的人生有着深远的影响，让我明白“天上不会掉馅饼”，只有通过努力才能获得成功。作为一个乡村出身的姑娘，能有今天的幸福生活，我内心无数次感恩您和妈妈的言传身教，感恩家乡浓厚的文化氛围。

爸爸，我还记得您身边总是聚集着一群我的同学，听您讲故事。我除了偶尔听听一些山名和村名的寓意以及一些怪诞的故事，对其他都不太感兴趣。您和庆生哥哥总是谈论收集举水的家谱。庆生哥哥说，您走了，他也差不多收集完了。现在我非常怀念那些时光，多么希望能够再一次聆听您的讲述。现在连庆生哥哥也 80 多岁了，已经听不太清楚我们的问话了。时间过得太快，我意识到自己曾经是多么任性和不懂事，没有珍惜眼前拥有的一切。您不在了，但我很想很想听您说说话……

爸爸，还有一件事，我至今记忆犹新。您要求妈妈和您一起去照顾“文革”中批斗您的“三脚”大伯父。妈妈虽然嘴上有些怨言，但还是跟着您去照顾。您告诉妈妈，这些都是时代的原因，可以记住，但不能记仇。我记得有一次我也跟着妈妈去，亲眼见到妈妈给病重的大伯父喂人参汤。也许因为之前营养不良，大伯父的病情居然有所好转。您和妈妈的宽容和慈悲令我非常敬佩，但我从未对您和妈妈表达过内心的敬意，我多想当面告诉你们，我多么敬重你们!

爸爸，我还记得大约在 1980 年的某一天，堂哥吴训生来找您商量。他说他父亲患了胃癌，而妻子又患上了乳腺癌。二伯父只有堂哥一个儿子，在经济和时间上堂哥都只能救治一个人。您给了他建议，如果非要二选一，那只能选择年轻的妻子，毕竟婚姻是双方的责任。之后堂哥背着二伯父到我们家由妈妈照顾，堂哥则带着堂嫂到杭州进行手术。幸运的是，堂嫂的手术非常成功，至今健康地在庆元县城生活。而二伯父，

因为无力救治，在母亲照顾了几个月后离开了我们。爸爸，您对待堂嫂的公正，实在令人钦佩。那年我正好在举水当幼师，热衷于幼师工作、文化站的工作和高考复习，年轻的我并没有想到要帮助妈妈一起照顾二伯父，我再次深感对不起您和妈妈，也对不起二伯父，我欠长辈的实在太多太多。

妈妈，我是在您和爸爸、兄嫂以及姐姐的呵护下成长的。但您知道吗？即使看起来乖巧的我，内心深处偶尔也会对您照顾身患残疾的“龙泉丐”五保户的行为产生嫌弃之情。因为他行动不便，只能爬行在地上。尽管见到您和爸爸替他换衣服，用脚踩洗军棉袄，但由于他行动不便，即便洗得再干净，也无法长期保持。而我偶尔会流露出对此的不满，现在回想起来，我真是后悔，当年为什么不替您分担照顾的责任呢？为什么还要产生这种自私的想法呢？在您离世后，我才慢慢开始回想您的善举，只是从小我就知道您在照顾这个“龙泉丐”，却不知道具体原因。您走后，我才问了大嫂，得知原来“龙泉丐”的母亲曾是您学做草鞋的师傅，而他因为家境贫困，又遭受了妻子离家出走的刺激，导致精神失常，于是疯疯癫癫出门讨饭一直到了北京，久而久之，都不记得自己叫什么名字，只记得自己是龙泉人，“龙泉丐”的名字也由此而来。政府通过各种渠道联系上了我们村，正好当年有运动，是村民组织到北京去见毛主席，估计毛主席没有见到，却把这个“龙泉丐”带了回来。他具体叫什么名字，我们都不知道。您和爸爸在世的时候，我怎么就没想到要问问您二老？现在想想，您照顾“龙泉丐”直到他 1975 年离世，您义务照顾他近 20 年，是多么的伟大！当时没帮您一把，实在是太不懂事了，对不住您，也对不住“龙泉丐”。我很想跟您说声：妈妈，您很了不起！可是，您已经永远地离开了我，我再怎么说您都听不见了，这件事我至今无法释怀……

妈妈，您不仅照顾了“龙泉丐”、大伯父和二伯父，有一段时间，还照顾了大嫂和二嫂的母亲，为从更偏僻的山村来举水卫生所治病的远亲们提供帮助，还经常给村里一些有困难的老人送去温暖。不管谁家有老人过世，您都会前去帮忙，帮助安置逝者的后事。您是一个平凡的农村妇女，做着一些看起来很平凡的事，但在我心中，您是一个伟大的女性英雄。我对您的敬意无以言表。

妈妈，您是中华人民共和国成立前作为童养媳进了我爸爸家门，虽然当时爸爸家生活条件还不错，可您还是个 11 岁的孩子啊，离开了母亲的怀抱，内心何等恐惧难以想象。您一生都小心翼翼看人脸色行事，甚至在子女长大后，您偶尔还会流露出卑微的情绪。您经常不上桌吃饭，估计跟这个童养媳的经历有关。您这个年代的妇女太苦，上要看婆婆脸色，下要看子女脸色。可您在世时，我们都不够理解您，没有好好弥补您。记得您说过，中华人民共和国成立后有政策，也有干部做您的思想工作，说童养媳只要到公社说一声就可以立即离婚。而当时爸爸被批斗，家里穷得叮当响，您完全可以离开，可您依然坚守着这个家，不但没离开，还学会了做草鞋。您白天忙一家子的吃穿，以及养猪、养鸭、种菜，夜里则开始做草鞋到深夜以贴补家用。妈妈，感谢您没离开被批斗的爸爸，这就是您虽然目不识丁，而爸爸是有文化之人，但你们依然能恩爱到终老的原因所在。但是妈妈您知道吗？也正因为您太善良、太勤劳，把我们兄弟姐妹都惯坏了，一个比一个任性和自我，我们都不懂如何回报您。所以您离开后，我们兄弟姐妹，尤其我和弟弟都一直很自责痛苦……

记得爸爸是 1996 年农历三月走的（那天是妈妈的生日），妈妈是 2007 年农历十月三日走的（那天是爸爸的生日），也许这是冥冥之中注定的？妈妈，爸爸走后我很痛苦，但是我做到了慢慢消化并接受，因为

他身边一直有您陪伴，我能释然；可2007年农历十月三日您也永远地离开了我们时，只有大嫂一人为您送终，我因此而一直陷于痛苦的深渊。我曾一度精神不振，对所有事情都失去了欲望，对其他亲人也终止了依恋的感觉。我曾一度非常后悔，您在世时我的所有心思和精力都几乎花在了帮5个侄子、2个侄女的前途问题上，虽然每个都没帮到多少，但因而疏忽了对您的孝顺。我也偶尔会因为压力太大而对侄子侄女们表现出不耐烦，还曾抱怨您对儿女太宠爱，导致他们独自闯荡的能力欠缺，也曾怪您的这些孙辈只是拎着礼物来看您，却没有任何一个提出来给因为脑梗导致生活不能自理的您陪个夜……我曾因为悲痛而对亲情失望，但是如果时间倒流，我一定不会对您有这样的怨言，也不会对侄子侄女有怨气，他们毕竟也是年轻不懂事，我应该直接安排他们轮流陪夜，让您能安心。虽然请了保姆，但保姆的照顾跟亲人的照顾是完全不同。现在想来，都是我的责任，是我没有安排好。其实，您作为家庭农妇，能勤勤恳恳劳作，百般呵护子女，并做好人好事给我们当榜样，已经很了不起！

妈妈，因为我对您的不理解，肯定会在无意中给您带来伤害和痛苦。我对您的付出和辛苦没有好好珍惜，对您的爱和关怀没有好好回报。您卧病在床时，我没放下工作好好陪伴您，我对自己的行为感到非常后悔。

爸爸，您走后，我们没有照顾好妈妈，我真诚地向您道歉。

妈妈，我回想着邻居们对父母的关爱和您二老走时送行的乡亲队伍之庞大，我更深感惭愧。1984年春节从东北回家过年时，因为北方动物饼干等各种面食类的零食很丰富，我是倒车几轮非常辛苦地背了一大袋东北的小糕点带回家给您二老尝尝，结果你们全都分给所有来家里的邻居孩子，自己一个不剩。在当年交通不便、零食还很匮乏的年代，我背得那么辛苦，你们却一口未尝，我心里很不是滋味。但现在想想，给邻居孩子们吃，比你们自己吃心里更甜。所以我很惭愧，惭愧自己的爱太狭隘。

妈妈，如果您和爸爸还在世，冬天来临时，定会嘱咐远方的儿孙增添衣物。即便因年迈无法再下田劳作，村里人也深知您的心意。临近冬天，也就意味着春节将至，邻居们都会给您送来一堆又一堆的土产，让您攒着，等我们回乡时，好让我们把一袋袋蔬菜和干菜带到城市。春节将至，您定会准备好各式食材，像盼星星盼月亮一般等待我们回家。这样的温暖与关爱，此生我已不敢再奢望拥有。

妈妈，您和爸爸健在时，我们不懂好好孝顺。失去后，我们才深刻体会到亲情的珍贵。我总幻想着，烧去的纸钱您真的能收到，幻想着真的有来世。如果有来世，还让我做您和爸爸的女儿，好吗？我一定弥补这一生对你们的亏欠。您在世时，孙辈们大多未成家立业。现在唯一能告慰您和爸爸的是，感恩您二老的积德，孙辈们个个出色，都在杭州安居乐业了。我还创办了杭州祺源实业有限公司。

妈妈，您在天堂还好吗？每当我感到无助和无奈时，依然很想很想叫一声“妈妈，您在哪里”，但我知道，即便我倾尽所有，也无法唤回您了。人生最大的悲剧，莫过于“子欲养而亲不待”。您慈祥的爱、熟悉的身影，随着您的离去，反而在我心中变得更加清晰，让我更加怀念，也更加痛苦……回忆如同一杯苦酒，时刻侵蚀着我的心灵。妈妈，我想念您！往事一幕幕浮现在眼前。已步入老年的我，依然难以抑制内心的悲痛，像孩子一样，常常从梦中哭醒。

妈妈，看似有文化的我，在某些方面，远远比不上不识字的您。送您走的那天，望着一眼望不到边的送行队伍，我满心感激父老乡亲的送别。同时，我在心里对自己说：我们的聪明，比不上妈妈您的吃苦耐劳；

我们的财富，比不上妈妈您的慈悲；我们的成就，比不上您和爸爸的品格；我们的地位，也比不上妈妈您这个平凡而又伟大的村妇。

妈妈，我多么希望您在天之灵，能感受到我们这份迟到的颂扬。妈妈，您听到了吗？

在我心中，您就像一位女中豪杰，您的慈悲、善良和乐于助人的品质，如同春天的和风细雨，滋养着周围的一切生命。

爸爸，您总是以积极的态度面对生活，始终保持乐观的心态。您的宽厚豁达、以德报怨的气度和正直仗义的处世风范，就像冬日暖阳，普照在每一寸土地上。

爸爸，妈妈，女儿永远怀念你们，很想很想跟你们说说话，如果有来生，我还想做你们的女儿，好想好想能天天跟你们说说心里话……

难忘近娇阿婆

邓求云

记得第一次见到胡近娇阿婆，是在 1977 年 9 月，我和丈夫一同由西溪调至举水公社学校任教之时。

那天，天气尚好。学校还没有开学，老师还未到校。因我们是新调来的，提前来校，想熟悉一下环境。当时根本没有公路可走，只能走山路。西溪的两位家长好心帮我们挑行李送行。路有点远，我们还带着两个孩子，大的刚读一年级，小女儿还抱在怀里呢。还有一个孩子，没办法，只能暂时留在西溪后洋坑村的姑姑家了。这一路走来，确实颇为辛苦。

来到学校宿舍楼，说是宿舍楼，其实不过是简陋的一层楼房。进门是一个天井，左右两边是教师宿舍。这时，迎面走来一位阿婆，看上去 50 岁上下，个子不高不矮，皮肤黄中带黑，走路稳稳当当。一头黑发中夹杂着些许白发，在头顶盘成发髻。她迎上前来，笑着对我们说：“老师，你们来了。我是学校食堂烧饭的，大家都叫我阿婆。快，孩子让我

来抱吧！”说着，便从我手中接过孩子，领我们向右边的第一间房子走去。进去一看，原来是个套间，里面还有一小间。她一边给我们泡茶，一边说道：“房间已经打扫干净了，这里原来是周功莹和李满翠夫妻俩住的。现在他们调到县里的小学去了，就给你们住了。”阿婆提到的两位老师是丽水人，我们很熟悉，也为他们感到高兴。

送我们来的两位家长急着回去了。我们喝着茶，不一会儿，阿婆却端来了两大碗热气腾腾的面条，香气扑鼻！我们和孩子们分着吃，而阿婆则麻利地打开行李，帮我们铺好了床。这让我第一次感受到了阿婆待人的热情和热心！

静下来后，我迫不及待地向阿婆说出了心中考虑了好几天的问题：“女儿还小，这里还没有幼儿园。请你帮我问问，村里有谁能帮忙带孩子吗？工资不会少给的。”“我帮你问问吧。”阿婆快言快语，一口答应了下来。第二天，就给我找到了一位离学校不远的绍斌阿婆，年纪 50 多岁。一颗悬着的心，终于放了下来。我心中充满了感激，阿婆办事多么认真、多么尽心啊！我从心底里喜欢她。

没过几天，老师和学生陆续到校，开学了。学校有老师及家属 20 多人，中小学生 300 多人，其中寄宿生有 30 多人。两层楼的“7”字形教学楼、宽阔的楼前大操场和篮球场，在当时来说，规模已经不小了。

阿婆每天的工作都十分忙碌，早上 5 点多钟就起床烧火，把老师和学生放好米和水的长方形饭盒放到蒸笼里蒸，之后再打扫厨房卫生。学生都自带咸菜，老师则自行烧菜。老师烧菜用的小炉子需要炭火，这就要阿婆来准备了。这是一个既费时又费劲、费心的活儿。而她却没有半句怨言，总是笑容满面。

住校生多了，常有吃不完的剩饭剩菜，老师也有。阿婆就提议买了两只小猪，搭了一个猪棚，养起了猪。这样，寒假过年时杀了猪，老师可以分到好几斤猪肉，还可以集体聚餐，这往往是大家最开心的时候。

而我们家最欢乐、最难忘的时光还是星期天。这一天，住校生都回家了，有的老师也会离校，阿婆应该是空闲的。但她却常常会到我们家来帮忙，洗碗、烧菜、看孩子、整理家务，让我能安心批改作业和备课。我丈夫和几位老师会去村外的水田里抓泥鳅、摸田螺。上午去，下午准会带着半篓子的“水货”回来。把田螺、泥鳅洗净，加上各种调料，烧得色香味俱全，让留校的老师都来品尝。阿婆也跟我们一块儿用餐，别提有多高兴了！

阿婆还常把两个孩子吃剩的饭菜拿去吃，说倒掉浪费了，要勤俭节约，何况孩子们嘴里吃过的，很干净。多么简单、朴实而又感人的话语啊！我们全家都亲切地叫她“阿婆”，她虽不是亲人，却胜似亲人。

一年又一年，全校师生都称她为“阿婆”，她是大家共同的阿婆！

我调离举水公社学校后，直到2020年1月17日，在第40届月山春晚举办时才又回到举水。此时才得知阿婆已于1997年仙逝，享年75岁，她在举水学校工作了半辈子。遗憾的是，我没有见到她最后一面，也没有送她最后一程。

多好的人啊！让我终生难忘！胡近娇阿婆永远活在我心中。

外婆烧的番薯面

吴雪梅

从有记忆起，外婆在我眼里就显得苍老，她挽着发髻，穿着蓝色大襟上衣和黑色裤子，身材臃肿。其实，那时的她，最多也就四十二岁。

我家住在月山村的中间，外婆家则住在村尾。我小时候三天两头往外婆家跑，一是因为我喜欢和同龄的小姨玩，二是外婆舍得给我东西吃。我嗲声嗲气地叫“外婆”，她就会从洋油箱里摸出存放了半年的米糖糕。我一把抓过，直往嘴里送。小姨看我吃得津津有味，就过来抢。小姨比我强悍，我哪是她的对手，于是我就扯开大嗓门喊：“外婆，外婆，姨抢我米糖糕！”外婆从外屋三步并作两步冲进来，一把抓住小姨的后衣领，就像老鹰抓小鸡一样。紧接着，小姨开始放声大哭，她一哭，我就心慌，赶紧把剩下的半块米糖糕怯生生地递给她。

我上学后，每回考试都能进前三，这助长了我的傲气。一个周末，我从学校带回两张数学试卷，随手往饭桌上一扔，就和同伴去玩了。等天黑回家后，我发现我的试卷不见了。我问爸妈，他们都说没看见，可我明明就放在饭桌上的。这可惨了，试卷是老师布置的周末作业，没了它，我星期一怎么交差？爸妈批评我不该随便放东西，我也后悔自己太贪玩，误了正事。

那天晚饭，我胡乱吃了几口就在一边发呆了。这时，外婆进了门，她问我发什么呆，我说我的数学试卷不见了。她问我试卷什么样，我比画着说，上面有三角形、四边形。她问我放哪里了，我说就放在吃饭桌上。“坏了，坏了，八成是我拿去包猪肉了。”外婆紧张地说。说完，外婆就像一阵风似的向门外跑去，全没了平日的老态。一支烟的工夫，外婆回来了，她手里拿着两张沾着血迹、油油的纸，那正是我的试卷！我气极了，眼泪直往下掉。妈妈也站到了我这边，数落外婆的不是。外婆像做错了事的孩子，忙着解释：“下午到村头买肉，没有东西包裹，到你家找，看到饭桌上有两张纸就拿走了。”外婆羞愧地补充说，“都怨我没文化。”

包肉事件发生后，我对外婆疏远了很多，我觉得她没文化。她对我也疏远了一些，像是有些不好意思。不久后，我到外地读书，一年只有寒暑假回家，和外婆的接触自然少了很多。小时候那种三天两头在外婆家的日子渐行渐远。有时候回家都四五天了，才想着去看外婆。

外婆一看到我，不管是什么时间，第一句话准是：“肚子饿了？外婆烧番薯面给你吃。”

我的确很喜欢吃外婆烧的番薯面，她不像我妈，舍不得下佐料，上好的番薯面也给烧得全没了味儿。我很纳闷，外婆家的生活水平并不比我家高，为什么她舍得在番薯面里多放料酒、多放猪油，甚至是鸡蛋。

吃着香喷喷的鸡蛋番薯面，外婆就在一边看着，而且她比以前更显老的脸上绽开了慈祥的笑容：“香不香？好吃不好吃？明天来，外婆还给你烧。”

这之后，我只要想到吃番薯面就会往外婆家跑，而外婆并不在意我是去看她，还是为了去吃番薯面。

我真正疏远了外婆，是有一次我刚跑到外婆家，刚巧听到外婆跟另外一位老太太数落我爸。十几岁的年龄，也想拼命维护父亲的尊严，为此我还跟同学打过架。我觉得外婆的数落太没道理了，在我的记忆里，外婆家只要遇到麻烦事，都是来找我爸。我不敢跟外婆顶嘴，选择飞快地逃离，一路上不断闪过的念头竟然是再也不去外婆家了。

我真的很长一段时间没再去外婆家，爸妈感到很奇怪，我只说要看书，走不开。后来参加了工作，一年回乡的机会也就一两次，和外婆接触的机会就更少了。但是外婆只要见到我，一如既往，絮絮叨叨中点燃柴火，放水烧面。一会儿工夫，香喷喷的番薯面、金灿灿的煎鸡蛋就上桌了。

1993 年春节，我回家发现，刚过 60 岁的外婆显得很憔悴，话也比以前少了很多，而且会一个人呆呆地看着西边的山岗，那里有我外公的坟墓。大年初五在外婆家吃过晚饭后，外婆对我说："我肚子里好像有个块，你帮我摸摸看是什么东西。"我叫外婆躺好，摸了摸她松软的肚皮，可我不是医生，根本不知道在做什么。我对外婆说："没摸到什么呢……"外婆听我这么说，也就没再吭声。

春节假期后，我就回城里上班了，忙碌的工作使我无暇顾及远在乡村的外婆。两个多月后，传来了外婆病危的消息，我简直难以相信：难道初五那天，外婆已经是重病在身？她所说的块，我为什么就摸不到？当时为什么就没想到该带外婆去医院查一查？我在自责、后悔中急匆匆地赶回了老家。

躺在床上的外婆更显苍老，意识模糊，但她认得我这个外孙女，我的眼泪夺眶而出……第二天一早，外婆平静地走完了她平凡的一生。整夜守在外婆身边的舅舅说，半夜里，她在迷迷糊糊中叫了几声外公的名字，然后慢慢地没了呼吸……

外婆姓陈名菊妹，是五大堡乡高大村人，17 岁嫁给大她 9 岁的外公。她一生常犯胸口疼的毛病，生育了四男三女。

如今，外婆离世已经 30 多年了，我常常想起她，想起她臃肿的身材，想起她慈祥的笑容，想起她羞愧的表情，想起她从洋油箱里摸米糖糕的神态，想起她端上的那碗香喷喷的番薯面，同时想起的还有那吃着香喷喷的番薯面的懵懂少女却在疏远烧面人的青涩往事。

如果时光可以倒流，我一定不会在意我的试卷被用来包了猪肉，我一定不会在意外婆对我爸的几句唠叨，我一定会带她去医院检查……

我的父亲母亲

讲述者：吴立强　记录者：吴云梅

在别人眼里，我父母的婚姻是一段不般配的婚姻。母亲漂亮能干，而父亲却忠厚老实。他们像是永远无法相交的两条平行线，但命运偏偏安排他们成了夫妻。在我们这些孩子的眼中，父母在他们相守的45年里却是那样的默契、和谐，彼此理解。母亲用她的睿智、豁达、宽容，父亲用他的憨厚、勤劳、善良，共同编织了他们充满色彩、传奇且幸福美满的一生。

特殊岁月，为了生存，外公给母亲选了全村最老实的后生。

我母亲1949年出生于庆元县与福建交界的一个偏远乡镇，父亲是同村的，比母亲大11岁。母亲小时候是一个非常漂亮的姑娘，上小学时，她能歌善舞，是同学们眼中的“花喜鹊”。可是因为“家庭成分”不好，她的童年总是充满了忧伤。外公在中华人民共和国成立前是乡里的一名文秘兼裁缝，在“文革”期间成了“四类分子”，经常被派去扫大街或到十几里外的山村送信。当时，家里实在困难，母亲也辍学了。

眼看这个家上有老下有小，没有一个劳动力支撑，日子实在过不下去。于是有好心人给外公介绍了村里最为老实的年轻人，也就是我的父亲，入赘到我外公家。1964 年，我母亲 15 岁，我父亲已经 26 岁了。父亲是贫农，从小忠厚，没有读过一天书，向来只会砍柴和放牛，是全村公认的老实人。当时父亲的哥哥是村农会里的成员。外公答应这门亲事就是向贫下中农靠拢，一家人的日子自然会好过些。但母亲一开始是极不情愿的。当外公告诉我母亲的时候，她一声不响，只凭眼泪一直在流……

母亲与父亲没有互相正视过，但他们还是结婚了。那段时间，母亲没有再和大家一起上桌吃饭，也没有人在家里听到她哼过一句歌。父亲每天去队里赚工分，傍晚顺带挑回一担柴禾，无论别人怎么拿他说笑，他总是一言不发。自从父亲来了，村里确实没有再分派外公扫街、送信等苦差事，而母亲也开始感到社会给了她更多的包容，走出家门时有了更多的人向她微笑致意。公社和学校需要演出也都会叫她去。在这些活动过程中，母亲感受到了社会的温暖和青春的快乐，人也出落得更加美丽和充满朝气。

1964 年，从公社到县里、地区各级都在搞业余文艺调演，母亲已经成了当时浙闽之交小镇里的明星，外出次数更加频繁了，此时的母亲心里开始有了幸福的憧憬，希望通过不懈努力，有一天可以改变命运。

这年 8 月里的一天，外公瞒着母亲定了母亲与父亲的婚期。但是母亲最后还是探知了外公为她选的日子是农历十一月二十四日。那段时间正好是阳历年底，全县农村俱乐部大会演搞得热火朝天，母亲等一批文娱骨干每天都忙得没法回家吃饭。在排练和演出中她才能忘掉心中的苦恼，她多么希望那可怕的“廿四”这一天永远也不会到来呀！

十一月中旬，母亲被通知去县里会演，母亲高兴得跳了起来，希望

这一去可以从此永远离开这个伤心的地方。母亲那次在龙泉县里的演出非常成功，受到了领导的接见和表扬，同时点名要让他们的剧目前往丽水地区参赛。但是这个让母亲兴奋一夜的好消息，后来因为另一名演员怀孕，坐不了长途汽车，最后取消了，母亲失望地回到了村里。

婚期那天早上，外婆煮了两对荷包蛋让母亲和父亲吃，母亲眼泪就像断了线的珠子一样，怎么也吃不下。那天因为母亲的反对，最后母亲与父亲的结婚证没有领成。但是外公外婆还是在家里摆了两三桌酒席，招待了双方的亲戚和邻居，就算是给他俩完婚了。

既然如此，自己的命运就用积极的态度去改变吧。

婚后半个多月，细心的外公终于发现，每天夜里母亲都是一个人蜷缩在椅子上过夜。有天晚上，外公终于推开房门，与母亲语重心长地说了很多，说了很久。那一夜，母亲想了很多。她知道这就是自己的命中注定，有许多东西是无法选择的，不如积极面对，或许一样可以活出自己的精彩人生，就像人们可以通过辛勤的劳动在贫瘠的土地上获得丰收一样。那一夜，一个16岁的姑娘长大了。她决定开始珍惜眼前所拥有的，既然是属于自己的东西就没有必要去嫌弃，更应该全心全意地投入、经营好这个家，要让乡亲们对她刮目相看。

那一夜，我母亲第一次和我父亲开口说话。两人都哭了，而且哭出了好心情。从此以后，母亲变了，跟着我外公一心一意学裁缝，心灵手巧的她很快就掌握了全套技术。父亲虽然体力和技能都比不过那些生产队里的正劳力，别人能赚大工分，而他每天只能赚10分，但他坚持全年360天不休息，一年下来他的工分也不比别人少。加上他平时从无闲暇，不断地开荒种植，到了秋冬时节，番薯、南瓜不断地挑回来，屋里屋外各个角落都堆得满满的。家里的日子慢慢地好起来了。

但村里永远都有不同的声音。许多人对我母亲露出赞赏的同时，却也有不少人说三道四，认为我父母亲不般配。此时的母亲总是用对父亲的赞许来回应这些人，她说只有我父亲才肯如此一心一意地为她付出。

后来的日子里，每当父亲从山上或地里回到家中时，母亲早已把洗脸水和洗脚盆放在了他面前，到寒冷的冬日则马上将自己手上热烘烘的火笼递过去。我父亲不善于表达，但他能感觉到温暖，在母亲面前就像一个听话的小孩。山上砍回来的柴火，他会及时劈成小块，使家里人烧起来顺顺当当；灶膛里灰满了，他总会在别人不知不觉时处理得干干净净；喂猪、碾米、挑水，他样样抢着干。

婚后一年多，他们有了第一个孩子，也就是我大哥。一家人喜气洋洋，充满欢乐，父亲也变得更善言辞了，早晚或者下雨天未出工时带小孩的事就由他包了，而且他总会逗得孩子笑嘻嘻的。我母亲因此可以承揽更多的裁缝活，为家里多赚些钱。那时外公外婆都已年老，而且舅舅才十来岁，家的重担就靠父母亲两人同心协力扛着。

母亲说，在她没有用欣赏的眼光去看我父亲时，她觉得自己委屈，后来当她看到父亲忠诚勤劳之后，她反而认为这是天赐良缘。没有我父亲这绿叶就无法衬托我母亲这朵红花。说到这一切，我母亲总会由衷地夸起我父亲。她说我父亲虽然没有大智大勇，不会发号施令、叱咤风云，但他勤劳且善良。

在造新房子的那段时间里，母亲忙里忙外，父亲便主动承担起做饭、喂猪等全部家务事，每天凌晨 4 点就起床烧火，因而我们家的早饭总比别人家早。当然母亲也特别体贴父亲，有时父亲干活回家晚了，母亲便会吩咐我们给父亲端洗脸水、拿洗脚盆，待到父亲洗好脚换好衣服，几样新炒的小菜外加一壶暖酒已摆在了桌上。每当这个时刻，我父亲都会感动得满眼泪花，觉得自己是世界上最幸福的人。

当村里人都赞扬母亲的贤惠时，母亲总是说，是我父亲把福气带到

了家里，才使这个家变得兴旺发达。母亲时常以这样的观念教育子孙们，希望我们每个人都怀有感恩的心，做一个善良勤恳、具有高尚品德的人。

如今，母亲已年过七旬，父亲于2007年秋天走完了他勤劳俭朴的一生。在他闭目之前，拉着我母亲的手说："是你给了我一辈子的幸福！……"时至今日，父亲虽已走了十几年，每当我母亲说起这事，眼里都含着泪光。

人生有许多时候是不由选择的，但我们可以通过不断努力去改变它。婚姻就像经营生意一样，付出总有收获。多看对方的优点，多理解对方，将心比心，知足常乐。

我父亲与母亲的婚姻虽然并无浪漫色彩，但有了两人的苦心经营，最终建成了幸福的大家园。

谨以此文献给我最伟大和最亲爱的父亲吴士德、母亲吴晓露！

二舅是『万能工具王』

吴严林

我的二舅是个聪明活络的人，他的许多做法一直是我的榜样。我从小就喜欢到二舅家玩，听他讲故事，耳濡目染之下，从二舅身上学到了许多东西。如今，已至不惑之年的我，想要给二舅写点文字，感谢他对我的关爱。

一

对二舅最早的记忆是从他的水果摊开始的。20 世纪 80 年代末期，二舅成为在村里第一个卖水果的人，我们也因此跟着一起进入了“吃瓜时代”。那个时候，买什么东西都需要粮票，但我们却跟着二舅吃上了西瓜、梨等水果。

我母亲兄弟姐妹六个，二舅排行第二。二舅的观念很新，接受新事

物很快。水果摊支起摊不久，因他善于经营，赚了钱，便在水果摊的位置建起了房子。水果是最容易变质的商品，于是二舅在村子里较早买上了冰箱。为了便于冰箱的收纳，他拆掉围墙，设个小门，给冰箱装上了滑轮，这样推拉起来方便了许多。

20 世纪 90 年代初期，庆元种植食用菌一度盛行，举水乡月山村成了一个热闹非凡的集市。全村有上百家商店，环月街、逢源街商店林立，小百货、理发店、歌舞厅、服装店到处都是。二舅妈是个精打细算的裁缝，二舅便转行卖起了衣服。这一干就是十几年，生意有时繁忙，要请人照看店面，外公也时常来帮忙看店。

1997 年金融风暴后，食用菌市场萎靡，乡人从此走出家门去外面打工。二舅也没闲着，重新操起了木匠活。他给各村搭建凉亭，这活也只有胆大心细的二舅才敢接。搭建凉亭首先要考虑许多烦琐的事情，垫资不说，还要凭真手艺。如果亭子达不到标准，是很丢脸的事情，所以很多工匠都宁可选择给农家做简单直接的手工活。在搭建凉亭的同时，二舅看到大家学开车，考到驾照后立马买了小面包车。在运输的同时，他还承揽小工程。总之，二舅总是能在关键的时候想到多干点，而且比别人早干许多。所以，生活上他总能比别人宽裕许多。在读书时代，二舅总是对我帮助颇多。也正是这样，我一直以二舅为榜样，多思考、多创新，不怕麻烦，让生活过得精彩。

二

前几天回家，在餐桌上与二舅聊天的时候，我惊奇地发现，二舅居然还在水果摊前干过摄影，自己拍照、冲洗照片。这需要多大的学习和动手能力啊！真是让人惊叹！在闲聊中，我还惊奇地发现，二舅早在20世纪90年代就承包过落岭学校的工程。最有趣的是，他还把木匠技艺运用到月山春晚的舞台上。

二舅是月山春晚的文艺骨干。从2005年起至今，他一直参与月山春晚的演出，从乡到县到市都有他的身影。他吹拉弹唱样样精通。在月山春晚的保留节目《农活秀》中，他扮演挑夫，挑起两个箩筐，一头载着幸福，另一头装着欢乐，有模有样。因为他能做的事情多，又能上台表演，所以他演绎的“忖忖乌”把观众逗得笑呵呵。忖忖乌是庆元民间故事里的阿凡提，二舅在舞台上演绎了忖忖乌如何智慧巧妙地惩罚财主的故事。财主是个周扒皮，不管长工的死活，天不亮就叫大家起床下地干活，伸手不见五指还不让大家吃晚饭。忖忖乌用妙计将财主的良心唤醒，让财主许下诺言：善待长工。大家在台下评论说，眉头一皱计上心来的“忖忖乌”又回来了。

他表演的时候很专注，也很投入，因为他对任何事物都充满乐观和热情。例如，2008年的情景剧《如龙与来凤》设计的道具特别多，花的时间也是最多的。因为他是“万能工具王”，木工、水泥工、电工样样都会，他通过自己的努力一手完成了所有道具的制作。他担任村委会副主任时，月山春晚的主打节目《农活秀》的组织人员安排、道具管理都由他负责。与其说管理道具，还不如说二舅创造了许多道具。没有音响就向邻居借，没有话筒也要靠借，甚至幕布也从丽水学院借。没有条件，就自己创造。2009年是牛年，为了那年“斗牛”的道具，二舅茶不思、饭不想。他为了把道具上的牛毛装扮得逼真，尝试了许多材料，最后想到用棕毛上色，并把田泥涂抹到棕毛上，为了夸张的艺术效果，他不知道试了多少次，终于定下了最终的样式。牛眼睛则是用乒乓球装上电珠，目光如炬。两头牛上台时，所有人都震惊了，外来的客人还以为是水牛

上了台。掌声阵阵，把群众过年的喜气骤然提升到了顶点。他参与的节目屡次获奖。虽然这些演员、导演和道具制造者都是业余的，但是二舅悟性高，需要什么道具，总能够在听到描述后，自己就开始设计、制作和试验。你看，舞台上月亮的小推车也是他一手制成的。看着那散发银光的月亮，不禁让人感叹：月山村确是“月亮休息的地方”。

2014年，舅舅等人因出色表演的小品《误会》获得县委宣传部铜奖；2015年，二舅获得县文广新局“乡村春晚文化明星”称号；2016年，又获得举水乡人民政府“醉月山”一等奖。他还参与了2020年11月30日在中央电视台梅地亚中心举办的“欢乐过大年，迈向新征程”演出。浙江省文化和旅游厅领导有感于他的文艺才华，于2021年8月给二舅颁发了“乡村文化能人”荣誉证书。

三

最近几年，二舅的民宿搞得风生水起。因为二舅、二舅妈的勤劳朴实和善于经营，远在千里之外的四川退休职工朱大哥也特意跑到二舅的民宿来游玩。二舅为人热情，开着他的小车带着朱大哥到处观赏庆元的廊桥。途中，还到我学校边上的后山桥观赏。那天中午休息时间，我也当起了向导。我告诉朱大哥：“后山桥是浙江的1/2桥。”他很不解。我解释道：“初建的时候这里归浙江庆元管，现在划给了福建政和管辖，所以按照民间说法，我们还有一半的话语权。”当朱大哥离开庆元时，在微信上给我留言说：“难得的亲情，难得的二舅，他是你的榜样，也是我敬佩的人。这次观桥遇上他，也是我的幸运。感谢你二舅，祝福他！”

行文至此，我想起几个细节再完善一下。我问二舅在哪里，他说：

“我在后山村右边进去的桃坑，离你的学校很近。”我问：“在忙什么?”二舅回答：“我正在建廊桥，比较忙……”你看，我二舅就是这样，忙这忙那，总是乐此不疲。

说起二舅，就像传奇故事一样，讲不完他的创业故事。在二舅身上，我看到了乡村振兴的缩影。二舅的创业故事也是共同富裕的真实写照。因为他的带头作用，身边总有许多人争相跟随。可亲可敬的二舅，不知道您今年西瓜卖得怎样了？自家种的西瓜皮薄瓤红，吃着香甜可口，而且绿色生态，真是解暑的良药。

你问我二舅是谁？他就是月山成仙居民宿的经营者——吴立成。

十斤重的棉花被

吴爱玲

在浙江独具韵味的庆元月山村，古老而典雅的廊桥宛如一条条沉睡的巨龙，静默而又威严地横卧在潺潺流淌的举溪之上。四周连绵起伏、层峦叠嶂的青山，恰似一幅徐徐展开的绝美画卷，将这座远离城市喧嚣的小村庄装点得如梦如幻，如诗如画。

这里，是我母亲生活的地方，也是我从小长大的故乡。

我的母亲是一位地地道道的农村妇女，她的生活简单而充实。母亲是个特别勤劳的人，左邻右舍都对她赞不绝口。都说一日之计在于晨，每天当天空还未完全亮透时，她便已经起床。简单洗漱后，迎着带着朝露和晨曦走向田间。她熟练地操起农具，在那一片片肥沃的土地上辛勤劳作，时而弯腰播种，时而起身锄草，汗水顺着她的脸颊滑落，滴落在泥土里。到了中午，热烈的阳光洒在大地上，母亲迈着匆匆的脚步赶回家。家门口，一群鸡鸭正欢快地踱着步，母亲赶紧给它们添上食物和水，看着它们争抢的模样，那被阳光晒得黝黑的脸庞露出了满足的笑容。早上的劳作过后，村里的妇人们喜欢三五成群地围坐在一起，一边唠着家常，一边织着毛衣或是纳着鞋底，那专注的神情仿佛在雕琢一件艺术品。傍晚时分，夕阳的余晖将整个月山村染成一片金黄，母亲会升起袅袅炊烟，开始准备一家人的晚餐，灶膛里的火映红了她的脸庞。这一切仿佛在诉说着生活的温馨与安宁。

时光荏苒，转眼间，我到了出嫁的年纪。按照月山村的习俗，女儿出嫁时，母亲会精心准备一床被子作为嫁妆送给女儿。这床被子不仅满含着母亲的不舍与期盼，更承载着母亲对女儿深深的祝福与关爱，希望女儿未来的生活能够温馨而美满。

在我出嫁前的那段日子，母亲整天忙里忙外，脸上却始终洋溢着幸福的笑容。有一天，她满心欢喜地从村里的快递室捧回一床崭新的棉花被，对我说："闺女，这是妈专门让你舅妈从天津弹的棉花被，纯手工的，足足有十斤重，给你当嫁妆！"我看着那床厚实的棉花被，心里却有些不以为然，觉得它太笨重了。但母亲的眼中满是对这床被子的喜爱与珍视，仿佛它是世界上最珍贵的宝贝。

为了谋生，早在二十年前，舅舅一家四口就毅然决然地奔赴天津。那时，月山村有相当一部分人都纷纷去了那里，以种植香菇为生。然而，母亲并不喜欢那种四处漂泊、居无定所的生活，她坚定地选择留在月山村这个能让她内心安宁的小小村落。在这悠悠数十年间，母亲极少踏出村子。在我结婚之前，她最远也就仅仅到过丽水市一次，所以她所见识到的好东西着实有限。

舅妈去天津的最初几年，就曾和母亲提及天津的棉花被特别好。母亲似乎也将此事牢牢地记在了心间。在母亲的眼中，舅妈是见过大世面的，毕竟天津那么遥远、那么繁华，那里的东西定然都是极好的。因此，母亲一心想要把她认为是最好的东西送给她即将出嫁的女儿。

婚礼在2017年那个寒冷彻骨的1月举行。婚后，我将母亲送的棉花被取了出来，心里想着如此厚实的棉花被肯定会特别温暖。然而，我却忽略了它那沉甸甸的重量，这十斤重的大被子压得我几乎动弹不得。于是，我将那床棉花被搁置在了柜子的角落里，好几年都未曾再拿出来用过。

日子一天天过去，我在自己的生活中忙碌奔波，渐渐地淡忘了那床棉花被。直至去年冬天，那股寒冷仿佛能够直直地穿透人的骨髓一般。或许是随着年纪的增长，人越发怕冷。而冬天要是吹空调的话，皮肤会变得特别干燥，所以我几乎不开空调。夜晚，我在被窝里缩成一团，依旧冻得瑟瑟发抖。猛然间，我想起了母亲的那床棉花被。于是急忙起身打开柜子，那床棉花被就那样安静地躺在那里，仿佛自始至终都在静静地等待着我。

我抱起它，那沉甸甸的重量瞬间让我又回到了母亲那温暖的怀抱之中。那棉花被洁白如雪，每一朵棉花都好似母亲精心呵护的那份爱。我缓缓地将它铺在床上，手指轻轻地滑过那温暖的表面，仿佛能够触摸到母亲的温度。当我再次钻进被窝，那股熟悉而又温暖的感觉瞬间将我紧紧包围，就像是小时候母亲紧紧地搂着我入睡一样。

那一刻，我的脑海中不断地闪现出母亲为我操劳的身影：昏黄灯光下，她专注地为我缝补衣物；厨房里，她忙碌地为我准备美味饭菜；我生病时，她那焦急心疼的神情……当无数个画面交织在一起，我的泪水情不自禁地夺眶而出。我紧紧地拥着这床棉花被，后悔自己曾经对它的嫌弃，后悔自己没有早点拥住这份伟大而深沉的母爱。那一刻，我才恍然大悟，这床看似笨重的棉花被里，竟藏着母亲如此深沉的爱。这份爱朴实无华，却又炽热滚烫，足以温暖我的整个人生。无论我走到哪里，无论时光如何流转，这份爱都永远不会改变。

那一夜，抱着棉花被的我睡得格外香甜、格外踏实。梦中，我看到了母亲慈祥而又温暖的笑容，听到了她那温柔而又亲切的呼唤。那来自农村母亲的爱，就如同这棉花被一样，平实而又深厚，永远温暖着我的心。

与棉花被截然不同的是，当下所使用的羽绒被和这两年流行的鹅绒被，虽然也能带来一定的温暖，但睡起来时总会发出一些轻微的“沙沙”声响，而且盖在身上轻飘飘的，让人感觉不那么踏实。在母爱的光辉映照下，这些被子瞬间就显得黯然失色。

或许，每个人的生命中都有这样一件看似普普通通却又无比珍贵的物品。它承载着亲人的爱与关怀，让我们在人生的道路上无论遇到怎样的风雨，都能感受到那份坚定而又温暖的力量。它让我们明白，家的意义不仅仅是一个住所，更是心灵的港湾，是我们永远可以依靠的温暖地方。

在岁月的长河中，母亲的爱如同那潺潺流淌的溪水，永不停息地滋润着我的心田。那床棉花被，就像是母亲爱的具象化，每一丝每一缕都饱含着她对我的深情厚爱。每当我想起母亲，心中便涌起一股暖流，那是一种无法用言语来形容的温暖与感动。

在生活的琐碎中，我们常常会忽略身边那些看似微不足道的美好与温暖，而母亲的爱却总是在不经意间触动我们的心灵。她的一个微笑、一个眼神、一句关切的话语，都给我们带来无尽的慰藉与力量。她默默地为我们付出，从不求任何回报，只希望我们能够幸福快乐地成长。

而我，也在这份爱中逐渐长大，学会了如何去关爱他人，如何去珍惜生活中的每一个瞬间。我知道，无论我走到哪里，无论我经历什么，母亲的爱都会如影随形，永远陪伴着我。

在这个纷繁复杂的世界里，我们总是在追寻着各种各样的东西，渴

望着功成名就、一夜暴富……然而，当我们回首往事时，才会发现那些真正让我们感到幸福和温暖的，往往是那些最简单、最平凡的事物。就像母亲的那床棉花被，虽然朴实无华，却足以让我们的心灵得到慰藉，让我们的生命变得更加充实和有意义。

如今，当我再次回到月山村，站在那熟悉的廊桥边，望着那依然美丽的青山绿水，心中满是感慨与温暖。那曾经熟悉的田间小径，那充满烟火气息的农家小院里母亲忙碌的身影，还有那叽叽喳喳的成群鸡鸭，都让我回忆起曾经和母亲一起度过的那些平凡而又美好的农村生活。

这里的一切都仿佛未曾改变，而我却已不再是当初那个懵懂无知的少女。我带着母亲的爱与期望，在人生的道路上不断前行、不断成长。

棉花被所承载的爱，如同这月山村的美景一般，永远地留在了我的心中，成为我生命中最珍贵的宝藏。在这如梦如幻的月山村景致中，我将继续带着母亲的爱，去书写属于自己的精彩人生，让这份爱永远传承下去，永不褪色。

爷爷奶奶的年夜饭

吴仪凤

记忆中，每年的春节，我都会带上大包小包的行李，踏上返回月山的路途。尽管因山路十八弯而晕车，我的心中却依然充满期待和欣喜。

“囡囡，回来了！”一进门，奶奶便满脸笑意地接过我的行李，领我到楼下，递给我一杯暖暖的“白糖茶”。片片茶叶在开水的冲泡下翩翩起舞，无数小泡泡从杯底缓缓升至杯面。喝一口，甜在口中，暖在心里。

“囡囡，来帮我倒开水，宰只鸭子，明天过年了！”爷爷每年都会在后院养上几只小鸡小鸭，平时吃饭时，又总爱匀出一些煮好的米饭，拌着稻谷壳做成的米糠，作为它们的专属干粮。日复一日，小鸡小鸭长得白白胖胖，只为等待我们回家，与两位老人一起享受这一年的收获。

“囡囡，晚上吃爷爷从山上挖来的冬笋吧！今天刚挖的，鲜得很嘞！”也许是大自然的馈赠，在月山，我家前傍水，后依山，想吃些土货，便上山去。在我们看来，这山上遍地是宝。不知是因为对这片土地的热爱，还是这片土地的得天独厚，月山的冬笋总让我念念不忘。

晚饭时，奶奶喜欢把用黄土烧成的“小火锅”放到桌上，再往里头倒入灶台煮饭时剩下的炭火，最后在上面放上一口圆圆的小锅，倒入自家稻田里养的黑鲤鱼，再放进我最爱的冬笋，最后用家乡特有的“冻糕片”加以点缀。洁白的笋片在锅中翻滚，缕缕青烟在房中升起，夹一片入口，很是欢喜。

在月山，奶奶爱做一盘名叫“长命菜”的菜肴。依稀记得，这道菜有着特殊的意义。它是用整片的青菜做成的，青菜不能切断，寓意长长久久。翻炒时加点“冻糕丝”，出锅后的味道极佳。每年的除夕和大年初一，这道菜必定会出现在我家的餐桌上。在吃之前，奶奶总会用一些特有的方言，虔诚地为我们这些子子孙孙祈福，保佑我们平安，祝愿我们前程似锦。现在回想起来，这些是我人生经历中最纯净的回忆。

在我的印象中，还有一道菜是我的最爱——甜糕。尽管我不太喜欢甜食，但家乡的甜糕却是我的心头好。它是用糯米和红糖做成的。除夕夜，奶奶会把甜糕包好，然后放到灶台边的小洞里，利用炭火的余温将它软化。我会把它捧在手心，尽情地享受这一份独有的温暖。家乡的甜糕十分有名，几乎可以和黄粿相提并论。我身边的朋友们喜欢把年糕裹上鸡蛋液，然后放到锅里煎到两面金黄，口感也十分不错。但记忆中灶火里的甜糕，却是任何美味都比不上的。

晚饭过后，奶奶会拿出她攒的土鸡蛋，再烧上一壶开水，泡上家乡的茶叶。趁着茶水滚烫，她把鸡蛋放入开水中烫几个来回，然后在鸡蛋的顶端打个洞，让我们就着这个洞吸出蛋液。起初我并不喜欢这样的味道，只是为讨奶奶开心，配合地吃一个。直到后来，妈妈告诉我，除夕吃鸡蛋是奶奶对我们的祝福。鸡蛋圆润光滑，她希望我们未来一年也能少些磕磕绊绊，过得更加顺利。我想，这便是爷爷奶奶心底最恰到好处的祝福了。

在家乡，除夕夜我们需要守夜。每当晚饭过后，我会带着弟弟妹妹去往村里的大会堂，准备第二天春晚的彩排。这是我们对春节特有的庆祝方式。这台比央视春晚历史还要悠久的乡村春晚，凝结了我整个童年的美好记忆。直到现在，无论我身在何处，心中总是会时时想起，然后不经意间热泪盈眶……这些都是我珍藏在心底的悸动和美好。

彩排结束，我会欢快地跑回家，桌上早就摆好了奶奶准备好的“隔岁饭”——鸡蛋面。小时候，妈妈告诉我，“隔岁饭”吃了就又长大了一岁，要更加听话懂事。而当时的我喜欢吃“隔岁饭”，只是因为结束后有红包领罢了。

说起领红包，这是每年吃完“隔岁饭”的必经环节，也意味着除夕夜的结束和新的一年的开始。爷爷每年都会定时回房间，拿出早就裁剪好的红纸，小心翼翼地放入他给我们的祝愿，再用心地把红包叠好、粘牢。在我们回房间准备睡下的时候，他就会来敲门送上祝福。而我们也在他的祝福下一年又一年地长大，也学会了感恩。

这些便是我和年夜饭的故事。其实，我还有很多其他有意思的故事没有写进来，但它们都被我小心珍藏在心底最纯净的小天地里。如今，爷爷已经离世，自己也长大了，时常背井离乡，身处于大城市的繁华。但关于童年，关于除夕，关于年夜饭，关于月山，还有更多值得去探索和品味的东西在等待着你我共同去挖掘。家乡月山是个神奇的地方，山美、水美、人更美。从月山走出去的每个人，总有着不同于常人的自信和憧憬，总相信生活的美好和梦想的力量！

月光下的奶奶

吴梦婷

月山是庆元这个小县城东部的一个古村落，亦是我的家乡。长大后，我去过很多地方，看过很多风景，但出现在梦里的却唯有月山和一位满头白发的老人。

这位老人很小就没了母亲，个子还没灶台高时，就要承担家里的大部分家务。8 岁时，她就被继母许了人家。成亲前，媒婆领着小伙子到家里来，她认真瞧过一眼，那是个身材高瘦、长相白净的人。然而，成亲那天她才知道，她嫁的并不是那天见到的人。她在讲述自己的经历时，语气是那么平静。我没有见过年轻时的她，但我想，她年轻时定像月山的月亮那般美丽。她，就是我的奶奶。她的名字叫吴香菊。

自打我记事起，我的奶奶就是一头银发，发量不多，根根雪白。奶奶爱用银簪盘发，银发紧紧缠绕着银簪，沧桑中多了几分优雅。奶奶比我年长整整一个甲子。我九岁那年，奶奶已经六十九岁了。

一个寒冷的冬日，月亮刚爬上山头，雪就纷纷扬扬地下了起来。我站在窗前往外看，片片雪花如同在赛跑，争着抢着往下冲。不一会儿，地上就积了一层厚厚的白雪。第二天清晨，我从睡梦中醒来，正当蜷缩在温暖的被窝里的我准备和“起床”做斗争时，房门被推开了。只见奶奶手里端着菜板走了进来，菜板上有热气腾腾的饭菜，还有装着热水的小脸盆，小脸盆里有小牙杯，小牙杯上架着我那挤好了牙膏的小牙刷。奶奶把这些放在了我的床头柜上，又从围裙口袋里掏出了一个热水袋，递给了我。

奶奶走到窗边，拉开了窗帘，房间一下子变得明亮起来。透过窗户，你瞧！那整排屋顶都盖上了一层厚厚的雪绒被；那整片山都穿上了量身定做的白罩衣；那整条河也在厚厚的冰毯下沉睡。你看哪里，哪里都是白色，雪花像是担心被人们说自己偏心，竟把整个世界都涂抹了一番。

我看着站在窗边的奶奶，她的一头银发在雪光的照耀下显得更白了。我不禁想，奶奶的头发是怎么变白的呢？也是雪花给染上的颜色吗？要不然怎么会白得那么均匀，找不出一根青丝呢？

我总怀念小时候冬日的早晨，那道油冬菜。

油冬菜是奶奶亲手种的，打过霜的油冬菜更加甘甜，奶奶用土灶清炒，再生个火炉热上，拌上奶奶特制的辣椒酱，吃起来甚是热乎过瘾。乡下人家总是种什么就吃什么，吃个把月的油冬菜，吃个把月的白萝卜都是正常的。奇怪的是，竟怎么都吃不腻，想来是因为奶奶手艺好吧！

雪融化了，排排屋顶褪去了白衣，座座高山又变绿了，小河也苏醒了，而奶奶的银发却还是原来的样子。

冬去春来，我上三年级，开始要上晚自习了。我家住在村头，学校在村尾，村里没装几盏路灯。所以，下了晚自习后，我要走上一段寂静且有几分恐怖的夜路。幸而奶奶看出了我的心思，她总会拿着手电筒，站在村腰那棵古树下等我。漆黑的夜里，我老远就能望见那束银白色的

灯光，银白色中透着金亮，那是奶奶发出的独特光芒。

也有很多很多个夜晚并不是漆黑的，月亮高悬当空，洒下银白色的月光。月光好似一个个音符，跳到了奶奶的银发上，跳到了我的身上，也跳到了我们回家的路上。

我想，月亮和我的奶奶应该是早就熟识了吧。每天天刚擦亮，月亮还在山头若隐若现时，奶奶就已经起床了，生火，做饭，剁猪草；每天天色暗了，月亮爬得老高，月光早已洒满山间小路时，她还一手抱着猪草，一手拖着捆木柴，往家的方向移动。

为什么我的奶奶会有一头银发呢？难道是因为她与银白的月亮早就熟识了吗？在我的童年相册里，每一张照片上都有那个满头银发、身材瘦小、佝偻着身子的老人家的身影；在那段时光中，最美的是一个个让我难忘的雪后清晨，一个个让我铭记的有光的夜晚……

甲方大姐

吴永丽

遇见月山，是在2016年的春天。那一年，我还在广告公司学习如何成为一名微信公众号编辑。也是在那个时候，我遇见了山姐，她是我们的甲方——一位温和有礼但要求颇多、充满理想主义色彩的客户吴艳霞。

我的工作内容其实相对轻松，大多时候是在对接时跟着前辈们旁听、记录和学习。由于我也是庆元人，因此对这位全身心投入家乡事业的甲方大姐多了一份关注，渐渐地也生出了许多好奇。那时的我根本想不到我们后来会成为朋友，更想不到在接下来的六七年里，我会因为她而频繁地前往月山——这个如今被我视为第二故乡的地方。

记忆中的故乡，是一个遥远而还算温暖的村庄。比如，在积雪很厚的寒冬里，爷爷担心路上滑，会先送我到公路边，然后再去地里干活；比如，夏天的深夜我要上厕所，因为害怕黑暗不敢出去，老爸就会拿着手电筒陪我下楼，我打开大门，一抬头便是满天满眼的星星；比如，过年的时候，妈妈会扯来红色格子布，自己摸索着给我们三姐妹做新衣裳；

再比如，春天的菜园子里，爷爷叼着烟斗走在前面，指着边上的歪脖子桃树对我说，这些花都是可以变成大桃子的呵……然而，爷爷过世后，老房子因年久失修而日渐荒芜，只有每年清明，父母回乡扫墓时，那里才会有些许人气。而我，即便是清明，也很少回去了。

于是，我的故乡渐渐变得遥远而冷漠。直到我遇见了月山。

这里有着相同的乡音和食物，有着相似的星空和草木，却有着截然不同的人情和繁华。在这个传统乡村逐渐褪色乃至消亡的年代里，月山却如同逆向生长的奇迹，更新了房屋布局，增设了排水系统，开发了旅游项目。原本下地劳动的大哥大姐、大爷大妈，居然可以在台上唱念做打、嬉笑怒骂。我对此感到惊奇又羡慕，仿佛误入了桃源仙境的武陵人，受到了热情的招待，也被接纳和治愈。

为了不在“寻向所志”时陷入迷途，我给自己找了一位引路人——山妞。每次想要再回到这片桃源小住时，我就会跟着她回去，每次都住在她家里。

每次去的时候，在她家吃着各种充满儿时记忆的家常菜，喝着浓浓的米汤，早起时走过如龙桥，听着桥下举溪水的轰鸣声，看着远处银屏山的苍翠，便觉得这人间仍然值得留恋。也庆幸，我仍是一个有故乡的孩子。

在这里，小朋友们会开心地喊我“小无老师”，跑来跑去，叽叽喳喳。偶尔，我会和他们一起背诗、玩水、散步。和他们在一起时，我仿佛又回到了儿时的岁月。我常常觉得，童年总是珍贵而又短暂的，故乡也是珍贵而又缥缈的。小时候，我们无法选择自己的童年和故乡，但是长大后可以。

很庆幸，在我还不算太老的时候，遇见了这片山川日月，以及这里的人来人往。

五大堡挑担

吴思时

20 世纪 70 年代，月山还未通公路，进出物资全靠人力从距离村子四十五里的五大堡来回运输。肩挑背扛拉长了岁月，也磨砺了许多人的意志。那时，经济来源匮乏，许多家庭就靠挑担赚钱来购买油盐等生活物资。为了节省住宿费用，人们大多是当天往返，一趟便是九十里路。

1972 年，我十五岁，正在读初中。放假了，看到邻居的几个同伴都去五大堡挑担，我也心动，想赚钱买个手电筒。家里人都忙着其他事情，便托付邻居吴立平和他父亲带我去扛木头赚钱。我们同住一幢木头造的房子里，那里住着六户人家，立平家与我家仅隔一条楼梯。

头一天下午，我们几个人来到月山往五大堡方向十里处的桦树亭旁边，那里是大队召集人们做松木的场地。木头扛到五大堡，每一百斤工资是两块钱。选木头时，大家都犹豫不决，这根扛扛，那根掂掂，轻了嫌赚钱少，重了又怕路远背不动。吴立平比我大三岁，因为家里需要，他已经成为队里的重要劳力，选了一根七八十斤的。家里人再三告诫我

要选轻的，不然扛到后来会越来越重。立平的父亲吴思统为人和善、做事负责，他给我选了一根二米长、三十多斤的松树尾巴。当时，我还觉得轻了些，心里嘀咕，埋怨他不给我挑根大一点的。但他知道我在学校读书，没干过力气活，坚持说这根就够了。

我们几个小孩把木头又往前送了几里路，想着为明天省省力。第二天凌晨三点出发，一路上挑担、扛木头的人络绎不绝。刚开始，我觉得轻松自在，感觉像空手走了十多里，木头在肩膀上轻飘飘的，一路上有说有笑。七点时，我们到了白云亭，这里距离月山三十里，离五大堡十五里。我们吃了些带来的饭，剩下的挂在亭子里，打算回头再吃。

我夹在队伍中间，身不由己地往前移动。每走百来米，我就用与肩膀同高便于“歇哨”的木棒顶着木头换个肩膀歇息一下，但多待一会都不行。不到一分钟，后面的人就会催叫。这时，我的脚像灌了铅一样沉重，肩膀也红肿起来。接下来的每一步，我都觉得身上背了一座大山。我已经不再想赚多少钱，而是盼着什么时候能放下木头。

上午十点，我们总算到了五大堡。过秤后，我的木头三十五斤，领取了工资七角钱，现场就给。我心情激动，这是我的劳动成果，也是实现购买手电筒愿望的第一步。

立平的父亲还到仓库领来一百斤化肥，父子俩分挑。挑回头担是划算的事，两头赚钱，月山人称之为“两水合浪”。但这也是十分艰苦的活，特别是当天返回，一般人没这个能耐。我知道自己不行，而且挑不挑回头担是家里出来前就安排好的。

回来路上，我空手跟在立平父子后面。下午一点左右到白云亭时，我吃了挂在亭子里的剩饭。这时，我的两条腿开始疼痛，脚上也起了泡，行走十分艰难。我在路边捡了根树枝当拐杖支撑，咬着牙，一步一拐地又熬了十几里路，到了洋溪村。这里有座房屋，也算是个驿站，可以喝些水，歇息片刻。一坐下来，我浑身的骨头和关节都像散了架似的，说不出的难受。

我把鞋子脱了，两脚撑到凳子上，感觉稍微舒服点。立平的父亲用挑担人的经验即刻提醒我："腿要伸直，弯进来一会伸不出去。"我穿起鞋子、拿起木棍时，双腿已经失去了知觉，浑身酸痛。我差点就哭出来了！

山里人都说，担驮、走路是最"硬门"的功夫，少一步也到不了家。"行道迟迟，载渴载饥。我心伤悲，莫知我哀！"我又往前挪了几步，实在动不了了，便坐在路边，让他们先走。立平的父亲说："不行，要一块回去，等你。"就这样，我磨磨蹭蹭、走走停停，一拨一拨的人先我们而去。

夕阳西下时，到了桦树亭，我仿佛已经看到了月山村袅袅升起的炊烟。立平的父亲让立平先挑回去，自己留下来陪我。他开导我说："挑担人谁不是以命相拼！溜下这条岭便是平路，就到家了。"前一句他用质朴的语言告诉了我挑担人的血泪总结，后一句他把美好的愿景展现在我面前。如今想来，我心中依然暖暖的。

后边的路自己也不知道是怎么挣扎过来的。天黑了，我终于到家了。看着我铁青的脸和深深凹进去的眼睛，一家人沉默许久。最后，父亲说："你不是挑担的料，买手电筒差多少钱给你凑就是了。"

后来，我几次搬家，也没有抛弃那把用一块六角五分买来、已经锈迹斑斑的手电筒。它至今还在月山老家的三楼放着。第一次挑担赚钱的不易，让我读书更加用功，让我之后在闯荡社会时也始终铭记："挑担人谁不是以命相拼！"

去月山粮站交公粮

叶庆德

我的家乡龙溪大毛坪，虽地处山高水远的偏僻小山村，却总能让我感受到无比的温暖。全村分为四个生产队，人口约有400人，耕地面积为335亩。小时候的往事众多，其中去月山粮站交公粮记忆最深刻。

交公粮的历史渊源长久。中华人民共和国成立后，建立了粮站，继续征收公粮，直至2005年才结束，这一制度在中国维持了两千多年。

小时候，老百姓赖以生存的主粮稻谷是根本不够吃的，要靠春天种地瓜、玉米，冬天外出做香菇来弥补生计。但交公粮却是每个人的义务，粮站是家喻户晓的地方。庆元县东部地区设立了粮管所，月山村不但是举水乡、龙溪乡以及南峰的医疗、教育、贸易中心，还是粮站所在地。

公粮一般以每亩20公斤左右征收，如遇大旱、洪水等严重自然灾害，也会减免上交。20世纪六七十年代，实行的是集体生产模式，以生产队为单位进行交公粮；改革开放的春风吹来后，个体承包逐渐取代了集体生产，公粮也自然变成以家庭为单位上交了。上交有两种方式：农业税征收和粮食统购。从字面上可以看出，农业税征收是无偿上缴，而统购则是有偿的，只是价格相对较低一些。一般来说，大家春末夏初开始播种，夏天耕耘，深秋收获。那个时候，大家都心怀祖国，以支援国家建设为荣。在老百姓心里，上交公粮是为祖国的发展出力，所以都很自觉地选用最优质的粮食上交。

过去，因为交通十分不便，大家都会选好天气，约上几个伙伴一起去交公粮。我们村去月山粮站交公粮，先要沿崇山峻岭盘旋而上，再盘旋而下，步行约 15 公里。当时我们心想：如果能打个隧道该多好啊！想不到，我们国家发展得这么快，经过短短几十年，高铁里程总量已位居世界第一，很多领域也遥遥领先了，真的为伟大的祖国骄傲！

稻谷晒好后，用麻袋装好，通常 120 斤为一担，天亮就挑着出发。途中要经过磊石磨、横栏、打却亭、累停休、黄朋岭、半溪洋村、照田村、白白亭等地，一路汗流浃背，挑挑停停，艰辛地经过好几个村庄和凉亭歇息，到了步蟾桥才看见粮站。在步蟾桥，大家都会坐下来休息一会儿，喝点水，聊会天。老人告诉我，这座桥古老而神秘，它最初建于明朝永乐年间，现存建筑为民国六年（1917 年）重建。关于这座桥，流传着许多传奇的故事。

在桥上稍作休息后，我们直达粮站。按顺序排队等待验收，粮检员先通过对稻谷的干湿度、满秕度进行检查。如果饱满度不够，要再次经过谷扇分离；如干湿度不合格，则退回重晒。验收合格的，过磅后，开好票据、领取收购款额，然后就各自到亲戚家吃午饭或吃自带的午饭。午饭后，到合作社买点家庭日用品就赶紧回家。虽然辛苦了一天，但完成任务后，也倍感快乐！

静静的天空，蓝蓝的；清澈的小溪，静静的；柔嫩的小草，绿绿的；郁郁葱葱的榕树，高高的。大毛坪，我的故乡，那里有我的童年，有我的足迹。一样的天空，一样的风景，却承载着不一样的情！

大山采菇记

吴采芬

每逢夏秋时节，举水乡月山村的家家户户都会腰别柴刀、肩背竹篓，前往大山（银屏山）采野菇。野菇是上天赐给山里人的珍宝，如牛肝菌、乌甸、红栲甸等，说起这些美味的野菇，不禁让人口齿生津。尤其是味美价高的牛肝菌，庆元人称之为黄靛蕈，更是人人向往的菌菇极品。

寻牛肝菌

在月山村的西边耸立着一座山，名叫银屏山。银屏西峙，乃是“举溪八景”之一。银屏山绵延起伏，浩瀚广阔，月山村人都亲切地称银屏山为“大山”。大山之中，不仅有野兔、黄麂等野生动物，更有采之不尽的牛肝菌等山珍。举水乡一带的村民，常常前往大山寻找牛肝菌。

月山村是庆元东部的大村，1991年时，月山村的人口达1700多人。

在20世纪八九十年代，月山村民几乎都有过上山采摘野菇的经历。每年七八月，上山采菇的村民络绎不绝，每天可达四五百人之多，形成了一支颇为壮观的队伍。

1998年8月，正值暑假，我也心生向往，想去寻找牛肝菌。听从爸妈的建议，我买了一双解放鞋以便走山路。妈妈还为我找了一套旧长袖长裤，以防山上的荆棘刮划。野外劳作时，穿长袖长裤是必需的。

那天凌晨两点，我和爸爸就起床了。我们在家里吃了一碗炒饭，便背后别着柴刀，头戴斗笠，出了家门。

嗬！满天繁星点点，虽是盛夏，却颇有凉意。

上银屏山一般从月山村头往山上去。虽是凌晨时分，但村头却比白天还热闹。公路边停满了上百辆自行车，一字排开，蔚为壮观。对面的山上，手电筒和电瓶的光将通往大山的山路映照成“之”字形。

路上都是去找野菇的人，几乎都是熟悉的乡亲，也有邻村来的，一个个包裹得严严实实。山路陡峭而曲折，绊脚的石头和树根随处可见。走啊走，爬啊爬，过了一个多小时，后背都湿透了，我们终于到达了大山。

大山里古木参天，松林郁郁，莽莽苍苍。先前摩肩接踵的人群已四散而去，大家都散落到了大山深处的各个角落。

我打着手电筒东张西望，学着村民的样子，用柴刀撂开松针寻找野菇，找了半天却一无所获。不知不觉天已泛白，我又冷又饿，方才明白野菇可不是那么容易找的。

就在这时，我看见身边的松针微微隆起，赶紧用手轻轻拨开，发现了两个并肩而立的野菇。我赶紧用手抠出来，爸爸走过来一看，很是惊喜，说这是最好的牛肝菌，含苞未放。我欣喜若狂，因为牛肝菌是所有野菇中最珍贵的，身价也是最高的。

天亮了，太阳升起来了，寻菇者都陆续下山回家。有些人颗粒无收，有些人则挑着满满的一担野菇回去。路人的夸奖让采菇者满是汗水的脸上写满了骄傲。

到村头时，路边有位阿姨正在把牛肝菌切成片状，晒在溪边架起的竹筛上，已经晒满了10多片竹筛，不用说，这是今天的丰收户。大家都投去羡慕的目光。

我回家后，妈妈用牛肝菌做了汤，叫来了左邻右舍一起品尝。自己付出辛劳找回的牛肝菌，是我至今吃过的最美味的牛肝菌。

“黄靛”大王

三百六十行，行行出状元。吴岩淼是举水的“黄靛”大王。他采菇几十年，积累了丰富的经验。他家里的一个女儿和两个儿子也都是采菇能手。20世纪90年代，干的牛肝菌市价高达200元一公斤。他家每年靠卖牛肝菌可获得纯利润8000多元。当然，这要让他在一年里有近两个月过着昼伏夜出的生活。

民谚曰：“黄靛蕈窝，黄靛蕈塘，找到一窝采一篮，找到一塘担一担。”吴岩淼之所以能成为“黄靛大王”，是因为在大山里，他有很多不为人知的“蕈塘”，这使得吴岩淼总能比别人更快地采到更多的野菇。

吴岩淼名声在外，就有人试图找到他的“蕈塘”。有些村民半夜里上山，早早守候在树梢上，等着观察吴岩淼的行踪。守株待兔的笨方法虽然很难有结果，但偶尔也会奏效。吴岩淼有几次到“蕈塘”查看，想等菇长大一些再采，却被人发现了行踪。第二天再到“蕈塘”一看，野菇都被采走了。

为了防止“蕈塘”被人知晓，吴岩淼想出了一个办法：尽量一开始就甩开跟伙者。一般的采菇者都是凌晨出发，而吴岩淼一家则吃好晚饭，天色刚黑就出发。柴刀拿在手里，以防别在腰后会发出声响。他们不从村中间的大路走，而是从家里的后门溜出来到后山脚下，沿小路再进大山。在山上采菇时尽量不说话，用轻叩树枝的方式提醒家人自己在哪，这样就不会暴露行踪。

莽莽苍苍的大山里也有历险记。黄麂、野猪、野兔不时出没，吓人一跳，最怕的是遇上蛇。遇到一个大大的野菇，先别激动，有时野菇的根部，可能缠绕着一条蝮蛇。因此去寻菇的人，不但手握柴刀，有时也会拿一根竹枝驱赶蛇虫（村民们认为竹枝是蛇的舅舅，蛇怕竹枝），以及拨开路边树枝上的露水。吴岩淼也有过好几回与蝮蛇险斗的经历，不过凭其艺高人胆大，倒也有惊无险。

大山就像一座宝藏，带给山里人丰厚的馈赠。它还是天然的牧场，村民们常常把牛送到大山里放牧。大山更是记忆之所，牵扯着无数月山人关于家乡、故土以及黄靛蕈的回忆。

大山寻黄靛蕈

吴思时

月山村西耸立着巍峨陡峭的银屏山，山顶却是绵延几十里的平坦丘陵，被周边人称为“大山”。由于山高气寒，山顶难以形成大树茂林，只生长着一些杂草杂木。20 世纪 70 年代，有关部门在大山进行飞机播种造林，几年后便长出了许多松树，虽然并不高大茂盛，但也形成了成片的松林。80 年代初，不知是谁首先在大山采到了黄靛蕈（学名牛肝菌）。之后，人们发现其数量还不少，且地势平坦容易寻找，大山逐渐成为周边人寻采黄靛蕈的聚宝盆。

月山的黄靛蕈美味可口，很早以前就远近闻名，只是数量不多，偶尔有人采到几个也就难能可贵。直到发现大山中的黄靛蕈后，产量才有所增加，成为月山及周边人的大众化食品。

黄靛蕈的生长条件十分苛刻，需要高山、寒冷的气候以及松树的存在，而且并非所有具备这些条件的地方都能生长，应该还有许多未被发现的地理因素在起作用。20 世纪 80 年代，庆元县食用菌研究所就开始

试验培育黄靛蕈，但至今仍未成功。

1983 年，我在月山时也曾去寻过黄靛蕈。月山的稻谷开花时，便是黄靛蕈出现的季节。那几天人们都守候着，听说谁采到了，便成群结队地上山。那一次，我们五个人结伴而行，凌晨两点就出发了。二十多里的路程，除月山到际根的两公里公路外，其余都是山路。我们从名叫“上圩”的山口进去，带头的开路人一手拿手电筒照明，一手持一根一米长短的小竹竿往路两边敲打，说是为了拨开露水，其实也有驱赶蛇类的意思。

山脚那段路还算平缓，到了半山腰就开始考验我们的心肺功能了。特别是快到山顶那一段，五六十度的陡峭山路，让我们每个人都像抽风箱似的大口喘气。如果是白天，居高临下望去，虽然路边有树枝遮挡视线，但仍让人感到脊梁发凉。远眺来时的公路和溪流，细如线条，才发觉自己已经走了那么远的路，爬上了这么高的山。

到了山口，我们如释重负，稍稍歇息了一会儿，便继续前行。接下来的路程已经没有长的上下坡了，多是绕山平行前进。又走了四五里路，我们到了大山的“风岙”。这里是大山的“要塞”，通往各个方向。从家里出来到这里已经三个小时，天也亮了。五个人把行囊和午饭挂在路边的树枝上，这里也是我们约定中午集中的地方。在我们月山一带，有个不成文的规定：几个人早上一起出门，傍晚必须一块回家。

这里的景色奇妙而别致，一叠一叠的小山包缭绕着团团飘浮的云雾，时而遮住山包，时而又从山间夹缝中穿过。外围是无数隐隐约约的层峦叠嶂，从泛出红晕的远处可以断定，那是太阳即将升起的东方，也是我们月山村的方向。

黄靛蕈的生长是有“窝”的，也就是说它们并不是漫山遍野零星生长，而是相对集中在某些地方，且每年都在同一个地方生长，月山人称之为“黄靛塘”。

我虽然是新手，但也做了些准备。几天前，我便向内行的亲戚朋友讨教了经验诀窍。他们告诉我，黄靛蕈喜欢长在两山包之间往上一些既通风又不是风口浪尖的地方。开始时，我在这些地方仔细寻找，两个小时过去却只采到了几个苦菇。于是，我改变了方法，粗略地走过场，多跑些地方。又是两三个小时后，我终于时来运转，在一处小山岙发现了黄靛蕈。它们金灿灿地三个一群、五个一丛地生长着，让我太兴奋了！在几十米的圈子里找到了三十几个黄靛蕈，再扩大范围寻找，直到确认周边一片已经没有了，我才坐下歇息，心里还扑扑地跳。

十一点多，我们到了“风岙”，一边吃午饭一边等同伴。五个人陆续到齐后，我发现我的收获正好居中，有两人比我多，两人还少些。

下午三点多回到家，过秤后黄靛蕈有六七斤重，另外还有些苦菇、山茶甸等杂货。送了几个给亲戚朋友后，晚上便煮了一大锅黄靛蕈，一家人开心享用。

端午的粽与过年的黄粿

吴雪梅

家乡的美食很多，最喜欢的当属端午节的碱粽和农历年底的黄粿。

一

端午节的标配是粽子。在都市的餐桌上，鲜肉馅、板栗肉馅、梅干菜肉馅、枣仁馅、蛋黄馅……丰富的馅料满足了不同人的口味，却没有满足我的味蕾，肥甘厚腻的重口味，远不及家乡清清爽爽的碱粽来得美妙。

家乡在浙闽交界的大山里，在群山环抱中，一小片开阔的平地上，一条蜿蜒的溪流边，矗立着一个千年村落，她有一个浪漫的名字——月山。1971 年，我就出生在这个村子里。

记忆里，月山村一年里会有两次大米和山木奇妙组合后散发出的清香，这扑鼻而来的清香如巨大的轻纱笼盖全村。一次是农历年底的黄粿香，一次是端午时节的粽子香。这两次清香，一次伴随着谷物归仓的丰收，一次预示着插秧种豆的播种。

端午节的粽子，食材的准备开始于上一年度。我清晰地记得，秋收之后，母亲用一个木斗在分配糯米和赤豆的用途：留多少斗捣赤豆馅，多少斗做麻糍，多少斗酿红酒，多少斗蒸黄粿，多少斗包粽子。小小年纪的我歪着脑袋，盯着母亲手中飞快移动的被称为“斗”的木制方形容器，还没有数出多少斗，母亲已经完成了来年用料的分配。那时觉得母亲简直是有盖世神功。

母亲的盖世神功还表现在采摘箬叶、席草和砍山柃（一种灌木，烧灰后沥其汁，俗称植物碱）上。如果说糯米和赤豆是辛勤劳作下土地对农人的奉献，那么箬叶、席草和柃木却是大山给予村民的无私馈赠。

月山村四周，大大小小的山峰环绕。母亲带着我，夏天采过箬叶、割过席草，冬天到遥远的深山里砍山柃、烧灰。那时，我们要带上“饭包”（城市里称呼为便当），在森林里度过辛苦而漫长的一天。我们村里人把山柃烧成的灰，简单地称呼为“碱”。这“碱”在不同的地方，用不同的材质制成。庆元的西部农村喜欢用豆萁灰，老底子宁波人的碱水粽用的是黄稻草灰，而月山人最喜山柃的芳香。虽然山柃长在深山老林，山高路远，但村里人却乐此不疲，以此“碱”做黄粿和粽子。

端午节的粽子，不会在五月初五才做，都是提前两三天。母亲先取出挂在房梁上保存多时的箬叶和席草，用清水浸泡后洗干净备用。干枯了的箬叶、席草在水的作用下重新焕发出生机，它们清香而有韧劲。

我的爷爷奶奶早已过世，父亲母亲和我们姐弟仨共五口人，端午节的碱水粽只做一大铁锅，百来个。

“6 斗糯米，每斗 2.5 斤，共计 15 斤，1 斗碱。”这个配比是母亲多

年的实践得出的。她无数次跟我提起，生怕我忘记。事实上，我忘记了许许多多城市生活的细节，却对家乡的事物记忆犹新。我知道，按这个比例做出来的粽子，不会因为碱水放多了而“硬邦邦”，也不会因为碱水放少了而色淡味寡，如同一坨散沙。“六比一”是黄金比例，保证了月山粽子的味道，香糯适中。

头一天，母亲把一斗的山柃灰装在一个纱布袋里，再用滚烫的水冲淋，沥下的汁水就是最原始而自带清香的碱水了。晚上 8 点，6 斗糯米放入碱水中浸泡。此后的 8 个小时，一家人上床休息，而泡在碱水里的糯米，一刻也没闲着，分分秒秒在水的滋润下舒展，焕发出沉睡了一冬的能量。

第二天凌晨四五点，天还是黑乎乎的，母亲就起床忙活了。她摆开阵势包粽子：碱水中浸泡过的糯米，手掌宽的箬叶，细细长长的席草，以及赤豆煮熟后经加盐加糖捣烂再捏成小团团的豆沙馅，一并摆放在眼前。母亲手快，箬叶包上糯米，糯米内装上豆沙馅，再扎上席草，一气呵成，一个四角粽立刻呈现眼前。四角粽一端的两角与另一端的两角，正好旋转 90 度，两端之间，构成一对旋转、匀称、美观的棱角。这样的形状既最大限度地利用了箬叶包裹糯米的容积，又形成了一种动感之美。

一个两个三个四个五个，扎成一串，再一个两个三个……从天蒙蒙亮到阳光斜射进厨房，一百个粽子堆起来也像座小山。上午 9 点多，母亲把这些粽子全部下到土灶中最大的铁锅里。这些粽子中还藏有一个粽王，粽王跟别的粽子外形上没有任何区别，它的秘密藏在中心——粽子里的馅换成了一个特别小的粽子。谁吃到粽王，就表示谁运气特别好。姑娘小伙吃到表示要成家了，新媳妇吃到表示要添丁了，老人吃到长命百岁，小孩子吃到则聪明伶俐会读书。有一年，堂姐吃到了我母亲包的粽王，到秋天，堂姐真的出嫁了，那长长的迎亲队伍走过店堂下、外城弄……

母亲这一百个粽子刚刚好装满一大铁锅，满满当当的。母亲还会在粽子上铺上一层稻秆，捞完糯米留下的碱水一滴都不能浪费，全倒进大铁锅里。接下来，稀释后的碱水和粽子要来一次高温之旅。

粽子在锅里咕嘟咕嘟地响，是端午的歌谣最贴切的唱腔，香气从厨房溢出，氤氲在整个院子上空。直到下午四五点，粽子终于可以开吃了。剪断捆扎的席草，展开箬叶，山柃碱特有的橙黄色呈现眼前，煮得透亮的四角粽，微微地染了点点青绿。第一口是米的甜糯，第二口是馅儿的丰腴，第三口是山柃的清香。

母亲招呼着左邻右舍先来尝鲜，你一个他一个，一下消灭了十几个。然后就轮到我的“美差”——给亲朋好友送粽子，特别是住在村尾的外婆家。外婆总是夸我母亲包的粽子比她包得要好。第二天一早，母亲还要装一菜篮三四十个粽子去村里的客车停靠站，托运到在庆元县城工作的姑姑家，因为姑姑最爱吃我母亲做的粽子。

在没有冰箱的年代，保存食物的方式充满智慧。母亲把剩下的粽子一串一串地挂在二楼通风的房梁上，十来串一排挂着，像列队的士兵，颇有气势。七八天时间，房梁上的粽子要取下来煮一煮，然后继续挂上房梁。这一段时间，勤劳的母亲去远山采摘野小笋时，会带两个冷粽子当午饭；插秧干农活时，则带几个冷粽子当点心。这样，一个月后才慢慢吃完。

碱粽不容易坏，而且可以冷吃，这秘密就在碱水里。老家流传着这样一句谚语：冷粽热麻糍。意思是粽子可以冷着吃，但没有加碱水的麻糍非热吃不可，否则容易吃了不消化。月山人认为，从山木中来的天然碱水，既是天然的色素，又是天然的防腐剂和保健食物，具有防止食积、

肥胖，促进消化吸收等功能。

我与母亲离开家乡已经近30年。在城市的蜗居里，每年到端午节，母亲也会自己包粽子，但是没有家乡的山柃灰沥出的碱水，没有老家的土灶、大铁锅，做出来的粽子怎么也不是家乡味。她老人家只好退而求其次，说："比买来的好吃！"

今年端午节前，无意中看到山妞果蔬有月山粽子出售，快递寄到后，立刻下锅煮。当打开包裹的箬叶，看到那橙黄色的粽子，母亲眼睛一亮，慢慢地咬一口，细细咀嚼，随后喜笑颜开："就是这味，就是这味！"

二

老家过年，热热闹闹的。从腊月开始，一直要忙碌到正月十五元宵节。这期间，始终飘着一种黄粿香。

多少年来，当村头弄尾，家家户户在门口摆个大铁锅，铁锅上烧着老家人称为"山柃"的灌木，用来烧取做黄粿的植物碱。一群孩子围着铁锅嘻嘻哈哈地疯玩起来，老家的年味，就这样弥漫开来了。

"他叔，我家是腊月十八哦，你可别忘了来吃黄粿……"翠绿翠绿的山柃，是从深山里砍伐回来的，熊熊的火焰，让它们容颜尽失，等热量散去，十几捆的灌木只留下一锅细软如面粉的灰。等上十天半个月，进入小年前后，主妇们开始安排时间请人手准备做黄粿。

手工做黄粿是一项体力活，必须有两三个劳力、两三个巧妇帮着才可完成。村里人说话委婉，叫人来干力气活，不会硬邦邦地直说，而用一声"来吃黄粿……"叫得人心暖暖。

在腊月十七日晚上，主妇要把大米与碱水混合，待它们一夜"缠绵"

之后，就变成了你中有我、我中有你，橙黄橙黄、水灵水灵的。第二天天刚蒙蒙亮，主妇便将还在蒙头睡觉的丈夫唤醒去磨米了。

老家村小，磨米的大石磨，仅养初公家有一副，全村做黄粿的米都在他家磨成米浆。从早到晚，这家来，那家走，日日如此，从腊月初到腊月底。

四大铁桶乳白色如牛奶般的米浆，被主妇轻松地挑回家。米浆入土灶大铁锅，文火煨，主妇用桨状的木粿橇，慢慢搅动，锅底的热量使得米浆一点一点结团，结团的部分粘在了搅动的粿橇上，当粘到有碗那么大的一块时，再捋下放到大大的木饭甑里。

米浆越来越少，木饭甑里透着黄、黄里又隐约藏了点绿的团团越来越多。

要在一天里做好黄粿，统筹安排显得十分重要。土灶的两只大铁锅都得派上用场：一只继续煨米浆，一只置上木饭甑开始蒸半生不熟的米浆团。

当第一甑米浆团在熊熊的火焰中被蒸熟时，已快中午。叔、舅等壮劳力早已候着准备出力，院子里的石臼、T形木杵已经被主妇用清水冲洗干净等着派上用场。

小心翼翼地，终于将米浆团倒入石臼，一名壮劳力双手握住木杵，对着蒸熟的金黄色的团团使劲杵。团团的黏性很好，杵三四下就粘住了木杵，碱水再次派上用场。一位机灵手巧的妇女，用双手沾了碱水，在不停起落的木杵上抹，这场景就像音乐上的协奏曲。第一次见此景的人，总担心妇女的手来不及抽出被杵打，在一边干着急。

木杵的杵打使得原来分离的团团完全地融合，像棉团似的，越来越富有弹性。两三名壮劳力轮番杵过后，新鲜的黄粿算是做成了。

深山里那片片翠绿的树叶，似乎把它们的精华都渗透进了稻米的灵

魂里。从石臼里起出的黄粿，如遥望的春色，散发出似有似无的清香。

巧妇沾着碱水的手，近水楼台先得月，她快速抓下一小块就往嘴里送，然后又抓下一小块，递给身边那名与她协同杵粿的人。左邻右舍高高矮矮的孩子，每人一手拿着碗，一手拿双筷子，已闹腾开了。

第一臼、第二臼、第三臼……吃饱了的巧妇们，趁着黄粿热乎乎、软绵绵劲的儿，一块一块拧出，用沾了茶油的双手在竹匾上揉压，揉成如大瓷碗口般大小的拜年礼品。除了小圆黄粿，还有最后两三臼直接揉压成大圆状。这些大块头，主妇们都清楚它们的寓意：有粮做黄粿，意味着一年大丰收；黄粿香香圆又圆，家庭幸福大团圆。

黄粿入仓，主妇的心里算是踏实了。老家的传统，过年可以没鸡没鸭，但不可没黄粿。过年走亲戚、祭祖先，一对小圆黄粿是必备的；有亲戚来，一碗汤黄粿是待客的上礼。而在元宵节，吃碗黄粿点心更是家人的期盼！

等天气晴好，大圆黄粿要切成长方形小片，厚度以毫米计，铺满门前屋后。太阳一晒，每小片黄粿两头微微卷起，如成片成片的金色元宝。

这些晒干后的粿片，可保存一两年，不失色香味。食用时可干炒，可油炸，可汤煮……是老家家家户户四季待客的名点，也曾是和着马铃薯一起烧的主食。

第五辑

旧文新刊里的举水记忆

传记传说

月山村始于一则传说，后经一代又一代月山人的努力，成就了今日的辉煌。在民间史料里找出的这些旧文，言简意深。这一辑，让我们一起读举水简史，赏古镇新貌，看宝塔廊桥，听人物故事，闻民间传说。

风光如画　书礼传宗

吴美根

半月烟居半月山，松篁荫翳抱东环。
余霞淡映林梢净，素魄浮光藓翠斑。
郁郁楼台金镜里，苍苍松竹画图间。
桥横桂阙仙谪近，缓步登岭兴自闲。
——“举溪八景”诗之《月山晚翠》

这首诗是古人对举水乡月山村风光的赞美。这里是庆元吴氏望族的重要发祥地，自从1004年三老太婆带着年仅8岁的儿子吴诩公到此居住算起，至今已有千年历史。1982年，月山村有1400多人口，90％以上姓吴；举水乡有5600多人口，90％以上亦是姓吴。这种单姓聚居的情况在全国很少见。

这里的《吴氏宗谱》记载了一则传说：千年前这里的地形不是现在

这种曲水抱月状，溪流是从东边山脚下直过的，村庄位于西边，为金姓等人杂居，他们大多较富有。民间史料记载，三太公吴伉病逝于松源上仓后，1004 年三太婆李氏与儿子来到这里，在东边山脚下（当时称为东庄）搭寮而居，过着艰苦的日子。有一天，一个十分丑陋、满身毒疮的乞丐来到此地。他先到西边的村庄行乞，讨遍全村竟无一户人家肯对他施舍，还用刻薄的语言打发他。傍晚时分，这个乞丐来到了三太婆家。母子二人非常同情他，不但留宿，还将仅有的一只老母鸡杀了给他补身子。乞丐告诉他们，用宰鸡的汤水洗身，毒疮就能治好。乞丐洗过澡，天已漆黑，他吩咐母子二人把洗澡水抬到离村一里多远的溪流上游倾倒。突然间，洪水如倒海翻江般汹涌而来，冲毁了西边的村庄，也使溪流改了道。从此，东边就出现了如今一片半月形的大平地，因此有了“举溪”这个村名。

据说，此后西边的村庄就慢慢败落，而东边的吴姓家族却发迹很快。1000 多年来，举溪吴诩公名下的子孙遍布全县的许多乡村。在全县将近 7 万的吴姓人口中，有超过半数为“举溪吴”，发展到全国各地的也不少。近年来，许多外省、外县的人到举水寻根问祖，查访宗族历史。由于外迁时间、地理环境等情况不同，他们或分散，或聚居，人数亦不相等，在许多地方已经发展成为几千人乃至几万人的大家族。

这个传说告诉我们：一个人、一个家庭乃至一个氏族，只有以善良为本分，才能立足于世，发达兴旺。以往 1000 多年的岁月里，吴姓人在这里繁衍生息，从孤儿寡母逐渐发展成为大家族，从东庄的茅寮发展到今日的庆元东乡人文重地，无不印证了吴姓人的道德高风。吴诩公的后裔坚持勤俭致富、诗礼传家，特别注重教育事业的投入，因此历代人才辈出，仕宦显达。吴诩的三世孙吴翊是进士，官任池州通判；吴翊的玄孙吴淇为南宋嘉定甲戌进士，官至户部侍郎。同时，因人才辟举至仕者更是蝉联不断。大一公吴平初举松溪县尹，继任浦城县尹；吴平的三子吴铁又为延平府尹。政治的亨通带来了经济的繁华。曲水环抱，群山拱秀的天然盘局，加之文人雅士的匠心经营，迨至宋末元初，这里已经成为“庆邑之冠”的“书香之地”和浙闽边界的商贸枢纽。到了16世纪中叶，以吴蔡尧（缨一公）为首的人在这里办起了银铜冶炼企业，毗邻福建遂应场村的大银洞矿山曾有过几百人日夜作业的壮景，而岭头乡的八炉村则因当时有8座冶炼炉而得名。富甲一方的经济实力又为文化的普及奠定基础。吴蔡尧的几个儿子都成了当时地方上的显赫人物，四子吴希点曾任余杭教谕，续任广东省惠来知县、福建连城知县、广西柳州迁江知县等职。吴希点之子吴懋修更是文武双全，因其文韬武略、义勇过人，1644年临危受命出任兵部司务。他身先士卒、英勇善战，为南明政局立下卓著功勋。但他洞悉时务，知道天意难违，于是急流勇退，隐居故里，从1649年起，把后半生的精力用在家乡的建设事业上。于是这里有了“举溪八景”，引来一代又一代的文人墨客吟诗作画；于是这里有了圣旨门、吴文简祠、云泉寺、如龙桥、来凤桥、文明塔等许多保存至今的珍贵文物。

清代末年，举溪村曾一度建镇，称逢源镇。当时这里豪宅林立，美轮美奂，街道整齐，街中有复旦亭、桂香亭、尊光亭等供人休闲。20世纪80年代，这里进行新农村建设，拆掉了村内部分古宅，如今这里既有现代化风貌，又保留了许多已经被列为县、省、国家级重点文物保护单位的景点。

往事越千年，先辈如若见到今日的村庄美景，得知世裔如此盛况，定会感到无限欣慰。作为子孙后代，我们为氏族的历史和业绩而自豪，崇尚祖德，继承祖业、开拓未来是我们光荣的使命。

绅八公传

吴钟祥

钟祥按：予祖绅八公，即俗所传称八老爷也。

公半生追随刘阁部，乃心明室，抗拒异族，忠心耿耿，可与日月争光。顾其事迹，邑乘略而未载。我举溪宗谱，有鹤溪陈之清先生所撰公传一篇。于其忠愤施为，亦隐闪其辞。

大抵在清朝统治之下，秉笔之士，固不敢据实直书。而为之子孙者，亦雅不欲有所抵触时忌耳。

余尝翻检诸书，凡有关于公之记载，一鳞片爪，随手掇录。积之既久，集材颇多。爰稍加排比，叙此为传。用使忠烈之迹不致永晦焉。

又儿时闻诸先兄，隆武委授兵部司务之告身，曾见及之。为长方尺许之黄绫，上书姓名职衔，并钤有朱玺，文为“大明隆武之宝”六字。惜未究其见于何所。兄殁而欲觅致无由矣。

公讳懋修，字尔进，号如公，又号玉山。

父缙九公讳希点，以岁选余杭教谕。隆武内戌，升福建连城知县。

寻改广东惠来知县。公随父在闽，受知于给事中刘中藻，由名经考授吏部司李衔。改考知县，迁兵部司务。

清博洛入闽，郑芝龙降，唐王走死汀州。监国鲁王由浙航海至闽，以刘中藻为兵部尚书兼大学士，攻降福、宁。宁德、古田、福安、政和等县，一时俱下。温、台响应。

监国三年（1648年），中藻遣冯生舜徇桐山，攻取泰顺。

希点公卒于惠来官舍，公扶柩归，夺情在籍募义兵。与龙泉柳国柱、李六郎、黄日光、吴卿等相缔结。

公率众屯英宁关，柳国柱等屯龙泉西乡六都木岱口。与清兵战，柳国柱、李六郎败殁。公亦战不利，转屯坑口、漈下、举溪。旋取寿宁。

会冯生舜自泰顺至景宁西乡大漈，公率众屯扎章坑、东坑，会攻景宁，不克。

还攻庆元。庆元摄篆教谕戴云程、游击董永义弃城遁。遂据庆元。

清兵自松溪来援，公与冯生舜拒战，杀伤过当，民亦死百余。自北门至县署前，民屋尽毁。乃敛众退。

是年十月，清兵陷福、宁。刘中藻走保福安。清副将李荣田，由桐山分兵攻泰顺。冯生舜战败，率众与公会于庆元。驻庆元清千总李定国，发兵拒战于下管赤膊岭。进击杀之，遂围县城。

值清兵破福安，刘中藻殉节，闽地尽失。清将遣援兵自政和至。生舜率众去，不知所终。公亦散众归。

康熙十三年（1674年），耿精忠以闽应吴三桂，用复明为词，蓄发、易衣冠。公闻，率弟懋庄父子纠众往从之。

懋庄旋随耿总兵徐尚朝入浙，攻拔庆元，略地至杨墩。与庆元三都陈村人附清封副将者吴陈仁所部吴任之遇战，父子俱败没。

既而耿精忠复降清。公知事无可为，乃归隐举水，辟竹斋读书，以

著作为务，并撰十愿文，长斋佞佛，示与世绝。

公天才挺拔，志行高卓。早岁通兵事。

崇祯十四年（1641 年），闽寇张其卿大掠龙泉，窜踞万里林，有众数百，四出钞掠。知县杨芝瑞檄公剿之。

公以兵法部勒乡勇，出奇掩击，斩首百余级，贼骇遁。乡人以是服其能。

举义以来，迭发乡勇以抗清，乡民所为踊跃相从者，盖夙觇其才也。

公生于明万历癸卯年（1603 年）九月十三日，卒年不详。子四：长之琼，次之琮，次之球，次之阳（疑为“玚”之误）。

之琮有勇略，娴弓马。清吏授以官，公不许赴。

终公之身，耻用清年号。有所造述，题志岁月，惟书甲子云。

所著有《寒溪集》《荣木篇》《昭融集》《竹斋语录》《大雅堂稿》《括苍吟》《三山吟》《史策略》《坐隐录》《逸民传》《烈女传》《古今诗论》《经书大全定本》《楞严经十二解》《大乘法华经解》诸书。因未梓行，均散佚。

吴懋修略传

吴　高

吴懋修，字尔进，号如山，又号玉山。庆元举水人，明万历癸卯年（1603年）九月十三日生，卒年失考。据举水《吴氏宗谱》记载：他自幼随父（其父吴希点），曾任福建连城、广东惠来等县知县，熟读经史、兼司武艺，立志高卓，为人大方。当他还是廪生的时候，对地方治安就极肯出力，如崇祯十四年（1641年）十一月，闽寇张其卿大掠龙泉，突至喜鹊岙，后退屯万里林。懋修闻讯即率乡勇直捣其穴，斩首百余级，贼远遁。（据《庆元县志·武备志》）崇祯十七年（1644年）明室沦亡后，第二年郑芝龙拥立唐王朱聿键，在福州建立南明政权，吴公为表示对明室忠诚，曾前往投奔，任兵部司务。后因见郑芝龙专权跋扈，朝政日非，知大势已去，乃解甲归乡。

吴公回乡后，除著书立说外，还为桑梓做了大量贡献。

他首先着手规划建设举水风景区，亲自领导建造文明塔、文奎阁、听鹿亭、梅花岭、来凤桥、如龙桥、尊光亭、复旦亭、云泉寺、吴文简

祠等。这些古建筑，虽因年久失修，多已废圮。但就现存者观之，飞檐翘角，巍峨玲珑，气势轩昂，令人叹为观止。举水村后半月山上那片茂密的竹丛，据说也是当年吴公率众种植的，此举至今仍为群众所颂扬。

公一生著述颇多，惜已失传。仅光绪版《庆元县志》尚留下他所写的《文明塔记》和七言长诗《举溪篇》，《吴氏宗谱》尚有部分遗墨，于此亦可窥其文才俊逸之一斑。

至于民间传说吴公曾随耿精忠起兵反清一节，实缺确切依据。耿精忠为清初“三藩”之一，其反复无常，降而复叛之事，史书载之甚详。耿于康熙十三年（1674 年）在福建起兵响应吴三桂叛乱，二年后降清，直到“三藩”之乱平后被杀。耿起兵时吴公已 71 岁，虽其卒年不详，就常理推之，此说实未可信。但吴公出于民族气节，在他回乡之后，确曾不用清朝年号，大凡纪事皆以干支代之，而这也引起了清廷的不满，视之为叛逆，故清代本县所修的各版县志，均无他的事迹记载。然而，千秋功过，应有评说。他晚年给举水人留下的功绩和他对举水文化所做出的贡献，是值得肯定的。

“神童”吴之球

吴美根

举水村尾“如龙桥”，桥中间神座的上方有块匾额，上书“如龙桥”三字，字迹苍劲雄健，潇洒豪放，相传写于清顺治十年（1653年），系曾任南明政权兵部司务的吴懋修的七岁儿子吴之球所书。《吴氏宗谱》记载：“吴之球年甫七八，即善作大书，郡侯郑章甫当堂试之，桌高人矮，用凳垫高，公执笔飞舞，出走龙蛇，郑侯阅之，惊为神物。尤具大志，苦攻举子，不论明晦风雨，日课两艺……”这里虽未详述吴之球书写“如龙桥”之事，但可证实他在七八岁时确已能书写一手好字。另从时间上看，吴之球1646年出生，至1653年正好七岁。且他在十四岁应处州（今丽水）府考，其文章被誉为“十邑奇之”。

古镇新貌

吴 信

素称“文物之乡”的举水，自古便以景色优美、人才辈出而著称。如今，她又怎样了呢？

党的十一届三中全会后，这里各方面已发生了深刻的变化。农牧业方面，粮食产量翻了数番，亩产跨过了千斤大关；养牛、养猪、养鱼等专业户不断涌现。来自温州、青田等地的能工巧匠，来举水办起了面条、粉丝、汽水加工和机修等服务业。现在，在这个小小的镇上，国营的、集体的、个体的各式经销零售商店、饮食服务和手工行业有20多家，从业人员达60余人，每月总成交额可达4万元。

历来被人们所重视的文化教育事业，现在有了更进一步的发展。这里有一所中心学校，内设9个年级、12个教学班。村里人为了更快振兴举水文化事业，在1982年自发地组织成立了民间助学小组，并筹集了一批资金作为奖学金，这让学校的师生感到“教书光荣”“读书光荣”。举水自创办文化中心以来，更是另有一番新气象。在图书阅览室、文娱活动室里，逢年过节，爱好这些活动的人们总要在这里热闹几天。1984 年这里举行了春联创作和象棋比赛，参加评选和展出的春联多达上百对，其中有“三百六十日，日日催人老；八千七百时，时时值千金”（吴绍利于 1984 年春节创作）等脍炙人口的联句。在棋坛上，高手云集，一局紧接一局，真可谓棋逢对手、将遇良才，围观者连声叫绝。在文化中心站门口，还挂着“迎新春男女共坐咏新月，度佳节老少同堂步弈坛”长达 5 米的大楹联。除了联欢会和春联创作，这里还举行了富有时代气息的演讲比赛，内容涵盖我村有史以来和中华人民共和国成立以来的重大成就，以及当前农村致富门路与生财之道。

“月山银浪垂清影，十条长虹卧清波。”这里的人们对桥倍感亲切，在不到 2 里长的举溪上架起了 10 座桥。在中华人民共和国成立前已有的 4 座桥的基础上，又新架了 6 座石拱桥。这些桥不但构造别致、清雅壮观，而且给农民耕作、商旅往来、车辆行驶带来了诸多便利。

当你登上登云岭，直上莲花山时，又有一番风味。月山全貌尽收眼底，一排排青砖瓦房拔地而起。在县委、县政府的关怀下，新的标准化农村住宅在举水初步形成。翻过登山岭，步上莲花山，只见全国第二号杉树王枝叶茂盛、强壮挺拔，文人墨客曾写下“古木参天秀，莲花遍地茶”的美妙诗句。

举水的山格外秀，举溪的水格外清。这座古老的小镇，如今正以崭新的姿态出现在人们面前。

多桥之乡——举水

吴绍利

举水，也叫举溪，又名月山。之所以如此命名，是因为它的后面有一片半月形茂密的翠竹。村庄也是半月形的，半月烟居半月竹，合成了一个人间的月宫。每当夕阳西斜、炊烟袅袅的傍晚，金色的夕阳与翠竹交相辉映，形成了一幅别有特色的景象，这便是“举溪八景”之一的“月山晚翠”。举水历来是庆元东区的一个颇有名气的小镇，拥有千年的历史。这里曾被称为“书香之地”，有过“父子叔侄六科甲之士”，也有官至兵部司务的才人。地方风物有驰名港澳的“银屏茶”，闻名全国的杉树王。这里保留着全县仅有的古塔，还有许多动人的民间故事和文辞风雅的“八景古诗”。

更值得称赞的是生活在举水这块土地上的人民。他们世代勤劳，用双手描绘出秀丽的举水山河。举水还有一个重要的特色，就是多桥。从村头到村尾，不到400米的举溪上就有8座古桥和新桥，水尾还有一座50多米长的步蟾桥。

公路沿着举水村边的溪岸伸展，当你乘车从县城而来，首先映入眼帘的便是一座雄伟的古桥——来凤桥。它离水面有 8 米多高，桥底用一色青石筑成半圆石拱桥洞，内空跨径有 12 米，桥面造型是亭阁结构，有 48 根柱，分为 11 间。桥长达 30 米，宽 5 米，内部设计精巧，画栋雕梁，两边还有供人们憩息的廊凳。从公路到桥面用石阶铺就。站在中间的桥窗向村尾望去，正好与村尾的如龙桥遥相呼应。

如龙桥坐落于举水村尾马氏夫人庙边上，全长约 28 米，宽 5 米。它的桥底由无数又长又大的杉木搭成几何形的木架，东面的桥头有高度达 9 米、分为 3 层的“三笑楼”，顶上有 46 只拱角。桥内同样是雕梁画栋，桥正中的神龛上方还挂着一块“七岁神童”吴之球所写的“如龙桥”的匾，相传他是用笋壳写成的。沿起伏的山岗而来，足有 5 里长的松树群正延伸到此，如一条巨龙。东面桥头后有几株挺拔的苍松，西面桥头有两株足有 40 米高、4 米多围径的大柳杉，它们既是“松龙”的角，又是如龙桥的卫士。如龙桥和来凤桥又构成“举溪八景”之一，有诗云：“来凤如龙号两桥，重开交锁束溪腰，月山银浪垂清影，举水清波落绛绡。”

在村的西面，自银屏山流下的小溪之上，高耸着一座白云桥，桥的结构与如龙桥、来凤桥相仿，顶上的桥窗还雕有花纹，桥下木头支架。每当大雨之时，它的前面有一条 5 米高的瀑布，后面有一条 3 米高的瀑布。从村边公路看去，白云桥正骑在翻滚的银龙之上。这 3 座古桥都是建于距今 300 多年的明代，近年已经修葺一新。

与如龙桥隔垟相望的水尾一里路外，有一座 40 多米长的步蟾桥，桥下石拱洞有 14 米宽，桥面上有 80 根大柱将桥分为 19 间，面宽 6 米。整座桥都用朱红漆过，天花板上画着很多壁画，有八仙图、龙凤图等，还配有诗词，就连桥两边的挂壁窗孔也仿照各式图案。顶面有 16 只拱角，桥头有 5 株参天大树，给这座桥增添了几分秀色。当人们站在桥头向内

一望，就有置身于宫殿的感觉。

现在，让我们再回到新建的几座大桥之中。在一座新建的三层乡政府大楼的门口，有一座 8 米宽、12 米长的石拱水泥桥；往下约 60 米的地方，有一座 4 米宽的岩坑新桥，为到银屏山下劳动的人们带来了方便；在举水人民大会堂门口，红旗桥上川流不息的人们，缔造着这座小镇的繁荣。红旗桥头，街道两边，做手艺的、理发的、餐饮服务的、卖杂货的……店摊云集，来往于举水、龙溪的班车在这里停靠，桥西头还有供销社、粮站等。人民大会堂是电影院和文化中心站的所在，这更使红旗桥增添了热闹的气氛。再往下的举水学校门口，还有一座 6 米宽、16 米长的新桥，400 多名师生每日几次往返必经这里，该桥也是一座“文化桥”。

举溪啊！这么多桥增添了您的秀色，点缀了人间月宫的美丽。每当傍晚，小伙子们、姑娘们或是骑车，或是迈步于“文化桥”畔，或在沿溪两边的公路上，时而悄悄低语，倾吐着内心的秘密，时而高谈阔论，抒发着内心的情感，谈论着举水的明天、祖国的未来……

现在，在庆元县人民政府的关怀下，举溪这个古老的村庄正在改建新村，不久的将来，一个崭新的社会主义新农村将在举水诞生。这多桥之乡定会更加美丽。曾有一首民歌唱道：

来凤如龙步蟾桥，
白云桥下红旗桥，
古桥新桥九桥美，
桥桥交会幸福桥。

后 记

本文原载于1984年庆元县委宣传部编的《国庆三十五周年征文》，篇末所称“不久的将来，一个崭新的社会主义新农村将在举水诞生”，正是如今月山村的写照。根据庆元县人民政府网站的“庆元县大事记”，在1982年7月，“县人民政府针对举水公社月山村村民370余户无设计规划已围好的宅基地达124亩一事，批复同意举水公社党委、管委会调整意见，为合理利用有限的土地资源，同意进行全面统一规划拆建工程。至1985年8月，全部拆除旧房、改建新房工程竣工。全村300余户仅用47亩土地，节约70余亩，取得了良好社会效益”。这是《多桥之乡——举水》一文的写作背景。

文明塔与听鹿亭及其他

吴绍利

文明塔，又称荐元塔，建于清康熙元年（1662 年），共 7 层，高 18 米，阔 3.5 米，占地 36 平方米。塔体全由 10×20×40 公分的大砖块筑成，每层挑有拱角，内有回廊可上，巍峨耸立于举水村尾的梅花岭巅。梅花岭，是一条从步蟾桥至塔址的曲折蜿蜒的石岭。半岭间有一座精雅的六角亭，名叫听鹿亭。这座曾被誉为“举溪八景”之一、全县唯一的宝塔，因遭雷击，如今仅存 5 层。梅花岭与听鹿亭也已变成一片灌木林，仅有遗址可寻。登临凭吊，令人有不胜今昔之感。

《庆元县志》记载，当年吴懋修顺应群众要求，发起建造这座古塔，从卜地择吉至营造盖顶都费尽心力；整座建筑群，无一不凝结着举水人民的血汗和智慧。

顺治十八年（1661 年）十月，举水群众决议建塔，首要之事便是选择地点。他们的足迹遍布举溪两岸的山峰。后来攀至小头岩山顶，“视其形势迥异，当我乡之捍门，顶开小坦，若得一峰插霄，将与云屏对峙”。群众沉醉于对天然美景的憧憬之中，恍惚间似见一塔矗立于山巅，于是决定建塔于此。

小头岩高高屹立于步蟾桥之东，是一座小孤山，山上泥层深厚，竹木丛生，难以寻得大石块做塔基，若从下面溪涧里搬运，又面临绝壁，难以扛抬。因此，工程耽搁了三个多月。到康熙元年（1662 年）春，石匠石敏忽然发现近旁竹丛中有土包隆起，掘之果得精石一穴，石块平方的扁圆的都有，大的需七八个人共抬，正适合奠基砌勘，小的棱角嶙峋，正好可塞孔。据说石块数量不多不少，正够使用。众人额手称庆，都说是神仙相助。因此，大家干劲更足，踊跃捐资献料，全力投入造塔工程。

竖柱之日，本是阴雨连绵，半夜后，天稍霁。因塔柱过长，闹到三更以后还竖不起来。到鸡鸣时，忽见重雾迷蒙，柱首竟突然昂起，好似被人提举一般。柱竖好后，云消雾散，旭日当空，红光铺地，群众鸣锣击鼓响应，皆认为“非神力，焉能及此?”

当夜，又听见老虎在塔内吼叫，有识之士于是说：“雨是龙吟，又是虎啸。”更是双喜临门。

盖顶之日，亦是红日生辉，月华呈瑞。种种征兆，无不认为是天降吉祥。塔成之后，就取名为“文明塔”。从这些神话传说中，我们足以窥见当时举水人民建造文明塔的隆重与虔诚。

小头岩建塔后，便改称梅花岭。当时山上遍植梅树，每当“雪压冬云白絮飞，万花纷谢一时稀”之际，万树梅花，竞相吐艳，千姿百态，满目缤纷，来到这里，仿佛置身于花团锦簇的春天。不少文人雅士，特地在大雪纷飞的季节，登上塔楼凭窗眺望，欣赏雪景。

沿着青石铺就的石阶前行，时而身历险境，时而跨瀑越涧，几经曲折，方至半岭。于是，一座精雅巧致的六角亭出现在面前，这就是当年

名噪一时的听鹿亭。相传，以前亭边曾养有梅花鹿，故而得名。亭子结构精巧，六根朱红大柱支撑，顶上覆以琉璃黄瓦，挑起龙凤拱角，内设座廊，梁上雕龙画凤，四壁题满诗文。亭边山泉潺潺作响，林间鸟语啾啾，真是引人入胜。亭门有联云：“梅花岭上兰梅斗艳，听鹿亭边鸟鹿争鸣。”清人吴丈元曾有咏听鹿亭七绝一首：“亭横碧献赋同行，径转山腰望眼明。仿佛鹿鸣岩谷畔，呦呦声细入风清。”由此，我们不难想见当日听鹿亭之景色。

云泉寺今昔

吴美根

百尺危楼倚碧峰，经童拂曙扣洪钟。

惊飞华表新归鹤，唤醒南阳旧卧龙。

响逐泉声穿竹径，音随断霭出云封。

乍闻顿觉尘心悟，却欲霞楼访赤松。

这首古诗乃前人为歌颂举水的云泉寺所作。云泉寺处境幽美，几百年来便闻名遐迩，是“举溪八景”之一。

古寺历史

云泉寺由大雄宝殿和华光殿两大殿联构而成，占地三亩余，建筑面积达 1500 多平方米。它的历史颇具神秘色彩。举水民众都说云泉寺是明

末清初由吴懋修为首倡建的，寺内大雄宝殿右侧菩萨厅的梁上也有“建于大清顺治十七年”等字样。这与吴懋修解甲归田、带领村民搞建设的年代相吻合。然而，寺内现存的铁钟上却铸有“明神宗万历三十二年”的字样，较顺治十七年早了56年。再者，从现存的举水《吴氏宗谱》的记载看，在吴氏宗族第九代传人之一的吴延岳（约出生于1205年）的事迹栏内记有“公舍落岭东源尾等田入云泉寺出家，法名如山”云云。假如谱上所言“云泉寺”确指此寺，那它的历史已有七百多年了。此后，经过历代多次扩建、修缮，其规模不断扩大，内容不断增加，到1949年前后，它已是庆元县东区规模最大、气势最为宏伟、保护最为完好的一座寺庙。

古寺雄姿

据老人回忆，昔日云泉寺确是景色幽雅、令人向往的胜地。走过飞角翘檐的白云桥，沿着岩坑溪溯流而上，便见前方古树参天，花木掩映，危楼耸立，一座古雅的大寺庙隐约可见，此即云泉寺也。

寺的左面分别围着廊墙，迎面白粉墙上有“白云深处”四个大字。大殿山门正对墙廊。左门进去是一处种满花木的园子，穿过园子就到达大雄宝殿的正门。左右门神分立两旁，戴盔披甲，手持兵器，怒目圆睁，甚是威武。大门正厅前坐着笑口常开的弥勒佛。厅后是天井，左边是真武堂，右边是郭公堂，正面则是正殿。殿宽12米，深13米，佛座上端坐着高大而又慈祥的三世如来，左右两壁是十八罗汉和二十四诸天菩萨。

大殿两侧分别有两进三连间的二层厢房，是僧尼和香客的住室。与左厢房比邻的是观音堂，观音堂前面则是一座高耸的塔式钟鼓楼。所谓“百尺危楼倚碧峰，经童拂曙扣洪钟”正是对周遭环境的如实描绘。据说当年晨钟暮鼓之时，洪亮的钟声能传出十余里之远。

清澈甜美的泉水从银屏山流经该寺山门，引一细流从幽洞经过大雄宝殿的后墙穿入至厨房前，然后从华光殿前面的放生池下喷涌而出，更为寺庙增添了几分天然之韵。

经郭公堂右侧有二侧门通往华光殿，该殿塑有五显大帝神像，堂前有鱼池、戏台等建筑。昔日每年举行盛大的大帝会，请来戏班演戏。据说这种格局是当年吴懋修随南明弘光帝败退福州时，聆听福州鼓山寺方丈指点后按图设计的。

几百年来，此地曾吸引无数文人墨客前来揽胜，寺庙山门外的廊墙、院子四周的围墙及大殿墙壁、梁柱等处，皆留有他们的诗画。

重整门面

古寺历经风雨，几乎面目全非。20 世纪 50 年代，其被用作“百万粮仓”。“大跃进”时期，则成为炼铁场所，寺内铁钟成了炼铁原料。“破四旧”时期，云泉寺首当其冲，佛像尽遭敲毁，对联、诗画、花木等荡然无存。此后又被改为小料厂、茶叶加工厂，最后用来堆放棺木，杂草丛生，满目荒凉。

改革开放后，随着生产力的飞跃发展，举水人民生活有了很大改善。在这样的大好形势下，群众自然想到那些几百年来象征举水文明的文物也该恢复了。特别是月山村老人协会的一批老人，更是热心肠，他们自觉行动起来为之操劳。20 世纪 80 年代末至 90 年代初，他们先对村内的

吴文简祠和龙凤两桥募集资金进行修缮，并落实了养护措施。1990年以来，则把修复云泉寺列为重点。经过半年多的努力，大家对整座寺庙的围墙进行修补、翻盖，重塑了佛像，并重建了钟鼓楼，置了新的钟和鼓。那悠扬古雅的“云泉晓钟”再度在月山的空中回荡。

一副对联引出的佳话

吴美根

云泉寺在1990年抢救维修的过程中，发现了遗留的唯一一块板雕楹联，其曰“云飞有色长生画”。据分析，这可能是寺庙原来的左山门楹联的上联。人们对于“云飞有色长生画”这句看似通俗平凡，实则工整幽雅、意境深远，既描绘了眼前的景色又体现了佛家哲理的古人佳作赞叹不已。可惜下联已不复存在。那下联也定然是一句更加深入点明云泉寺精髓的妙笔。尽管问遍了村中的老人，查遍了各种资料，还是找不到下联的下落。为此，我曾于1991年上半年去信山西太原的《对联》杂志，恳请全国各地的联友给予援配下联。

《对联》杂志于1992年第4期发表了这一信息。8月下旬的一天，我很惊讶地收到了一百五十多封来信，这些都是因“云飞有色长生画”这句上联引来的佳音。此后的一段时间里，几乎每天都有许多来信。

突然收到那么多的信，在我生平中还未有过，自是喜出望外。读着那些充满热情和文采的信和各具匠心的对句，更使人感动不已。联友们

既对我弘扬家乡文化遗产的行为加以赞扬，又根据“云飞有色长生画”这一饱含诗情画意的联句展开联想和憧憬，一颗颗以联会友的赤诚之心跃然纸上，一片片为云泉寺增光献彩的盛情如春风拂面……从8月下旬到年底，我共收到来信一千一百多封，除西藏外，其他所有省（自治区、直辖市）都有来信。联友中既有许多功底厚实的七八十岁的老先生，也有不少怀着请教之心的青年朋友甚至少年学生。我为自己做了一件有意义的事而高兴，更为得到了那么多真诚纯洁的友情而欣慰。我不断将这些情况告诉云泉寺的管委会和乡亲们，大家也同样为这一盛事而欢欣鼓舞。他们表示，要把云泉寺修复得更快更好，以便迎接更多的嘉宾。与此同时，我又在春节前后分别向所有参加征联的联友回了信，除了向大家表示诚挚的谢意，还提出打算办两件事：一是在云泉寺的花园内墙设置“对句墙”，将联友们的对句及姓名住址抄录其上，作为永久留念；二是以《云飞有色长生画》为书名，出版一本联友对句及通信集，书中还将包含对句评述、云泉寺今昔、庆元县情及“举溪八景”简介等内容，届时发给每人一册，并希望联友们给予支持。因此，这又引来了许多联友的第二次来信。广大联友除重新审定自己的对句外，还有许多人寄来了书法作品、赞诗及有关对联知识方面的论文；寄钱来的也不少，总共收到了2900多元。

有了联友们的热情支持，于是有了1993年8月印刷的《云飞有色长生画》一书。我想，这件事本身就说明了我们的社会中人与人之间的纯情和信任，对于云泉寺以及我本人都具有十分重大的意义。云泉寺将因此而名扬祖国各地，平添无限光彩；我本人也从精神上感受到了无限的富有和荣幸。

被遗忘的尊光亭

吴锡康

尊光亭，又名店堂下，始建于清康熙初年，坐落在未改造前的月山村逢源街中段，西北角与横城弄口相接，东南角与下井弄口相连。尊光亭有3间廊屋和12根柱子（西面双排柱）。它由东西两面泥墙构成。亭檐高4米多，设两层檐口，顶高超过7米。四面翘角，极具古朴典雅之风。内设两条精致亭凳，长约12米，因村中有条水渠自北向南从尊光亭西侧经过，所以东西两侧的亭凳宽窄不一：西侧亭凳面宽约80公分，东侧亭凳面宽约30公分。亭内路面用统一规格的青石板铺设。亭内东侧中间上方设有神龛。

过去，一年四季无论阴晴雪雨，每天总有许多老人小孩在此闲聊玩耍。亭东面墙外有一条小弄，村中妇女行走于逢源街，途经此亭往往选择绕道墙外的小弄经过，以避免从亭里过时遭亭内闲人品头论足。尊光亭是一个村民休闲杂谈的极佳之处，也是“三教九流”聚集交流的好地方。20世纪五六十年代，月山村著名评说老者“老四”先生，常在亭中

评说古今奇闻异事。村民无论男女老幼皆会准时前往。听者时而全神贯注，时而捧腹大笑。他所讲述的故事，语言抑扬顿挫，情节生动风趣，人物活灵活现，至今仍给人们留下难以忘怀的印象。

20 世纪 80 年代，月山村进行了一次大规模的新农村建设改造，尊光亭与村中老房屋一起被拆除。现尊光亭已不复存在，其名称也逐渐被后一代人遗忘。

李氏太婆的故事

■ 吴德生

月山村，唐朝时称金乡，居住着从中原迁移而来的金姓族人，他们带来了先进的中原文化，合理布局修建屋宇，开荒种植，发展生产，从此家族兴旺。

举溪河流原是从半月山毛竹林下穿过，金姓人家是居住在溪流的西面，如今还有他们遗留下来的建筑遗址。保留的遗址格局规范工整，房屋、园圃、鱼塘、道路，井然有序，可想当年是何等的繁华。

月山吴氏始祖吴诩，出生于公元 997 年，居住在松源南门上仓弄，父亲吴伉病逝后，母亲李氏嘱咐儿子要守孝三年，幼年的吴诩尊其母教，虔心守孝。待三年孝满，李氏遂带着年幼的儿子于宋景德元年（1004 年）离开上仓弄，迁居到举溪东面的半月山竹林下安身。

此处正是半月山的中心位置，正好有一块空地可建造房屋，建成后称为东庄，是块风水宝地。因为吴诩的叔叔吴随早已在落岭下村居住了，当时叫枫岭根，亲人相距不远，可以相互依靠，来回走动也方便。

吴诩和母亲李氏就此安心居住下来，李氏专心教子。因李氏勤劳善良，为人厚道，金姓族人也就善待其家人，并且互有来往，相安无事。

随着岁月流逝，吴诩慢慢长大，家族也逐渐发展。

有一天，听说有仙人会经过此地。繁荣富有的金姓族人高兴极了，将整个村庄打扫干净，家家户户摆上香案，瓜果糕点应有尽有。金姓族人衣着靓丽，静候仙人的到来。东庄吴姓人也一样诚心在等待。

时过正午，一个衣衫褴褛、浑身溃烂的乞丐正往金乡村口走来，可村口有栅栏挡住去路，乞丐费尽力气才攀爬进去。

乞丐进入金乡村时，村上的人正在等候仙人到来，不料想，仙人还没到来，反而先来了这么一个烂乞丐。村民都不肯接待，更不愿施舍，甚至有人在骂："你这个烂乞丐，早不来，晚不来，偏偏在我们大家接仙的时候来，快点滚出去！"大家都感觉到很扫兴、不吉利。众人一气之下，就把乞丐推到村口栅栏之外了。

乞丐无路可走，只好绕路来到李氏居住的东庄家门前。慈善厚道的李氏一看此人，顿时深感同情，问道："你的身体怎么会烂成这样？有什么方法能治好你的身体？"乞丐回答李氏："我的病我自己倒是有药，只是缺少一剂药引子。"李氏说："需要什么药引子？"乞丐说："只需一只三年老母鸡，把它杀了，用热水烫去鸡毛，将鸡汤炖药，用烫毛的汤水把我身上溃烂的部位擦洗一遍，服下鸡汤炖的药，我的病就会好。"李氏说："我家里正好有一只下蛋的三年老母鸡，可以给你配药治疗。"李氏就按照乞丐所说，一一照办，杀了老母鸡，用鸡汤炖药，将烫毛的汤水留给乞丐擦身。乞丐擦过身体后，溃烂马上就好了。乞丐吩咐她，等他明天走了之后，把用过的汤水倒到溪流上方去。

次日，李氏依照乞丐的说法去做。当时天就黑了下来，雷声大作，大雨倾盆，不久山洪暴发，山上泥石流滚滚而来，不一会儿就堵塞了半月山下的河道。山洪冲出另外一条河道来，将原来从竹林下穿过的举溪改向西面，形成了如今绕着半月村庄的溪流。

举溪村因此而得名。事后得知，那个乞丐就是仙人的化身，来试探民间的善恶真伪。

李氏太婆慈悲善良，方得仙助。她教子有方，使两口之家逐渐形成了旺族。

不久之后，金姓人慢慢退出，直到明朝延祐年间，金姓人把全部产业转卖给了吴姓人。

李氏太婆的故事诠释了善良与慈悲的力量，它们如不息的灯火，照亮家族兴盛之路，亦铭刻于乡土记忆之中，成为流传后代的佳话。

八老爷的故事

吴锡康

吴懋修，字尔进，号如山，绅字辈，在堂兄弟中名列第八，故称八老爷。自幼明敏，胸怀大志，文韬武略，官至兵部司务。晚年回归故里，敦亲睦族，尊老爱幼，以礼待人，倾心于家乡建设事业，倡建了荐元塔、吴文简祠、尊光亭、复旦亭，修桥铺路，并致力于河道治理、景点开发和村庄设计，植造了后山半月形竹林等。

八老爷上知天文，下知地理，无所不通，军事、政治、经济、文化无所不精。一生著述有《寒溪集》《荣木篇》《昭融集》《括苍吟》《逸民传》《古今诗论》等。传世的仅有《文明塔记》《举溪篇》《举溪记》等，今《吴氏宗谱》中尚有余墨。

八老爷还十分重视孝道，对长辈的尊重尤甚。相传，清朝康熙年间，处州府曾派两名官员以平民布衣的身份来到月山村，来探察吴懋修是否还有反清复明的动机。当行至尊光亭时，见有许多村民在亭中闲谈，便向前询问一位老者："你们村是否有个叫吴懋修的村民？家住哪里？他回归故里后，有什么言行举止?”恰巧吴懋修就坐在亭中与村民交谈，见两位客官询问起自己的情况，随即站起并施礼道：“我就是吴懋修，不知客官找我何事?”两位官员看到吴懋修为人彬彬有礼，戒备之心立刻放松了许多，便对吴懋修说：“我们俩想到你家里去坐坐，顺便向你了解一些事情。”吴懋修听后，随即将两位客官带至家中厅堂就座，并双手捧上月山茗茶敬给客人，而自己却一直站在厅旁。此时隔壁村民听说八老爷家中来了客人，都纷纷来到吴懋修家中探望。两位官员见状，感到有些好奇，便问吴懋修：“你为什么还站着不坐下来呀?”八老爷顺手指了指厅前一女眷手上抱的小孩，对两位客官说：“这个小孩是我的叔辈，他还没有入内坐下，我又怎么敢先坐下来呢?”两位官员目睹了这一切后，顿时感慨万分，深深被八老爷这种尊敬长辈、不分老幼的可贵品格所打动，心想吴懋修对待孩子尚且如此，对待朝廷又怎么会有反抗之心呢。

时过境迁，三百多年来，八老爷的事迹一直被其后裔儿孙所传颂，其高贵品格感染、熏陶、教育了一代又一代的月山村民。八老爷的故事也一直流传于月山民间。

如龙和来凤

讲述者：吴庆生　吴固喜　记录者：吴绍利

举溪水，清又清，东西两岸住着吴陈双姓（“陈”也有人认为是“金”，“陈”与“金”发音在月山方言中十分相近）。东边的吴家里，如龙长得剽悍，好像天上的将军；西边的陈家中，来凤生得俊俏，恰似天上的仙女。

共喝一溪水，本是一家人。可是，就是不见溪东有人到溪西探亲、溪西有人到溪东走戚。原来前辈人在大旱之年，为争溪水入田，结下了不解之怨。

这年夏天的太阳真毒啊，烤得银屏尖直冒烟，举溪也只剩下淙淙小流，清水就像油一样珍贵。又是一个可怕的旱年，这一丝水怎么浇灌得了举溪两岸的大片粮田呢？眼看着田里的稻苗，一天天枯萎下去，乡亲们的心就像刀绞一样痛。

这天，溪西的人把溪中的水全部引到自家的田畈里。吴家人发现后，哪里肯依，又将水全部引到自家的田畈里。这溪中的水，就是仓中的谷，就是命根子啊！两家人越争越凶，吴家人的脖子粗，陈家的人眼睛红，都拿着刀棍对峙在两岸。眼看着前辈人发生过的族斗，又将发生。

突然，吴家人中有人喊：“山中百兽惧勇敢的猎士，海底珍珠属入水的蛟龙。比试比试，看谁的族中有强梁，溪中的水就入谁家的田。”

陈家人答道：“雄鹰何怕小鸟，猛虎怎惧山羊。比吧，谁赢了，水进谁家的田！”

银屏山下的土坪上，列着两族人，场子中间放着一个两围大的石锁，地上放着两把短剑，摆开了比试的场面。

吴家人中，走出后生如龙。如龙的箭法精啊，小雀从天空飞过，他搭起弓要射第二只，落下来的绝不会是第三只；如龙的剑法好啊，掷过去的短剑要插在槐树上，绝不会落在松树上；如龙的力大啊，老虎下山伤猪，一棍敲去，叫它只伸三下腿，绝不会伸四下腿。

这时如龙走到场子中间，拿起一把短剑，“嚓”地向五六十步远的榅桲掷去，不偏不斜，正插在榅桲上。他单手提起大石锁，在场子里绕了三圈，放回原处，脸不红，心不跳。吴家人大声喝彩起来。

陈家人中，走出健女来凤。她走到场子中间，拾起地上的短剑，“嚓”的一声，短剑向榅桲飞去，不偏不斜，正好插在如龙的剑柄上。陈家人中响起一阵喝彩声。来凤再提起石锁，绕着场子走了两圈，终因气力不济，放下了石锁。

来凤说：“小劲难比大哥神力，情愿认输。”

如龙说：“拙技难比大妹神剑，甘拜下风。”

两人相对一看，如龙脸上飘来两片红霞，来凤脸上飞起两朵桃花。

掷剑陈家高一筹，提石锁吴家高一等，举溪水各分一半。

一日，如龙到田畈，低头看田，田已晒得裂了缝，苗儿也焦黄了，他越看越心焦；抬头看天，天上没有一丝云，日头还是板着凶恶的脸，

他越看越恨。他抬起脚猛地一踩，“轰”的一声，地下陷进了一个大坑。这时，溪对岸飘来歌声：

“寒梅不怕数九天，猎手不怕山岸险。阿哥叹气又踩脚，有何难事在心间？”

多美的山歌呀！这是谁家女子唱的？如龙抬眼顺着歌声望去，是比武的来凤姑娘。她武艺高，人样俏，没想到她的歌也这样甜。如龙正欲回歌，突然想起吴陈两家结下的怨，又看到身边的黄苗，心冷了，转身就要走。

来凤喊道：“如龙哥，你慢走，我有话对你说。活人总不能吊在死树上，溪里没水，我们为什么不去找水、引水呢？”

他问道：“烈日如火，遍地生烟。我们到哪里能找到水？”

来凤说：“银屏山上，就有一处水，只要开一段渠，水就能引到田里。”

如龙说：“开得好渠，苗早就枯完了！”

来凤说：“人心齐，泰山移。我们两家人一齐上山开渠就快啦。”

如龙带着吴家哥弟，来凤带着陈家兄妹，一同上山开渠。如龙的大锤一抡，震得银屏山直晃，砸开了岩石一大块；来凤的银锄一落，震得银屏山直抖，刨去了泥土一大片。两族人开渠的心真齐啊，从东山日出，干到西山日落；从玉兔东升，干到金鸡报晓。

八月十五这天，水渠挖通了。清清的水，哗哗流进田，两姓人家共同办了件好事，就像甜蜜流进了心窝。人们在举溪两岸欢歌，渐渐消了往年的气，解了往日的仇。

这天晚上，天上的月亮真圆，照得来凤的脸通红。来凤高兴得睡不着觉，来到举溪边，轻轻地唱起了：

“月亮姐，光漾漾，
月亮姐姐做新娘。
不要衣裳十八套，
只愿嫁个好男郎。”

溪东飘来了对歌：

“天上星，光灵灵，
天上星星数不清。
愿做天上星一颗，
永伴月亮云里行。”

来凤一听是如龙的歌声，又羞又喜。山歌又飞出口去：

“要采灵芝山里来，
要采珍珠先下海。
要做星星伴月亮，
先做布谷把春催。”

来凤唱完，看看对面的人影，转身走了。在溪东的如龙一听到“先做布谷把春催”，心想：这不是叫我到她家说亲嘛！于是也连唱带笑回到家。

第二天，如龙跟一位老伯一起，带上鸳鸯手帕，到溪西来凤家求亲。

来凤昨夜回家，把心事透给了母亲，父母看如龙确是个百里挑一的

好后生，就满口答应了。

花开了落，落了又开，转眼到了第二年的农历八月十五。这天，举溪两岸喇叭声扬，吴陈两家喜气洋洋。高亢的歌声绕着银屏山，吴家的花轿来到陈家门前。吴如龙、陈来凤在乡亲们的庆贺下，喜结良缘。

从此，陈吴两家和睦相处，互帮互助，日子越过越美，越过越甜。

后人为了纪念如龙、来凤，在举溪上建了两座桥，称“如龙桥”“来凤桥”，告诫子孙后辈，代代相亲相爱，和睦共处。

龙爪山与龙湫的传说

叶大华

在美丽的月山之西，有一组梯级瀑布，从险峻的银屏山直泻而下。雨季时，水量充沛，水流飞溅，轰鸣如雷，气势非凡；旱季时，则细如白练，在风的舞动下飞扬，云雾升腾。这里，就是“举溪八景”之一的“龙湫灵液”。

在月山之东，几个小山岗形如龙爪，被当地人称为“龙爪山”。

这龙湫与龙爪一西一东，遥相呼应，更使月山这个文化底蕴深厚、民俗风情浓郁的山村显得神秘而壮观。

关于“龙湫”与“龙爪山”的来历，民间流传着一个神话故事。

明崇祯十七年（1644 年），大顺义军攻破北京，皇帝朱由检自缢于煤山。后清军入关，义军失败，吴懋修等人高举反清复明大旗，与清军进行最后抵抗，终难抵挡清军锋锐，在福建一带彻底失败。吴懋修潜回家乡举溪，就是现在的月山。

懋修公回到家乡后，一边修身养性，一边带领乡亲大力建设月山。

在懋修公潜回月山后的第五年，一个风雨交加、雷声轰鸣的夜晚，懋修公酣睡中忽得一梦。他梦见天上的太白金星偕一小童来到床前，吩咐他说：“此乃天帝身边侍酒小龙，因犯天条，帝贬其于人间，今托付于你，待罚限期满，自然召回天宫，请好生照料！”说完将小童往懋修公身上一推，自己飘然而去。

懋修公惊醒，方知是梦。恰在此时，夫人贴身丫环来报：“夫人生了！”

原来懋修公正房夫人身怀六甲，近日正是产期。懋修公闻讯，立即披衣过去，果见夫人喜得一大胖小子。懋修公大喜，又回想刚才所梦，知是有异，因而对此子更是钟爱。

懋修公为此子取名吴之球，从小教他识字读书。偏巧这吴之球聪明异常，什么书都过目不忘，五岁时就诗词歌赋无所不通，更兼写得一手好字，龙飞凤舞，就是其父也竟是不如。

懋修公为了建设月山村，专门请了一位风水先生为月山村勘察地理。风水先生看了月山地势之后，要懋修公在举溪之上修建十二座桥，把月山进出古道全都连接起来，一拦风水，二便进出。懋修公深以为然，领着乡亲开始造桥修路。

吴之球七岁那年，月山村村口最宏伟的木屋廊桥建成，懋修公将其取名为“如龙桥”。

为了庆祝如龙桥建成，上梁那天，懋修公专门请来庆元县知县大人，为廊桥踏桥剪彩，并题写桥匾。

懋修公叫人在桥东摆下香案祭奉桥梁，在桥西摆了案子，磨了浓墨，备了好宣纸和湖笔，准备妥当，就请知县领众人开桥，然后请大人题写桥匾。

这边香案上供奉着大梁，众人焚香祭拜已毕，大师傅领着众徒弟将大梁稳稳安上廊桥屋顶。那边厢鞭炮齐鸣，上梁礼成。众人簇拥着知县走过新桥，谓之开桥。

开桥礼毕，来到书案前，众人请知县大人题写桥匾。

如龙桥筹划之时，懋修公遍请浙南闽北各地造桥名师，光图样都不知画了多少遍，方才满意。那规制之高，花费之巨，实为浙南闽北之最。此事早已在民间流传，是日桥成，又请知县大人亲自开桥题匾，因而十里八乡，人们闻讯，蜂拥前来观礼、看热闹。此时的举溪两岸，人山人海，水泄不通。

却说知县大人虽是一县之长，但来到案前，提起那硕大的狼毫巨笔，生怕写不好在众人面前丢了面子，故而有些踌躇，在那案纸上比画来比画去，迟迟下不了笔。

没承想边上的吴之球见了，童言无忌，脱口就说："心疑不定，未必写好！"

那知县抬头一看，见是一毛头小孩，不以为意。于是又举笔在那匾上比画起来。虽是如此，受此之扰，却乱了他的思路，握笔之手竟有些颤抖。

吴之球看了，又说："举笔不稳，必然无力！"

如此一来，那知县再也写不出来了，将笔一扔，半嗔半怒，说道："你会写你来写！"

懋修公呵斥道："小子不得无礼！"

知县大人方知此子竟是懋修公的小公子，于是对懋修公说："闻知贵公子从小聪明过人，又得先生亲自教诲，想必写得极好，就让他写吧！"

懋修公正想让吴之球在众人面前露下脸，于是就对吴之球说："既是老爷让你写，你就写一个，好让老爷批评。"

吴之球早就想提笔一试，闻父亲之命，跑到案前，踮着脚将那支大

笔抓了过来。

想那七岁小孩，个子刚刚及案，根本就够不着案子，一旁的叔叔看了，前去抱起吴之球。吴之球跟叔叔说："叔，这样抱着写不了，你让我骑着你脖子写吧。"

叔叔果真蹲下来，让吴之球骑在脖子上，站到案边，吴之球又嫌高了，叔叔便半蹲着。吴之球立即拿大笔蘸饱了墨，在那宣纸上一挥而就，写下了"如龙桥"三个大字！

那三个大字，苍劲有力、入木三分，行云流水、龙飞凤舞，看得知县目瞪口呆。懋修公暗自高兴。两岸百姓齐声喝彩！从此，吴之球骑背挥毫题写"如龙桥"匾额，成为佳话。

吴之球二十一岁时，天帝忽然想念起被贬的小白龙，决定召他回天庭。可吴之球已对月山这个美丽的人间仙境有了无比深厚的感情，对上天的召回很不情愿，但又不敢违背天庭旨意，只得奉旨回天。

临去之时，吴之球化为小白龙原身，他知道一旦上天而去，就再也没有机会回来了。于是后爪在月山村西面的银屏山留恋地抓了一把，前爪在月山村东面的龙爪山上深深地踩了一脚，以示他对月山的无限留恋。他这一抓，将银屏山的东面抓成了悬崖峭壁，山上的水飞流直下，形成了今天的龙湫瀑布群；而前爪的一踩，踩出了今天的龙爪山。

如今，如龙桥依然屹立在举溪之上，已成为国宝级木屋廊桥。桥上"如龙桥"三个大字，至今悬挂于桥中神龛上方。

美丽月山三字颂（新韵）

■ 黄立鹏　姚传标　王　军

月之美，牵谪仙。月之华，共婵娟。
月之思，望团圆。月之乡，在月山。

庆元县，诗画境。月山村，明珠映。
古八景，扬浙闽。今春晚，享盛名。

溯源流，始昭穆。封吴地，会稽祖。
移松源，历唐宋。肇东庄，故事丰。

赞李氏，举溪迁。肇基祖，吴诩先。
传礼经，瓜瓞绵。尊俎豆，缅先贤。

樟香远，景色妍。遗脉盛，枝叶连。
耕读勤，多仕宦。俊贤涌，箕斗焕。

绅八公，经文武。入孝悌，育鸿儒。
谋远境，拔高屋。修善行，高义矗。

大一公，名吴平。松和浦，县令任。
除盗寇，扶农耕。为政廉，为官正。

半月山，烟居景。松篁密，抱东屏。
桥横处，仙近迎。缓步行，云兴情。

玲珑塔，高且耸。生紫气，沐和风。
鹿呦呦，梅花亭。祥云绕，象外澄。

银屏秀，淡烟萦。山藏韵，水含情。
泉抱石，鹤忘形。松涛涌，赤霞明。

云泉寺，倚碧峰。经童至，闻晓钟。
远公鹅，可听经。惊归鹤，醒卧龙。

赏晚翠，叠幽屏。修竹语，蕙风盈。
松龙影，新篁倾。川流彩，月牵星。

仰绝壁，揽虎胜。观秘字，步秀岭。
立奇岩，凡心定。视野宽，风烟净。

银河悬，龙湫镜。骊珠串，红尘清。
画有音，仙无影。临妙境，寻蹊径。

文奎阁，曜吉星。怀高远，守操行。
燃藜志，天禄定。汝行稳，歌福庆。

两古桥，美意弘。曰来凤，曰如龙。
结连理，喜气融。后子孙，和且恭。

月山景，赏不尽。圣旨门，下马行。
节孝坊，忠义风。马仙宫，白云封。

龙珠山，瑞气盈。鸳鸯井，戏水泠。
杉树王，交辉映。石狮堂，忠孝晟。

惊造化，遗冰臼。涤世尘，导清流。
文简祠，望族证。吴氏德，如孔孟。

依碧水，赏凉亭。聊月榭，曲栏凭。
复旦现，待黎明。尊光耀，起云鹏。

曰油畅，曰观豳。曰揽翠，曰胜境。
曰望月，曰桂香。曰得月。曰官仓。

且偷闲，且笑谈。听鸟语，对流泉。
梅与鹤，隐大贤。名与利，轻风弹。

月山景，廊桥情。村二里，十桥呈。
步广寒，龙凤鸣。怀碧玉，歌声盈。

赞神童，吴之球。鸿鹄志，展风流。
书如龙，七龄秋。国保桥，千载留。

反侵略，战日寇。先遣队，入村口。
不扰民，桥露营。红基因，永坚守。

月山人，有智慧。忖忖乌，真聪睿。
戏财主，讽权贵。扶弱小，刺虚伪。

赞月山，创村晚。吴绍利，创意鲜。
改革潮，势如澜。山门敞，天地宽。

瑞雪飞，蜡梅绽。年复年，推春晚。
游子曲，乡愁恋。农家趣，耕读灿。

钱报强，记者棒。采样本，禹甸彰。
山寨版，草根创。文化宴，精神扬。

农活秀，两山唱。主旋律，正能量。
过大年，新时尚。文化部，群星奖。

上央视，入教材。家国事，巧心裁。
盛世歌，大胸怀。龙腾飞，凤凰来。

文化堂，伟人瞻。红根脉，世代传。
铭宗旨，稳江山。与时进，砥柱坚。

助学组，聚贤良。扶幼苗，查贫凉。
众拾薪，烛火煌。春风暖，桃李旺。

游月山，品风情。浙闽边，照眼明。
逢源街，百家宴。美食丰，游客赞。

绵世泽，振家声。今月山，赞瑶瑛。
花映居，柳啼莺。岸兰香，庭宇静。

沐月色，醉清风。锦鲤跃，鸥鹭盟。
融画意，润诗情。听酥雨，咏繁英。

银屏梦，隧道通。山海连，跃虎龙。
乡亲好，乡情浓。鱼水亲，干群融。

借天赐，蟾宫景。弘至德，崇文明。
兴文旅，富百姓。践初心，担使命。

美家乡，蓝图绘。众乡贤，志同归。
慰先祖，善作为。成大业，和为贵。

知月山，情由衷。爱月山，思无穷。
月山好，百姓荣。强月山，齐建功。

后记一

我与月山

一

纯粹是一个偶然。2023 年 5 月 26 日，在浙江省政协主办的《联谊报》供职的周大彬到宁波出差，我作为老乡、老同事、老学友，请他游月湖并送他去火车站。

月湖像杭州的西湖，有着深厚的人文底蕴。历史上，它是浙东学术中心，是文人墨客栖息荟萃之地。移步换景间，只见贺之章、王安石、王阳明、杨简、范钦、万斯同、全祖望等谈笑风生，从历史深处款款走来。同时走来的，还有当代的童第周、贝时璋、路甬祥、屠呦呦等。

此情此景，我的思绪自然而然地飞到远在浙西南的故乡。大彬和我都迫切地希望，老家也能走出响当当的文化名人，走出响当当的两院院士。

然而，人才的培养需要深厚的文化土壤。该怎样尽己所能，为家乡的文化土层增添一点点沃土呢？致力于乡土文化传承、出版过多部著作的大彬，从他自身的实践经验谈起，建议我牵头为家乡出一本书，将我

们这一代人对故乡的记忆和情感汇集起来，以纸质书的方式留给后人。或许经过几十年，甚至几百年，经过一代又一代人的努力，家乡会出大才。

心有所愿，行而有力。在宁波站北广场，即将回杭州的大彬快速帮忙建立了《月山·春晚》微信作者群。他说自己会一直盯着，关注进展，并且会亲自执笔，写他心中尽善尽美的月山。

二

1971 年，我出生于浙西南丽水市所辖的庆元县举水乡月山村。小时候，我家居住在一栋有三进深、两层高的雕梁画栋的老宅，老宅里一共住着 4 户人家。至今清晰刻在我脑海里的是老宅朝南的正大门：有石条门槛、石条门框、石条梁，梁上浮雕着四个大字——延陵世家。

老宅在我小学毕业之后被拆除，此后全村统一建设了水泥房。无论在老宅还是在新房，都有父亲爽朗的笑声、母亲的勤劳操持，以及我们姐弟仨的活蹦乱跳，那是一家子最幸福的时光。可世事无常，万万没想到，正当好年华的父亲匆匆离世。那一天是 1990 年 1 月 29 日，农历正月初三，天意外地放晴，父亲却永远闭上了眼睛，年仅 45 周岁。那时，我刚高中毕业。

这次巨大的变故，影响了我一生的走向。此后，我们一家离开了月山，除了清明扫墓，很少再回去。月山对于我们来说，是失去父亲依靠的伤心地，是让我们流了最多眼泪的地方。

兜兜转转，我们离她越来越远。

三

转眼人到中年，父亲偶尔还会出现在梦中。

一次，我很偶然地碰到一位朋友，很偶然地随她去旁听了科学家、博士生导师、台南大学教授蔡昆宏老师讲的传统文化课。课上的一句“古老的灵魂”，似乎成了一道穿透生死的灵光，击退了我 20 多年来失去父亲的伤痛。刹那间，我感到从未有过的轻松。

是中华优秀传统文化治愈了我。我义无反顾地开始读经典，向古圣先贤学习，并到上海、杭州、温州求学，到贵阳、南昌、庐山、黄冈等地拜谒历史长河中那些熠熠生辉的伟人。其间，我与已经调离丽水日报社的周大彬，又因浙江外国语学院顾大朋、中国美术学院钱伟强两位老师开讲的“论语”课程而成为学友。

儒家的仁，道家的无，佛家的空，先哲的智慧如灯明亮，如火温暖，人生因有这些智慧的滋养，而越来越有味、越来越简单。日常行为无论是大事还是小事，都简单到 8 个字——为所当为，为过便休。前一句是儒家的入世进取，后一句是佛道的出世洒脱。

为所当为，父亲真诚地生活过、奋斗过。作为医生，他急人所急，随叫随到，即使在寒冬腊月的半夜出诊，去更为偏远的自然村。只要患者家属一声喊，父亲便立马起床背上药箱，小小的身影消失在夜色里。深信大自然的草药库中有无数奇珍异宝的父亲，在 20 多年的医疗实践中总结研制出许多特效药，救治了十里八乡的患病百姓。他喜交朋友，乐于助人，还组织助学小组，重开一个村庄“读书光荣”的风尚……临终前，自幼体弱多病的他感念自己的父母，因他们细心调理，方能长大，他宽慰亲朋好友勿要伤心，叮嘱子女要孝顺母亲。

父亲不惊不怖，安详离去。他的生命，虽平平凡凡，却饱满丰盛！

他那纯洁的灵魂，有些着急地去开启下一期的使命，那一定是因为下一期的使命更为迫切与宏大。

老家的新房已经变旧，但渗在房子纹理中的幸福气息却一点儿也没有变，反而在经过岁月的窖藏后越来越醇厚了。

对故乡，我开始由远及近地回望。

四

举溪，起于善良引发神迹的美丽传说；月山，得于文人匠心的精妙构筑。端详后发现，故乡是一块藏在深山的宝地。她的方言里蕴藏着唐朝的语音遗韵，她的布局里深嵌着中国风水的智慧，她的信仰里佛祖、神仙、皇帝、儒者、祖先并行不悖，农耕文化的包容性尽显无遗。

云在青天水在瓶，宝地里的奥秘究竟是什么？见仁见智。

山，千万重，水，万千条，山环水抱一桃源。有山有水，浸润出月山人性格中的敦厚与灵动。半月烟居半月山，是人与自然的和谐之音，是花好月圆的人间圆满，是承载月山人乐观与和善的地理形胜。银屏山下举溪两岸肥沃的稻田和远山成片的梯田，保证了村庄代代谷仓满满。在农耕时代，“仓廪实而知礼节，衣食足而知荣辱”。月山代有人才出，月山人的从容与自信也由此积淀而来。还有远世始祖泰伯三让王位的事迹，将大度与谦让的品性永远镌刻在吴姓人的血液里。

在我眼中，月山，是如此这般美好。

五

近年来，月山声名远播。月山春晚响当当，廊桥响当当。廊桥是先人留下的宝贵遗产，而春晚却是当下创造的传奇。

浙南闽北多廊桥。月山这个小小的山村如今依旧坐拥5座年代不同、形制各异的古廊桥，这在全国乃至世界都是绝无仅有的。月山廊桥的名字很美：如龙、来凤，寓意着“龙凤呈祥”；步蟾，寓意着开启浪漫的奔月之梦；白云，寓意着脚踩祥云，登临仙佛之地……

寒冷的冬日需要红红火火来平衡天地和人体的阴阳。大山里的月山，冬日是极冷的。月山人一直有把春节过得热热闹闹的传统。我祖父这一辈时期，大家会请戏班子在村里演上几天几夜，我父亲这一辈时期，村里有俱乐部，大家也会吹拉弹唱几天几夜。20世纪80年代初，村民蛰伏已久的文艺细胞被改革开放的春风激活，村民自编自导自演的月山春晚拉开了序幕。从家庭到学校操场，再到文化礼堂，变的是场地，不变的是对乡村文化的传承、对月山文化的认同和对家乡故土的热爱！

六

周大彬的“盯”加速了《月山·春晚》的出版进程。2023年5月29日公布征稿启事，第二天便收到了第一篇稿件——《我人生的第一个舞台》。此后，来稿不断，到11月底截稿时，稿件多达100篇。此外，毛茂丰、陈观贵、吴治莲、吴艳霞、吴小光、叶大华等一批关心庆元乡土文化建设的有识之士，还提供了大量与月山有关的文史资料。我有幸第一时间读到这些关于家乡的文字，它们或轻快，或深沉，或探寻，或发

现，或唤醒，或治愈，有深深的乡愁，有浅浅的怀念，有感人的追忆，有欢快的梦想，有深刻的反省，也有永无止境的奋斗……国家“万人计划”领军人才吴善东将对家乡的爱化为对学子的殷切期望，大学教授吴绍华将对家乡的深情刻在月山的高山流水、廊桥旷野上，工程师吴小光将对家乡的敬畏书写在对先人的寻访探索之中……

同一个月山，同一个举水，从不同角度被“看见”。

特别幸运的是，书中有“爱死月山”的著名作家鲁晓敏对月山进行的全方位的深度解读；有“在杭月山人”暨第一位深入月山村报道月山春晚的《钱江晚报》记者裴建林给“月山家人”的深沉建议；有著名媒体人、历史文化专家谢正法对月山春晚“记得住乡愁”的理论提升；有浙江农林大学文法学院教授鲁可荣围绕月山村的学术研究；还有曾任丽水市人大常委会副秘书长、研究室主任，现潜心于中华优秀传统文化的学习和推广的卢朝升对吴氏先人创办书院的深情回望。

七

编辑乡土文化书籍，我和吴严林都没有经验，但有引路人。除了周大彬，还有现任庆元县慈善总会会长的毛茂丰和“老书记”陈观贵。

早在2017年，毛茂丰就以家乡为个案主编过一册《青竹故事》，为乡村文化的收集与传承开了一个好头。此后，《横坑故事》《黄田故事》《寻梦菇乡》《南峰故事》等应运而生。毛会长多次指导我们如何对文稿进行分类，如何选择配图、写作引语等，还提供了大量他收集到的文史资料。

举水人的“老书记”、月山春晚“捧月”奖得主陈观贵，自公布征稿启事后，他提建议、出点子，默默地核实资料。当年他在举水乡任党委书记时，对月山春晚的爱护感动了一方百姓。如今远在杭州工作的他，对《月山·春晚》一书的呵护同样让人动容。

支持《月山·春晚》出版的，不仅仅是几个人，而是一群有情怀、有梦想、有审美的热心人。期待《月山·春晚》出版的，也不仅仅是月山人、举水人、庆元人，而是所有热爱乡土文化的中国人。

我们前行的路上，一直有温暖的火把在照亮。

八

2024 年 3 月初，《月山·春晚》一书的文稿即将交付出版社时，我收到了鲁可荣教授的佳作——《传统乡村集体记忆与文化传承——浙江月山村的田野调查》。冥冥中似乎有天意，本来天各一方的我们，因为月山村而有了交集。两本书关注同一命题，但在内容、表达和架构上却各不相同。一本是严谨的学术论文，一本是活泼的散文随笔；一本是教授和他的学生 10 年来的调查研究，一本是众多月山人及月山迷的妙笔生花。如一枚硬币的两面，互补的两本书共同呈现出了一个更加丰满的中国乡村形象。

早在 20 世纪 80 年代，准确地说，是 1982 年 2 月，举水公社文化中心站创作组创办了文艺期刊《银屏尖》。白天拿锄头、晚上拿笔头的举水人民，在《银屏尖》上留下了时代的华章。1992 年，月山村老人协会重修云泉寺时，发现山门只遗留上联“云飞有色长生画”，热心的语文教师吴美根便发起向全国楹联爱好者征集下联的活动，征联纪念小册子《云飞有色长生画》留下了当年的印记。2005 年，庆元县风景旅游局、庆元县文化广电新闻出版局、庆元县举水乡人民政府联合推出了宣传册《古桥之乡——月山村》。2017 年，庆元县政协文史资料委员会编辑出版了文史资料《历史文化名村：月山》。此外，还有吴德生老先生长期收集、整理资料，编撰成的《月山毓秀》《月山汇藻》二书，如两轴长卷记录了月山的人文历史。

九

时光匆匆，转眼已是 2024 年 6 月。

一年来，我心心念念的是月山，牵肠挂肚的是故乡。从夏至冬，又从冬入夏，多少个日夜，我在电脑前一字一句地敲击，键盘声声，如美妙的音乐，唱出了家乡前世今生的故事。故事里，有我熟悉的长辈同辈，也有我从未谋面的前贤与青年才俊。我们在文字里相聚，共同祈愿家乡的明天更美好！

一年来，从征稿到编辑，再到提交给出版社，经过出版社编辑老师的修改审核，我们再修改、再审核，如此反反复复，终于有了这本集众人之笔、真实记录历史、真情书写故事的《月山·春晚》。欣喜之余，又有些不安。因受学养、视野所限，书中难免存在诸多纰漏，诚挚希望读者予以斧正。

本书得以顺利出版，特别感谢庆元县委宣传部、庆元县慈善总会、庆元县文化和广电旅游体育局、庆元县党史和地方志研究室（档案馆）和举水乡党委政府的指导和大力支持；特别感谢杭州浙大迪迅生物基因工程有限公司、杭州祺源实业有限公司和众多乡亲、爱心人士给予的帮助和资金支持。特别感谢浙江工商大学出版社的大力支持。

自2024年5月20日开始众筹，至7月20日止，短短两个月时间，共有184人次（含企业）捐款共计128115.51元。汇入庆元县慈善总会《月山·春晚》专项基金账户的每一分钱，都将用在书籍的出版、印刷和发行上。

感谢月山这片土地，感谢在这片土地上生活过的每一个人。

期待一代又一代的年轻人，书写出更多更好的家乡故事。

吴雪梅

2024年8月

后记二

从月山春晚走上更大的舞台

我是一个土生土长的月山人，对月山的一草一木都充满了深厚的感情。从小，我就是在故事的滋养中长大的。月山村的人们在过去的岁月里，乐此不疲地耕耘劳作，心中总是怀揣着梦想，那就是走出大山，看看外面的世界。我站在桥上远眺，心中一直在思考：月山人为什么那么执着？为什么能够几十年如一日地坚持举办月山春晚？举办春晚的初衷又是什么呢？带着这些问题，我不断思考，不断追问。

时光荏苒，我至今还清楚地记得在村里读小学时唱的举水乡中心学校的校歌："我们举水，风景好，银屏峰秀，月山翠，巍峨圣庙，创立举水中心校，人才辈出书香地……"那旋律依然回荡在耳边，歌词也依旧应景，真是山美水美人也美。

月山村有"二里十桥"，来凤桥、如龙桥、白云桥、秆坑桥和步蟾桥是先贤留下的宝贵遗产；四马桥、公社桥、岩坑桥、红旗桥和学堂桥则是石拱桥。这些桥供人行走，连通着两岸。它们见证了人们生产劳作的艰辛，也历经了月山的发展变迁。依稀记得，四马桥原本是一座由木板架设的桥，后来由村里的能人发起改建成了现代石拱桥。月山人有一颗淳朴的心，遇到修路铺桥的事情总是那么热情而无私，这大概与月山千年来的风土人情息息相关。

传说，步蟾桥是一位退休官员用 13 年的时间倡建而成的。我们可以想象，这 13 年他经历了多少风霜雨雪。月山人骨子里都有为人架桥铺路的善念。“二里十桥”的设立，初看是根据月山的地势需要，感觉每一座桥梁都那么必要；细想之下，这其实是月山人不服输精神的体现。

行走在桥上，我们欣赏着山水，看着鱼儿嬉戏；坐在亭子里，我们听着故事，仿佛在看一帧帧有趣的画面。

看，庆元的“阿凡提”——忖忖乌迎面走来。他嫉恶如仇，聪明豁达，总是把地主老财玩弄于股掌之间。他用自己的智慧维护了穷人的尊严，用自己的才智化解了舅舅舅妈的矛盾。如今，形容某人既有智慧又带点调皮，就用“忖忖乌”来称呼他。从小听着忖忖乌的故事，让我的童年充满了乐趣。月山人喜欢讲故事，每一个景点，每一个驻足的地方，都有故事相伴。

月山的发展也有起伏，吴氏先祖和李氏太婆的到来为月山开启了良好的开端。传说，李氏太婆为救治他人，不惜把生蛋的母鸡舍予出去。这名受伤的人其实是位仙人，他预言吴氏会因善行而兴旺发达。古人言：“积善之家，必有余庆。”这个故事也启示我们：为人能够利他是仁慈之心，处世兼济天下方能发达。

月山的历史悠久，读书人的故事也很多。

月山有一片供田，哪家孩子读书需要帮助，村里都会给予接济；学子考取功名后又有奖赏，这让村子里的读书人倍感荣光。放榜归来时，有功名的读书人一定会在学堂门口发放饭团，用以激励后来者。千年来，月山村的发展与读书人受到尊重存在着紧密的联系。过去有个老爷爷曾对一群坐着三轮车求学的学生讲起秀才进城考试的小典故：秀才进城考

试，因家贫，吃完咸鸭蛋后把蛋壳保留好，再用豆腐乳填装，让外面的同学看起来像是他天天吃咸鸭蛋。故事虽短，但我一直铭记在心。月山的许多孩子为了求学，家里的大人免不了要勒紧裤腰带、借债供读。许多人学成归来，在外人看来风光，家里人也算是苦尽甘来。当从月山走出去的读书人不多时，总有些先贤善于总结、谋划。老人协会、助学小组、月山芽儿等民间组织发挥了积极的作用，让更多的月山人读书，让更多的读书人得到重用。月山的发展与耕读文化有着密切的联系。邻村人称月山人是“桅杆下人”。因为石桅杆是古代为表彰取得功名的乡人而立的，是身份的象征，从石桅杆的规格、形式可以分辨出取得功名的高低。当他们称呼月山人为“桅杆下人”时，既是对月山人的尊重，也是一种无形的监督。

我曾采访过安南乡、竹山村等地的人，遇到老人讲起过去他们不远百里赶到举水乡中心学校学习的经历。竹山村拆迁的时候，我还见过由举水乡中心学校公布的喜报，可见当时的举水在当地也是文化高地。20世纪80年代新农村建设的时候，全村进行了改造，人们的生活环境变得更加宜居，但文化也遭到了破坏。好在吴文简祠、圣旨门、如龙桥、云泉寺等重要的文物建筑得以保存下来。现在月山还流传着当时的先贤据理力争、保存文化遗产的故事。我的叔辈为了留存文物，曾与侄子撂下狠话：“要拆祠堂，你先从我身上踩过去。”他的铁汉柔情里散发着淳朴的爱乡情结。

我认为，举办月山春晚的初衷绝非仅仅是满足人们的自娱自乐。40多年前，月山的读书人似乎跌入了低谷，是前辈们在辛苦劳作之余，用自己的歌舞鼓动大家积极上进。这些年来，通过月山人的凝心聚力，借助媒体的有力聚焦，月山春晚渐入佳境，步入辉煌。月山春晚能够走上《钱江晚报》、《浙江日报》、央视《新闻联播》、浙江卫视等媒体平台，依靠的是大家齐心协力的宣传和推广。同时，我们也铭记山妞等人对月山春晚所做出的贡献，是他们让月山春晚走出了大山，走上了更大的舞台。

在这前进的路上，有人呼喊，有人奔跑，有人欢歌，也需要有人记录下前进中的点滴。

吴严林

2024 年 9 月